歷史小說015

清宮奇后——大玉兒

胡長青 著

二十四番花信風

馬瑞芳

新時期以來，隨著改革開放事業的前進，外國文學思潮對中國文學有了五四以來最強烈的衝擊，帶來多方面影響。女性主義批評勃興，女作家空前活躍。基於女性體驗做特殊描寫的創作模式，如所謂「小女人散文」和私人化寫作，一度風行。塑造新的女性形象，批判男權主義或試圖（僅僅是試圖）張揚女權主義，成爲多元化文壇風景的一道特殊景觀。倘若注目在群衆中有廣泛影響的影視劇，則可以發現，中國古代女性人物如武則天、楊玉環等，簡直成了電視台保持收視率的拿手好戲。沒有多少歷史根據的歷史人物，也能編成幾十集令人盪氣迴腸的連續劇如《珍珠傳奇》，這是一個值得深思的文學現象。

女性，是文學的永恆話題，是文學最引人注目的話題，是隨著時代發展常寫常新的話題，任何一個時代文學的大繁榮無不伴隨著女性文學的新局面、新課題。

女性爲中華民族的發展付出了艱苦勞動，在許多領域創造了不亞於男性的輝煌，但在幾千年的男權社會中女性不僅在政治、經濟生活中成爲男性的附庸，在人生角色和道德宣傳上處於「第二性」地位，而且在歷史記載和文學創作上也處於被忽略、被歪曲、被篡改的狀態。例如：驕奢淫逸的皇帝及聽命於這些皇帝的文人墨客，不但不思考男性統治者對歷史和黎民犯下的罪行，反而用「女色亡國」輕輕地爲其開脫罪名，就是最有代表性的歷史現象。古代文學中對宮廷女性的眞實的、同情性描寫是遠遠不夠的。如：幾千年的宮廷中，幾百乃至幾千女性爭寵一個男性，是絕對非人道的現象，最傑出的詩人白居易和最出色的劇作家洪升卻共同創造出「七月七日長生殿，夜半無人私語時」幾乎烏托邦式的愛情神話。深入描寫宮廷女性痛苦內心世界的藝術作品更是寥寥無幾。《長信宮詞》寫道：「奉帚平明金殿開，且將團扇共徘徊。玉顏不及寒鴉色，猶帶昭陽日影來。」寫出了一種淡淡的哀愁，且是帶有明顯同性相嫉特點的哀愁。白居易寫的《上陽白髮人》，「入時十六今六十」、「紅顏暗老白髮新」，對白髮宮人的深刻同情，可算這類作品中最傑出的。當然，《浣紗記》創造的傾國傾城、憂國憂民、復國和愛情不能兩全的動人的西施形象，唐傳奇中爲宮女的愛情付出生命代價的王仙客……都可以算古代文學描寫宮廷女性生活的鳳毛麟角之作。

中國后妃公主傳奇，是系列長篇歷史小說，這套書的寫作是在汲取某些歷史記載和傳說基礎上，張開想像的翅膀，以現代人的觀點，描寫古代歷代后妃公主的人生軌迹，以現代人的觀點闡釋她們不平凡的人生。她們的人生，是歷史的參照，是道德的啓迪，是對眞善美的謳歌，是對假惡醜的鞭撻；她們，有的有花一樣美麗的人生，有的又完全可以稱之爲「惡之花」。這套書的作者，多經過大學文史專業系統學習，有深厚的學術素養和多年寫作訓練，所寫小說構思新穎，情節曲折，人物生動，文字簡練，衆擎群舉，演義中國古代宮廷女性的人生，可以說，這套書填補了歷史小說寫作的一項空白。

我的好友朱淡文教授是卓有成就的著名紅學家，她描寫中國古代才女的書名曰《二十四番花信風》，出版社邀我爲這套書做序，特借淡文書名爲序，希望中國后妃公主傳奇能滿足讀者的閱讀期待。

一九九九年五月二十日

目錄

會盟

如水，奪人二目，一時愛不釋手，險些忘了出招。／六三

8 食肉大典開始了。就見幾百個人一齊湧入蘆棚，十人一組，各各圍坐在一個大銅盤四周，等著熱騰騰的肉塊上來。一個年長的厨子捧著一個銀色的托盤，盤上放著四隻金碗，端到皇太極等人面前。／六五

9 皇太極要走了，大玉兒戀戀不捨，竟以死相逼，要與姑姑一起侍奉皇太極。莽古思頓覺爲難，孫女只有十三歲，皇太極已經三十三歲了，如此懸殊，婚後可會和諧？／七一

勸降

10 清兵軍臨錦州城下，祖大壽向北京告急，朝臣多言退守，只有一位大臣挺身而出，舉薦了屢建奇功的帥才洪承疇，崇禎皇帝大喜。／七七

11 夜半時分，殘月高掛，寒風徹骨，松濤陣陣，高高的松山上有幾個人影，指指點點，行動極爲詭異。他們是誰呢？／八九

12 兩軍陣前，皇太極命人將奪來的明軍糧草堆積點燃，霎時火光沖天，星月無輝，明軍大恐。只剩一日之糧，如何作戰？／九四

13 洪承疇萬般無奈，急令四隊人馬偷襲清軍營盤，不料卻中了皇太極的計策，大敗而逃。／九九

爭位

道不想做皇帝嗎？／一三九

21 肅親王暗命大將索尼和鼇拜率領精兵，提前埋伏在崇政殿和大清門四周，一旦有變，即將異己誅殺。爭鬥一觸即發。／一四五

22 睿親王舉著酒杯將飲，卻見美貌如花的莊妃雙眼流淚，一時竟癡了，軟語溫存，莊妃說出一件驚人的秘密來。／一五一

23 志在必得的肅親王聽了遺詔，如同晴天霹靂，伏在父親的棺材上大哭，最終一無所獲。／一五七

24 新君人選已定，不料阿達禮和碩托卻來遊說睿親王起兵奪位，睿親王深知力難致勝，不敢答應，又恐受到牽連，就想了一個借刀殺人的計策，很快讓這兩個人掉了腦袋。／一六四

25 肅親王的四個親信見他毫無作爲，就轉投到睿親王的麾下，揭發他的不軌行爲，肅親王傷心欲絕。／一七一

下嫁

26 莊太后見濟爾哈朗和多爾袞相互推諉，都不願率兵伐明，心中焦急，深恐太宗遺願不能完成，就將范文程召進宮來問計。范文程主動請纓，前去說服多爾袞出兵。多爾袞果然聽從了

除敵

34 軟煙羅中，多爾袞聞到沁脾的幽香，不知自何而來，圍著莊太后的身子嗅個不住。莊太后將他推開，講出有關幽香的一段奇特來歷。／二二三

35 莊太后剛剛送走了美婦劉三秀，多爾袞突然闖進宮來，看到又一個美貌的婦人從宮中出來，急忙詢問，莊太后告訴那是他弟弟多鐸的福晉，剛剛生下麟兒。多爾袞回府悶悶不樂，心病復發。／二二五

36 多爾袞的爪牙挾持順治到睿親王府問病，莊太后聞知大驚，但見順治平安歸來，就壓住心頭的怒火，勸他忍耐一些，順治極爲惱怒。／二三二

37 多爾袞煩悶異常，衆爪牙都不解其意，就把洪承疇邀上酒樓，請教計策。洪承疇果然高明，竟猜出多爾袞心中的秘密來。一等侍衛冷僧機更是建議多爾袞到朝鮮選妃。／二三七

38 莊太后聞知多爾袞私開太廟，收多鐸的兒子爲世嗣，甚覺憂慮，急宣范文程入宮，交給他一隻閃閃發光的鑽戒，開始醞釀除奸大計。／二四六

39 多爾袞坐在河邊的車上，見對面駛來一艘遍插彩旗的大船，不多時到了岸邊，從船上婀娜娜地走下兩個艷裝的麗人。／二五一

廢后

出家

立儲

情溢於言表。立儲一事使他想起了早夭的四皇子和仙逝的董鄂妃……／三五九

61 幾位八旗的王公聽了皇太后的話，個個面面相覷，旋即低頭不語。慈寧宮裡一片難堪的寂靜，彷彿都能聽到自己心跳和窗外雪花飄落的聲音。內大臣、內務府總管索尼抬頭看看衆位王公，見他們個個垂頭不語，急忙低下頭，閉目靜坐。不想卻被太后看了個正著。／三六四

62 索尼對皇太后說：「大凡做事，如此行事不通，可反其道而行之，必見奇效。」太后茅塞頓開，靈光一閃，想起一個人來。只要此人出面，立儲之事必可遂我心意。／三六六

63 湯若望眼望著教堂的耶穌受難像，忽然想起了一首童年的歌謠：「小小少年，没有煩惱……」一陣急雨般的馬蹄聲把一個氣喘吁吁的太監帶進教堂。湯若望定睛看時，見那太監手中赫然拿著金龍盤繞的聖旨。／三七〇

64 湯若望抓住了這個機會，在欽天監的密室內，對順治說出一件驚人的大秘密來，攝政王多爾袞要死了。他說的可信嗎？／三七二

65 順治皇帝的未婚妻、太后的侄女和父親從大漠趕到京城，可是在婚期的前五天，這位大漠公主突然得了重病，太醫院裡的衆位國手束手無策。湯若望卻語出驚人，斷言未來的皇后得了相思病，開了一劑奇藥。／三七五

66 湯若望接到聖旨，隨傳旨太監入宮。他第二次見到了那位芳名遠播的美人，聞到了滿室的茶香。／三八一

擒凶

拜聞知太皇太后所言，心中暗喜。／四〇〇

72 鼇拜連夜去見蘇克薩哈，把話挑明，本以爲他會滿口答應，不料卻被駁得啞口無言。頓時惹得性起，就要闖入內宅，將女兒拖回府邸，蘇克薩哈拍案大怒，將鼇拜罵得狗血噴頭。鼇拜惱羞成怒，陡生一計，要把蘇克薩哈置於死地。／四〇三

73 索尼死後，蘇克薩哈見鼇拜勢大，萌生隱退之意。上疏求去，不想卻被鼇拜抓住把柄，惡意構陷，與子孫等十三人身受極刑。／四〇九

74 康熙被鼇拜當面頂撞，不得已殺了蘇克薩哈，心中氣憤難平，到慈寧宮見了太皇太后放聲大哭，備言鼇拜囂張犯上，逼死蘇克薩哈。莊太后驚怒交集，也覺得鼇拜勢大，不可不設法除之。／四一四

75 矮凳之上擺著一方紫檀精刻的棋盤，棋盤的兩邊放著紫檀鏇成的扁圓盒子，棋盤與盒子幽幽地閃動著光芒，似是人手久經摩挲的古物。打開盒子，裡面各放白玉和墨玉磨製而成的棋子，白如瑩雪，黑若點漆。鼇拜一看，禁不住暗自喝采：真是並世無雙的寶物。／四二一

平藩

76 平南王尚可喜的大兒子尚之信極好酒色，惹事生非。尚可喜見他不足擔當大任，就想把王位

83 深夜，紫禁城內一片寂靜，慈寧宮裡卻傳出幾聲細細的哭聲，蘇麻喇姑透過側室的小窗，哭聲竟發自莊太后的鳳榻。蘇麻喇姑暗道：太皇太后怎麼突然夜哭呢？／四五四

84 人言落日是天涯，望見天涯不見家。莊太后在五台絕頂臨風而立，但見雁陣生寒，北方白雲浩渺，不見鄉關何處，一時涕下沾襟。／四五七

會盟

會盟

1

林中一聲馬嘶，不一會，一匹桃紅色胭脂馬狂奔而來。二人吃了一驚，心下暗忖，此馬為何空鞍而奔，林中究竟是什麼人？

塞北四月，山川含春，大地泛綠，正是風暖花香的季節。

兩匹健馬自東向西，一前一後飛奔而來。前面的白色高頭大馬上，坐著一位身材魁偉的男子，三十歲上下，白面微鬚，一身戎裝，背後背著一張鐵胎弓，腰際挎著一把鋼刀。後面的那匹黑馬上，坐著的是一個十三四歲的削瘦少年，他一邊連連催馬追趕，一邊急聲呼叫：「哥哥，等我一等！」

騎白馬的大漢一聽，回頭笑笑，一收馬繮，白馬跑勢一緩，片刻間，騎黑馬的少年就趕上來，喘喘地說：「哥哥的馬如此神駿，小弟怎能趕得上？如果再賽一次，哥哥要把大白讓小弟騎才行。」

大漢見少年一臉委屈的樣子，哈哈大笑。

「哥哥讓大白快跑，並不是和你爭強賭勝，而是要借此機會試試你的騎術怎麼樣？你今年已經十四歲了，父汗明年有意讓你領兵上陣。如果你的騎術不精，如何廝殺對敵？豈不墜了父汗的名頭？」

少年這才轉悲爲喜，說道：「小弟一定聽從父汗、兄長的教誨，勤加習練，決不辱沒愛新覺羅家族的聲譽！」

兄弟二人說笑著，並馬緩行，繞過一個山坳，眼前是一片密林。大漢用手指著林子後面的開闊地，說：「再往前面就是科爾沁草原了。現在天色還早，不必急著趕路，可以到林子裡面歇息一會兒。兄弟你還從來沒有出過遠門兒，身體又單薄，想必會累了。」

兄弟二人下了馬，取出水囊，各自大喝了幾口，正要坐下歇息。突然，林子裡面一聲馬嘶，不一會兒，就見一匹桃紅色胭脂馬狂奔而來。二人吃了一驚，全神戒備。那匹奔馬轉眼就來到近前，可是馬上並無一人。大漢一見，閃身讓過馬頭，輕身躍起，跳上馬背。那馬陡見生人，揚蹄長嘶，想要把大漢甩下，怎奈大漢騎術頗精，雙腳蹬緊馬鐙，雙腿夾住馬腹，左手抓住馬韁，右手在馬的耳跟處輕輕揑了幾下。那馬身子一緊，原地兜了幾個圈子，收住四蹄，連打幾個響鼻兒。大漢放鬆繮繩，任馬在林中慢跑一圈兒。那馬渾身上下微微滲出汗珠，毛色愈發鮮艷動人。

少年跑過來抓住馬繮，大喜道：「這馬的腳程不在大白之下，到前面我騎了它，再與哥哥比試一次如何？」

大漢跳下馬來，望著林中說：「此馬鞍韉俱全，一定是有主人的，我們怎麼可以霸佔？」說罷，心下暗忖：此馬爲何空鞍狂奔，林中究竟是什麼人？

少年見大漢滿面狐疑之色，急忙說：「哥哥，我們就到林子裡面看一看吧！如果眞的沒有人，這匹馬不就是我們的嗎！」

大漢略一遲疑，便道：「自古說：逢林莫入。好在枝葉未密，還是可以探看一下。不過，我們犯忌而行，又不知道裡面的情況，一定要小心才是！再說我們身負重任，千萬不要多事，而因小失大。」

少年點頭稱是。二人牽著馬匹走入密林，約莫走出了一箭之地，那匹胭脂馬忽然四蹄生根，任憑怎樣拉拽，也不再移動半步。大白和黑馬也連連打著響鼻兒，不敢向前。大漢心裡知道前面情況異常，彎下身子，伏在地面，側耳細聽，隱隱約約聽到遠處傳來野獸的低吼，中間還夾雜著女子的輕叱之聲，急忙站起身形，對少年說：「前面好像是人熊相鬥的聲音。你在這裡看護著馬匹，哥哥過去看一看。」

少年道：「哥哥可要小心了」。

大漢長笑一聲，豪氣逼人，昂首說道：「哥哥跟隨父汗衝鋒陷陣，身經百戰，千軍萬馬都無所畏懼，怎麼會怕區區一頭蠢熊？正好可以讓它試試我的鐵弓長箭。」

少年一聽，不禁拍手嘻笑，嚷道：「好呀！好呀！今晚有熊掌下酒了。」

大漢循著喊聲飛跑而去，大約跑了半里多地，果然看見一頭黑色的大熊露出一口白森森的利齒，圍著一棵高大的松樹，不停地嚎叫。大漢抬頭一看，卻見松樹的杈丫上倚坐著一個紅衣少女，年紀大約十二三歲，身著一襲紅色蒙古長袍，頭上戴著小羊羔翻皮鑲邊的紅色小帽，穿著一雙白色牛皮小蠻靴，雙腳在樹枝下面一前一後地蕩著秋千，一手輕扯著細細的髮辮，一手拿著乾枯的松塔，不時地向黑熊投下。

黑熊低吼著，在樹下徘徊，扭動肥笨的身子躲閃著。忽見紅衣少女的纖手連揮幾下，然後擲出果子，又急又快，黑熊躲閃不及，正中額頭。黑熊一驚，急忙後退，腳下被裸露的樹根一絆，摔了個四腳朝天。

紅衣少女彎腰大笑，不料身形一歪，笑聲未絕，從樹上跌落下來。紅色的長袍被風鼓起，恰如一隻展翼欲飛的蝴蝶，墜勢一緩，長袍一下子被樹上的枯枝刺穿，那少女頭下腳上地倒掛在樹上。黑熊趁機衝到樹下，連連怒吼，吃力一躍，一雙前掌堪堪擊中少女垂下的雙手。「救命！」少女急忙縮回雙手，驚得花容失色。

大漢正兀自看得發呆，暗想：不知是誰家女娃，如此性野膽大，竟敢在林中和野熊嬉戲，眞是匪夷所思！正要看她如何脫身，不想情形突變，急欲救人，忙抽弓搭箭，嗖的一聲，正中黑熊的左眼。那熊咆哮一聲，捨了少女，轉身向大漢撲來。大漢撇了弓箭，閃身躲過，拔出腰刀，反手一撩，砍在那頭熊的頷下，鋼刀貫腦而出。黑熊疼痛難忍，和身撲地，雙爪順勢擊下。大漢急忙撇了鋼刀，身形暴退十幾步。黑熊一擊不中，倒在地上，抽搐幾下，就不動了。大漢怕那熊不死，又等了一盞茶的工夫，才走到熊的身前查看，只見黑熊腦漿迸流，確已死了，長出了一口氣。

那少女見大漢力斃巨熊，一時看得目瞪口呆，情不自禁，早已忘了懸在樹上，拍手喝彩道：「好呀！好呀！」不想雙手一動，枯樹搖晃，一陣作響，突然從中斷裂。少女一聲驚呼，直落下來。大漢一見，一個箭步向前，迎著墜落的紅影，一提一送，將少女穩穩地放在地上。

少女乍遭驚嚇，又被陌生男子摟抱，登時粉面通紅，扭身便跑。大漢見她全無感謝之意，喝道：「你這女娃，怎麼全然不懂禮數？我奮力將你救下，怎麼竟無一點謝意？」

少女見大漢責問，更是覺得煩惱，跺腳怒道：「哪個教你救了？剛才的黑熊是我家豢養熟的，姑娘正與它玩耍，不想卻被你這莽漢亂刀砍死。姑娘還沒有責怪你，你卻來怪姑娘。你給賠那頭熊來！」說著，坐在地下，雙腳亂踢，身子不住地扭動。

大漢未料少女會反咬一口，一味歪纏，又見她口齒伶俐，將信將疑，不由怔住，口塞難言，但是覺得這個少女聰明機智卻遠超常人，決不是小家碧玉。當下不再計較，話鋒一轉，問道：「女娃！你為何孤身一人來到這深山密林？」

大漢此話似是觸動了少女的痛處，那少女想起心事，不禁悲從中來，嚶嚶地哭泣起來。大漢見了，心中大覺不忍，緩聲勸道：「你休要啼哭。如果心疼那頭黑熊，我捉幾頭賠你如何？」

「誰又稀罕你的笨熊了！」

「那你為何啼哭？」

「告訴你又有什麼用？你又不能幫我！我還有大事要辦，哪有心思與你閒聊。」說罷，起身便走。

大漢笑道：「你這女娃眞不講道理，試想你不明言，我又怎麼幫你！又怎知我不幫你？」

少女眼珠一轉，回身答道：「可是你要幫我，不是我非求你不可。不過，我說出來，你能幫得了嗎？」

大漢冷笑道：「哼！我若不能幫你，普天之下，恐怕沒有幾個人能幫你了。」

「好，好，好！我說出來，你可不要食言耍賴。」少女雙目流盼。

「這個自然。君子一言，駟馬難追。我豈能哄你！」

「姑娘丟了一匹桃紅色汗血寶馬。這馬日行千里，超影絕塵，本是我爺爺的，剛才被那頭該死的黑熊嚇跑了。你去幫我追回來，若不然，丟了寶馬，回家怎樣交代？爺爺一定會把我關起來，不讓我再出來了，豈不把我悶死了！」

大漢聽了，知道少女就是胭脂馬的主人，當下笑道：「我以爲什麼驚天動地的大事，原來不過是一匹馬呀！我如果給你找回來，你如何感謝我？」

少女本來以爲大漢會大搖其頭，沒有料他居然會答應下來，又驚又疑，說道：「那匹馬可不是凡品，你如果給我找回來，我自然會重重謝你的。只是不知道你要我怎樣謝你？」

「如果我要你把寶馬借我騎上幾天，你可捨得？」

少女聞聽，暗暗叫苦：此馬乃是爺爺的心愛之物，我偷騎出來玩耍，已屬大錯，豈可再自作主張借與他人？如果不答應，豈不是讓大漢白白地講了大話，做了好人？再說，此馬還沒有找到，他既然口出狂言，我又何妨送個空口人情。當下盈盈一笑，雙靨生花：「此馬讓不讓你騎，我原本無權決定。但是見你爲人古道熱腸，想必不是個壞人。你如果眞的找回了寶馬，自然讓你騎上幾天。不過，你如果食言而肥，我可絕不饒你，那時可別怪我心狠手辣，翻臉無情！」

大漢見少女小小年紀，說話竟這樣周全，軟硬兼施，暗覺吃驚，暗道：此女長大後，不知會是一個何等厲害的角色？當下答道：「我既說了幫你，你又答應了條件，我自然會將馬找到，你大可不必疑心。」說著，從背後抽出一支響箭，射向空中。不多時，少女就見一個少年牽著三匹馬朝這邊走來，其中的一匹赫然就是自己的汗血寶馬。

少女一見，大喜過望，嘴巴卻不肯饒人，迎上前去，喝道：「偷馬賊，快還我馬來！」

那少年一怔之下，怒道：「哪裡來的野丫頭，血口噴人，看我不打落你的牙齒！」

少女見那少年蠻橫過己，忽生怯意，問道，「你手裡牽的分明就是我的寶馬，如何卻不認賬？」

「你說的可是這匹胭脂馬麼？」少年冷笑道：「剛才我見此馬神駿異常，還道它的主人是何等英雄人物，誰想卻是一個污人淸白的黃毛丫頭！早知如此，我將馬放跑，也勝似還你。」少年說著，舉起馬繮，作勢要扔。

少女大急，知道此馬神駿異常，如果放跑，如何追得到？心中一懼，含淚欲哭，俯首低語：

「人家不過是一句戲言，你這樣兇狠幹嘛！」

大漢見少女似怨似哀的樣子，與剛才判若兩人，頓覺不忍便道：「她既然已經知錯，把馬還給她吧！看在她找馬心切的份上，就不要再怪她出言莽撞了。」

少年卻道：「既然認錯，就要賠禮道歉，否則我怎麼肯輕易還她！」少女聞聽，大覺尷尬，一時不知所措。正在進退兩難之際，忽聽一陣急促的馬蹄聲，遠遠看見十幾個武士揚鞭而來。少女喜上眉梢，揮手喊道：「我在這裡，我在這裡！」眾武士來到近前，紛紛下馬，躬身向少女施禮說：「郡主受驚了，小的們正在萬分地擔著心呢！」

少女責怪道：「你們怎的如此遲緩？」

爲首的武士忙答道：「小的們所騎的馬匹太過駑劣，哪裡及得上郡主的坐騎。」少女鼻子哼了一聲，說道：「不管怎樣，都是你們辦事不力，害得我險遭不測！」眾武士聞言大吃一驚，看見旁邊站著一個大漢和一個少年，又見少女衣衫不整，滿身是土，以爲少女與他們起了爭鬥，紛紛拔出佩刀，把大漢和少年團團圍住。

2

眾人把大漢與少年團團圍住，二人急忙緊握刀柄，向背而立，全神戒備。

大漢與少年大驚，二人緊握刀柄，向背而立，全神戒備。那少年更是怒視少女，目光灼灼。少女彎腰大笑，指著眾武士說：「你們弄錯了，要傷害我的，早已被打倒在那裡了，可不是他們。」眾武士四下一望，見不遠處躺著一頭黑熊，頭上札著一支箭，似是已經死了，迷惑地看看少女。一個武士急忙讚道：「郡主箭法如神，屬下佩服得眞是五體投地！」

少女笑意更盛，幾不能禁，略定一定，說：「要五體投地佩服的，不是我，而是這二位英雄。剛才我被驚馬帶入森林，遭遇一頭黑熊，幸虧那個大漢射殺了野熊，把我救下。他不但無罪，而且還有功呢！」眾武士聽罷，回身細看那大漢，見他高出常人一頭，魁梧剛猛，不覺肅然起敬。爲首的那個武士忽然問道：「閣下莫不是大金汗國的四大貝勒、額駙皇太極麼？」

大漢微微頷首：「正是。」眾武士聞聽，驚得撟舌難下，慌忙過來躬身施禮。爲首的武士說：「聽我家主人說，額駙這幾天就要到了，沒想到這樣快駕臨。適才多有冒犯，實在該死！」

皇太極擺一擺手，說道：「不知者不罪。」然後招手喊過那個牽馬的少年，對眾武士道：「這是我的弟弟，和碩額眞多爾袞。」眾武士又一齊參拜，爲首的武士命人接過馬匹。

少女見衆武士對大漢如此恭順，反而把自己冷落在一邊，心中氣惱，不悅地對爲首的那個武士說：「他是哪裡的額駙，我怎麼不知道？」

皇太極目光如炬地看著少女，緩緩地說：「難道我不像個額駙嗎？」爲首的武士忙道：「閣下就是額駙，何談像字！」然後走到少女身邊，低聲說：「這位便是你父親的妹夫，我們科爾沁草原的額駙皇太極。你姑姑出嫁之時，你爺爺親自送到輝發扈爾奇山城，那時你剛剛兩歲，當然不認識額駙了。」少女聽了，抬頭看看皇太極，將信將疑。

那武士回頭對皇太極說：「小人是莽古思貝勒帳前總管。這是我們貝勒的孫女，名叫大玉兒，貝勒一向愛如掌上明珠，如有得罪額駙之處，小人代爲謝罪。萬望看在貝勒金面，多多包涵！」

皇太極擺手笑道：「滿蒙一家，既然都是自己人，何談得罪？何況她並未見過我，怎麼怪她。」說罷，向少女招手叫道：「玉兒，過來看看我像不像額駙！」

大玉兒雙頰緋紅，慢慢蹭扭過來，嬌聲說道：「姑父，你不要再說了，他們聽了，會取笑我的。」頓一頓，又問道：「姑姑可好麼？聽爺爺說她出嫁前還經常抱我呢！」又走到多爾衮身邊，不安地說：「我不該罵你是偷馬賊，你心裡可記恨我？剛才我以爲你們是趁火打劫呢！」

多爾衮畢竟是少年心性，兀自怒氣未消，理也不理。大玉兒眼圈一紅，低聲說：「我說的偷馬賊，可是誇你有本事呢！這樣神駿的汗血寶馬，也能捉到，馭馬之術，豈不獨步天下？你若不喜歡這樣稱呼，我不再這樣喊你就是。」說罷，當風而立，神情戚然，楚楚動人。

多爾袞暗叫慚愧，我今日心胸怎的如此狹窄了？又聽她誇讚自己的騎術，雖然此馬並不是自己捉獲，也大覺受用，心中登時一爽，說道：「你也不過一時心急，本是不該怪你的。你既然如此說話，我自然不會再生氣。不過，要是讓我高興呢，借我汗血寶馬一騎，大家就算扯平啦！」

大玉兒期期艾艾地說：「那馬可是認生的，你能騎、騎得了嗎？」

「偷馬賊沒本事騎馬，又怎能偷馬呢？」

衆人哈哈大笑。大玉兒見多爾袞揭了自己的短處，又已知道他是自己人，就不再出言反對。日紅西山，天色漸晚。衆武士把黑熊抬上馬背，那總管急忙命人回去報信，然後在前面引路。衆人上馬一齊出了樹林，馳向茫茫的科爾沁草原。

3

皇太極攬了大玉兒的細腰，騎著大白向前疾馳，大玉兒咯咯嬌笑。科爾沁就要到了，皇太極心頭卻越發沈重起來，會盟不知將會怎樣呢？

夜色茫茫，涼風撲面。皇太極策馬在遼闊的科爾沁大草原上，眼前彷彿又看到了臨行前父汗努爾哈赤那殷殷的目光，深知這一次代替父汗來與科爾沁莽古思會盟，責任重大。自己要充分利用與莽古思的翁婿關係，完成會盟，不辱使命，萬萬不可出現意外，令父汗失望。

「我不要再騎這匹笨馬了，像頭該殺的老牛！」皇太極正自沈思，忽見大玉兒跳下馬來，恨恨地嚷道。原來她把汗血馬讓與了多爾衮，見多爾衮打馬跑出很遠，心中鬱鬱不樂。皇太極笑道：「玉兒，可願與我共騎大白？」大玉兒大喜，上馬一催，靠近皇太極，道一聲：「我來了！」縱身躍上大白，跳到皇太極的身前，皇太極攬住她的細腰，大玉兒咯咯嬌笑，衆人齊聲喝彩。皇太極一面打馬向前，一面詢問大玉兒爲何獨自一人跑出草原。

大玉兒眉飛色舞地細講起來……

數天前，幾個去西邊做買賣的商人，帶回一匹汗血寶馬，被莽古思手下的武士搶來，莽古思十分喜愛這匹駿馬，每日騎著到處遊玩，命令不許任何人擅騎。大玉兒見此馬毛色紅艷，極想一試，就用烈酒灌醉了管馬的武士，偷偷騎了出來，不想被人發現，稟告了莽古思。莽古思大驚，一時顧不得發怒，反怕馬快傷了心愛的孫女，急令帳前總管帶人追趕。大玉兒見有人追來，心下著慌，揚鞭狠打幾下，那馬負痛狂奔起來，四蹄生風，大玉兒駕馭不住，嚇得伏在馬背上，雙手緊緊摟住馬脖子，不敢抬頭。只聽見耳邊呼呼風響，如同騰雲駕霧一般，不辨方向，一路狂奔而下。不知過了多少時刻，闖入一座密林，正遇鑽出樹洞一頭黑熊，那馬一驚，猛收四蹄，將大玉兒摔在地下，衝出了樹林。大玉兒顧不得疼痛，急忙起身要去追趕，卻被那頭黑熊攔住了去路。大玉兒抓起地上的枯枝，便向那熊打去，「瞎眼的畜牲，還不快把路讓開！」那熊非但不聽，反而低吼一聲，張牙舞爪，直衝過來。大玉兒嚇得慌忙爬上旁邊的松樹，那頭黑熊就吼叫著衝到樹下。饒是身手快捷，也險被黑熊咬住小蠻靴。大玉兒見那熊在樹下徘徊不去，一時無法脫身，也就忘了丟馬一事，專心致志地對付那熊，等待衆武士來救，不想險些墜落樹下，身遭熊噬。

皇太極聽了，嘿然一笑，說道：「方才我見你小小年紀，坐在樹上，悠哉悠哉地與黑熊相戲，毫無半點懼色，可眞令人佩服得緊哪！」

大玉兒扭身伏在皇太極的懷裡，埋起臉說：「姑父，我剛才嚇得半死，你還要取笑人家！」皇太極右手一按她的香肩，戲謔道：「原來偷馬賊在這裡，這下看你往哪裡跑？」玉兒大窘，神情故作哀哀地說道：「饒了我吧！下次再也不敢了。」皇太極大笑道：「這必是你見了爺爺的話吧！」大玉兒哂道：「見了爺爺，我才不用說呢！只要捋一捋他的鬍子，就會沒事的。」

這時，多爾袞也過來湊趣，揶揄道：「你一個女娃兒，偷偷跑出草原，不怕從馬上摔下來，又不怕從樹上掉下來，黑熊何等兇悍，卻不敢吃你，這種膽色有幾人不服！」大玉兒氣極揚手便打，無奈兩馬相距太遠，如何打得到？

衆武士紛紛附和：「郡主少年英武，屬下也佩服之至！」

衆人正自調笑，忽見前方燈火點點，宛如一條巨龍，蜿蜒迤邐而來。大玉兒見了，說：「姑父，這一定是爺爺派人迎接你們來了。」

果然，前面遠遠有人喊道：「來者可是皇太極兄弟麼？」皇太極拍馬迎上去，借著火把的光亮，定睛一看，見為首的一人正是莽古思的兒子、自己的內兄寨桑，急忙下馬施禮。寨桑也甩鞍下馬，雙手攙扶，笑容滿面地說：「我父聞報，知兄弟到了，並救了小女玉兒，截獲了汗血寶馬，特命為兄率人前來迎候。現在大帳中已擺好酒宴，我們趕快上馬回去，酒席上再細談，以免父親他老人家焦躁。」

皇太極謝道：「有勞兄長遠迎，實不敢當。」當下命多爾袞過來拜見寨桑。大玉兒見來人是父親寨桑，正欲躲藏，聞聽父親說到自己，只好惴惴地走過來，說道：「我已替父親接到姑父了。」

寨桑面沈似水，壓低著嗓音說：「你私自盜騎寶馬，看我回去怎樣罰你！」大玉兒一見，知道父親心裡怒極，只是礙於皇太極的情面，不便立時發作，心下著慌，訕訕而立。

皇太極見大玉兒在寨桑面前，神情萎頓，手足無措，全然沒有剛才天眞爛漫的樣子，頓生憐意，對寨桑說：「玉兒機智膽大，有大丈夫氣，閨中確是罕見。不似漢女纖纖細細，弱不禁風。有女如斯，兄長足可心慰。偶一頑皮，何必計較太甚。」

寨桑原本不想過於苛責，又經皇太極一勸，也深以爲然，大慰於心，便說：「爲兄只是怕她到處亂跑，沒有女孩子的形狀。旣是兄弟爲她開脫講情，這次暫且記上，下次再犯，一併重罰！」

大玉兒展顏歡笑，望一望皇太極，眨眨眼睛，露出兩排皓齒，向多爾袞要過汗血寶馬，飛身騎了，搶先一溜煙走了。

4

皇太極隨莽古思走出帳來，抬眼望去，見一支人馬疾馳而來，爲首的人一個高瘦，一個矮胖。皇太極暗道：來者是何人呢？

莽古思貝勒的大帳燈火輝煌，人影攢動，正忙著擺設宴席。莽古思見大玉兒回來了，忙問道：「丫頭，你姑父可是到了？」大玉兒答道：「就在後面，我騎汗血馬走得快，他們隨後就到。」莽古思說道：「丫頭，你的事爺爺已經知道了，以後不可再這樣胡鬧了。你姑父他們也快要到了，隨我一起迎接吧！」大玉兒急忙過來攙起爺爺，緩步出了大帳。

皇太極來到大帳，見莽古思已在帳前張望等候，急忙下馬，大步向前，施了抱見禮，又叫多爾袞來拜見。莽古思大喜，說道：「前幾天就接到你父汗的書信，知道是你來參加會盟，不勝翹盼。我已通知了另外的兩個部落，估計甕剛代和鄂巴洪兩位台吉明天就會到了。」一面說著，一面拉著皇太極的手，步入大帳。

酒宴即刻開始，觥籌交錯，推杯換盞。皇太極高舉酒杯，起身離座，走到莽古思的席前，說道：「我來之時，父汗特地囑我代爲致意，再三對我說，他從十幾歲就與貝勒相識，多年來一直情投意合，兩代聯姻，親如手足，因此願與貝勒結爲盟友，共禦外辱，同享安樂，世代交好。」說罷，一飲而盡。衆人齊聲叫好。

莽古思道：「賢婿，你且回去坐下。我等今日只叙親情，有關軍國之事，等明日甕剛代和鄂巴洪兩位來了再議不遲。」皇太極回席又滿了杯酒，再一次來到莽古思的席前，說道：「我來的那天晚上，貝勒的女兒，也就是我的妻子與我同床夜話，給我講了她少時許多承歡膝下的美好光景，讓我多多拜上岳父，祝岳父能騎烈馬，能吃生肉，長命百歲。」

莽古思聽了，浩歎一聲，說道：「好孝順的女兒！賢婿，我那女兒還好麼？」說著，不禁想起自己那如花似玉的女兒和早已死去的夫人來，語轉淒涼，幾乎要落下眼淚，舉杯不飲。

皇太極一見，忙說：「她很好，只是心裡常常念及岳父，總說現在天各一方，不知何時能見上一面。聽說我們兩家將要結盟，感到離岳父像是近了一些，萬分欣喜。」

莽古思聽皇太極用女兒來作棋子，隱隱勸說自己促成結盟，心念一動，本待表明贊成的心意，卻又不知道科爾沁其他部落的想法，一時竟不置可否，只是心中暗道：我又何嘗不願與金國結盟，可是西南部強大的察哈爾林丹汗多次派人威逼歸順，如果與金國結盟，又如何應付狂傲的林丹汗呢？心念及此，眞覺進退兩難，愁腸百結，無法排遣，不禁神情黯然。寨桑與大玉兒一見，以爲他在思念女兒，急忙一齊過來勸酒。

大玉兒說：「爺爺，你如果想念姑姑，找個方便的時間，讓姑父送她歸寧，或者讓我父親接她回來幾天就是了。」寨桑勸道：「父親年事已高，不要太過傷情，還是要以身體爲重！我們與金國地鄰壤接，什麼時候想看妹妹了，卻也方便，何必發愁呢！」

莽古思見兒子和孫女對自己頗爲關切，過來勸慰，又見衆人都在看著自己，忽然覺得剛才有些失態，穩一穩心神，掩飾著說道：「你們以爲我老了？哈……我人雖老，酒量卻不老。今天既然有佳客光臨我們草原，大家要盡情歡飲，不醉不歸！」說著，把酒乾了，命令添酒再喝，霎時大帳中的氣氛又熱烈起來。

次日，皇太極早晨起來，見寨桑正帶人準備物品，想必是爲了迎接另外兩個部落的貝勒，就轉身去給莽古思請安。走到大帳前，見帳簾低垂，裡面傳出陣陣酣聲，知道他仍然沈睡未起，於是回到自己的帳中靜候。

天交午時，莽古思命人來請皇太極，說是甕剛代和鄂巴洪兩位台吉就要到了。皇太極與多爾袞二人急忙來到莽古思的大帳，見莽古思梳洗完畢。二人拜見已過，坐下談話。莽古思細細看了看多爾袞，好個清秀的少年。正要誇讚幾句，帳外有人大聲報道：「甕剛代、鄂巴洪二位台吉駕到了！」莽古思、皇太極、多爾袞一同起身，走出帳來。站在帳前，抬眼望去，只見一支馬隊自遠而近，約有百十餘人，爲首的一個矮胖，一個高瘦，在寨桑的陪同下，來到帳前。莽古思笑著迎上去，與二人抱手寒暄道：「二位一路鞍馬勞乏，快到帳中歇息。」那個矮胖的漢子看到莽古思身後的皇太極，問道：「此人是誰？可是面生得緊！」莽古思笑道：「我一時高興，都忘了給你們引見。這位是金國的四貝勒皇太極。」然後一指那個矮胖子的漢子，對皇太極說道：「這是甕剛代台吉，那位是鄂巴洪台吉。」

皇太極過來行了抱見禮。鄂巴洪說：「早聽說金國的第四貝勒神武不凡，今日一見果然是聞名不如見面，見面勝似聞名。」

皇太極道：「多謝抬愛。今日在百里異地，得會兩位台吉，一睹尊顏，何幸如之。」甕剛代道：「彼此彼此。」面色訕訕，似有幾分尷尬。皇太極略一躊躇，恍然大悟。原來前年正是這個甕剛代與烏拉部落布占泰聯兵攻打金國，在烏拉城二十里遠的地方，正好遇上皇太極的大哥褚英和堂兄阿敏率領的大軍，嚇得不敢交戰，慌忙退走了，一時傳爲金人的笑談。皇太極既已知道此事，當下也不加理會，與莽古思一起把他們請進了大帳。

莽古思命人擺上酒宴，說道：「天色已經不早了，我等一面飲酒，一面商談會盟之事如何？」甕剛代附和道：「正該如此。否則，會盟的事情不商量好，又怎能喝得下酒呢？我這幾天一直食不甘味，諸位沒有見到清瘦了許多麼？」衆人聞聽，看著他那圓滾滾的身子，心裡都禁不住暗自發笑：少吃了幾天，尚且肥胖如此，若是多吃上幾天，豈不要撐破了皮囊！

鄂巴洪乾笑幾聲，對莽古思說：「我等三人，你的年紀最長，又是來到了你的地盤上，還是你先說吧！」

莽古思搖頭說道：「你們兩位是客，理應先講。再說，你們兩位是一起來的，路上或許早已有了商量，還是二位先賜教的好！」鄂巴洪與甕剛代互相看了看，鄂巴洪低頭不語，甕剛代說：「既然主人謙讓，我就把我倆的想法說一說……」

鄂巴洪忽然抬起頭，看了甕剛代一眼，打斷他的話說：「說我等是客人，的確不錯。不過，客人不只我與甕剛代貝勒二人，還有皇太極貝勒呢！還是讓他先講如何？」說罷，用手捋一捋頷下細長的鬍鬚。

甕剛代聞言，忽然想到路上與鄂巴洪商議的對策，不要急於表態，看情形如何，再作打算，締不締結盟約。無論如何，都要同氣連枝，一同進退。甕剛代自覺失言，暗暗感激鄂巴洪及時遮攔，否則不明情況，直抒胸臆，得罪了哪一方，都不是給自己樹敵麼？當下，定神靜思，驚出一身冷汗，不由抬頭看看鄂巴洪，收住話語。莽古思一見，知道二人已有默契，也就不再堅持，轉對皇太極說：「剛才兩位貝勒的意思是讓你先說，你以為如何？」

皇太極起身說道：「先說後說並沒有什麼區別，不過會盟一事，關係極大，一定要弄清其利弊是非。我們三方既然會聚到這裡，貝勒是主人，還是你先講的好。」

莽古思看了看大家，說道：「我與金國汗王努爾哈赤從小交好，兩代聯姻，我要與他結盟，雖然說有些私意，但是也是出於公心的。我們科爾沁西南面臨強大的察哈爾，他們一直欺壓我們，我們如與金國結盟，幾家合力，察哈爾就不敢輕易欺辱我們了。」

皇太極見莽古思說明了心意，也說道：「幾年前，林丹汗曾經派使者帶著書信到了赫圖阿拉，自稱是蒙古國統率四十萬民眾的英主成吉思汗，他的意圖不僅在於吞併整個蒙古，還要諸位與大金臣服，實在是狼子野心，我們不可不防。」

鄂巴洪說：「林丹汗的野心昭然若揭，大家有目共睹，可是察哈爾如此強大，以我們幾家的力量與之抗衡，不是以卵擊石嗎！一旦大兵壓境，那時怎麼辦呢？」

皇太極又起身說道：「我們此次結盟，正是要考慮如何聯手對付他們。林丹汗號稱人馬四十萬，實是欺人之談，他的人馬實際不過八萬，且他們通過親媚明朝，不勞而獲，得了許多財物，整日養尊處優，花天酒地，不事戰具，根本不會打仗。我們大金國現在已有四萬之衆，八旗兵馬驍勇異常，再加上你們三個部落的兩萬餘人，人數已在六萬以上，爲什麼要懼怕他們呢？」

甕剛代喜道：「如此說來，我們就不用再怕林丹汗了。此前不知道你們金國的意圖，不敢輕言反對林丹汗，因爲單憑我們三個部落的力量，是斷不敢與他們抗衡的。」

莽古思和寨桑聽甕剛代這樣講，始覺心安。皇太極更覺高興。鄂巴洪卻說：「林丹汗的人馬雖然沒有四十萬，但是人數畢竟超過了我們，倘若交戰，我們取勝的機會又有多少呢？」

皇太極答道：「察哈爾多年來作威作福，已習慣了享受，不願意拿刀動槍，衝鋒陷陣，老百姓大多想安居樂業，更是害怕戰爭，打仗不過是出於強迫，必然士氣低落，軍心渙散，戰鬥力大打折扣，八萬人不過相當於六萬人。林丹汗此人貪婪殘暴，不能體恤兵士；剛愎自用，不能聽人勸告；色厲內荏，沒有多少主見。以此來指揮，六萬人也就等於四萬人。察哈爾人迫於林丹汗的淫威，不得已爲他而戰，不過是烏合之衆；我們則是爲守住家園、保護妻子兒女而戰，勝則生，敗則死，勢必上下一心，同仇敵愾。如以六萬無畏之師抗擊四萬烏合之衆，我們取勝的機會不是很大嗎！」

衆人見皇太極侃侃而談，言之有理，暗暗點頭。鄂巴洪冷笑一聲，說道：「這樣說來，我等似是已穩操勝券了，但是林丹汗如果向明朝借兵，兩下攻擊我們，卻又如何抵擋呢？」衆人一聽，聳然動容，個個面顯驚懼之色。多爾袞大呼道：「我們與他們拼了，不是魚死，就是網破，怕什麼！」

鄂巴洪聞聲望去，見皇太極的身後站起一個人，若非站起來，實是不容易看到。於是問道：「這位小兄弟是誰？」皇太極答道：「是我的兄弟多爾袞。」

鄂巴洪笑道：「我道是誰如此豪氣衝天，原來是貝勒的兄弟。好！果然是將門出虎子，令人佩服。不過，我有一句話要問你，不知可否願意聽？」

多爾袞也是初生牛犢不怕虎，不假思索地說：「請講。」鄂巴洪緩聲道：「大明人口不下千萬，大兵一到，身爲齏粉，草木成灰，豈是不怕就可躲過刧難的？你雖然不怕，殺退幾人，又怎能抵擋千軍萬馬，那時勢必會亡國滅種，說不怕又有什麼用處！」多爾袞被問得一時語塞，無言以對，面紅耳赤地低頭坐下。

衆人聞言，一片沈寂。甕剛代埋頭吃喝，自言自語道：「不知還能吃喝幾日，你們何必只顧喋喋不休的爭論，忘了美酒肥肉，眞是癡人！今朝有酒今朝醉，明日愁來明日愁，管那麼多幹什麼？」寨桑也喊道：「對！我們把牛羊吃完，也勝似被林丹汗搶了去。吃吧！」說著，右手拿起一條羊腿大咬起來。莽古思心中也覺愕然，剛才情況尚屬順利，想不到風雲突變，卻也無計可施。

皇太極見情勢危急，起身朗聲說道：「鄂巴洪台吉深謀遠慮，令人佩服，但是不免有點危言聳聽，大話欺人！」

鄂巴洪見自己一席話說得眾人啞口無言，又聽到皇太極的誇讚，正在洋洋得意，不料皇太極的話鋒一轉，語含責難，忍不住問道：「四貝勒何出此言？」眾人見他倆人再起論說，一齊停下吃喝，全神貫注地看著他倆。

皇太極不緊不慢地說：「明朝與察哈爾的關係，並不像鄂巴洪台吉所講的那樣親密。明朝之所以籠絡林丹汗，每年拿出上百萬的財物給他們，不過是想靠他們來保持東北疆和北疆的安定，而林丹汗的臣服不過是看中了財物。北疆如果沒有危機，明朝寧願多給一些財物，也不願輕易出兵。再說，林丹汗一直以大元遺民自居，試圖先吞併蒙古各部，有朝一日再南下滅明，恢復元朝；而明朝也害怕他越來越強大，對自己形成威脅，勢必深懷戒心。因此，明朝與林丹汗只是暫時的利益聯合，不僅貌合神離，而且內心深處勢同水火，只是還沒有表露出來罷了。今後我們與林丹汗如有戰事，明朝絕不會貿然出兵助他，以免養虎成患，禍及己身。」

皇太極洋洋灑灑，口若懸河，詳析其中的利害，眾人聽得大服，齊聲喊好，一時群情激昂，甕剛代和寨桑更是大罵林丹汗。鄂巴洪心中也覺佩服，但是又覺面上不好看，於是強辯道：「即使明朝不出兵助他，但是林丹汗的強大，我等也是不及，如果與林丹汗結盟，豈不更好！」

莽古思一聽，心中憤懣，強壓住怒氣，說：「林丹汗既不是漢人的苗裔，又不是漢人的臣僚，卻甘心屈膝投靠明朝，欺凌同族，這種勢利小人豈能靠得住？怎可與他結盟！」

皇太極慨然說道：「林丹汗唯利是圖，狂妄自大，目中無人，與之結盟，無異與豺狼同群，必受其害。我大金與衆位以誠相待，兄弟相稱，何故捨兄弟而就豺狼，甘居人下，爲人奴役呢！願諸位深思明斷。」

莽古思說：「不錯！林丹汗是教我們臣服，而金國是把我們看作兄弟，敬重我們，我們又何必甘爲人奴呢！」

甕剛代更是大呼小叫，罵道：「娘的，誰願意把女人和牛羊白送與別人，林丹汗三番五次這樣威逼我們，就是欺負我們弱小。我今天決意要同金國聯盟，再也不願受林丹汗的欺辱了。」

皇太極見大多數傾向結盟，於是對鄂巴洪說：「台吉如果願意與林丹汗結盟，我們不會攔你，只是希望我們今後不要成爲戰場上廝殺的敵手，壞了今天相聚的情誼。」

不等鄂巴洪說話，甕剛代就對他大叫道：「我們在路上不是已經約好一同進退的嗎？現在我與大家都已願意結盟，你怎麼卻變卦了？你我同爲一方之主，多麼逍遙快活，何必要聽命於人，任人擺布呢！」

鄂巴洪見甕剛代也對自己不滿，又見衆人是誠意相邀，皇太極對三家平等相待，心中暗忖：

如果投靠林丹汗，看他的使者每次都頤指氣使的樣子，根本沒有把我放在眼裡，可知林丹汗的態度也必是如此，或者更有甚焉，那麼自己跟隨他實在是吉凶難測。想到這裡，面上堆歡，笑道：「我剛才說與林丹汗結盟，不過是想試探一下四貝勒，怕空言虛情，結盟只是走走過場，那樣結盟之日也就是背盟之時了。現在看大家信誓旦旦，誠意結盟，我就沒有後顧之憂了。」

眾人一聽，齊聲歡笑，莽古思舉杯勸飲。皇太極一面舉杯，一面暗想：鄂巴洪此人心機可謂深沈之極，難以揣測，眞是不可小覷。只要折服此人，其他都不足慮，會盟一定成功。於是定下心神，把盞暢飲，靜觀其變。

5

酒至半酣，衆人共議會盟之事，鄂巴洪提出以騎馬、射箭和舞刀較技，贏者即為盟主。為給父汗爭得盟主之位，皇太極決心全力以赴，不料首場即遭敗績。

酒至半酣，鄂巴洪說道：「如此飲酒，殊少情趣。我帳下有一名勇士，甚是英武，我本想讓他爲我們舞刀助興，不過隻影孤單，不夠熱鬧，再有一位武士與他對舞才好。」說罷，眼睛看著皇太極。

皇太極正在低頭添酒，聽了此話，抬頭看看鄂巴洪，見他正似笑非笑地看著自己，四目相對，皇太極心裡想道：他這樣說明明是意在邀我加入，但是目的何在？莫非是想試探我們八旗將士的實力麼？他必是對林丹汗心存忌憚，怕與我們結盟，而我們又沒有力量抵禦，那時進退失據，悔之晚矣。不禁暗讚其狡詐過人，明爲舞刀助興，實是暗較武力，不露一絲痕迹，可謂巧妙之極。當下便要起身答話，不料卻聽背後的多爾袞說道：「這有何難！不過舞刀助酒，那是漢人的習慣，我們地處大漠，何必學他們？不如玩一點新鮮的。」

皇太極心中大急，恐怕弟弟年少氣盛，逞一時之快，誤了大事，忙道：「兄弟，不可亂說，快退下吃酒，不要多事！」

鄂巴洪勸道：「四貝勒爲何阻攔？令弟既然想要參加比武，又有新的辦法，不妨讓他說出，也好讓大家開開眼界。」其他幾人急欲觀賞，也紛紛附和。皇太極不便再阻攔，只好耐著性子聽多爾袞說下去。多爾袞離開座位，來到大帳的中央，環視著衆人說道：「我們各自的祖先，很早就騎馬射獵，以此來獲取野物，繁衍子孫，我們比武應該首重祖宗的傳統，不可捨本而趨末。我的意思是比騎術和射箭，不知諸位意下如何？」

鄂巴洪本以爲多爾袞能參加舞刀，自己的武士定能勝他，爲自己揚眉吐氣，正好趁此提出誰做盟主一事，心裡暗自高興，不料多爾袞機智過人，要改爲比騎馬和射箭，分明是要避我鋒芒，本想拒絕，一時又沒有什麼更合適的理由，又不想放棄炫耀的良機，略一沈吟，說道：「騎馬射箭確是我們各族的立身之本，但是舞刀弄槍也是殺敵禦辱之技，都要習練才好。我看既然要比試，不如騎馬、射箭和舞刀各賽一場，哪家獲勝即爲盟主如何？」

莽古思反對說：「做盟主當以德高者爲先，或以人馬衆者爲首，單憑幾場比武來確定，恐怕不妥吧！」

鄂巴洪反駁道：「有何不妥？人無頭不走，鳥無頭不飛。有個好頭領，自可由小變大，由弱變強。」

衆人紛紛點頭，商議推舉盟主。甕剛代搖搖肥胖的腦袋說道：「誰當盟主都行，只要能保護我的部落平安，有肥羊美酒就行。我是不想當的。」

鄂巴洪原想憑自己與甕剛代的關係，讓他推舉自己，不想甕剛代對此漠不關心，也根本沒有顧及到自己，登時感到勢單力孤，急辯道：「誰又想做盟主了。盟主之位，非同小可，一定要能者居之，才能深孚衆望。我們才會死心塌地追隨他。」

皇太極聽多爾袞說改賽騎馬和射箭，這才放下心來，暗讚他聰明機警，騎馬和射箭是自己極爲擅長的本領，估計不會輕易輸與他人，如果能夠借此爭得盟主之位，大金的國事必會一日千里，復興有望了，父汗定是大覺慰懷。想到這裡，雄心大起，大聲說道：「我等結盟理應推選一位盟主，使權勢定於一尊，統一號令，便於行事。現在又逢多事之秋，盟主德高望重固然重要，但是也要孔武有力才好。鄂巴洪台吉說的三種比賽辦法，未嘗不可一試。」

莽古思見二人都同意以比武選盟主，並且言之有理，的確不能單憑德高望重上陣殺敵，也就不再堅持己見，說道：「我年事已高，無心賽事，也無力參加，就讓我的兒子寨桑代替我吧！甕剛代貝勒既然也無意比試，就與我一起作公證如何？」甕剛代剛好啃完一隻羊腿，舉起一雙油光光的手笑道：「好！我倆個正好以此下酒，邊看邊吃，不過我吃得已是不少了。咱們先比騎術如何？」

鄂巴洪說：「反正是要賽三項，先後次序不必細分。」衆人也一齊叫道：「你既然作公證，大家自然要聽你的。」起身出了大帳。

多爾袞悄悄對皇太極說：「哥哥，我打頭陣怎樣？我身體輕便，大白也可省些氣力。」皇太極知道寨桑如果參加，必有汗血寶馬，大白連一成的取勝把握都沒有，就算讓弟弟闖一闖，不管什麼輸贏了，於是點頭同意。

三匹馬齊站在一條白線的後面，一匹是大白，一匹是烏騅馬，裡面竟然沒有那匹汗血馬。皇太極心中不解，卻待要問，就聽鄂巴洪說道：「我聽說莽古思貝勒獲得一匹汗血寶馬，爲何不牽出來讓我等一飽眼福，卻用一匹劣馬參賽呢？」

莽古思道：「汗血寶馬不巧被我那淘氣的孫女騎出去玩耍了，一時難以找到，就另外找了一匹馬來代替。再說，汗血馬也未必比得上你的雪蹄青呀！參不參賽也是一個樣的，有何大礙。」

鄂巴洪哈哈大笑。皇太極更是一團水霧，剛才大玉兒還在帳中，汗血寶馬還在帳外，怎麼會突然不見了呢？看來莽古思是不想贏的，但是原因何在呢？當時不及細想，只得收回心神，觀看賽場上的情況，就見鄂巴洪的雪蹄青，確是一匹駿馬，四蹄雪白，渾身上下卻是墨黑，前腿如柱立，後腿似彎弓，腹部瘦小，脖頸細長，難怪鄂巴洪在一旁洋洋得意，似是已穩操勝券，不知大白能否贏它？

莽古思一聲令下，三匹馬箭射而出，轉眼就看不清了蹤迹。皇太極趁衆人議論比賽之際，轉身回帳去取自己的弓箭，以準備下一場的比賽。來到自己的帳前，聽到裡面有人聲，慢慢靠近帳篷一看，不由大吃一驚，裡面綁著一人，赫然就是大玉兒，旁邊拴的正是汗血寶馬。皇太極環視帳中，並無他人，這才掀簾而入，走近大玉兒，見她嘴裡塞著布條，咿咿唔唔不知在說什麼，急忙給她取出問道：「是何人所爲？」

大玉兒並不驚恐，也不哭鬧，只是略帶委屈地說：「你先給我鬆綁再說。」

皇太極拔出腰中的短刀，一面割斷繩子，一面急問：「是誰竟敢這樣大膽？」

大玉兒並不回答，卻問：「賽馬開始了沒有？」

「早已開始了。」皇太極見大玉兒不回答自己的問話，卻問賽馬的事情，莫名其妙，不解地看著她。大玉兒忽然席地大哭起來，過了一會兒，強壓住悲聲，哽咽著說：「爺爺不讓我騎汗血馬去比賽，我不聽，他就命人把我綁了起來。」

這眞是出乎皇太極的意料：「你爺爺爲何不讓你參賽呢？」

「他是怕贏了賽馬，得罪了別人。」

皇太極知道莽古思的目的是想明哲保身，誰也不得罪，心中雖笑他年老怕事，卻又不便說出，急忙拿了弓箭，拉起大玉兒，來到賽馬場。

多爾袞騎上大白，就想贏下這場比賽，等到衝出起跑點，才感到取勝並不容易，鄂巴洪的雪蹄青腳程極快，開始就壓過大白一個馬頭，多爾袞心頭大急，揚鞭猛追，在回程中漸漸追上，兩馬並馳，眼看就要超出，不料鄂巴洪突然佯裝打馬，一鞭向多爾袞擊來，多爾袞縮頭一閃，鞭勢雖然走空，但是他的身子被阻，略緩一緩，反被鄂巴洪搶了先機。多爾袞心中大憤，揮動長鞭，纏住雪蹄青的尾巴，借力一拉，兩馬雙雙躍過起跑線。衆人一見，齊聲喝彩起來，但是大白畢竟還是慢了半個馬頭，莽古思和甕剛代共判雪蹄青爲第一，大白爲第二。鄂巴洪知道多爾袞在背後也算計了自己，但是自己既然已經取得了第一，也就不再計較什麼，穩穩地下了馬，對多爾袞笑道：「剛才我年老昏花，差一點兒誤傷了你，實在是過意不去，萬望寬宥。」

多爾袞內心惱怒，卻又不便發作，高聲說道：「台吉的鞭術是差了一些，但是馬還是爭氣的，我並沒有什麼不服。」一衆人也見了鄂巴洪揮鞭擊打多爾袞，但是兩馬並馳，偶有失手本屬常事，再者又見鄂巴洪如此剖白，更是令人無話可說，不便深究。

6

遠處高高豎起了一個木樁，樁上斜插一把彎刀，刀頭上掛著一隻紫金打作的鈴鐺，微風吹動叮叮作響。衆人不解其意，紛紛看莽古思。

「第一場比試賽馬，鄂巴洪台吉勝。下面就進行第二項比試箭法，你們兩家有誰出場，寨桑已是放棄比賽了。」莽古思說道。

皇太極見此情形，知道今日的比賽實際上只有大金國和鄂巴洪兩家，於是邁步出場，說道：「後面的兩場由我來比試，不知鄂巴洪台吉是否參加？」

鄂巴洪說：「我已賽過一場，下面的比賽就讓我手下的武士出場吧？四貝勒可要手下留情呀！」

「得饒人處且饒人。好說，好說！」皇太極心中冷笑。

此時莽古思從懷裡取出一隻紫金鈴，命人在遠處豎起木樁，斜插上一把彎刀，把紫金鈴掛在刀柄上，微風吹來，那鈴兀自叮呤叮呤作響。這鈴本是專門爲汗血馬所做，還沒有來得及用上。莽古思指著響動的金鈴說：「誰能在百步之外，將紫金鈴射中便算贏了。如果兩人都能射中，就再後退百步，決出輸贏才算作罷。」衆人一聽，忽啦啦分立兩廂，都要觀看射手的神技。

一位武士走過來，對皇太極說：「四貝勒，小人名叫哲別，是鄂巴洪台吉帳前的弓箭手，今日與四貝勒比箭，就爭個先手吧！」說著，挽弓如滿月，弓弦響後，鈴聲大作，衆人齊呼：「好神箭！」鄂巴洪台吉回身看看皇太極，面上露出幾分自得，皇太極淡淡一笑，氣定神閒地走到百步開外，搭好長箭，拉開那張硬弓，略瞄一瞄，同樣一箭射出，但是半晌也沒有聽到鈴響，衆人一片啞然。鄂巴洪心中竊喜，故作吃驚地說：「四貝勒怎麼會失手呢，可是一路勞乏所致？」

皇太極微笑道：「我領兵多年，馬上馳騁習以爲常，再說又受到莽古思貝勒的盛情款待，歇息也好，何談勞乏！」

「我見四貝勒一射不中，本是要爲四貝勒開脫，不想不被領情，是我多事了。不過四貝勒如果不是勞乏，爲什麼二射之下，毫無聲息呢？」鄂巴洪話裡藏針，意在堵住皇太極的退路，使他找不到藉口，當衆出醜，無顏與自己爭盟主之位。

皇太極卻不慌不忙，背好弓箭，拱手說道：「多謝雅意！皇太極如果射不中時，再求台吉開脫不遲。」

鄂巴洪一驚，輕笑道：「四貝勒這麼說似是射中了，可是爲什麼聽不到鈴響之聲，眞是令人不解呀！」

甕剛代嚷道：「二位怎麼比起口舌來了，是不是射中，過去看看不就明白了。」手下人飛跑過去，看了多時，解下金鈴回來覆命：「小人看了多時，不能分辨，請貝勒們定奪。」

甕剛代搶過金鈴，端詳半日，滿面漲紅，遞與莽古思道：「鈴聲又無法留住，射中射不中，又怎麼評判呢？」

莽古思乍一看金鈴，也沒有看出異常，不由看一看皇太極，見他若無其事，神情坦然，低頭再看金鈴時，似覺鈴舌短了一截，用手搖動，翕然無聲，頓時明白皇太極的那一箭原來是射斷了金鈴的舌頭，心中不禁讚道：眞是神乎其技！

衆人不明就裡，都愣愣地看著莽古思。莽古思舉起金鈴說道：「大家剛才沒有聽到鈴響，以爲沒有射中，我也是這樣想的，沒有想到這一箭射斷了金鈴的舌頭，鈴舌短了，自然就發不出聲音了。」

甕剛代吃驚的說：「鈴舌要比鈴身小得多，這樣看來，四貝勒的箭術豈不高明出許多。」

大玉兒搶著說道：「那是自然了。」跳到皇太極的身前，拉住他的手央求說：「姑父，你教我射箭好不好？」

鄂巴洪沒有想到事情會這樣，不甘心如此輸了，說道：「道理上是射中小的更顯手段，可是我們此次比試是要射金鈴，射中鈴身才算合格，只射中鈴舌麼，理應算是違規，不能算作贏的。」

衆人都覺得他的話近乎強辭奪理，卻又似是無隙可擊，皇太極本想一箭分出勝負，因此射了鈴舌，沒有料到會有此一說，不禁怔住。多爾袞卻走上去，來到哲別身前，伸出右手，哲別以爲他要握手相賀，也伸手來握，多爾袞突然變掌爲拳，向上擊出，哲別絲毫沒有準備，被打中鼻子。饒是力道不大，卻也痛得彎下了腰。鄂巴洪大怒，叫道：「你爲何打人？」

多爾袞答道：「台吉此言差矣！我打的明明是鼻子，怎麼能說是人呢？」衆人一聽，哄然大笑。多爾袞接著說道：「鈴與舌本屬一體，不可分割，無鈴便無舌，無舌不成鈴，台吉既然以爲舌不是鈴，那麼鼻子自然也不是人了，台吉怎麼能說我打人了呢？」鄂巴洪被駁得啞口無言。哲別這時疼痛已過，羞辱難當，怒吼一聲，向多爾袞直撲過來，鄂巴洪更加懊惱，堂堂的帳前武士竟然被一個十幾歲的孩童戲耍，體面何在？當下喝道：「還不退下！」哲別收住身形，恨恨地退到一旁，默然不語。

多爾袞一見，心中歉然，感到自己對哲別有些過分，但又氣憤鄂巴洪太過跋扈，指桑罵槐地戲道：「我打痛了鼻子，還請鼻子原諒。」衆人一聽，又是一陣大笑。大玉兒更是樂不可支，滾到寨桑懷裡，直喊肚子疼。甕剛代仰身笑道：「這小哥的話可是有趣！」

莽古思見鄂巴洪臉上紅白不定，知道他心中怒極，急忙擺手讓大家靜下來，說道：「諸位都退一步，不要各執一端，射中金鈴和鈴舌就算個平手吧！你們的爭論是因我與甕剛代台吉事先交代不周，就看我們的薄面，不要再爭執不休，以免延誤了比賽。」衆人齊聲稱是。

皇太極和哲別站在了兩百步以外，皇太極說：「剛才我弟弟一時情急，並非有心冒犯。這次仍然讓你先射，權且算是向你賠禮如何？」

哲別見皇太極宅心仁厚，大覺安慰，答道：「貝勒如此說話，小人實在是承受不起，既然貝勒命小人先射，從令就是，又何談賠禮二字！」說著彎弓搭箭，射了出去，但是沒到木樁就掉了下來，斜插在地上。衆人齊喝倒彩，哲別也是驚愕萬分，猛然想到自己的弓箭只能射到一百五十步外，現在已是兩百步遠，自然是射不到了。一時失察，終有此敗，如果要換弓，已屬違規，實在是後悔不及，於是退身對皇太極說：「四貝勒，小人輸了。」

皇太極道：「這恐怕不是你的眞心話吧！我看你不過是嫌弓太軟，力量難以達到，才說這樣的話。」

哲別說：「四貝勒眞是目光如炬，小人的弓箭確實射不了這麼遠，只有認輸。」

皇太極笑道：「遇到你這樣的對手，也是人生一大幸事，不分出勝負豈不太可惜。再說，大丈夫做事要坦蕩磊落，讓人口服心服，怎麼可以贏得不明不白呢！我的弓箭能射三百步上下，可借你一用，再射上一次。」

哲別喜出望外，感激道：「四貝勒高義，小人感佩之極，小人就不再客套了，斗膽借寶弓一用。」接過皇太極的鐵胎弓，覺得分外沉重，仔細一看，見這張弓比一般的要長出尺餘，弓背要寬厚幾分，雙膀用力一拉，只開半弦，暗驚皇太極膂力過人，於是深吸一口氣，氣沉丹田，前手如推泰山，後手如抱嬰孩，使出十二分的氣力，也不過拉個七分滿，無奈把弓恭敬地還與皇太極，滿面羞愧地說：「四貝勒天生神力，不是常人所及的，我輸得口服心服，不必再比了。」

皇太極接弓在手，說道：「把此弓拉成七分滿，已屬難得，能及你者，天下已經沒有幾人，何須過謙。」

鄂巴洪等人見皇太極禮賢下士，不僅不願投機取勝，而且還慨然把自己的寶弓借與他人，不由暗讚其胸襟廣闊，能夠容人。此時，皇太極已取箭搭弓，眞是弓開如滿月，箭發似流星，就聽到箭頭撞擊金鈴的聲音，如同裂帛，那箭已貫穿金鈴而過，衆人正要喝彩，皇太極又一箭射出，把繫鈴的牛皮細條齊齊割斷，那帶箭的金鈴墜落塵埃，四下一片歡聲。有人急忙跑過去，取了金鈴獻到莽古思等人面前，莽古思見箭頭貫出金鈴，不亞於射穿雙層鎧甲，又見此箭較常人所用要長出幾分，不禁唏噓不已，暗道：皇太極眞神人也。

此時天色將暮，一排歸鴻自南飛來，鳴聲陣陣，不絕於耳。皇太極正要顯示手段，見雁陣來到頭頂，翻身上了大白，雙腿一夾，大白飛奔起來，皇太極穩坐鞍韉，仰首望天，舉起鐵胎弓，連發三箭，就見雁陣一亂，傳來數聲哀鳴，三隻大雁自天空直落下來，皇太極馬到人到，伸手接住，勒馬而回。在衆人的呼喊聲中，下馬來到莽古思的面前，把三隻大雁送上去，說道：「剛才一心比箭，失手射壞了貝勒的紫金鈴，還望貝勒海涵。」

莽古思笑道：「四貝勒箭術高超，令人大開眼界。我自少年之時，就聽故老們相傳成吉思汗鐵木眞彎弓射大雕，心中一直景仰，卻又無緣得見，只道是傳聞，不一定眞有其事。今天見四貝勒的神技，幾可上追古人，始信傳說不誣。江山代有人才出，一代有一代的人物，大凡國家將興，朝代欲迭，一定會有不平凡的人物出現，四貝勒偉岸神武，有天日河嶽之表，必能負起大任。我部願與大金締結百代之好，追隨前後。金鈴不過些許小事，何勞掛心！」

皇太極答道：「既蒙貝勒不棄，寬恕過失，又同意結盟，我們就是兄弟，同甘共苦，患難相與，何說追隨二字？」

甕剛代急道：「我等既然已成了兄弟，就不要這樣客氣了。有話就直說，要不就顯得生分了！」皇太極哈哈大笑：「痛快，痛快！甕剛代貝勒果眞豪爽。過一會兒比完最後一場，我一定與你喝上幾大碗！」

甕剛代也大笑道：「好！我一定奉陪到底。」又見鄂巴洪半晌一言不發，就對他說：「鄂巴洪台吉，剛才你與四貝勒比試，是我當見證，這次我與四貝勒比酒，你來評判如何？」

鄂巴洪看一看皇太極說：「四貝勒如果需要，我自然樂意效力。」

皇太極道：「有貝勒作見證，實在是求之不得。」說罷，二人相視而笑。

莽古思說：「諸位既然願意喝酒，爲何不回到帳中慢飲，只顧在帳外空談，難道還要等著比試刀法麼？」

皇太極道：「比過刀法，再飲不遲。」

鄂巴洪心有不甘，嘴上卻說：「四貝勒既已衆望所歸，不比也罷！」

皇太極擺手說：「我們已經說定，還是比試的好，以免失信於人。」

鄂巴洪說：「那就當作切磋一下武藝。」說著，轉身向一個佩刀的武士招手道：「雷霆，你就過來領教領教四貝勒的高招吧！」

雷靂手提一把大刀應聲過來，把刀一擺，立個門戶，說道：「四貝勒，請出招吧！」

皇太極見雷靂的刀背厚刃薄，刀頭比一般的刀要短，刀柄卻比一般的刀要長，好像獵戶樵夫的砍山刀，忽然想起遼東五虎斷門刀雷家，此人也姓雷，不知二人可有淵源？於是問道：「敢問遼東大豪雷震天與你怎樣稱呼？」

雷靂面現驚訝之色，說道：「正是家父。」

原來遼東雷家的祖上本是獵戶出身，世代狩獵，尤其以打虎聞名鄉里，後來被貪官勒索虎骨，逃到長白山，與群虎爲伍，常年與之相戲，以砍山刀摹仿虎的各種姿態，潛心練習，創立了九九八十一招五虎斷門刀法。此刀法以剛猛凌厲見長，招數大開大闔，雖然稍欠精妙，卻也威震遼東一方。十年前，皇太極巧遇五虎斷門刀的掌門人雷震天，二人交手，堪堪戰平。雷震天見皇太極年紀輕輕，卻勇武過人，不免惺惺相惜，結成忘年之交。二人劃地爲廬，盤桓幾日，雷震天破例把五虎斷門刀法傾囊相授，皇太極則教雷震天射獵之法，因此對雷家刀法耳熟能詳。聽雷靂自稱是雷震天的後人，笑道：「十年之前，我與你父親有一面之緣，他曾經把五虎斷門刀法傳授給我。我們先不要過招，待我把你家的刀法演示一下，你看我學得如何？只是我連年忙於征戰，一直疏於習練，想必沒有什麼長進，雷世兄莫要見笑！」說著一摸佩刀，腰中空空如也，想到救大玉兒時佩刀爲黑熊所毀，無法使用。多爾袞急忙摘下自己的佩刀，遞與皇太極。皇太極接過一掂，又覺太過輕巧，雷家刀法的威力難以發揮出來，當下把刀拋還給多爾袞。

7

不多時，兩個武士從帳中抬出一把刀來。皇太極接刀在手，沈重異常，拉刀出鞘，便覺光華如水，奪人二目，一時愛不釋手，險些忘了出招。

莽古思見皇太極沒有合手的鋼刀可用，想到自己的那把鐵刀，於是喊道：「二位且慢動手，四貝勒既然沒有刀可用，就把我的鐵刀借與他吧！」

不多時，帳前的兩個武士抬出一把刀來，放在莽古思的面前。莽古思說：「這把刀本是用阿巴海部落泡子河所產的精鐵鍛造而成，堅硬無比，重有八十一斤，不知四貝勒可否稱手？」

皇太極走過來，左手輕輕抓起刀身，右手一摁綳簧，刀半出鞘，但見光華似水，色如白銀，用指輕彈刀身，聲如龍吟，確是一把難得的寶刀。於是撤刀在手，雙手緊握，把五虎斷門刀法一路路使將出來，或疾或徐，或緊或慢，刀光如同匹練一般，上下左右飛舞，閃爍不定，令人眼花撩亂，目不暇接，猛聽皇太極大喝一聲，身形連連躍起，揮刀直劈幾下，然後收住刀勢。衆人多數不懂技擊，只看到人影飄動，鐵刀亂砍，都以爲沒有多少高明之處，因此掌聲寥寥。那邊的雷靂卻看得面色蒼白，兩眼失神，怎麼也料不到皇太極舉重若輕，把渾厚的膂力貫注到鐵刀之上，把刀法演示得如此精妙，一招一式，似拙實巧，隱隱有雷霆之聲。知道皇太極已臻於雷家刀法的最高境界，相比之下，自己的刀法不過是綿羊刀法罷了。不由萬念俱灰，長歎一聲，轉身欲走。

不想皇太極走過來說：「雷世兄，我班門弄斧，愚陋之處，還請指教。」

雷霆苦笑一聲，說道：「雷霆自幼遵從父教，在這套刀法上浸淫近二十年，本以爲頗有精進，但是今日與四貝勒一比，眞是螢火之於日光，杯水之於江河。四貝勒心懷仁慈，沒有答應與我過招，成全了薄面，感激尚且不及，哪裡有什麼指教可言！」說完，向皇太極深深一揖，也不與鄂巴洪辭行，只顧上馬而去。

鄂巴洪見皇太極對待雷霆，並不恃藝壓人，極爲慈讓，起身讚道：「四貝勒大仁大義，不戰而屈人之兵，令人感佩！」

皇太極說：「滿蒙本是一家，我們自當合力對外，共圖大計！」

莽古思乘機說道：「我等既然胸無嫌隙，不要在帳外遭受這風沙之苦了，快回帳中痛飲幾杯，以祝明日會盟之喜！」

甕剛代也說：「我正要與四貝勒喝上幾大碗，豈可再次拖延！」

衆人吵嚷著走回大帳。夜色漸漸深了，遠處有幾點燈火在閃動，時時傳來一陣家畜嘶鳴，塞北的夜晚，空寂而清涼。

8

食肉大典開始了。就見幾百個人一齊湧入蘆棚，十人一組，各各圍坐在一個大銅盤四周，等著熱騰騰的肉塊上來。一個年長的廚子捧著一個銀色的托盤，盤上放著四隻金碗，端到皇太極等人面前。

次日天明，莽古思命令部下準備好了烏牛、白馬、山羊和香燭，又命人在一處空曠的地方搭起三丈多高的蘆棚。天交辰時，莽古思一身戎裝，率領兒子寨桑等幾十位將士，與皇太極、多爾袞、鄂巴洪、甕剛代一齊來到棚前。蘆棚的前面早已建起了高大的祭台，台上整齊地擺放著牛馬羊三牲，又有帶血的牛骨、馬血、黃土、烈酒、羊肉各一碗，祭台的中間點好了香燭。眾人肅立兩邊，靜候會盟開始。

莽古思、皇太極、鄂巴洪、甕剛代四人站成一排，燃燭焚香，一齊跪拜天地神祇。莽古思手指青天，大聲說道：「科爾沁莽古思與大金皇太極今日締結盟約，願同心協力，共禦外辱。結盟以後，莽古思如果違背誓約，蒼天不佑，多降災禍，遭受白骨暴、鮮血出、黃土埋的下場。如果履行盟約，天地保佑，益壽延年，子孫萬世，永享榮昌。」其他三人也是如此說了一遍，只是把人名調換了一下。

盟誓已畢，四人起身，接過斟好的酒碗一飲而盡，然後一齊把碗摔碎在地上，眾人一片歡呼。四人在大家的簇擁下，走進蘆棚。皇太極四下一看，見蘆棚高大寬敞，地下遍鋪葦席，席上又鋪一層紅氈，紅氈之上撒放著數百隻大小不一的各式坐墊，十隻坐墊圍成一圓圈兒，每個圓圈兒的中間都放著一個徑長兩尺左右的銅盤，銅盤的旁邊坐著一個大銅碗，碗中有一個大銅勺。每個坐墊前各放著一個小銅盤，徑長七八寸，又放有一個大瓷碗，想必是盛酒用的。

多爾袞走過來，悄悄地問道：「哥哥，這是什麼陣勢，爲何擺這麼多的盤碗？」

皇太極答道：「這是滿蒙兩族最隆重的迎賓儀式，叫做食肉大典，遇有大的祭祀或喜慶活動才會舉辦。近十餘年來，戰事頻仍，各部落都無暇顧此，難怪你不知道了。」

此時，莽古思讓大家分頭落座，食肉大典開始了。但見二十幾個廚子有的手提一塊方肉，有的抱著一罈高粱烈酒，在棚中穿梭般地來回走動。半盞茶的功夫，每個大銅盤中都放好了方肉，每個大銅碗中都盛滿了肉汁，每個大瓷碗中都倒了烈酒。莽古思、皇太極、多爾袞、鄂巴洪台吉、甕剛代、寨桑和大玉兒等人坐在首席，廚子馬上給每個人送過一把解手尖刀和一卷高麗紙來。衆人擺放停當，又有一個年長的廚子手裡捧著一個銀色的托盤，盤上放著四隻金碗，碗裡兀自冒著熱氣，一股誘人的香味漸漸瀰散開來，令人心搖神蕩，大家禁不住貪婪地吸著香氣，抬頭觀看，就見每隻金碗內都赫然放著一隻燉熟的熊掌。

那廚子來到皇太極面前，躬身說道：「四貝勒，熊掌已經煨熟，請貝勒品嘗。」

皇太極取了一碗，對廚子說：「其餘三隻分給另外三位。」原來，按照滿蒙兩族的習俗，獵得野熊，只是熊頭和熊掌歸射獵者所有，其餘的部分都分與衆人。此熊既然是皇太極打死，熊掌自然要讓他來吃，而皇太極則乘機分與其他三位。莽古思正要把獵熊的經過講給鄂巴洪和甕剛代二人聽，忽然大玉兒嚷道：「獵獲這頭野熊，我也出了力，怎麼沒有我的份呢？」

莽古思和皇太極兩人對視一下，不禁大笑，寨桑則皺皺眉頭，向大玉兒連連使眼色，大玉兒渾若不見，鄂巴洪和甕剛代聽得面面相覷，都覺不解。皇太極說：「不是玉兒此言，我幾乎忘了她的功勞。若不是她引熊出洞，我等怎麼會有熊掌吃呢！忘了分與你，就把我的這一碗讓給你怎麼樣？」

莽古思忙說：「不必了。還是我與玉兒分吃一隻吧！」然後就把獵熊的經過向鄂巴洪和甕剛代大致講了一下，二人又對皇太極讚歎了一番。莽古思見酒食安排已畢，命令開席。「開席嘍！」就聽一聲吆喝，霎時從棚外湧進數百名蒙古男子，紛紛搶著入座，拔出佩帶的尖刀，取碗切肉，大口而食。多爾袞從來沒有見過這樣大的場面，一時驚呆了，不知如何是好，學著別人拿起解手尖刀，向盤中切了一塊肉，見肉爲清水所煮，顏色淺白，沒有加一點鹽醬，但是咬上一口，卻覺味道甚是嫩美。正要再吃，忽覺大玉兒用手拉自己的衣袖，小聲地說：「不要這樣吃啦！」一怔之下，不由大窘，急忙學著哥哥等人的樣子吃起來。

皇太極早已切了一大塊肉，用刀插入自己的銅盤，左手拈起一張高麗紙，牢牢地按住肉塊，右手拿著解手尖刀，細細地割成一片，大小如掌，薄厚似紙，肥瘦兼有，用手一團，放入口中，多爾袞仿照哥哥的辦法而吃，但是割出的肉卻薄厚不均，大小各異。

鄂巴洪看到皇太極下刀如此均勻，感歎道：「我到處奔走幾十年，從未見過這樣精細的吃法，眞是令人歎爲觀止！」

莽古思說：「如此吃法我倒是還見過一次。那人也是這樣割食，一次竟吃了十斤，被驚爲神人。不過這已是二十年前的事了。」

甕剛代一心要與皇太極鬥酒，正自吃肉，此時聽說有人能吃十斤，頗爲不服，賭意大盛，問道：「此人是誰？快快叫來與我試一試！」

莽古思笑道：「這我可難以從命，因爲我請不動他。」衆人一聽，知道必定是個厲害的角色，紛紛放下刀盤，注目細聽。莽古思卻引而不發，說道：「你們要知道此人是誰，不妨猜上一猜。」說罷，看著皇太極笑而不語。

大玉兒見爺爺盯著姑父，心想：可能是與姑父有關，說不定就是他的家人，事情既是發生在二十年前，一定是他的長輩。想到這兒，問道：「是不是姑父的父親？」

莽古思大笑道：「玉兒眞是冰雪聰明，我說的那人正是大金的汗王努爾哈赤。我今天見到四貝勒如此吃肉，不禁想起他當年的英姿。自古道：將門出虎子，四貝勒眞有乃父之風。來，爲我們順利結盟乾上一杯！」

衆人一齊歡飲，甕剛代過來與皇太極鬥酒，寨桑也過來勸飲，猜拳行令，十分熱鬧。轉眼間，都已喝了幾大碗。甕剛代還覺喝得太慢，抓過一罎，拍碎泥封，要與皇太極對飲，皇太極擺手說道：「貝勒酒量驚人，小弟素不善飲，甘拜下風。」甕剛代哈哈大笑。
衆人歡飲多時。大玉兒忽然從棚外跑來，喊道：「我贏了，我贏了！」多爾袞則垂頭喪氣地跟在後面。
莽古思惘然問道：「什麼贏了？」
甕剛代圓睜著兩隻醉眼，看著大玉兒說：「分明是我贏了，怎麼卻說是你贏了呢？」大玉兒坐下，嬌喘噓噓地說：「我說的是汗血馬贏了，什麼你贏了我贏了的！」原來大玉兒與多爾袞趁衆人痛飲之際，到外面賽馬去了。
多爾袞急道：「要是有我哥哥的小白在，一定不會輸的！」
「小白是一匹什麼樣的馬？」莽古思問。
「小白是一匹黑馬。」
「黑馬？怎麼黑馬起了一個這樣的名字呢！」
「因爲大白渾身上下全是白的，小白只有頭心有一撮白毫，四蹄上各有一圈，不如大白多。」
「我還以爲小白是大白的孫子呢！原來卻是一匹黑馬。哈……」
衆人也感到新奇，竊竊私語。棚外月上東山，星光燦爛；棚內衆人一面飲酒吃肉，一面談論這兩天的事情。不多時，席上杯盤狼藉，衆人一個個東倒西歪，猶自大呼小叫。

人群開始離散了，有的相互攙扶著出帳，有的被人抬出，皇太極等人已醉倒在地上。他心裡還在想著會盟嗎？

9

皇太極要走了，大玉兒戀戀不捨，竟以死相逼，要與姑姑一起侍奉皇太極。莽古思頓覺為難，孫女只有十三歲，皇太極已經三十三了，如此懸殊，婚後可會和諧？

第二天，皇太極、鄂巴洪、甕剛代都來向莽古思辭行。莽古思、皇太極先送鄂巴洪和甕剛代上了路，把手言別，目送他們遠去了，回到帳中，取出一件東西，對皇太極說：「這是一具新帳篷，是用多羅樹的樹皮精編而成，不怕水濕雨淋，你長年在外征戰，必有大用。」皇太極謝過收下。

莽古思又說：「桑阿爾寨貝勒有一個女兒，年已十二歲，他曾托我說願將女兒嫁到金國。我看令弟多爾袞與此女年貌相當，不知可否有意？」

皇太極道：「我父汗早已聽說過桑阿爾寨貝勒的大名，只是一直沒有機會結識。既然他也有此意，我們哪有不答應的道理呢！」

這時，寨桑走進帳來，附在莽古思的耳邊說了幾句話，莽古思面露難色，沈吟半晌，說道：「四貝勒，我們還有一事相求，請你務必答應。」

皇太極說：「有事但請直言，我定會盡力而為！」

莽古思歎道：「玉兒從小一直沒有離開過我，我十分喜歡她。可是前天見了你，哭鬧著要跟你去見她的姑姑，我與寨桑不答應，她、她竟以死相逼。」

莽古思飽經滄桑的臉上湧出無限的痛苦，混濁幾盡乾涸的眼中浸出淚水，滴落胸前。皇太極以爲莽古思舐犢情深，捨不得離開幾日，就勸慰道：「既然這樣，我就帶她回去，見了她姑姑，玩上幾天再送她回來就是了。」莽古思說：「如果這樣，我派人送她也是可以的。只是玉兒看姑姑不過是一個藉口，她的眞正目的是要和她姑姑一樣侍奉你。」

皇太極聽得目瞪口呆，無論如何也沒有想到這一層，一時不知如何回答。莽古思和寨桑一見，一唱一和，過來勸說，寨桑說：「我妹妹現在已有三個女兒，一來沒有爲你生下一個男孩，二來我妹妹每天忙於照料孩子，勢必不能盡心侍奉你，玉兒去了，她也好有個幫手。」

莽古思接著說：「昨天的誓言猶在耳邊，四貝勒爲何不願替我們分憂呢？如果玉兒死了，我與寨桑勢難獨活，結盟一事，豈不成了一紙空文？」

皇太極此時明白了他們的心思，知道莽古思實是怕女兒失寵，因此讓大玉兒跟隨自己。知道如果拒絕，將會動搖剛剛建立起來的聯盟，再說大玉兒明艷可人，自己內心也是喜歡她的，於是就點頭答應下來。

太陽越升越高了，三匹馬在朝著科爾沁的東南方急馳，一位紅衣少女催馬跑在前面，鮮艷的蒙古長袍在春日的驕陽下十分耀眼。少女的後面緊緊跟著一個大漢和一個少年，他們在向草原以外馳騁。那個花季的少女如同一條流出深山的小溪，在無限憧憬著白浪滔滔的江河，她遠離了家鄉的草原和親人，去到一個遙遠而陌生的地方，那是一片新的天地。誰能料到這個稚氣未脫的柔弱軀體會影響了中國大半個世紀的歷史進程呢？

勸降

10

清軍兵臨錦州城下，祖大壽向北京告急，朝臣多言退守，只有一位大臣挺身而出，舉薦了屢建奇功的帥才洪承疇，崇禎皇帝大喜。

大玉兒來到金國已經十六年了，她的丈夫皇太極已經消滅了察哈爾林丹汗，征服了朝鮮半島，做了大清國的皇帝，她也從一個少不更事的女孩，變成了皇太極的永福宮莊妃娘娘。多年的養尊處優，她的皮膚更加光潔細膩，再也看不出漠北風沙侵襲的痕迹，肥瘦適中的身材成熟到了巓峰，絲毫沒有因爲兒子福臨的出生，受到多少影響，恰恰是有了兒子，更多出了幾分自信與沈穩，她眼中時時出現的母性的柔光，爲她增添了少婦所獨有的丰韻，旣羞澀溫柔，又成熟風流。二十九歲的女人，眞是熟透的鮮桃，不但色彩明艷動人，而且誘人的香氣遠遠地飄出了園林。

此時，皇太極正坐在翔鳳閣中，虎視眈眈地遙望著他的唯一敵人——明朝，思考著征討明朝的宏圖遠略，在他的面前坐著剛剛進殿的四位漢官，有內秘書院大學士范文程，章京寧完我，都察院參政祖可法、張存仁。那范文程本是宋代名臣范仲淹的十七世孫，在大明不過是個秀才，但是卻滿腹經綸，頗有韜略，是有名的智囊，太祖努爾哈赤之時，就已被封作章京之職，深受皇太極的信賴。

皇太極挺一挺略顯肥胖的身子，對衆位大臣說：「以前漢人、蒙古、朝鮮與我大清四境逼處，曾經令朕心神不安。現在蒙古、朝鮮都已臣服，只有漢人仍與我大清對立。朕思先皇當年以七大恨告天，憑藉十三副遺甲起兵，立誓伐明，宏圖未展，卻傷於明人的紅衣大炮之下，其情其景，常在眼前，每一念及，寢食難安。朕時刻想繼承先皇的遺志，出兵伐明。范章京以為如何？」

范文程起身說：「南朝至今已經歷了二百七十多年，沈痾積弊很多，上下欺瞞，賄賂公行，黨爭蜂起，武弱文強，士林多不以國事為重，空言節義操行，國家綱紀嚴重破壞。先皇帝席捲遼河以東，已成破竹之勢，但是舉足不前，中止征伐，沒有佔領他們更多的土地，不過是上天有意暫時讓明朝喘息幾天。不過，南朝雖然用兵已久，略顯師老財匱，但是他們以全國之力傾注在東北的一隅之地，還是較為充裕的，並且明軍憑藉城池之固，山川之險，據以死守，實難攻取，更不能長驅直入。因此，臣以為對付南朝，先不要太過張揚，使他們警覺，而應該加緊自我發展，修明政治，開墾土地，息兵養民，舉賢任才，不慕虛名，只求實力，以逸待勞，這才是萬全的計策。」

寧完我也說：「臣以為征伐明朝需要緩緩圖之，可用卑驕利誘之術。先與他們和談，裝出卑下的樣子，麻痺明朝，使明人以為天下依然歌舞昇平，不把我們放在眼裡，明朝內部勢必會分成主和與主戰兩派而紛爭不已，自亂陣腳，空耗實力。我們靜觀其變，俟其內亂，乘機取之不遲。」

皇太極聽後說道：「二卿所言都是根本長遠之計，似是有些愚闊，朕以爲征伐明朝，可以採用蠶食之策，自北而南，步步推進。」

祖可法拱手說：「陛下聖明。明朝地域廣大，人口衆多，如急攻強取，漢人善守城池，恐怕一時難克，再者我軍兵力有限，兵分則勢孤，正好爲其所乘，各個擊破。如果只自固求和，少事攻伐，復仇之事，勢必遙遙無期。臣以爲，陛下所言蠶食之策確是弱敵強我的良謀，臣與張參政也曾商議過，請陛下明鑒。」

皇太極聞聽他的想法與自己暗合，心中有幾分高興，忙說：「二卿可速速講來，大家一起商議。」

祖可法看了一眼張存仁，張存仁站起來說：「臣與祖參政所議的進取大計有三個途徑，一是直攻燕京，此爲刺心之法；二是佔據山海關，此爲斷喉之法；三是先取寧遠、錦州，此是伐樹剪枝之法。」

皇太極擺手讓張存仁回座，說道：「二卿所想的只有第三個辦法可行，直攻燕京或許可以動搖明朝的根基，但是長途奔襲，難以一蹴而就，時間一久，將士給養難繼，勞而無功；佔據山海關的想法雖然不錯，但是山海關倚山臨海，地勢險要，城牆高大，關隘堅固，易守難攻，如果將士受阻關下，寧遠和關內的明軍前後夾擊，我軍必無處藏身。」

寧完我辯白道：「陛下，臣以爲急圖山海，實爲上策。山海一區，謀奪較易；寧錦八城，攻取爲難。如要佔據山海關，可遣一路人馬直抵關下，再遣精銳的鐵騎由長城西面的關口乘虛闖入，內外夾攻，此關必下。佔據此關，關外各城就都沒有了退路，勢必傳檄可定。又可出關南下，進窺京畿，實在是一舉兩得的好計策。」

皇太極笑道：「寧學士所言算是一種快捷的辦法，但是風險也大，朕的意思是要穩紮穩打，步步爲營，多一些取勝的把握。朕自從即位以來，向遼西用兵多次，僅得大凌河一城，但是也算是打開了西進的門戶。既然我們已經有了這個基礎，就該攻取寧錦八城。一是路程較近，便於用兵，進可攻，退可守，等於是處在了不敗之地；二是取了寧錦八城，燕京就沒有了屏障，我軍可以長驅入關。不但先皇的仇恨可雪，而且能夠成就百代的偉業。」

五位大臣一聽，知道皇太極主意已定，齊聲說道：「陛下所論篤實，至爲周全，非我等所及。」

皇太極又說：「朕之所以採取蠶食的政策，是因爲與明軍在遼西用兵數年，收穫甚微。實戰終非紙上談兵，不可不愼重。」

張存仁見皇太極一臉憂慮之色，說道：「陛下不必多慮，臣有一計可破錦州。」

皇太極大喜道：「快講！」

「數日以來，臣一直在想我們攻城略地十餘年，錦州等城爲何久攻不下？現在看來是我們的辦法不對。我軍慣於野地浪戰，而明軍善於堅守城池，我軍放棄野戰而攻取城池，即是以己之短對人之長，怎麼會不失敗呢？以臣之見，不如以圍代攻，等他們糧竭草盡，棄城而出，再伏兵阻擊，豈不勝於冒著槍林彈雨攻打城池嗎？」

皇太極讚道：「確是如此。唉！我們眞是白白征戰了這麼多年！現在既然已經明白了這層道理，寧錦八城垂手可得了。哈……」命人擺酒宴款待五位大臣，君臣把盞相歡。

次日，皇太極傳令和碩鄭親王濟爾哈朗爲左元帥，多羅貝勒多鐸爲右元帥率軍往義州築城屯田，然後兵臨錦州城下。錦州的守將祖大壽早已接到探馬的報告，急忙召集衆將到帥府議事，就見探馬慌慌張張跑來報說：「清兵正在搶割城東、城北、城西的莊稼，捆紮裝車。」

衆將聞聽，紛紛叫道：「元帥速速發兵攔擊，千萬不要讓清軍把莊稼割走，否則我們哪裡去收今年的新糧？」

祖大壽說：「清軍的意圖不外乎兩個，一是想釜底抽薪，斷絕我軍糧草；二是想激我們開城出戰，布下陣勢，引誘我們上鈎。現在我軍糧草足可用上二三年，不可輕舉妄動，中了他們的詭計。」衆將聞言，情緒才安定下來。

祖大壽命令嚴守陣地，不可擅動，讓蒙古將領諾木齊、吳巴什守護城門，自己守護內城，帶領衛隊在城牆上來回巡視。就見清軍在錦州城的四面各設下八座大營，把錦州城圍得像鐵桶一般，斷絕了明軍的一切出入。大壽見清兵勢大，一面指揮守城，一面派人火速向朝廷求援。

明朝崇禎皇帝接到錦州急報，與群臣商議對策，有的說放棄關外的土地，讓祖大壽等人退守山海關；有的說派遣使者與淸人議和，一時爭論不休。崇禎心中煩悶，打不起精神，伏案慨慨思睡。當下惱了一位大臣，他出班厲聲叱道：「你們這幫誤國的奸賊！國難當頭，身爲大臣，不僅不思爲皇上分憂，報效朝廷，卻想割地求安，怎麼對得起列祖列宗！想當年，先皇開疆拓邊，是何等的不易，千百將士浴血奮戰，才有尺寸之地，你們口舌一動，就輕言放棄，將來有何顏面去見地下的祖宗，又如何對得起關外數萬百姓呢？伏請皇上把這些奸賊正以國法，然後發兵拒寇。」

崇禎聽此人講得慷慨激昂，心神爲之一振，抬頭一看，見是國子祭酒倪元璐。崇禎嘉許道：「國難見忠臣，倪卿不愧此言。」然後對著群臣責罵道：「朕平時給你們高官厚祿，使你們生活得錦衣玉食，是希望你們在國家用人之際，扶保社稷，豈是讓你們坐談不休，只逞口舌之能嗎？現在邊疆危急，朕寢食不安，批閱奏章常常到半夜仍不休息，你們卻沒有什麼良策爲朕分憂解難，要你們何用？不如將你們全都發配到前敵廝殺，也好長一點血性，看你們還敢不敢動輒就說撤退和談！」

衆大臣見皇帝大發雷霆，個個嚇得面如土色，再也不敢發一言。崇禎的情緒略微穩定了一下，對倪元璐說：「剛才倪卿之言甚合朕意。朕既然繼承了祖宗基業，豈有隨意割讓之理？朕已決意要戰，倪卿可有良策退敵？」

倪元璐跪下告稟道：「皇上決意要戰，實在是社稷之福、萬民之福。臣向皇上保舉一人，必能拒敵守土，掃滅狼煙。」

「此人就是誰？卿家快快講來！」

「此人就是陝西三邊都督洪承疇。」

「不是倪卿提醒，朕還想不起來呢！以洪卿之才，出征必建大功。」於是下旨命駐紮在京城外的洪承疇總督薊遼軍務，不必面聖，統率三秦兵馬急速支援遼東。洪承疇接到聖旨，即命玉田總兵曹變蛟、前屯衛總兵王廷臣、薊州總兵白廣恩拔營出發，又以聖旨節制山海關總兵馬科、寧遠總兵吳三桂、宣府總兵楊國柱、大同總兵王朴、密雲總兵唐通齊來集結寧遠，共有兵士十三萬，馬匹四萬，來到松山。

此時，皇太極命令手下的衆位貝勒輪流指揮圍困錦州，派遣弟弟和碩睿親王多爾袞和長子肅親王豪格領兵駐營在錦州城的三十里外，又命朝鮮總兵阿哈尼堪率兵援助濟爾哈朗，命恭順王孔有德、智順王尚可喜、懷順王耿仲明率本部人馬前來助圍。迫於清軍勢大，錦州外城的蒙古守將諾木齊、吳巴什密謀獻了城池，祖大壽被迫退守內城，形勢十分危急。洪承疇的大軍一到，先解了錦州之圍，並與松山、杏山形成了犄角之勢。

多爾袞見明朝大軍已到，與豪格商議，決定飛報盛京，請求援助。皇太極聞報大驚，命鄭親王濟爾哈朗回盛京留守，調集全國的各部兵馬，親自統領支援前線。不料憂急過度，鼻內突然出血，流個不住，大軍只得延期三日。皇太極的弟弟多羅武英郡王阿濟格、多鐸來見，皇太極讓莊妃在旁邊扶著他的胳膊，從床上坐起來，笑著對兩位弟弟說：「你們來這裡可是勸我不要親自出馬的嗎？」

阿濟格直率地說：「正是。汗兄身體既然欠安，可讓臣弟們領兵廝殺，汗兄留在盛京安心調養，何必親往勞頓！」

皇太極說：「你們的心意朕也明白，但是此次明軍精銳盡出，朕正要與他們進行決戰，豈可白白錯失了這次良機。這是上天賜給我們的機會，不取不祥。再說近幾年，朕一直夢寐以求的就是要拿下錦州，現在錦州又只剩下內城，旦夕可取，豈可輕易放棄？爲了光大父皇開創的基業，朕一時忍受一點小病的痛苦，也是値得的。朕意已決，不必多言。」

多鐸見哥哥勸不住汗兄，再一味直勸也不會起作用，恐怕還會激怒他，於事更是無益，故意低頭不語。皇太極見弟弟鬱鬱寡歡，不禁笑道：「你們與朕一起身經百戰，今日爲什麼兒女情長起來？你們不要以朕的身體爲念，與朕戮力殺敵，一舉消滅明軍主力，直搗燕京，豈不快哉！」

多鐸見汗兄給他們鼓氣，說道：「汗兄身體素來健康，臣弟並不多慮，只是想勸汗兄在盛京多歇息幾日，由臣弟率兵先走，汗兄一俟病好，隨後趕到如何？」

皇太極擺手說：「救兵如救火，行軍制勝，利在神速，朕恨不能肋生雙翅，飛到前敵，怎麼可以慢行呢？且朕一到錦州不但可以激勵將士，而且也可以全心投入戰事，感覺不到病痛了。如果遲去幾日，不瞭解前線情況，只會心生焦躁，恐怕未必有利於病體的康復。」

多鐸笑道：「汗兄過於謹慎了，臣弟等領兵必可擊退明軍，兄皇又何須急躁！」

皇太極問道：「你可知明軍的統帥是何人？」

多鐸答道：「是洪承疇」。

「不錯。你可知他的來歷？」

「不知道。」

「那麼朕來告訴你們。洪承疇乃是明朝萬曆年間的進士，此人文才出衆，又頗有韜略，曾總督三秦，屢建奇功，極有聲望。朕前日曾召問耿仲明、尙可喜，以爲洪承疇何許人也？他們都言此人有經天緯地之才，對他極爲佩服，懇勸朕要小心對付，切不可掉以輕心。朕深知這一次爭戰關係重大，如果坐鎭盛京，你們遇事勢必往來請旨，以致拖延時間，貽誤戰機，不如朕親臨指揮，可以隨機應變，伺機滅敵。」

阿濟格、多鐸聞言滿面羞愧，見皇太極考慮事情遠比自己周全，當下不再說什麼，告辭後退了出來。莊妃扶皇太極躺下，一邊爲他把扇，一邊細聲問道：「陛下，那洪承疇果然像陛下說的那樣厲害麼？」

皇太極握著莊妃的小手，雙眼出神地說：「有過之而無不及，耿、尙二將既然如此說，絕非虛言。朕自十五歲跟隨父汗四處征戰，深知將在謀而不在勇。朕並非是怕明朝的十三萬人馬，只是怕洪承疇一人！如能使他歸降我大清，眞是如虎添翼，必能早日平定中原，一統天下。」

莊妃見皇太極神色飛揚，一副君臨天下的樣子，怕他極度興奮，過於耗神，柔柔地說：「陛下還是早些休息，明日還要動身呢！」

皇太極見莊妃滿臉香汗淋漓，面色略顯憔悴，愛撫地說：「這幾日辛苦你了，面容也清減了一些。」

莊妃微笑道：「陛下為何對臣妾客套起來了，這是臣妾的本分，只要陛下早日康復，臣妾這點勞作哪裡值得一提呢！」

皇太極大為感動，坐起身來，扳起莊妃的臉龐，感歎道：

「你跟著朕到今年已有十幾年了吧！」

「十六年了。」

「這麼多年，朕外出征戰，與你聚少離多，也苦了你。朕現已蒼髯白髮，仍要上陣殺敵，不能與你長相廝守，你不要怪朕。如果能等到河海晏清，朕一定傳位於一個阿哥，與你等遊園把盞，同享天倫，再不問世俗之事。」

莊妃聽著，想起十幾年來自己的那顆心常常為皇太極懸著，苦苦等待、企盼、守望的日日夜夜，因他而樂，為他而悲，不由一陣酸楚，兩眼泛紅，幽幽地說：「臣妾自幼齡得以侍奉陛下，非常瞭解陛下的心思和志向，能與陛下相處多年，是臣妾的福氣，臣妾不感到有什麼苦。陛下不要分神，多保重身體，許多大事還要等陛下裁斷呢！」

皇太極緊緊握著莊妃的雙手，臉上露出一絲笑意，心裡卻苦得發疼。

第二天，天剛濛濛亮，皇太極就來到大清門前，衆位文武大臣也齊聚在此，皇太極一聲令下，帶領十萬大軍浩浩蕩蕩地出發了。路上皇太極救援心切，不住催促快行，但是一天下來不過百里，皇太極大急，命令阿濟格、多鐸統領大軍按計劃趕路，自己率領三千精銳騎兵連夜前進。皇太極的鼻血本來就沒有止住，連續行軍，不得休息，鼻子出血不止，只好一邊用一塊布包裹嘴和鼻子，一邊打馬馳騁，不顧流血把布浸透。六天後到達了松山附近的戚家堡。多爾袞、豪格接到報告，遠遠地把皇太極迎到大營之中，詳細講述了前敵的情況。

原來洪承疇來到寧遠以後，見清兵士氣甚旺，刀箭鋒利，不敢貿然用兵，而是採取且戰且守，以守爲戰的持久之策，步步立營，堅守對峙，並把用兵的計劃上奏了明廷。奏章到了兵部，新任尚書陳新甲正急於建功，命洪承疇火速進兵，速戰速決，不得遲誤。洪承疇一見，急忙再加陳奏，大意以爲：清軍習於野戰，我軍諳於堅守，如放棄堅守而與清軍決戰，正好給了清軍以可乘之機；現在所採用的戰略是要與清軍長久對峙，實際上是在拼比兩國的實力，關外物產不如中原富足，我軍如果堅守不出，既可使其拼耗財力，又可保存兵力。俟其財物匱乏之時，清人勢必厭戰，內亂自生，到那時全線出擊，必可大獲全勝。

陳尙書接到奏章，見洪承疇多逆己意，心頭大怒，暗想：我剛剛上任，就指揮不動，一定是洪承疇自恃功高，不把我放在眼裡，如果允許他自作主張，今後我還有什麼威信而言？於是急急進宮，面見崇禎皇帝，密奏洪承疇不聽節制，拖延進兵，空耗糧餉，請旨催戰。崇禎下了旨意，陳新甲就派兵部職方司郎中張若麟趕赴軍中督戰。洪承疇見了聖旨，沒有辦法推托，只好將糧草馬匹多數留在寧遠、杏山和距離錦州七十里外的塔山之峰筆架山，命楊國柱率兵六萬爲先鋒，自己統領大隊隨後，在松山城北乳峰山紮營，步兵在乳峰山、松山城之間挖出一道壕溝，立下七座大營，命騎兵分駐山的東西北三面，迎擊清兵。

11

夜半時分，殘月高掛，寒風徹骨，松濤陣陣，高高的松山上有幾個人影，指指點點，行動極爲詭異。他們是誰呢？

皇太極聽完，與衆將出營瞭望，見明軍佔據了有利地形，多處駐防，相互呼應，密密護定了松山城，心中暗暗佩服洪承疇善於用兵，對衆將說：「松山爲寧、錦的咽喉，我軍如要奪取關外四城，當首破此城。現在明軍先於我軍一步，護住了要害，致使攻城更難，如之奈何？」衆將都無言以對，皇太極悶悶不樂地回營，命從人退下，獨自一人默默地坐著苦思良策。

更漏兩下，帳外閃進一個人來，說道：「臣知道陛下此夜難眠，特來陪陛下聊天解悶。」

皇太極見是大學士范文程，讓他坐下，問道：「范章京可是有了致勝的良策？」

范文程說：「克敵的良策還不敢說已有了，但是明軍雖然佔了先機，陛下也不必沮喪，臣有一計可破明軍。」

皇太極大喜，起身一把拉住范文程的臂膊，說道：「范章京可是爲了勸朕一時高興，而出此戲言麼？」

范文程見皇太極如此心急，微笑道：「臣跟隨陛下多年，可曾斗膽與陛下相戲？」

「哈……快講與朕聽！朕夜深難寐，正爲此事。」皇太極鬆開手笑道。

「陛下，臣聽說行軍打仗，兵馬未動，糧草先行。剛才臣與陛下觀看明軍大營，未見多少糧草輜重，想必他們急於進兵，攜帶糧草不多，我軍可在明軍的南面，也就是松山、杏山之間，西自烏欣河南山，東至海邊，橫截大路，連綿紮下大營，與之相持；再從錦州到海邊，深挖三道丈餘寬的大壕溝，斷其糧道，然後探尋明軍的儲糧之處，搶其糧草。俟明軍糧草盡時，必不戰自亂。」

皇太極聽得撫掌大笑：「此計如果成功，大破承疇指日可待。事不遲宜，朕知道這周圍只有松山地勢最高，你可有膽量與朕上山觀敵？」

「臣有何不敢？只是松山已駐有大批明軍，陛下為萬民之望，且龍體有恙，似不可冒此風險。」

「夜深人靜，山上易於藏身，再說明軍也絕不會想到有人敢上山窺探，你與朕卸甲更衣而去，料想不會有什麼大礙。」

范文程見皇太極主意已定，知道再勸阻也沒有用處，只好趁皇太極準備衣服之時，命令帳外的隨從飛報多爾袞等人，率領兵馬暗隨在後面，以防不測。

夜半的山風已涼，一輪殘月斜掛在東南天際，松濤陣陣，好像是埋伏著千軍萬馬。皇太極和范文程在幾位親兵的護衛下，悄悄地避開明軍的營盤，爬上了松山。藉著依稀的月光，看到松山崗巒起伏，曲折盤旋，山下燈火通明，料是明軍的大營，山間燈火零星，各個險要之處也有明軍駐紮，再向正北一望，只見約有十幾里外的錦州城燈火點點，想必是明軍晝夜在堅守城池。轉身瞭望南面，就見西南方向有兩處燈火，隱隱約約，彷彿在無邊的夜色中遊動，便問范文程說：「那邊的兩處火光是什麼地方？」

范文程答道：「那近處略顯高一些的光亮處，是距離此地十八里依山而築的杏山城；那遠一些的是距離此地三十八里的塔山城。」

皇太極說：「明軍從寧遠進兵，必有不少糧草，依章京之意，他們會放在什麼地方呢？」

范文程說：「依臣愚見，明軍的糧草必是放在最爲安全的地方。臣觀洪承疇用兵，務求穩妥，不輕舉妄動，推知此人對於糧草也一定會極爲謹慎，放置在一個進退都能及時供應的地方。以此推斷不外乎三處，即松山、杏山、塔山。」

皇太極笑道：「章京的意思朕明白，松山雖然是明軍的主力，但是十餘萬人馬的糧草數量極大，不可能隨軍攜帶，以免進兵緩慢，退時又極易爲人所奪；杏山城依山而建，地勢狹小，難以儲放，且此城如果爲人翻山而攻，不易防守；由此可見，明軍的糧草必是放在塔山。」

范文程讚道：「陛下睿智，洞徹萬機。臣也以爲只有塔山南依寧遠，可爲後盾；北臨杏山，可爲屏障，最宜儲糧。明軍的糧草必在此處。」

皇太極問道：「剛才在大帳中，章京就說要襲奪他們的糧草，可是有了良策？」

「陛下，夜露已重，臣請與陛下到大營中細談。」

「既然已經有了計策，自然不用在此觀察敵營。」

君臣二人循著原路下山回營。剛剛走到山下，就見前面來了一大隊人馬，范文程大驚，正要拉著皇太極躲藏，早被發覺，忽啦一下，把他們圍在當中，隨從的親兵拔刀欲戰，就見爲首的兩人滾鞍下馬，快步迎上來，說道：「臣等特來迎接聖駕。」

皇太極等人一看，原來是多爾袞和豪格，范文程心裡暗暗鬆了一口氣，皇太極驚問道：「你們怎麼知道朕出營的？」

多爾袞看了看范文程，豪格搶著說道：「是范章京命人告訴兒臣，兒臣怕父皇有失，特地與十五叔帶領一千精兵，前來迎接。」

皇太極笑道：「朕本打算與范章京悄悄而去，悄悄而回，現在戰事吃緊，不想驚動你們，徒費心神。既然已經如此，就不能讓明軍安心酣睡，也要驚動他們一下。」說罷，命令衆將士面向明軍大營，齊聲喊道：「大金國皇帝前來探營！」反覆十餘遍，驚天動地。明軍將士多數正在酣睡，聞聽喊聲，一齊起來戒備，直到天亮，才知道皇太極早已回營，於是飛報主帥洪承疇。

洪承疇一聽，心裡暗暗佩服皇太極膽量過人，立即傳令不要理會，加強戒備，以免中了清軍聲東擊西的詭計。剛剛吩咐完畢，探馬又來報告，清軍擺成一字長蛇陣，在松山到杏山之間，接連紮營，並正在挖掘壕溝，截斷了我軍的退路。洪承疇聞報大驚，對衆將說：「清軍此舉意在斷我糧道，使我軍難以及時供給。本帥此次出征遼西，奉聖上使命急速進兵，只帶了數天的軍糧，因此一定要衝破清軍的重圍，務必使松山、杏山、塔山連成一線，恢復糧草的供給。此時，清軍正在松山、杏山之間挖溝紮營，我們要趁其立足未穩，主動出擊，打破他們的包圍。」

12

兩軍陣前，皇太極命人將奪來的明軍糧草堆積點燃，霎時火光沖天，星月無輝，明軍大恐。只剩一日之糧，如何作戰？

皇太極在衆人的簇擁之下，回到大營，命衆人退下，與范文程商議奪糧草之計。范文程打開一卷地圖，指說道：「陛下，從杏山的左邊有一條偏僻的小路，可以通到塔山，路程既近，又不易被明軍發現。陛下可以派遣一支精兵搶奪糧草，明軍失了糧草，必然心慌意亂，捨命突圍，我軍可以逸待勞，乘機殲之。」

皇太極點頭稱善，即刻命令多爾袞、阿濟格帶兵連夜出發，按圖去搶奪明軍的糧草，再三告誡道：「此次去塔山，意在劫糧，千萬不要戀戰，一定要多留明軍的活口，使他們把失糧的消息帶到松山，以亂其軍心。」又傳令全軍見了塔山逃回的明軍不許攔截，務必放他們入松山城，城內明軍出擊，不要與他們交戰，只用強弓硬弩亂射。此招果然奏效，明軍的幾次衝鋒都被亂箭射回。洪承疇見清軍弓箭十分厲害，只好收兵，想到晚上趁著夜色再突圍。

多爾袞和阿濟格率領三千精兵，沿著杏山上的小路，向塔山急奔。天將亮時，看到塔山，見山腰散落著七座帳篷，四周靜悄悄的，並沒有發現什麼糧草。阿濟格一見，不由地埋怨道：「如果沒有糧草，豈不是白白走了這麼多的冤枉路？」

多爾袞安慰說：「既然有兵馬把守，一定是護著糧草的。我們可以先打散這些兵馬，然後再細細地尋找不遲。」於是留下一千人馬作為後援，二人各領一千人馬，阿濟格在左，多爾袞在右，向明營直撲而去。明營中的軍士只知道有松山大營擋住清兵，根本想不到會受到攻擊，因此毫不防備，連個站崗的哨兵也沒有，放心大膽地正在酣睡，突然被清兵殺入，來不及抵抗，有的在夢中就作了刀下之鬼，有的盔甲也來不及穿戴，倉皇逃竄，霎時間七座營盤都已潰敗。多爾袞命令將士窮寇莫追，故意放跑一批明軍，任他們向北奔逃，率領兵馬與阿濟格一起搜尋糧草，快到山頂，看到一片密林，裡面滿滿地堆著數百垛糧草。二人大喜，急忙命令三千將士火速搬運，循原路下山，回營繳令。

皇太極一見，哈哈大笑，撫著范文程的肩膀說：「破明軍必矣！」當下命令多爾袞將一些糧草運到兩軍陣前，堆起大垛，讓數萬士卒齊聲吶喊：「謝洪大帥厚賜！」驚得明軍將士紛紛出營觀看，皇太極命人點燃糧垛，一時火光沖天。

洪承疇在大營中正部署突圍之事，有十幾名敗回的塔山士卒進帳報告，塔山失守，糧草都被清軍劫去。承疇聞報，捶胸頓足，悔恨不已，知道錦州之圍已經不能解救了，三十六計還是走為上計，只有向南突圍回寧遠才是最好的選擇，於是就命令部將再次衝突，無奈清軍箭如雨發，又被射了回來。洪承疇見清軍堅守不出，難以撼動，只好下令停止攻擊，召集八位總兵商議對策。洪承疇說：「大軍被圍並不可怕，我們的人數與清軍相若，又有紅衣大炮，將士所持的火器也強於清軍的弓箭，攻守本來都不會有什麼問題，但是我們的糧草已經不多了，死守松山，伺機反攻，已非良策，只有拚力一戰，衝破包圍，以圖再舉。」

曹變蛟問道：「元帥，我軍糧草可支撐幾時？」

「十天。」

「元帥說的恐怕有詐吧！以屬下所聞，已經沒有十天的糧草。」

「本帥誤記了。我軍糧草可供三日。」

曹變蛟憤然作色，說道：「元帥，事到如今，何必再欺瞞我等！」

洪承疇面上一紅，說道：「曹將軍，並非本帥有意欺瞞，糧草一事關係軍心，極爲重大。衆位將軍，實不相瞞，我軍只有一日之糧了，因此我才請衆位一齊共謀大計。切勿外洩！」

王廷臣說：「剛才我軍多次衝鋒都被擋回，又見清軍火燒糧草，軍心已經是有些不穩了。」

洪承疇答道：「我們糧盡被圍，形勢危急，不可再拖延下去。兵法上說：置之死地而後生。我想明告士卒，戰是一死，不戰也是一死，如果破釜沈舟，拚死一戰，或許可以死裡逃生。」

張若麟面色已經蒼白，內心極爲慌亂，急問道：「洪元帥有何妙計？」

洪承疇心裡陡然生出一股怒火，暗道：如果不是你反復以聖旨督促我進兵，怎麼會有這種進退兩難的局面？現在你卻問我有什麼計策，豈有此理！本想借機嘲諷他幾句，怎奈大敵當前，怕影響了士氣，強自忍住，不怒反笑道：「我哪裡有什麼計策，只有殺回寧遠一條道路可走了。」

吳三桂聽說轉回寧遠，問道：「錦州之圍就不解了嗎？」

洪承疇知道錦州的守將祖大壽是吳三桂的親娘舅，於是安慰說：「本帥並沒有說不解錦州之圍，是想先回到寧遠，取得供給，再圖振作。」

吳三桂說：「如果我軍向寧遠突圍，意圖不是太過明顯了嗎？現在清軍已在南面布下重兵，豈不是自投羅網！」

洪承疇點頭說：「以將軍之見，我們該如何突圍？」

「以末將愚見，我們可以南攻清軍，佯裝殺回寧遠，然後揮師北上，與錦州守軍會合。」

衆人一聽紛紛搖頭，王朴大呼道：「吳將軍，你怎可爲了解救娘舅，讓我們也陪上性命呢！」

吳三桂大怒，欲上前與王朴廝打，被洪承疇喝止，站在一旁，憤憤不平。洪承疇對衆將說：「吳將軍未必有什麼私意，只是錦州被圍已近一年，糧草勢必不會富餘，豈能供養我們十三萬人馬？再說我們向北突圍，清兵一定尾隨於後，我們孤軍深入，如果再遭清軍包圍，又往何處奔逃呢？」

吳三桂默然不語，此時也覺得自己剛才的想法尚欠考慮。洪承疇接著說：「從長遠計議，我們只有回寧遠一途，既可無後顧之憂，又可作東山再起的打算，不會有負皇上聖恩。」

衆將聽了，紛紛詢問如何突圍？洪承疇說：「今日我軍多次衝殺，都被阻擋，兩軍廝殺了一整天，清軍也已疲勞。趁此機會，我們今夜正好闖營突圍，也可免遭清軍弓箭的射擊。衆位以爲如何？」

張若麟見衆將再也沒有別的主意，起身說道：「大家齊心合力，殺回寧遠，我一定奏明皇上爲各位請功！」

13

洪承疇萬般無奈，急令四隊人馬偷襲清軍營盤，不料卻中了皇太極的計策，大敗而逃。

洪承疇下令衆將各自回營，飽餐戰飯，原地待命。到了三更時分，夜色濃黑，殘月少光，四下一片寂靜。洪承疇傳令王朴、唐通爲第一隊，白廣恩、王廷臣爲第二隊，馬科、楊國柱爲第三隊，曹變蛟、吳三桂爲第四隊，依次進發，前後相應，自己與巡撫丘民仰守住大營，伺機而動。王朴、唐通率領一萬人馬悄悄出發，來到清軍的營前，只聽營內寂靜無聲，王朴說：「我看清軍似有準備，可能只有一座空營。」唐通答道：「也許清軍疲乏已極，正在酣睡呢！」

二人猶豫未決，猛一聲炮響，清營之中萬箭齊發，把前面的明軍射死無數。王朴、唐通急忙命令軍士後退，行不數步，清營的兩邊各衝出一支人馬，左邊是多爾袞，右邊是多鐸，把明軍一下子衝作兩段，混戰起來。明軍見清軍已有準備，無心戀戰，奪路而逃。清軍隨後趕到，明軍抵擋不住，正在危急，白廣恩、王廷臣趕到，放過王朴、唐通，把清軍截下，一場混戰。忽然又有一隊清軍殺到，爲首的三員大將乃是孔有德、耿仲明、尙可喜，白廣恩、王廷臣見清兵勢大，且戰且退，幸虧馬科、楊國柱領兵到了，接住廝殺。

曹變蛟、吳三桂一軍，作爲第四隊剛剛出發，就見王朴、唐通率領殘兵回來，說是清軍早有準備，中了埋伏，二路、三路人馬正在廝殺。二將聞聽，急忙前去接應，還沒有見到清軍，卻聽到後面大營的方向，號炮連天，殺聲四起，吳三桂回頭一望，吃驚地對曹變蛟說：「後面爲何炮響，莫非是清軍攻我大營？」

曹變蛟說：「我們一路之上並沒有遇到清軍，他們是如何到大營的？」二人話音未落，就見一匹快馬飛馳而來，馬上一個軍卒手持令箭，大聲說道：「清軍偷襲大營，元帥命二位將軍火速回援。」兩人一聽，如冷水澆頭，也顧不得接應那兩路人馬，命令前隊改作後隊，後隊改作前隊，回救大營。此時的大營已被無數的清兵圍困，洪承疇親自督戰，王朴、唐通也率領敗回的殘兵奮力拼鬥，正在招架不住，吳、曹二將殺到，不多時，白、王、馬、楊四位總兵也敗退回來，清軍隨後追趕，齊攻明軍大營，二十幾萬人馬往來衝殺，驚天動地。

原來皇太極派人劫燒了明軍的糧草以後，知道明軍的軍心已經動搖，洪承疇必趁清軍合圍未成，立足未穩之機，先發制人，前來偷襲營盤。於是令豪格、阿濟格等率精兵一萬，從小道繞到明軍的背後，伺明軍出營，奪取空營。又命多爾袞、多鐸率精兵一萬埋伏在大寨外面，孔有德、耿仲明、尙可喜率馬步軍兵兩面接應，然後自統三萬大軍守住營盤，炮響爲號，一齊殺出，活捉洪承疇，掃平關外。皇太極分撥停當，衆將領命去了。夜裡明軍果來劫營。兩軍就殺在了一起。明軍久不習戰，混戰火器又無法使用，眼看著被清軍衝得七零八落，潰不成軍，首尾不能相顧。洪承疇、丘民仰率曹變蛟、王廷臣兩位總兵人馬三萬退向東北松山城，唐通、白廣恩、馬科、楊國柱、王朴、吳三桂六總兵率殘部八萬向寧遠敗走。

皇太極見明軍潰逃，傳令豪格對洪承疇追而不堵任其敗入松山城，斷其歸路，必要生擒洪承疇。又命多鐸領精兵五千，晝夜兼行，趕到明軍前面，埋伏在往寧遠的必經之路高橋和桑噶爾寨堡狙擊明軍，然後親率大軍長途奔襲，一路追來。在高橋截殺吳三桂、王朴所率南逃殘軍，將三萬多明軍團團圍住。吳三桂、王仆兩人見大勢已去，棄了馬匹，殺了兩個清兵，變換服飾，溜出重圍，向南逃去。清軍大獲全勝，斬殺南逃明軍五萬有餘。

再說豪格接了皇太極的命令，放洪承疇等人入了松山城。洪承疇到了城中，檢點手下兵丁，只剩了曹變蛟、王廷臣兩位大將和兩萬殘兵。想起數月前出關，麾下八總兵、十三萬人馬，浩浩蕩蕩，甲光映日月，殺氣衝雲天，何等威武！如今卻落得兵敗將逃，退守孤城。洪承疇不由淚流滿面，長歎一聲，下得馬來，向南方跪下，伏地哭道：「皇上，臣有負重托，以致損兵折將，有辱軍威，惟有一死相報，臣不能再侍奉陛下了。」說罷連連叩頭已畢，起身拔出肋下佩劍就要自刎，丘民仰等人大驚，急忙奪下勸道：「都是皇上身邊的小人蠱惑所致，罪責不在元帥。現在國家正值多事之秋，天下重望繫於元帥一身，元帥如果輕生取義，有誰輔佐皇上澄清天下，掃除邊患！元帥還是要以天下蒼生爲念，忍辱負重，以圖恢復。」

洪承疇長歎一聲，說道：「恢復談何容易！但是我洪某生爲大明朝人，死爲大明朝鬼，盡忠報國，有死而已。只要諸位齊心協力，堅守城池，援兵一到，我們就可重見天日了。」說罷帶領眾將巡視城防，謀求固守。

14

明軍困守孤城松山，清兵久攻不克，皇太極內心焦躁，正與范文程商議破城之策，忽然帳外走進一人，高聲說：「臣有一計可破松山。」

皇太極率領多鐸擊潰了杏山的明軍，即刻回軍松山城，圍了個裡三層外三層，風雨不透，水洩不通。明軍見大兵壓境，小心防守，清軍攻打多次全無收穫，皇太極內心十分急躁，出兵已經一年有餘，錦州、松山、杏山、塔山四城一座也沒有攻克，如此下去，何時才能入關！於是命人請來范文程，商議對策。皇太極面帶憂色，緩緩地說：「朕率兵圍城已有數月，松山城仍難攻下，我軍征戰也已年餘，不可拖延過久，范章京可有良策？」

范文程答道：「臣知道陛下早有收降洪承疇之意，現在松山城遭重圍，勢若累卵，可圍而緩攻，多寫一些勸降書信，曉以利害，射入城中，一驚其心，二觀其志，再作道理。」皇太極下令依計而行，軍士把勸降的書信射進城內。不多時，城中也射出一支箭來，士卒報與皇太極，皇太極接過一看，一支斷箭上綁有一封書信，上寫十幾個大字「城可破，頭可斷，大明經略卻不可降！洪」顏體行草，濃筆重墨，酣暢淋漓，字猶未乾。皇太極面色沈重，悵然對范文程說道：「洪承疇折箭明志，絕難歸降，如之奈何？」范文程一時也是無計可施，繞帳徘徊，沈吟不語。君臣二人正在愁悶之際，從帳外走進一人，向皇太極稟道：「陛下不要煩憂，臣有辦法可破松山城。」

皇太極和范文程抬頭一看，原來是額駙李永芳。皇太極急問：「你有何妙計，快快講來！」

李永芳道：「松山城內，臣有一位故交夏承德，現任副將之職，臣想修書一封，以高官厚祿相誘，使他暗暗獻城，裡應外合，何愁此城不破？只是進城卻難。」

皇太極先喜後憂，說：「這如何是好？」

范文程笑道：「陛下不必憂愁，臣自有辦法讓李額駙入城。」

李永芳看著范文程說：「若能入城，此事必成。」

范文程不緊不慢地說：「只要陛下一聲令下。」

「朕下什麼令？」

「松山現在糧草已盡，一定伺機突圍，但是懾於我大軍四面合圍，無隙可鑽，所以不得不閉門死守。陛下可令我軍佯裝廝殺，網開一面，使其以爲援兵已至，開城接應，然後伏兵擊之，明軍必敗回城。李額駙變換服飾，乘機混入敗兵之中，相隨入城。」

夜裡，皇太極令城西豪格依計行事。洪承疇聞報城西清軍背後殺聲陣陣，圍困已然鬆動。曹變蛟請令開城殺出，洪承疇擔心地說：「這恐怕是清軍在誘我出城。各路人馬都已敗退，自顧尚且不暇，何人會來救援？切不可中了調虎離山之計，還是堅守城池要緊。」

曹變蛟堅請道：「現在城中糧草已盡，困守是死路一條，出城突圍或許會有一線生機。末將願帶本部人馬一試，求元帥恩准。」

洪承疇別無計策，又恐死攔激成變亂，歎道：「將軍此去若遇伏兵，即刻轉回，千萬不可戀戰。」

曹變蛟領命出城，行不多遠，就遇到伏兵，明軍見清軍早有準備，心知中計，驚慌逃回。豪格眼看著李永芳混入明軍之中，也不追趕，回去繳令。皇太極下令依然四面合圍，然後在帳中靜候李永芳的消息。

過了兩日，夜近四更時分，李永芳帶著一個人，拉著繩索從城牆上爬下來，進了皇太極的大帳，稟報說已順利見到夏承德，說好明夜他輪值守城之時，開門獻城，並讓自己的兒子跟來，以爲人質。皇太極大喜，一面命人設宴款待他二人，一面齊聚衆將商議奪城之事。

第二天入夜，皇太極親領重兵來到西城下面，夏承德已在城上等候，見清軍到了，就命令手下打開城門，清軍蜂湧而入，佔了西門。此時洪承疇正在吃飯，忽然西城的幾個敗卒跑來報告，副將夏承德降清，獻了西門，清軍大隊人馬已經入城。洪承疇急忙命令曹變蛟、王廷臣率兵抵抗，自己上馬督戰，還沒有出了轅門，軍士來報：「王總兵苦戰，力盡被俘。」洪承疇正自驚詫，丘民仰跌跌撞撞地跑來，見了洪承疇大哭道：「城門都被清軍佔領了，我看是已經保不住了，曹變蛟爲救我被清軍圍困，我們如何是好？」

洪承疇見大勢已去，對丘民仰說：「你我身在儒林，一介文士，手無縛雞之力，面對清軍虎狼之師，絕難抵擋，只有一死報國了。」二人一齊轉回帥府，洪承疇擺上香案，面對南方，跪地哭拜，泗涕橫流，說道：「臣不能再爲萬歲分憂了，皇恩浩蕩，臣自恨愚鈍，不能還報萬一。現在臣身遭重圍，死不足惜，可歎我大明的大好河山淪入異族之手，微臣雖死也難謝天下了。」丘民仰也是潸然淚下，哀哭欲絕。

二人拜哭已畢，解下腰中的大帶，掛到樑上，剛剛登翻了腳凳，大堂的門就被齊齊撞開，許多人馬衝進來，爲首的一人揮刀砍斷帶子，把二人放倒在地，一起綁了。洪承疇睜眼一瞧，那人正是夏承德，就把頭轉向別處，默然不語。丘民仰唾面大罵道：「夏雞狗，你身爲大明官吏，不思報效朝廷，卻賣國求榮！洪經略對你也不薄，你卻獻城害主，就不怕留下萬世的罵名？」

夏承德也不分辯，命人把二人推搡著去見皇太極。皇太極急忙讓范文程代爲鬆綁，忙道：「朕早聞洪先生的大名，渴欲一見，今日相會於松山，眞是幸事。希望先生不計前嫌，使朕可以朝夕請教。」

洪承疇閉目答道：「敗軍之將，辱國之臣，只等一死，豈有他求！」

范文程勸道：「我主傾慕先生已久，想與先生共圖大計，先生不可執迷不悟，坐失良機。」

洪承疇說：「多蒙雅意，但是洪某只知有死，不知有降，何須多費口舌！」

范文程還要再勸，皇太極用眼示意。多鐸、豪格大怒，拔刀來殺洪承疇，被皇太極喝止，命令二人傳令人馬準備返回盛京。二人退出帳外，怒氣不息，把被俘的丘民仰、曹變蛟、王廷臣盡皆殺死。

15

松山城破，洪承疇被羈押到盛京，皇太極屢勸不降，束手無策，莊妃卻請命一試。

盛京城外，新搭起一座草廬，草廬的四周戒備森嚴。洪承疇被羈押在這裡，但皇太極對他仍然是十分禮遇，每天定時供給酒食，草廬之中可以自由走動。此時，洪承疇心中坦然了許多，知道晝夜有人監視，自己想要自殺殉國已不可能，所以也就放心吃喝，靜觀其變，看看皇太極到底要怎麼樣。皇太極倒也沈得住氣，只是每天命人送來酒食，卻也並沒有問一句話，這樣平靜地過了大約一個月的光景。

這天，洪承疇正在獨坐沈思，守門的軍士來報說：「耿仲明、孔有德、尙可喜三位將軍來看望大人。」

洪承疇一言不發，端坐不動。不一會兒，就見進來三個人，其中一人說：「久聞洪先生大名，一直未能見上一面，仲明常常引以爲憾。聽說先生駕臨盛京，今日特來拜會，聊解渴慕之情。」

洪承疇聽出此人話中隱含譏諷，反唇相譏道：「洪某已成南冠楚囚，怎敢有勞大清的王爺屈尊枉駕？」

另外一人說道：「洪大人何必出言辛辣，咄咄逼人？有德與大人曾同爲明臣，大人現在身處水深火熱之中，我等豈能無動於衷，作壁上觀，沒有一絲同殿之誼呢？我等是想出大人於水火之中，與大人一起享受榮華富貴，望能體味我等一片苦心。」

洪承疇連笑幾聲，說道：「孔王爺說與洪某有同殿之誼，都是大明的臣子，雖然現在想來有恍若隔世之感，但是能來看望一眼，不管所爲何事，洪某也是感激的。榮華富貴，世人有幾個不想。所謂天下熙熙，皆爲利來，千百年來，能不受此世風紛擾的又有幾個？但是君子愛財，取之有道，背叛朝廷，辜負皇恩之事，豈我洪某所能爲？餓死事小，失節事大。孔王爺身爲聖人苗裔，卻置國家安危榮辱不顧，委身異族，投靠戎狄，不但執迷不悟，反而引以爲榮，自以高論遊說洪某，實在是有辱天下第一家的門風。」

孔有德面現慚色，退到一旁，默然無語。一直站在後面一言未發的尙可喜見此，仍不甘心，走前幾步說道：「我等三人是有負大明，但是大明又何嘗不有負我等？當今大明，奸佞當道，宦官猖獗。做事無論成敗，都橫遭物議，一言可以讓你有高官厚祿，又可以使你身敗名裂，誅滅九族，可謂是跋前躓後，動輒得咎，如臨深淵，如履薄冰，何談爲國出力，爲民造福？有君王如此，有朝臣如此，洪大人空負濟世之才，不可能有施展的機會，豈非可惜了。我等奉大淸皇帝之命，來勸說大人，這也無須隱瞞。是生，是死，是榮，是辱，就看大人自己了。還望三思而行，以免悔恨不及。」

洪承疇一笑，頗有苦意地說：「君子處世，達則兼濟天下，窮則獨善其身，現在洪某已不能爲國出力，有無濟世之才也不再重要。你們不必枉費口舌了。」言罷，閉目低頭，再不答話。

第二天，洪承疇剛剛起床，軍士報說范章京求見。洪承疇說一聲：「有請！」就見范文程一身便服，獨自一人走進草廬。洪承疇問道：「范章京清早趕來，有何見教？」

范文程道：「哪裡有什麼見教，文程是專門來請教的。」

「請講。」

「對一個人我一直琢磨不透。」

「誰？」

「管仲。」

「怎講？」

「管仲最初侍奉公子糾，伏兵中途狙殺公子小白，一箭射中小白的衣帶鈎。後來小白做了國君，俘獲了管仲，不計前嫌，拜他爲相國，終至九合諸侯，一匡天下，成就霸業，二人共垂青史，千古流芳。洪先生以爲管仲如何？」

「一代名相，曠世奇才。」

「洪先生不免是所答非所問。文程所說的是他前侍奉公子糾，後追隨國君小白一事，是該與不該，對與不對？」

洪承疇略一沈思，答道：「管仲的朋友鮑叔牙說管仲不是怕死，而是怕自己的才能無法施展。」

「不錯，管仲能擇主而仕，況洪先生與我主並沒有射鈎之恨，又有什麼不願意的呢？」

「……」

「管仲擇主而仕，成就功業，後人不但不指責他有虧氣節，而且多以他的才能相標榜，以他的事業相激勵，能像管仲那樣做人成事，也是後來人求之不得的。洪先生還有什麼猶豫不決呢？」

「……」洪承疇面色突然蒼白起來，神情也現出疲憊和痛苦，從牙縫裡漏出幾個字：「不降，不能降！」

范文程搖搖頭，微微歎息一聲，起身走了。

太陽升起來了，又是新的一天。

永福宮裡，依然靜悄悄地沒有人聲。皇太極還在高睡未起，莊妃坐在那張闊大的床邊，出神地注視著熟睡的皇太極。剛過了天命之年的皇太極鬚髮已然花白，長年的征戰與勞累使他顯得有些過早地衰老了；面部鬆弛而略顯肥胖，一道道皺紋深深嵌在飽經風霜的臉上——那是多麼剛毅、自信而又充滿豪氣的臉呀，不過由於那雙鷹隼一樣犀利的眼睛緊閉著而使面部少了平日的神采……莊妃忽然感到一種悲涼。窗外的陽光很明亮地照進來，可是畢竟是秋天了，陽光已經少了春日的溫暖、夏時的熱力，而多了幾分秋氣的肅殺與悲涼。莊妃的心裡湧起一陣莫名的恐懼，每當看到皇太極的老態時，莊妃的心裡便會騷動著這種恐懼，久久不去。這種時刻，她常常想著丈夫的輝煌業績或是去看看福臨來排遣愁緒，勸慰自己。自己已不是在草原上騎馬嬉戲的那個十幾歲少女了；也不是一般世人的妻子，重樓深閣，憑欄眺望歸人，或對花而泣、無端哀愁——自己是丈夫的隨從，是君王的僕人，爲丈夫的事業與功績，要時時準備犧牲個人情懷。這麼多年來，她培養出了察顏觀色和自我調解的能力。有時獨坐片刻，把心情寄託在無限的冥想之中，舒展、翺翔、飛舞，很快又能歸於平靜，從內心深處生出一種靜謐的清涼。此時，她正感到一絲煩悶，忽然聽門口有人細聲細語地說話，正要過去，皇太極睜開眼睛：「玉兒。」莊妃又看到了一個叱吒風雲的丈夫，急忙應聲：「你睡醒了？」

「嗯，你去看看是什麼人來了。」

莊妃打開宮門，見范文程與宮女太監幾個垂手站在兩旁。莊妃淡淡一笑：「范章京，陛下已經醒了。」

范文程快步走進宮裡，拜見皇太極。皇太極起身，抬手命他坐下，然後問道：「范章京此來何事？」

范文程答道：「臣已去看過洪承疇。」

「他怎麼說？」

「還是不降。」

「那該怎麼辦？」皇太極有些著急。

「臣一時也沒有什麼良策。」

「終不成朕還是把他殺了，使數月的心血付之東流？」

「暫時還不需要。據臣觀察，洪承疇已無死志。」

「有什麼根據？」

「昨天，臣去草廬，見洪承疇衣冠整潔，一塵不染。談話間，廬頂上有灰塵落在了他的衣服上，他隨手揮去。一個人如果能如此愛護自己的衣服，又怎能不珍視自己的生命呢？」

皇太極點點頭，問道：「話雖如此，怎樣才能使他早日歸降？」

范文程說：「陛下，此事心急不得，臣以爲我們可以錦衣玉食來侵蝕他的心志，等他逐漸淡忘了兵敗城亡的痛苦，再細細勸說，一定會有成效。有時候時間是讓人改變主意的最好辦法，也最能磨礪人。路遙知馬力，日久見人心。臣以爲洪承疇絕非是漢代的蘇武！」

皇太極有些不快地說：「也只好如此了。」

一旁的莊妃卻說道：「臣妾以爲這個法子未免顯得愚笨一些。」

皇太極、范文程同時看看莊妃，皇太極說：「玉兒，你可是有更好的辦法？」

「辦法倒是還沒有，但是臣妾以爲這樣空耗下去，曠日持久，何時能休？如果數年下去，洪承疇仍然不降，我們不但白白地供養著他，而且他對進攻明朝又有什麼用處呢？豈非得不償失？」

「玉兒，你認為該如何呢？」

「臣妾想去見見洪承疇，看他是一個怎樣的人，再想辦法勸降他！」

皇太極、范文程二人臉上都呈現出狐疑之色。莊妃笑道：「能不能達到目的，臣妾並沒有把握，但是想為陛下盡些心力，分些憂愁。」

「好吧！如能成功，朕一定重賞你！」皇太極見莊妃一副認眞的樣子，不禁笑道。

「賞臣妾什麼寶物呢？」

「盛京之中，除了玉璽之外，隨你挑選。」

「那就先借范章京一用吧！」

皇太極、范文程均是一怔，都待要問，莊妃笑道：「究竟為什麼借范章京，暫時不想明言，陛下請恕臣妾不告之罪。」

「好，朕不問就是。你們快去吧！朕希望能有好消息。」

16

門環輕扣，裙裾無聲，洪承疇聞到一股花香，微微開目，不由大驚，眼前不再是以前送飯的軍士，而是一位花容月貌的秀麗女子，她那光潔的肌膚似乎觸手微涼。這女子怎麼會來到偏僻的草廬？

草廬，晚風，夕陽，雁陣。

洪承疇獨自一人背剪雙手，站在草廬的中央，看著夕陽穿過草廬縫隙的條條紅光，聽著天上南歸的大雁那長長的鳴吟，不由地滴下兩顆清淚。黃昏，又一個難捱的黃昏。

突然，門環輕扣，人語細響：「洪大人，飯來了。」

洪承疇穩一穩心神，命扣門人進來，背過身去，耳中隱隱聽著窸窸娑娑的聲音細細響過，似是裙裾之聲，繼而悄無聲息，卻沒有關門的動靜。洪承疇說道：「飯放好，你可以走了。」還是沒有聲息，「你怎麼還不走？」洪承疇回身一看，不由大驚，眼前已不是那個送飯的軍士，而變成了一位風華絕代的南國佳人，長髮如雲，高高堆起，眉如遠山，目若秋水，面色白皙，微微泛出一些紅潤，一雙小巧而又潮濕的朱唇，如開似閉，粉白的脖頸修長而細膩，洪承疇似乎已然覺得觸手微涼。

「你是誰？怎麼會來到偏遠的北疆？」

「我叫小玉，本是江南人氏，後流落京畿，被人販賣至此。」

江南，杏花、春雨、梅林、翠竹、江水，洪承疇的心頭瞬間織造出一幅幅清麗縹緲的圖畫，他不敢再想，問道：「你來這裡幹什麼？」

「奴家熬了人參蓮子羹，送與大人。清人知道奴家與大人同屬江南故里，特命奴家侍奉大人的飲食，以慰大人對故國的思念。這蓮子羹大人想必是多年沒有喝了吧！」

看著小玉用纖纖素手打開精緻的紅木漆盒，拿出一個小巧精緻的青花瓷碗，盛了淺淺一小碗蓮子羹，洪承疇的心又莫名地疼痛起來，似乎是一個多年的傷口，剛剛癒合又被撕開，他想起了南方的家小：母親今年已八十多歲了，不知道身體怎麼樣？妻子兒女……唉！洪承疇不敢再想下去，知道這一生恐怕再也沒有見面的機會了，空想又有什麼用呢？他盯著小玉，感到有幾分像自己的如夫人——那個自己衣錦還鄉時納的美妾，不由勾起滿腔的柔情，搖頭吟道：「盈盈樓上女，皎皎當窗牖。娥娥紅粉妝，纖纖出素手。江南多數女孩子都用豆蔻塗指甲，你卻爲什麼指甲素白呢？」

「流落他鄉，怎會有那種心情呢？大人，快喝蓮子羹吧！」小玉目光閃爍，顧盼神飛。

洪承疇端起湯碗，歎道：「江南可採蓮，蓮葉何田田。採蓮南塘秋，蓮花過人頭。一碗蓮子羹，不禁勾起人對故園的情思！看來，江南只能在夢裡重遊了。」說罷，潸然淚下。

小玉說道：「大明不少將士投降了清人，個個高官厚祿，大人爲什麼不降呢？」

洪承疇搖頭歎道：「我讀聖賢書，知道氣節二字的分量，又蒙皇帝知遇，怎麼能自污名節，有負皇恩?況且我一家老小盡在燕京，我如降清，他們哪裡會有命在?豈能因我一人，誤我全家?」

小玉勸道:「古人道:『大行不顧細謹，大禮不辭小讓。』如果大人降清，能早日平定干戈，停息戰事，百姓就少了流離之苦，悼亡之痛，實在是一件莫大的功德。爲天下蒼生著想，遠勝於只爲崇禎皇帝一人出力，怎麼說是自污名節呢?如果大人擔心一旦降清，家小有性命之憂，奴家有一個計策，不知是否可行?」

「快說與我聽!」

「大人對清人可以說降，對明人可以說留。」

「這是什麼意思?」

「現在清人與大明爭戰不息，上自朝臣，下至百姓，都有怨言，大人可乘機倡言議和，居中調停，如果議和成功，大人自然又是大功一件，明朝怎麼會追究大人丟城降清之罪呢?又怎麼會殘害大人的家小呢?」

洪承疇歎道:「我以爲你有什麼妙計，原來不過如此。像你所說洪某似是議和的使者，這樣的降清，清人豈會答應?你未免太天眞了。」

小玉道:「奴家所言，大人可再想一想。時候不早，我該走了。」說罷，燦然一笑，收拾碗筷轉身離去。洪承疇走到門邊，望了很久，很久……

入夜，洪承疇睡意全無，遠處一支竹簫在低低地吹奏，如泣如訴，把他的思緒又帶到了遙遠的江南……洪承疇漫步廬外，星河燦爛，月華如水，簫聲在茫茫的原野和廣袤的夜空飄蕩，迴旋。此夜曲中聞《折柳》，何人不起故園情？「皇上！」洪承疇面向南方，跪倒在地，淚水橫溢。

17

睡夢之中，洪承疇見到了伯夷、叔齊、老母、妻小，痛苦失聲……醒後，見小玉端來香茶，含淚品味，恍惚回到闊別多年的江南故園。正自感慨，忽聽門環一響，一個人大步跨了進來。

塞外深秋，天氣寒冷。夜風淒緊，吹入草廬，其聲嗚嗚。洪承疇擁著兩片綿羊皮，沈沈睡去。恍惚之間，魂魄回到了江南故園，又飄到了首陽山。伯夷、叔齊墓前衰草深蕪，不勝荒涼。正自惆悵，忽聽有個聲音在問：「你是什麼人？到這裡來幹什麼？」洪承疇看著四周並無人影，猜想是伯夷、叔齊二人問話，急忙答道：「我是大明經略洪承疇，特來陪伴兩位先賢！」

「你有什麼資格來首陽山？」

「我因誓死不降清人，被他們斬殺，身居塞北，有國難投，有家難回，就來到了首陽山。」

「我們兄弟固守君臣的信條，不食周粟，以死相殉。而你多日以來，吃清人食物，住清人的草廬，藉以苟全性命，哪裡是捨生取義之道？哪裡有數月不死的忠臣？你快走吧！不要玷污了我兄弟的清譽，這裡也沒有你停留的地方。」說著把洪承疇一推，洪承疇只覺得自己往東北方向飛來，低頭看時，就見北京城廓依舊，街上行人往來如織，皇宮殿堂一片金碧，笙歌縈耳，彩帶飄飄，崇禎皇帝正自觀賞歌舞，見洪承疇到來，從龍椅上跳起身來，怒指洪承疇大罵道：「你這叛國的奸賊！朕把十三萬人馬交付與你，封你高官厚爵，你爲什麼喪師陷城，又投敵叛國？」一把抓住洪承疇，命令殿前武士來打，洪承疇急忙掙扎，卻被人死死拖住，回身一看，見是年邁的老母和妻妾兒女。「兒呀！你如何忘了娘？只圖自己快活去了！」說罷與媳婦、兒孫們哭做一團，洪承疇悲從中來，放聲大哭，殿前武士此時手持刀槍趕來，紛紛大呼：「不要放走了賣國的奸賊！」……

洪承疇從夢中驚醒，遍體冷汗，驚魂未定，起身出門，遙望南天，天高星稀，如鈎的彎月已然隱去，只有那縷縷簫音斷斷續續，吹奏著一曲曲柔柔的吳歌。青山上的翠竹，石橋下的綠水，如霧如煙的梅雨，如醪如漿的米酒，秦淮河的歌船畫舫，歌船畫舫裡的絲竹之音，吹簫鼓箏的玉人兒，似近似遠，若隱若現。君王、老母、妻妾、兒女，洪承疇突然無聲地笑了，樣子極古怪、複雜，「我一直爲你們活著，這就是我全部的人生嗎？」洪承疇感到自己的心不再跳，血也凝固了，首陽山的遺民當不了，管仲能否學得來呢？

又是一天。

天已經亮了，洪承疇沒有像往常那樣起來整理衣帽，梳理鬍鬚，看天氣，看風景。他疲憊地僵臥在床上，大概是缺少睡眠的緣故，面色蒼白，眼圈青黑，眼窩下陷，鬍鬚已有點雜亂，缺少了柔順和光澤，身上的長袍和包頭的巾帕也都褶皺了。彷彿從一個風神瀟脫的方外高士一下子變成了世間落魄的凡夫俗子，誰能體味這種心境呢？

門又響了。洪承疇知道那個倩影又出現了。坐起身，見小玉已翩然來到門前，昨天那襲粉紅的長裙已換成乳白色的羅裾，曲折有致的身段綽約可見，淡妝素裹，越發襯托了小玉粉頰紅唇的嬌艷。竹編的食盒，玲瓏精巧，比昨日那只紅木食盒更有江南風致。那質地極好的竹板用細細的竹絲密密地纏繞在一起，被纖纖手掌摩挲得光可鑒人，有一種黃色暖玉的潤澤。小玉姍姍走來，把竹盒放在桌上，回身看著洪承疇，輕喟一聲：「洪大人，怎麼一夜之隔，清減如此？」

洪承疇從呆望中回過神來，見小玉面露關切之色，嬌聲問詢，不覺心中潮湧，多日的委屈，孤苦，絕望……一起湧到心頭，眼淚不禁滴落下來。

小玉似是慌了，急忙問道：「大人爲什麼這樣悲傷？可是小玉侍候不周？」

洪承疇聽小玉一說，用一雙淚眼看著小玉，想要開言，卻又無語凝噎，擺一擺手，又搖了搖頭。小玉見洪承疇神情黯然，衣冠散亂，不像一代儒將，倒像一介落魄書生，心裡也是一陣難過，拿出一個紫砂壺和一隻小巧的茶盅，斟上一盞茶，捧到洪承疇面前：「大人，請喝杯茶順順氣吧！」

洪承疇見茶汁金黃，湯色明亮，知道是上好的鐵觀音，又是一陣激動，不由得忘情地握住小玉的雙手，喃喃地說：「好茶，好茶！洪某見了此茶，如見故園；見了小玉，如見故人。這樣我死也無憾了！」說罷舉杯狂飲。

小玉勸道：「大人這樣默默地死了，滿腹經綸不得施展，豈不可惜？」

「我生不逢時，報國無門，也只好如此了。」洪承疇歎道。

「小玉讀書不多，倒記得孔聖人說過君子疾沒世而名不稱焉，大人熟讀四書五經，想必是知道的。退一步講，洪大人不想實現平生的抱負，也就罷了，難道不想一想父母雙親、妻妾兒女嗎？大人就這樣無情？」

洪承疇心中大苦，顫聲說道：「我豈無情？只是自古忠孝絕難兩全，我怎能苟安於世，留下千載罵名！」

小玉笑道：「勝者王侯敗者賊，能夠建立功業，爲民造福，就是英雄豪傑，洪大人爲什麼不想生前的事情，卻只在乎身後的虛名呢？難道就甘心以一個失敗者的身分辭世嗎？」

「我大明人最重氣節，生是大明的臣子，死是大明的鬼魂，不甘心失敗和堅守氣節，二者只能擇其一。」

「洪大人太過於求全責備了。歷代帝王將相，有幾個像史書上說得那樣完美？大人如果想在世上有一番作爲，不枉此生，何必考慮去堵住天下人的嘴巴，不讓別人評說呢？」

洪承疇低頭無語。

小玉又斟了一盅茶，捧給洪承疇喝了，問道：「小玉昨日對大人說的計策，大人可曾想過？」

洪承疇抬起頭，慢慢地說：「大明當今內外交困，國弱民窮，我倡言議和，雖有風險，想皇上也會考慮，只是淸人豈容我如此身在塞外，心在大明呢？」

小玉淺笑一聲，纖手一拍，就聽門外有人大聲說道：「洪先生不必多慮，如果能為我大清出力，朕怎麼會不答應呢？」門環一響，大踏步走進一個人，正是皇太極，身後是大學士范文程，另外一個赫然是錦州大帥祖大壽。

洪承疇愕然，皇太極笑道：「洪先生，關外四城都被我大清所得，通往京城的門戶就要全部打開了，正是建立千秋偉業的時機，朕既然答應了先生的條件，先生不必再猶豫了。」

祖大壽也過來勸道：「經略大人，十年前我曾詐降大清，陛下仍然不計前嫌，不僅沒有治罪，反而給我高官厚祿，豈是明帝可有的襟懷？大人與我也算為大明盡了心力，成敗在天，非戰之罪。事已至此，徒喚奈何？不如降了，再建一番功業！」

洪承疇呆坐床上，皇太極上前握住他的手說：「朕望先生，如大旱之望雲霓，如果能借助先生的力量早日定鼎中原，一統天下，使萬民安居樂業，四海再無烽火狼煙，豈不是人世間第一功德？」說著解下身上的白貂皮衣，披到洪承疇身上，歎道：「先生衣衫單薄，卻禦寒月餘，毅力真令人欽佩！」

洪承疇心中大震，翻身下床叩拜道：「陛下解衣衣我，對我關愛無以復加，願效死命以報陛下！」

眾人大喜，吵嚷著一起出了草廬，來到皇宮，在勤政殿內大擺筵宴。皇太極手執金杯，說道：「朕今日先以這杯酒慶賀洪先生歸我大清，與朕一起南取大明，平定天下。」眾位大臣齊聲歡呼，把酒乾了，皇太極又端起金杯，笑道：「這第二杯酒是敬莊妃娘娘的，洪卿的歸來，娘娘實屬首功。」

許多大臣不明就裡，舉杯觀望。洪承疇亦十分疑惑，起身說道：「陛下，臣並未見過娘娘，如何是娘娘的首功？」

皇太極哈哈大笑，命人傳莊妃上殿。不多時，就見到一位宮妝少婦款款而至。洪承疇仔細一看，大驚失色——這不是送飯的小玉麼？

原來，莊妃向皇太極請命勸說洪承疇後，與范文程商議了一番，莊妃命范文程講解江南的風物人情，又命人趕製了兩套江南女子的衣服。莊妃扮作江南女子的模樣，自稱小玉，給洪承疇送飯，藉機探問他的心思，以江南的物品引動他的思鄉之情，用言語加以誘導，再設身處地爲他所想，並安排樂師徹夜吹簫，以吳歌越曲撩撥洪承疇的鄉情，果然是水到渠成，立下了奇功。

衆人聽了，一齊向莊妃敬酒。莊妃吟吟一笑，對皇太極說道：「臣妾借此杯酒，一是向陛下道賀，二是歡迎洪先生歸來！」仰首而盡，絲毫不再有江南女子的柔態。衆人又是一陣歡呼。

洪承疇起身叩謝道：「如果不是娘娘的教導，臣還像是在黑夜霧天，方向莫辨，實在慚愧！」

莊妃答道：「洪先生既然迷途知返，我就爲陛下高興，也希望先生能不負我的一片心意，更不要負了陛下的知遇之恩。」

洪承疇再次叩拜說：「臣不敢！」

「哼！不敢！當初他或許也對大明皇帝這樣說呢！」

洪承疇大窘，一時僵跪在地上。

皇太極見說話的人是自己的異母弟弟阿濟格，皺皺眉頭說：「你這話什麼意思？」

阿濟格答道：「陛下，臣早聽說洪承疇有經天緯地之才，今日一見不過是一介書生的模樣，看來傳聞不實，何必小材大用？」

皇太極斥責道：「阿濟格，你也太魯莽了。我來問你，我們進攻大明是爲什麼？」

「是爲了定鼎中原。」

「大明的國內情況，你給朕講一講！」

「……」

「洪卿在大明南征北戰，情況稔熟，了如指掌。朕得了洪卿，就好像盲人有了眼睛，高興無比，正怕大材小用，委屈了洪卿，怎麼會有小材大用之事呢？退下！」

眾位大臣聽得紛紛點頭，洪承疇又叩頭拜謝。皇太極看著跪在自己面前的洪承疇，不由想到了遠在紫禁城中的崇禎。側身看看莊妃，見她正深情地看著自己，雙眸如秋水，深幽清澈……

皇太極似乎看到了山海關內的山水，江南的山水，一股想要把莊妃抱起的欲望在內心深處騷動，升騰……

爭位

18

五十二歲的皇太極突然駕崩，並未留下什麼遺詔，究竟誰來繼位呢？

八月盛京，天氣轉涼。入夜以後，金風颯颯，更是有了一絲寒意。

清寧宮裡，燈火暈黃，人影憧憧。「啊——」一聲女人的驚叫從裡面傳來。不一會兒侍衛、宮女紛紛衝進宮內，霎時燈光大亮，就見皇太極倚坐在炕上，皇后博爾濟錦氏倒臥在他身邊，清寧宮的侍女一見伏身欲哭，被侍衛喝止。大家見皇上、皇后身上沒有傷痕，知道並非是進來了刺客，皇后貼身侍女大著膽子試了試皇后的鼻息，並未斷絕，急忙命人救起，皇后慢慢睜開雙眼，放聲大哭，衆人不明原因，個個驚得面如土色，紛紛勸道：「主子，不要啼哭，以免驚擾皇上，其罪不小。」

皇后強壓住悲聲，掙開宮女們的手，爬到皇太極的身上，對衆人說：「永遠驚擾不了皇上了！皇上歸天了！」衆人大驚，這才注意到皇太極雖然一直倚坐在炕上，但是始終未發一言，仔細看時，見皇太極雙目微闔，似是熟睡了一般，但是沒有一點聲息，衆人跟著皇后大哭起來。一時宮中大亂。

永福宮裡。莊妃正和親信侍女蘇麻喇姑閒話，隱隱聽到宮外有哭聲，問蘇麻喇姑道：「宮外似有哭聲，你可聽到？」

蘇麻喇姑笑道：「娘娘，不要往心裡去，一定是新來的宮女，一時想家，忍不住了，不顧宮中規矩，哭哭啼啼。天明了，不知會怎麼受罰呢！」

莊妃聽了，心中不忍，說道：「我自十三歲就離開了爺爺和父母雙親，知道這其中的苦楚，難捨親情是人的本性。你去看看，吩咐下去不要太難爲她！」

「是，娘娘眞是菩薩心腸！」蘇麻喇姑答應著出去。莊妃靜坐著，等她回話。不多時，響起一陣急促的腳步聲，木製厚底高屐敲擊著石板地，發出刺耳的聲響，遠遠傳來。莊妃心中暗笑：這丫頭，怎麼這樣慌慌張張的，像身後有鬼趕著一樣。抬頭看時，見蘇麻喇姑已跑了進來，手扶門框，氣喘吁吁，眼望著莊妃，說不出話來。

莊妃見她神色慌張，問道：「什麼大不了的事，把你嚇成這樣子！像丟了魂一樣！」

蘇麻喇姑哭道：「娘娘，這事情可是大呢？」

「快講！」

蘇麻喇姑跪倒在地，流著淚說：「娘娘，皇上升天了。」

「什麼？——」

「皇上升天了。剛才奴婢奉命去看啼哭的人，不想循聲卻找到了清寧宮，都說皇上升天了。」

「你可進去看過？」

「宮裡宮外人數極多，奴婢哪裡擠得過去？」

「皇上眞的走了麼？眞的狠心拋下我們母子不管了？」莊妃呆呆地自語著，淚流滿面，看了看腳下的蘇麻喇姑，慢慢地說：「起來吧！你扶我去看看。」

19

莊妃預料皇位必有一場明爭暗鬥，就勸皇后假傳口詔，讓兒子福臨繼位。皇后左思右想，怦然心動。

清寧宮前聚集了一大片人，衆人也不再啼哭，默默地守護在周圍。見莊妃娘娘來了，自動閃出一條道路，莊妃來到宮裡，見衆人已給皇太極穿戴好了朝服，把他平放在炕上，自己的姑姑——皇后跪在旁邊，雙眼桃紅，早已哭泣無聲，莊妃撫屍大哭，涕泗滂沱。皇后忍不住又淚流滿腮，把莊妃拉到身邊，勸她不要再哭了。莊妃強抑住悲啼，淚眼模糊地問道：「皇上昨天仍然康健如昔，怎麼會突然駕崩了呢？」

皇后答道：「剛才我正在與皇上閒話往日征戰的事情，皇上說到太祖被紅衣大炮擊傷，回來憂憤異常，忽然頭一歪，倚坐在炕上，鼻息全無，就這樣走了！」說罷又淚下如雨。

莊妃見姑姑頭上已有了絲絲白髮，想到她也是已屆天命之年，怕她傷心過度，就勸道：「皇上無疾而終，沒有什麼痛苦，姑姑也不要太悲傷了，皇上如若有知，也不願看到姑姑傷心欲絕的樣子！還是養養精神，爲皇上準備後事吧！」

皇后點頭，命隨從們出去，說道：「我想命人去通知各親王，過一會兒，讓他們來宮中議事！」

「皇上駕崩之前，可有遺詔？」

「什麼遺詔？」

「傳位遺詔呀。」

「沒有。」

「那會由誰來繼承大統呢？」

「我大清的慣例是立賢不立長，肅親王豪格雖屬庶出，但跟隨皇上出生入死，身經百戰，多有軍功。可謂賢矣，況且年紀又最長，理當由他繼承大統。」

皇后歎了一口氣，接著說道：「恨只恨我自己的肚子不爭氣，也沒有爲皇上生個一兒半子，那兩個丫頭也頂不上什麼事，還有什麼辦法呢？我們是沒資格與人爭勝的。不過，如果有誰膽敢放肆，我拼了這條老命，也不容許他們胡作非爲！」

莊妃見皇后面色冷峻，凜凜生威，勸道：「姑姑，不要動氣，要多保重身體。俗話說剛者易折，我們還是少參與立儲一事，靜觀其變的好！」

「那你說怎麼辦？」

「册立一事正如姑姑所說，豪格的勝數要大一些，這幾個皇子誰也難與他抗衡，但是不知道其他三個親王的態度如何？如果他們與豪格之間有什麼紛爭，結果是很難預料的。我們目前有兩條路可走，不知姑姑可敢選擇？」

「哪兩條路？」

「一是我們不表明態度，以免弄巧成拙，這是最穩妥的辦法。但也最沒前途，因爲無論誰繼位，我們都會再無往日的尊貴，只能默默忍受宮院的冷寂。」

「另外一條呢？」

「另外一條要冒十二分的風險，但後福享之不盡。」

「快講！與姑姑何須閃爍其辭。」

「皇上死在你身邊而無他人在旁，姑姑可相機行事，假傳皇上口詔，把皇位傳與臨兒。」

皇后搖頭說道：「臨兒年紀尙幼，如何支撐局面？如何能夠服衆？再說衆親王都握有兵權，虎視眈眈，窺伺大寶，豈會甘心受人節制？皇上縱有遺詔，恐怕也難執行，我們何必孤意犯險呢？」

莊妃忙說：「我與姑姑血緣旣近，自然共爲一體，榮則共榮，損則俱損。第二個辦法雖然冒險了一點，但是如果成功，便可以一勞永逸，再無後顧之憂。第一個辦法當然穩妥，不過無論誰繼承大統，你我姑侄勢必晚景淒涼，無人過問了。只要臨兒能夠做了皇帝，無上權威，誰敢不從？衆位親王如果有什麼異議，姑姑尊爲皇后，只要一口咬定，哪個敢把你怎麼樣？」

「容我好好想想！」

「機不可失，時不再來。再說我不犯人，人亦犯我。一旦他人得登大寶，排除異己，我們不但富貴隨風而散，甚至將成案板之魚肉，狼口之羔羊。再想有所作爲，悔之何及？姑姑不要再猶豫了，快拿主意吧！」

「我現在方寸已亂，心力交瘁，你就不要再回去了，留下來陪陪我，也不要讓親王大臣們進宮了。」

「姑姑，那就等明早衆親王大臣來到，先把皇上的龍體入殮放到崇政殿，再讓他們集會殿內，一來拜祭，二來就在殿中議論册立一事。在皇上的梓宮面前，他們也不敢太放肆。」

皇后點頭說：「就依你說的辦吧！」

天剛放亮，衆位親王、大臣都已齊聚大清門外，個個面色含悲，神情肅穆。不多時，鐘聲低鳴，哀樂陣陣，衆人慢步走入崇政殿，殿內燭光點點，香煙繚繞，殿中央垂下整幅的白綾，把皇太極的梓宮罩定，上面隸書一個大大的「奠」字，金絲繡成，四周鑲著黑邊。皇后和莊妃站在梓宮的兩旁，白帽麻衣，面帶淚痕。禮親王代善、鄭親王濟爾哈朗、睿親王多爾袞、肅親王豪格、豫郡王多鐸、英郡王阿濟格；兩黃旗大臣索尼、圖賴、譚泰、鞏阿岱、錫翰、鼇拜，內弘文院大學士希福，內秘書院大學士范文程、鮑承先，內國史院大學士剛林等人依次祭拜完畢，分立兩廂，哀樂奏止。代善出班問道：「娘娘，皇上是何時升天的？」

皇后答道：「昨夜戌時左右。」

多爾袞上前問道：「皇上可有遺詔？」

皇后看了看莊妃，答道：「有！昨夜我正好伺候在皇上身邊。」

衆人瞪大了眼睛，靜靜地看著皇后，聽說皇上有遺詔，一起跪倒在地，齊聲說道：「恭請娘娘宣遺詔。」

皇后見衆人跪了一片，心中不由慌亂了幾分，感到依莊妃所言，假傳遺詔，不僅對皇上不恭，而且有愧群臣，想要改口，爲時已晚，一時左右爲難，莊妃大急，暗道：此事非同小可，姑姑怎麼欲言又止？在這緊要關頭，千萬別出什麼紕漏！正在擔心焦急，皇后突然牙關緊咬，向後便倒，莊妃急忙跨前一步把她扶住。衆人驚呼，一片慌亂。莊妃說道：「衆位不要擔心，皇后是傷心過度，待我扶她歇息一會兒，就會好的！」說著伸手去摸皇后的額頭，卻見皇后向她使眼色，莊妃急忙裝作試探她的氣息，側身過去，皇后低低說道：「我不願假傳聖旨，這樣我終生難以安心。」莊妃一怔，心中大急，不知如何是好，但又擔心時間過長，被群臣看破，只好點了點頭，然後命人給皇后準備了一隻龍墩坐下，衆位親王大臣見皇后清醒過來，道是她太過悲傷所致，並不懷疑，仍舊等待皇后傳詔。

皇后穩了穩心神，慢聲說道：「皇上是有遺詔，但是內容，皇上不讓馬上公佈。」

衆人一聽，紛紛站起身來，回到原位。多爾袞問道：「娘娘，這是爲什麼？」

「皇上不想因立儲一事導致各位兵戎相見，想要先讓大家推薦，如果推薦的人選與遺詔相同，那時再宣佈亦不爲遲。免得徒生紛爭，削弱國力，有違太祖與皇上的心願。」

眾人聽得面面相覷，莊妃也暗暗鬆了一口氣，不由佩服皇后照顧大局，又不至於過早推出臨兒，以免臨兒成爲眾矢之的。

豪格聽了，大聲問道：「娘娘，何時開始推薦？」

皇后答道：「依祖制要爲皇上舉哀三天，治理喪事。推薦一事還是等舉哀過後再說吧！」

當下眾人商議一面挑選風水寶地，爲皇上修陵墓，一面準備喪事的全部儀仗。

眾人剛剛散去，莊妃把皇后請到永福宮裡，蘇痲喇姑送上茶來，莊妃說道：「姑姑爲什麼要等三天之後再推舉新君呢？」

皇后端起茶碗，喝了一口，說：「舉哀三天，本是祖制，我們怎麼能違犯？」

「事情危急，也要有權宜之計。眾人回去，勢必相互奔走拉攏，不如趁他們尚未商議的時候推舉新君，這樣眾親王的勢力一定分散，或許好對付一些。三日之後，恐怕夜長夢多，後果難以預料。」

皇后聽莊妃說得有理，急得珠淚滾滾，問道：「事已至此，怎樣才能補救？」

莊妃搖頭歎道：「現在已經無法補救了，不過謀事在人，成事在天，就看我們的運氣和臨兒的福分了。」

皇后悔恨不已，連連自責。莊妃知道姑姑已經盡力，勸慰說：「姑姑不必悔恨，眾人紛爭是遲早的事，或許早一些更好，只要他們相互牽制，臨兒成功的把握就更大一些。再說剛才姑姑沒有說出遺詔的人選，委實是高明之極呢！」

皇后聞聽，滿臉疑惑，問道：「此話怎講？我不過是說謊有愧於心，進退兩難，不得不虛與委蛇罷了。」

莊妃笑道：「姑姑剛才若說出遺詔立臨兒為新君，如眾人並非誠心擁戴，臨兒一定會成為眾矢之的，恐怕就會有性命之憂。眾人不知道遺詔內容，就不會想到臨兒頭上，一定會認為不是豪格，便是多爾袞。這樣他們明爭，我們便暗搶，並且可以坐山觀虎鬥，豈不更妙？」

皇后聽了頻頻點頭，笑著稱讚道：「怪不得你爺爺把你當成掌上明珠，你還眞有一顆七竅玲瓏心。虧你進了宮，如果把你留在草原上，眞是屈了你的人才呢！」姑侄二人大笑了起來。

20

肅親王和睿親王兩個最有力爭奪皇位的人，一個府上將士雲集，一個則大門緊閉。睿親王難道不想做皇帝嗎？

肅親王豪格的王府中，早已聚集了兩黃旗的八位猛將，他們是圖爾格、索尼、圖賴、錫翰、鞏阿岱、鼇拜、譚泰、塔瞻，正坐在大廳裡，商議擁立豪格爲君的事情。圖爾格本是額亦都的兒子，額亦都與費英東、揚古利都是與太祖征戰多年的開國元勳，三人與太祖情同手足，名重朝野，圖爾格也自幼跟隨太祖征戰，屢立戰功。此時圖爾格爭先起身說道：「我們八人已商議好了，想共同擁立王爺爲君，王爺有什麼打算？」

豪格心中暗喜，但卻面帶愁容，說道：「大家想擁立本王爲君，本王自是十分感激盛情，不過其他親王如果也想爭位，恐怕是不會輕易答應的。」

費英東的侄子鼇拜喝道：「我們兩黃旗猛將如雲，謀士衆多，豈會怕其他幾旗？只要親王同意做新君，我們一定拼死擁立！」

豪格聽得心神振奮，面上卻沒有一絲激動的顏色，淡淡地說：「妄起紛爭，這恐怕有違父皇的本意！父皇既然留有遺詔，不如等公布後再說。」

鼇拜急道：「當今能與親王一較高低的，不外禮親王和睿親王二人，遺詔之中即使是立親王爲君，也應防備他二人，何況現在尙不知遺詔內容，一旦立了他人，悔之晚矣！」

大學士希福的侄子索尼也說：「現在各親王都手握重兵，極可能是誰兵馬多，誰就會成爲新君。先皇親領三旗，但眞正忠心的不過兩黃旗；而禮親王所轄的紅旗，也有兩個；睿親王、豫親王分率的正白旗、鑲白旗，聯合起來同樣是兩個。如此比較起來，兩黃旗的人數略多於他們，但是沒有絕對優勢，必須再籠絡一旗，才會有必勝的把握。」

豪格深以爲然，問道：「哪一旗可爲我用？」

索尼接著說：「要籠絡正白、鑲白二旗，無異於與虎謀皮；正紅、鑲紅二旗旗主禮親王年老膽怯，難謀大事，只有鑲藍旗主鄭親王濟爾哈朗可以一試。」

「果眞如此？」豪格問道。

索尼見豪格話語中露出幾分急切，答道：「鄭親王深受先皇大恩，此時正是回報的機會，親王可派人聯絡他，再曉以利害，基本上有七八分的把握。如能得到鄭親王的擁戴，大事成矣！」

豪格大喜，當時就命令固山額眞何洛會、議政大臣楊善去試探鄭親王，然後大擺酒宴，靜候佳音。不多時，二人匆匆趕回來，面帶喜色，齊聲說道：「給王爺道喜了！」

豪格心裡明白了八九分，問道：「情況如何？」

何洛會答道：「我二人拜見了鄭親王，轉達了王爺的意思，鄭親王滿口答應了下來！」

豪格哈哈大笑，又問道：「他可有什麼條件？」

何洛會說：「鄭親王只是說會像侍奉先皇那樣侍奉王爺。」

豪格心中明白鄭親王反話正說，本意是要自己像父皇那樣善待他，當下說道：「這個容易，人不負我，我不負人！二位辛苦了，快坐下痛飲幾杯！」說罷高舉酒杯，衆人會意，齊聲喊道：「祝王爺早登大寶！」

頓時，肅親王府一片歡笑。

夜幕降臨，風聲漸緊，黃葉翻卷，塵埃滿天。秋天將盡了。

睿親王府的大門緊閉著。英郡王阿濟格、豫郡王多鐸正坐在書房中，多爾袞面色平靜，掏出精美的黑地琺瑯五彩流雲畫玉兎秋香鼻煙壺，吸了一口，仰身閉上雙眼，很享受地打出一串噴嚏，然後問道：「你們一齊到我這來，可是有什麼事情？」

阿濟格說道：「皇上的遺詔你可曾看到？」

多爾袞微開雙眼，答道：「皇上所留據說乃是口詔，我又怎麼能夠看到？」

多鐸接著問道：「皇兄可知其詳？」

多爾袞搖頭不語。阿濟格又問：「依你之見，遺詔可能立誰爲君？」

多爾袞笑而不答，多鐸問道：「可是禮親王代善？」

多爾袞從鼻子中哼了一聲，說道：「禮親王懦弱無能，老而無用，父汗早年既無意於他，今皇上豈會命他繼位？」

「那麼會不會是肅親王豪格？」多鐸追問。

「極有可能。」

「這樣豪格就是大清的新君了？」

「只怕未必！」多爾袞微微一笑。

「為什麼？」阿濟格、多鐸二人幾乎是同聲問道。

「因為我不同意！」

阿濟格擊掌叫道：「你既然不同意，為什麼不表現出來，是害怕兩黃旗的大臣麼？」

多鐸也說：「是啊！難道你自己沒有什麼想法嗎？」

多爾袞右手握緊鼻煙壺，起身在書房內走了一圈，看著他二人說道：「一個人如果想取得勝利，就要先看清楚對手是誰，知彼知己，方能有獲勝的把握！」

「我們的對手不是豪格嗎？」多鐸不解地問。

「不錯！但是你知道豪格的實力嗎？」

阿濟格、多鐸二人一怔，多爾袞接著說：「豪格手下兩黃旗都是八旗中的精銳，人數本就多於我們的兩白旗，再加上正藍一旗，實力非同小可！」

阿濟格垂頭喪氣地說：「看來我們是沒有希望了！」

「也不盡然！」多爾袞目光灼灼，用左手拍拍阿濟格的肩膀，說道：「豪格爭奪皇位的資本其實就是兩個黃旗，正藍旗不足爲慮！兩黃旗多是豪格的黨羽，但是不想跟隨他的人也不在少數，舅父布占泰、固山額眞阿山以及我們在兩黃旗的親戚都與我們一條心。不過我擔心兩黃旗的大臣，特別是開國元勳額亦都、費英東、揚古利的後人，不是好對付的！昨天我在三官廟見到希福的侄子索尼，我問他兩黃旗對册立新君的看法，不想這奴才竟像是看穿了我的肺腑，一口咬定要立皇子，我倒弄巧成拙了。」

多爾袞略一停頓，又吸了一口鼻煙，語調低沈地說：「更爲緊要的是我雖然基本瞭解豪格，但是並不清楚禮親王和鄭親王的態度。如果眞是形成與豪格爭奪皇位的局面，這兩位親王實在是舉足輕重，他們支援哪個，哪個就差不多會繼承大統。」

阿濟格起身叫道：「待我與多鐸去當面問一問兩位親王！」

多爾袞擺手阻止道：「不必！你們即使去當面詢問，他們也不會告訴你們眞實的想法，還是等大家議論之時再說吧！」

「如果他們支援豪格怎麼辦？」多鐸急道。

多爾袞歎道：「現在一切都還難以預料，只好等議論之時再見機行事了！」

阿濟格略顯不滿地說：「你就不做一點準備了？那我們豈不是白坐一夜？」

多爾袞笑道：「我們不是已經準備了嗎？我們三人已經決心一起爭奪皇位，怎麼是白坐呢？依父皇所創八和碩貝勒議事制度，推舉皇帝，現有的六位和碩親王，我們已占了三位，如能再取得一位親王的支援，豈不是大功告成了麼？」

「那要是大臣們反對怎麼辦？」多鐸見多爾袞那樣自信，不禁問道。

「我自有妙計。」多爾袞對多鐸一笑，似帶幾分詭秘，令人莫測高深。「不過有一個條件你們得答應我。」

「什麼條件？」

「就是千萬不能妄動刀槍，使父兄創立的基業毀於我們手中，成爲我大清的千秋罪人！你們若不能答應，我就退出皇位之爭。」

阿濟格、多鐸二人面面相覷，沈吟了片刻，點頭答應。

21

肅親王暗命大將索尼和鼇拜率領精兵，提前埋伏在崇政殿和大清門四周，一旦有變，即將異己誅殺。爭鬥一觸即發。

莊妃這兩天心情一直不安寧，剛遭喪夫之痛，又擔心姑姑身體，畢竟姑姑年紀大了，莊妃怕她經不住打擊和勞累，每天到清寧宮去陪伴她，兩人都憔悴了許多。皇后臉色更是蒼白，寢食不安，打不起精神，就懨懨地對莊妃說：「明日就要議立新君了，我身體不爽，不想去了。還是你代我參加吧！」

莊妃驚問：「姑姑不想傳達遺詔一事了嗎？」

「唉！遺詔一事大家都已知道，怎麼可以不傳呢？不如我命人寫好密封，由你帶去不就行了嗎？」

莊妃點頭。皇后又說：「臨兒能坐皇位固然好，但是凡事不可強求，如果明日八旗王公大臣都不答應，你也不要一味堅持，以免禍起蕭牆，變生不測！」

莊妃握著皇后的手說：「姑姑，我的本意是讓我們繼續尊榮，豈敢自惹禍端！」說著眼圈一紅。「如果皇上還在，哪裡用得著我們費心勞神呢？」二人相擁而泣。

索尼離開了三官廟，急忙趕到肅王府，把多爾袞詢問册立新君之事，稟告了豪格，豪格問道：「十四皇叔此舉是什麼意圖？可是要明言爭奪皇位？」

索尼答道：「他一定是有此意，因此才會試探於我，王爺不可不防！」

豪格頷首說道：「確是要做些準備。你快去傳令兩黃旗，明日多帶精兵悄悄埋伏在大清門外和崇政殿四周，如果有人反對本王，看我手勢，即刻將其拿下！」

索尼領命走了。豪格手握佩劍，不由得哈哈大笑。

深秋的早上，已有了森森的寒意。初升的太陽忽然被一團烏雲罩住，雲朵的四周卻透出萬道霞光，像是繡了金邊的黑色蟒緞。

八旗王公已經來到了崇政殿，在東西兩廂列坐。禮親王代善、鄭親王濟爾哈朗、睿親王多爾袞、肅親王豪格、豫郡王多鐸、英郡王阿濟格、郡王阿達禮、貝勒阿巴泰、羅洛渾，貝子尼堪、博洛、碩托，鎮國公艾度禮，輔國公滿達海、費揚武、屯齊、博和托、吞齊喀、和托，兩黃旗大臣索尼、鼇拜等人都已來到。莊妃手捧錦盒坐在龍椅旁邊，見大家都已到了，就說：「今日皇后聖體違和，命我代爲監督。八旗王公大臣既然都到了，大家就開始推舉吧。」

語音剛落，鼇拜起身說道：「我推舉肅親王爲新君！」

索尼也站起來說：「肅親王爲皇上的長子，戰功卓著，理應繼承大統！」

「大膽！」多爾袞怒喝一聲：「我等和碩貝勒尚未發表意見，怎麼會輪到你們說話了？還不退下！」

索尼和鼇拜滿面羞愧，看了看豪格，轉身退回原位，恨恨不已。此時，豫親王多鐸見他們被斥退，說道：「是誰叫這些奴才來的？眞是豈有此理！」然後環視了一下衆人，又說：「自古舉賢不避親，我推薦一人做我等的皇上——就是我的兄長睿親王！」

阿濟格笑道：「多虧你想得出！睿親王戰功赫赫，才能過人，如果做我們的新君，一定會光大父兄所創下的基業，一舉滅亡明朝，定鼎中原！我也推舉睿親王！」

多爾袞眼睛盯著大家，一聲不發，其他人也沈默不語，把多鐸和阿濟格僵在場上。多鐸大怒，高聲說道：「睿親王如果不同意，我就毛遂自薦了。諸位可以立我爲皇帝，我的名字曾經列入了太祖的遺詔之中，名正言順！」

多爾袞心中惱怒，暗想：昨天夜裡還信誓旦旦地說擁立我爲君，怎麼今天卻變卦了呢？於是冷冷地看了多鐸一眼，反駁道：「列入太祖遺詔就有資格當皇帝嗎？又不是只有你一個人的名字列入，肅親王的名字太祖遺詔中也是提到的！難道可以有兩個君主？眞是笑話！」

多鐸沒有料到多爾袞會當面反對他，一時愣住，心中也極爲惱怒：你既然如此對我，也不要怪我違背誓言！想到此，說道：「我才疏學淺，不立也就算了，但是要以資格排列，當立年長的人，我以爲禮親王較爲合適。」

代善本來一直靜坐著，閉目養神，猛然聽到多鐸提議擁立自己，慌忙說道：「十七年前，我有機會做皇帝，都已放棄。如今我年老體衰，力難勝任，再說我也無心朝政，只想頤養天年，皇位對我已經沒有什麼吸引力了！不過我還是要多謝豫郡王的厚愛！我的意思是如果睿親王能夠應允，當然是國家之福；不然的話，豪格身爲皇上的長子，理當承繼大統。」

多鐸看了看豪格，笑道：「豪格雖然是皇長子，但是他本屬庶出，未必就應該是他！」

豪格怫然不悅，濟爾哈朗一見，忙對莊妃說：「娘娘，現在難以一時推舉出新君，如果這樣爭執下去，徒勞無益，不如娘娘把遺詔宣讀了吧！」

莊妃一笑，輕聲說道：「鄭王爺，我受皇后之托，要在新君選出後再打開，怎麼敢不遵皇后的懿旨呢？還是不要叫我爲難吧！」

豪格心有不甘，也說道：「娘娘，遺詔册立的新君，我們一定擁戴。如果娘娘實在多慮，可不可以給我們透點口風呢？」

「口風麼？我原本也是不敢透露的，不過今天既然要擁立出新君，遲早也會公布遺詔，我就向諸位透些消息。遺詔中册立的是一位皇子。至於是誰麼——暫不能講。」

多爾袞等人大吃一驚，豪格心中卻大喜過望，以爲非己莫屬，就想謙讓一番，像父親皇太極當年一樣爲人擁戴，於是推辭說：「我福小德薄，怎能擔當這樣的重任，還是另選高明吧！」

多爾袞知道豪格是以退爲進，不由暗自冷笑，你既然如此托大，我一定讓你弄巧成拙，後悔一輩子！於是乘機說道：「我們本是爲了推舉明君，以便繼承祖宗的基業，大展鴻圖，統一天下，必須相互禮讓，團結一心，肅親王此舉以大局為重，眞是令人感佩。既然他已宣布退出，我看大家也不要再難為他了，還是考慮一下別人吧！」

豪格一聽，心中大惱，但又無法反駁，深悔自己剛才失言，為人抓住了把柄。心中暗恨多爾袞太過狡猾，不由怒目而視，卻又無可奈何，眼見夢寐以求的皇帝寶座就沒有自己的份了，一時焦急萬分，喝道：「好，既是如此，要推舉皇上你們就推舉吧，恕我不奉陪了！」說罷大踏步地走出崇政殿。

兩黃旗的大臣見豪格怒而退出，索尼、鼇拜等人紛紛離了座位，手按劍柄，向前面對另外五旗的王公叫道：「我們這些人都深受先帝厚恩，吃的是先帝給的飯食，穿的是先帝給的衣服，先帝的養育之恩天高地厚，今天如果不冊立先帝之子，我們寧願一死，以報先帝大恩！」然後退到殿外，指揮埋伏的旗下精兵把崇政殿團團圍住。

殿中的衆多王公沒有想到兩黃旗大臣有備而來，個個膽戰心驚，知道今天如果觸怒了兩黃旗的人，恐怕有殺身之禍。禮親王代善見此情形，急忙說道：「我雖然是先帝的兄長，但是很久就不參與朝政了，朝中的事情一概不知，怎麼能參與此次議立新君呢？」說著起身離開，阿濟格看了看多爾袞和多鐸，跟在禮親王的身後也走了。剩下多爾袞、濟爾哈朗、多鐸三位王爺，面對耀武揚威的兩黃旗人馬，也不知如何對付。大殿內外一片沈寂。

莊妃見兩黃旗的人馬氣勢洶洶，似有不立豪格絕不罷休之勢。這樣僵持下去，自己的願望恐怕要付之東流了，當下起身厲聲喝斥道：「先帝的靈前你們膽敢如此放肆！先帝屍骨未寒，你們竟然舞刀弄劍，恐嚇王公，難道是想造反嗎？我懷中抱著先帝遺詔，八旗王公大臣議立新君，你們卻以武力相逼，怎麼對得起先帝！你們如果想報答先帝知遇之恩，就該快快撤去伏兵，册立之事明日再議，以免自相殘殺，動搖我大淸的根基。」

索尼等人被莊妃說得面帶羞愧，躬拜上前說：「娘娘所言極是，我們這就領兵退出，但是一天不册立皇子，我們就一天不卸衣甲，不放刀槍！」然後轉身離去。

莊妃見他們走了，疲憊地坐下說道：「今天就到此爲止，册立之事明日再議，大家請回吧！」衆人一言不發，默默地走出大殿。多爾袞與濟爾哈朗、多鐸道別，正要上馬，卻見一個宮女來到馬前，盈盈下拜，口中說道：「奴婢蘇麻喇姑奉莊妃娘娘之命，特請王爺到宮中赴宴。」

多爾袞把馬交給隨從，略一沈吟，說道：「好吧！頭前帶路。」

22

睿親王舉著酒杯將飲，卻見美貌如花的莊妃雙眼流淚，一時竟癡了，軟語溫存，莊妃說出一件驚人的秘密來。

不多時，就來到了永福宮。莊妃笑臉相迎，一掃剛才的倦容，滿面春風地說：「王爺光臨我永福宮，令人喜出望外。」

多爾袞忙道：「承蒙娘娘召命赴宴，實感榮幸。臣弟何德何能，娘娘如此抬愛，眞是受寵若驚。」

二人客套之時，酒宴擺了上來。莊妃吩咐蘇麻喇姑守在門口，任何人不准擅進。然後親自把盞爲多爾袞斟滿酒杯，說道：「王爺追隨先帝多年，勞苦功高，眞是國家的棟樑，天下萬民誰不仰慕，就是我心中也是十分敬重的。今日略備薄酒，以表心意！」

多爾袞謝道：「過獎，過獎，娘娘美麗賢淑，臣弟仰慕已久，無奈國事繁多，一直沒能當面請益。這一杯就權且算是敬娘娘的。」說罷一飲而盡。

莊妃笑道：「我剛剛命人從關內請來了一個江南廚子，燒一手好菜，不知王爺喜不喜歡？」

「喜歡！當年臣弟領兵入關，直至黃河北岸，曾多次吃過江南的名菜。漢人心思之巧，菜肴無一不精，無一不美，色香味俱佳，令人歎爲觀止。只是漢人玩物喪志，不在軍事戰備上下功夫，把許多聰明才智白白浪費了，眞是可惜！」

「王爺的識力果然高人一籌，世人見了精美的飯菜，多數只知享用，哪裡顧及其他！」

「哈哈！娘娘過獎，臣弟愧不敢當。臣弟愚直，有一事想要請教，如有冒昧，娘娘休怪！」

「王爺請講。」莊妃又斟滿一杯酒。

多爾袞停箸不食，看著莊妃說道：「娘娘今天不是只爲了讓臣弟喝酒的吧？」

莊妃淺笑，秋波轉動，顧盼生輝，說道：「先喝酒吃菜，不必心急！」

「娘娘如不明言，臣弟又怎麼能吃喝得下呢？」多爾袞放下筷子。

「旣是如此，我就問王爺一句話！」

「臣弟洗耳恭聽。」

「王爺願意誰來繼承大統呢？」

「這個……」多爾袞沒有料到莊妃單刀直入，不由吞吞吐吐。莊妃見他閃爍其辭，用絲帕拭一拭朱唇，緩緩說道：「我知道王爺本是有意於皇位的，何必掩掩遮遮，不願告人呢？」

多爾袞臉上堆出一些笑容，說道：「臣弟並非有意隱瞞，只是在娘娘面前不敢太過狂妄！」

莊妃搖手說：「王爺也太過謙了，不過想登大寶的恐怕不只王爺一個，王爺可有必勝的把握？」

「皇位說是三人相爭，其實也不過是臣弟與肅親王兩人，禮親王不會參與其中，但是肅親王手中有三旗兵馬，尤其是兩黃旗實力最強，許多大臣又忠心耿耿，實在是不好對付！」

「今日在崇政殿內，肅親王不是已經表示不想當皇帝了嗎？」莊妃見到多爾袞臉上隱隱有一絲難色，一時又找不到合適的勸慰語言。

多爾袞手摸頷下的短鬚，自負地說道：「他這種手段不過是想以退爲進，卻來騙誰？他一定是以爲遺詔冊立的新君非他莫屬，因此用退出的虛言來要挾，如意算盤打得多妙！可是臣弟豈容他的計謀得逞，既然抓住了他這個破綻，定讓他好夢難成！」

莊妃聞聽，知道多爾袞與豪格二人已經相互牽制，一時都難以壓倒對方，心中暗暗歡喜，嘴上卻說：「王爺雖然抓住了肅親王的破綻，但是肅親王如果發起怒來，與兩黃旗一齊發難，後果不堪設想！」

多爾袞滿面憂容，端起酒杯，一口喝下，痛苦地點點頭，歎道：「臣弟實在是忌憚兩黃旗，怕萬一不愼，惹起干戈，對不起父兄，否則豈容肅親王呼來喝去！」

莊妃問道：「現在王爺準備怎麼辦？」

「一籌莫展，沒有什麼好辦法。」

「王爺爲什麼不去找禮親王或鄭親王商議一下，共同對付豪格呢？」莊妃試探著問道。

「禮親王和鄭親王與臣弟本來就不和睦，此時不與肅親王聯合起來對付臣弟，臣弟已感萬幸，怎麼敢有這種奢求呢？」多爾袞無可奈何地說。

莊妃眼圈一紅，流著眼淚說道：「先帝一死，撇下我們寡母孤兒，本想找個依靠，不想王爺也有許多難處，我們母子眞是命苦啊！」說罷掩面而泣。

多爾袞見莊妃傷心難過，雨打梨花般惹人愛憐的模樣，不由熱血激蕩，擺出大丈夫的氣概，拍案而起，大聲說道：「待臣弟命人取了豪格的首級，以使娘娘安心！」

莊妃止住哭泣，用絲帕擦一擦雙眼，勸阻道：「殺豪格容易，壓服兩黃旗就難了，如果王爺如此行事，局勢恐怕會無法控制了。」

多爾袞焦躁起來，端起酒壺狂飲幾口，說道：「臣弟也知道這樣做不夠穩妥，但是如果今後要爲娘娘出力，也只有如此了！」

莊妃見多爾袞心神不安，情緒急躁，莞爾笑道：「王爺既願出手相助，我與臨兒自當感念在心。請王爺稍安勿躁，我們可以再想想辦法！」

「娘娘可是已經有了良策？」

「有是有一個，只是不知是否可行？王爺願不願意採納。」

多爾袞眼睛一亮，瞬間又消失了，口中讚道：「娘娘果然聰穎過人！」

「並非我聰穎過人，只是我是第二個知道一件秘密的人。」

「什麼秘密？」多爾袞的眼睛又亮了起來。

「遺詔。」莊妃一字一頓地答道。

「遺詔？那裡面講了些什麼？」多爾袞追問。

「本來遺詔的內容是不能輕言的，既然是王爺對我母子如此關切，我就告訴王爺遺詔之中冊立的是哪一位皇子。」

「誰？」

「福臨。」莊妃平靜地說。

「爲什麼不是豪格？」多爾袞驚得撟舌難下，脫口而出。

「先帝不喜歡他，因爲他不過是一個武夫，難當治國大任。」

「既然臨兒被冊立爲君，娘娘何須再找臣弟？」多爾袞不解地問。

「肅親王手握三旗人馬，禮親王有兩紅旗之衆，濟爾哈朗又不知支援何人。臨兒年紀尚幼，手中沒有一兵一卒，沒有王爺的護持，豪格如果動蠻，豈不是只有束手就擒的份兒了？這也是我知而不宣遺詔的主要原因。這一苦衷實在是迫不得已。」莊妃語調低沈，心情似是十分沈重。

多爾袞說道：「立臨兒既然是先帝遺命，兩黃旗未必反對，禮親王和鄭親王也會擁戴，不一定會有什麼大的變亂吧！」

莊妃知道多爾袞意在討價，明白以後須仰仗他的地方還很多，於是說道：「睿王爺，我不是一個愛佔便宜的人，有好處是大家的，誰都不會吃虧。」

「請娘娘明言。」

「好！如果王爺能保護臨兒登基，我答應王爺再進一步！」

「娘娘，臣弟已是親王了，如何再進一步？」

「臨兒年幼，難理朝政，王爺可代爲處理，做攝政王，雖然沒有皇帝之名，卻有皇帝之實，王爺以爲如何？」

多爾袞心花怒放，表面卻不動聲色說：「臣弟不過是想爲娘娘分憂，本無此意，娘娘既如此厚待，臣弟定不負娘娘所托。」

「絕不反悔！」莊妃說罷，命蘇麻喇姑再傳菜肴，二人談笑風生，直至入夜。

夜深了，莊妃仍然睡不著，多麼漫長的夜呀！

23

志在必得的肅親王聽了遺詔，如同晴天霹靂，伏在父親的棺材上大哭，最終一無所獲。

五更時分，八旗的王公們陸續地來到了崇政殿，大家面沈如水，沈默無聲。莊妃懷抱錦盒端坐在龍椅旁邊，環視著衆人說道：「昨日議論册立之事，終無結果，國家不可一日無君，望諸位王公及早決斷，免生事端。」

莊妃說完，多爾袞起身高聲說道：「諸位都虎視眈眈地盯著皇位，各持己見，恐怕就是爭持七天七夜，也難見分曉！我看不如先讓娘娘宣讀遺詔，如果遺詔册立的新君不是大奸大惡之徒，我們就擁戴他爲君如何？」

「好，此法最爲公平。」豪格說道。

莊妃又問：「禮親王、鄭親王可否同意？」

二人點頭。

莊妃說道：「既然四大親王都同意了，我就打開錦盒，念與大家聽！」說著命宮女取來金剪刀，把錦盒上繫死的紅絲帶剪斷，拿出黃綾遺詔，念道：「傳位於九皇子福臨。」

殿內大嘩，禮親王摸著花白鬍子的手凝固在空中；一直沈默不語的鄭親王竟不由自主地站起身來，看著莊妃手中的遺詔；阿濟格、多鐸二人也吃驚非小，似乎不相信自己的耳朵似的，呆坐在座位上；最難接受的是肅親王豪格，聞聽傳位於九弟福臨，一時驚愣、悲憤、絕望之情湧上心頭，起身走到皇太極的梓宮前面，喃喃地說：「不可能！不可能！」他想起與父親征戰時的許多情景，想起自己早死的母親，突然一聲嚎啕，昏厥倒地。莊妃急忙命人取來冷水，收好遺詔，親自持盞給豪格餵下。豪格悠悠醒來，莊妃急忙勸道：「肅親王，節哀順便，死者死矣，還是想開一些吧，作爲長子，先帝沒有完成的心願，仍然有責任承擔，否則將來如何見先帝於地下呢？」

豪格哈哈一笑，語調淒涼，說道：「父皇既然已傳位於九弟，統一的大業自然由九弟來完成，與我何干？」

多爾袞大怒，罵道：「大膽豪格，如此欺君罔上，先帝對你養育之恩深重如海，身爲人子，又爲君臣，爲什麼說出這種大逆不道之言？先帝傳位於何人都是苦心孤詣，豈可怨恨？再者，你雖爲長子，卻屬庶出，豈可輕立！」

豪格被問得張口結舌，面色大窘。莊妃命殿上武士把他扶起，說道：「肅親王是一時悲痛過度，以至言語有失。親王要多保重身體，臨兒年紀尚幼，需要衆位鼎力扶持，肅親王本是先帝長子，責任自然重大，豈可推卸？」語意頗爲關切。

豪格推開兩個武士的手，站起身來，低頭默然回到座位。莊妃看了看多爾袞，高聲說道：「先帝傳位於臨兒，我也深感意外，但是詔命不可以違抗，只是臨兒年方六歲，不諳世事，我想可否設立攝政王來輔佐他處理朝政？禮親王以爲如何？」

禮親王代善剛剛從驚悸中回過神來，聽莊妃發問，搖頭說道：「我已明言不問國事，悉聽娘娘聖裁！」

莊妃歎了一口氣，說道：「禮親王爲先帝之兄，功多位隆，德高望重，不能輔政，實是朝廷的一大損失，令人歎惋。」

禮親王拱手說道：「臣深感慚愧！」退回原位。多爾袞急忙說：「禮親王既然不願意輔政，娘娘也不必勉強。臣以爲娘娘所言攝政一事，實爲明策。想當年成王之時，也是因爲年幼而由周公召公攝政，傳爲百代的美談，誠可爲我朝效法。」衆人也紛紛附和。

莊妃心頭暗喜，說道：「我意要在四大親王之中選出兩人，作爲左右輔政，諸位看誰最合適呢？」

多爾袞不等他人發言，搶先說道：「按照四大親王的順序是禮、鄭、睿、肅，禮親王既然不想參與朝政，就由臣與鄭親王左右輔政，分掌八旗兵馬如何？」

莊妃對鄭親王說：「王爺這兩次議事沈默寡言，似是置身世外？」

鄭親王面色一緊，答道：「臣年老昏聵，無所適從，豈敢妄言？」

莊妃加重語氣，問道：「那麼現在王爺以爲如何？」

鄭親王慌忙說：「既然是朝廷所需，敢不效力！」說著偷偷用手擦一把額頭的冷汗。

莊妃看了豪格一眼，見他呆呆地坐著，面色死灰，垂頭喪氣，心中隱隱生出一絲歉意，暗想：我本意是讓多爾袞和豪格二人為攝政王，不想被多爾袞搶了先機，鄭親王兵馬僅有一旗，恐難是多爾袞的對手，如此鄭親王攝政豈非形同虛設？想到此，莊妃說道：「由鄭親王、睿親王兩位輔政，我大覺安心。不過肅親王軍功累累，可否同為攝政？」

多爾袞首先反對，說道：「自古攝政王都為長輩，肅親王既然與新君為兄弟，怎麼可以攝政呢？新君又與他如何施禮呢？」

鄭親王卻說：「以周公、召公超凡入聖的才能，還需要二人一起輔政，現在僅有我與睿親王兩人恐難當攝政大任。肅親王加入，自然可多一分智慧和力量，對於朝廷、社稷和天下萬民來說，也是有好處的。」

多爾袞心中大恨，辯駁道：「既要攝政，就應該遵守古制，怎麼可以隨意逾越呢？再者說，肅親王即使不能攝政，也會為朝廷盡忠效力，豈在於攝政與否呢？」

莊妃見多爾袞反對之意甚為堅決，明白多爾袞已把豪格視為眼中釘、肉中刺，必欲無情打擊而後快。看來自己要借豪格的力量來牽制他的想法難以實現了，不禁心中一顫，思忖道：這次與多爾袞的同盟將來到底會怎麼樣？誰會最受益呢？莊妃心頭一片紛亂，卻又不甘心如此，於是對豪格說：「肅親王你的意思是什麼？」

肅親王豪格此次未能帶兩黃旗大臣入殿，人單勢孤，心知敗局已定，無力回天，心想：既然皇位失了，還在乎什麼攝政不攝政的，且由它去吧！不如激流勇退，安享餘生。當下說道：「臣願守護祖陵，不再過問朝政。」

莊妃知道豪格心中最爲痛苦，本是極有實力一爭皇位，不想最後連個攝政王的職位都難撈到，心中大爲不忍，勸道：「國家正在用人之際，肅親王年富春秋，突萌退意，豈非也有負先帝大恩？」

多爾袞心裡更是萬分惱怒，想道因爲你的反對，我不能如意登基，現在你藉口什麼守護祖陵，不過是意在逃避我的控制，我豈能遂你心願？冷笑一聲道：「肅親王，爲人臣子，要先國家而後個人，豈能因爲一時不快，妄生退意？你既然身爲新君的兄長，理應爲新君分憂解難，而你卻想隱歸山林，悠遊自樂，可是對新君冊立心懷不滿，或是有不臣之心？」

豪格勃然大怒，雙眼直視多爾袞，目眥欲裂，叫道：「九王叔此舉，分明是含血噴人，我歸守祖陵，是想對祖父與父親再盡孝心，並無他意，你爲什麼逞口舌之能，咄咄逼人，誣陷我呢？」

禮親王代善站起身來，制止說：「不要吵了！先帝升天還沒有幾日，新君剛剛確定又沒有登基，你們這樣吵鬧，豈是爲臣之道？」

鄭親王濟爾哈朗也說：「兩位還是各自多加克制爲上。」然後勸肅親王說：「你歸隱山林，一定要考慮清楚。我並不是阻攔你，就算新君不用你來扶持，那麼你就不想一想兩黃旗的大臣們麼？他們一直唯你馬首是瞻，聽從你的調遣，你怎可讓他們無所依托而失望傷心呢？」

濟爾哈朗的一席話，正好觸到了豪格的痛處，豪格的心不由像撕裂一樣地疼：是啊，我如果這樣隨意地走了，誰能為兩黃旗大臣說話出頭？他們豈不是任人宰割了嗎？又如何對得起他們的一片赤膽忠心呢？他們既然那樣支援我，雖然沒有能達到目的，我還是要與他們生死相依，榮辱與共，不能只求你自己一身平安，而不顧他們的死活。想到這裡，豪格對濟爾哈朗說：「多謝王叔指點！」轉身面向莊妃謝罪道：「娘娘，臣剛才心智不明，言語魯莽，請娘娘恕罪！」

莊妃笑道：「你有喪父之痛，一時言行失措，情有可原，何罪之有？你與新君同出父先帝，若能鼎力相輔，君臣一體，才不負我心！」

「謹遵娘娘教誨！」豪格心中感激，想起剛才自己的言行，不禁驚出一身冷汗。

多爾袞一見，說道：「肅親王剛剛言語狂悖，行為乖僻，有失親王的體面，娘娘寬懷大度，免治其罪，是娘娘天性仁慈。但臣以為雖然不治其罪，卻不可不罰，應該革去他的親王封號，以儆效尤！」

莊妃心中有意袒護肅親王，暗道多爾袞真是心狠手辣，今後不可不多加提防。淡然一笑，緩聲說道：「肅親王言行有違臣規，睿親王倡言責罰，本屬有理。」莊妃看了一眼洋洋自得的多爾袞，話鋒一轉，「不過，新君將要登基，到時還會大赦天下，此時妄動責罰，恐有不祥，肅親王今後多加留心也就是了！攝政王一事，就由鄭親王為右攝政王，睿親王為左攝政王，大家對此不要再多費唇舌了，還是回去準備十天以後的登基大典吧！」

多爾袞見莊妃以此來塞自己之口，也不好再說什麼，暗暗惋惜未能趁此機會除去豪格，與禮親王等人一齊退出了大殿。

24

新君人選已定，不料阿達禮和碩托卻來遊說睿親王起兵奪位，睿親王深知力難致勝，不敢答應，又恐受到牽連，就想了一個借刀殺人的計策，很快讓這兩個人掉了腦袋。

多爾袞回到睿王府，坐在書房中兀自想著心事：不但自己未能當上右攝政王，而且也未能把豪格置於死地。正在恨恨不已，忽然家人來報，說禮親王的孫子郡王阿達禮求見，多爾袞吩咐一聲：「快請！」阿達禮走進書房，多爾袞笑道：「郡王光臨，可是有什麼要事？」多爾袞說著在太師椅上欠欠身子。

阿達禮急忙過來施禮，說道：「小王此來，一為道賀王爺高升，二要問王爺一句話！」

「請講。」多爾袞手扶椅圈，看著阿達禮。

阿達禮靠近多爾袞，小聲說：「王爺對冊立新君，私意如何？」

多爾袞不動聲色地說：「郡王也參與了議立，為何還有此問？」

「小王只是想知道王爺的眞實態度。」

「以崇政殿內的情形，郡王以為本王是什麼態度？」多爾袞避而不答，反問道。

「小王以為王爺同意冊立福臨，不過是迫於他人的威勢，並非出於眞心！」

多爾袞面色一寒，喝道：「休得胡言！」

阿達禮又向前進了一步，俯身說：「福臨不過是一個黃口孺子，有何德何能佔據大寶？王爺如果想取而代之，我自當追隨！」

多爾袞哈哈一笑，問道：「郡王莫非前來試探本王？」

阿達禮正色道：「這都是小王的肺腑之言，自古天下有德才者居之，王爺難道眞甘心王位旁落他人之手？」

「這是郡王一人的意思吧？」

「我的叔叔碩托貝勒和小王的想法一樣。」

多爾袞心中一喜，嘴裡卻歎道：「你倆人單勢孤，本王又僅爲左攝政王，豈能對付得了兩黃旗？」

阿達禮急問：「王爺認爲該怎麼辦？」

多爾袞習慣地用左手撚著短鬚說：「你爺爺和鄭親王知道你的想法嗎？」

「這，……小王沒有去問。」阿達禮支吾道。

多爾袞不滿地說：「這麼大的事，不先徵求一下長輩的意見怎麼行呢！」

阿達禮面色一紅，自責道：「小王慮事不周，這就去問鄭親王。」一轉身向書房外退去，多爾袞並未挽留，叮囑道：「切不可說出本王的旗號！」

一個多時辰以後，阿達禮和碩托一起回到睿王府，多爾袞仍在書房靜候，一見他倆進來，迎出來問道：「兩位爲國事奔忙，辛苦了！」

阿達禮低首說道：「有勞王爺動問，我等無能，至感羞愧。」說著走進書房，多爾袞坐在太師椅上，急問：「你們可曾打我的旗號？」

阿達禮答道：「我兩人商議一下，用的是爺爺的旗號。」

多爾袞點點頭，雙目微合，問道：「事情辦得怎麼樣？」

貝勒碩托見多爾袞似有不快之色，忙答說：「我倆去了鄭親王府，對鄭親王濟爾哈朗說，和碩禮親王命我倆經常到睿王府中走動。不想那老兒竟然裝糊塗，說什麼禮親王貴爲諸王之首，猶不忘尊老敬賢，眞是難得。」

多爾袞與鄭親王交往多年，知道此公最善觀察風色，暗道：他豈是你們兩個雛兒所可說動的，我原本就不該抱什麼希望！想到這裡，多爾袞抬起眼睛，問道：「你們的行動禮親王可知曉？」

阿達禮答道：「我倆曾去找爺爺，對他說，現在國家萬事待舉，卻擁立一個黃口小兒，如何治理天下，爺爺還是及早另拿主意。爺爺卻一味推辭說，既然已經冊立，豈可反覆！以免社稷震動，萬民不安！切不可妄生他意，胡言亂語，惹來殺身之禍！看來爺爺是年紀大了，變得膽小怯弱，本不該和他商量的。」

多爾袞不置可否，又閉上眼睛，雙手的手指不停地敲擊著太師椅的扶手。碩托不知他心裡想的什麼，又說：「我們來的路上，順便到豫郡王府去了一趟，準備與他共商大計，不想多鐸卻閉門不見，說什麼現在不是相互往來的時候，與崇政殿中的言語大相徑庭，眞是令人氣惱！」

多爾袞知道因爲册立一事，多鐸與阿濟格都對自己心生不滿，現在也無法指望他們了，阿達禮和碩托二人更是勢單力孤，不能對這二人抱什麼奢望，但是又不想得罪他們，以免像皇太極那樣責罰了他們，被他們尋找此時的機會來報復，但是此二人不除，他們一旦反咬我一口，恐對我不利。略略沈思，忽生一計，笑道：「現在先帝新喪，新君又未登基，事務繁多，我暫時沒有精力顧及其他的事情。凡事要從長計議，不可心急，你們先回府歇息吧！」

阿達禮急道：「新君即將登基，王爺要及早定奪，當斷則斷，不留後患，否則一旦登基，王爺還有什麼機會？」

多爾袞見他們一意孤行，拂袖而起，喝道：「本王知你們對先帝有不平之氣，念你們對本王明言，尚有一絲好意，怎料卻越來越放肆了！四大親王都同意册立新君，你們不必再多言，以免自招不測之禍，那時悔恨何及！」阿達禮、碩托二人見多爾袞軟硬兼施，嚴辭拒絕，急忙告退，多爾袞親自把他們送出書房，招手作別，心中暗罵二人眞是蠢才，新君既已册立，再加反對，豈不是螳臂擋車、蚍蜉撼樹！正自煩悶，侍衛進來問道：「王爺可要傳膳？」多爾袞此時才感到腹中空空，忙命人把飯菜送來。

多爾袞一邊吃喝，心中仍然想著剛才的事，害怕阿達禮和碩托四處遊說，對自己不利，酒飯也沒有吃出什麼味道。於是草草吃了，命人撤下，叫來府中侍衛，將計策細細地說了，吩咐他們按計行事。原來阿達禮和碩托來遊說多爾袞，多爾袞正好以此來試探他人的態度，後來見他們的所為難以成功，害怕他們引火燒身，會殃及自己，就想了一個借刀殺人的計策，想要把他們除去。同時又由他們遊說自己想到豪格，估計他也不會善罷甘休，因此派手下的武士二人去拜見禮親王，二人去監視豪格。不多時，去見禮親王的人回來稟報說已見了禮親王，多爾袞問道：「可把阿達禮和碩托倡言擁立本王為君之事告訴了禮親王？」

兩個武士說：「遵王爺之命對他講了。」

「他說什麼？」

「禮親王先驚後怒，大發雷霆，說明日要把他們二人交與諸王論處。」

多爾袞臉上現出一絲笑意，說道：「禮親王生性懦弱，我料他不會念手足之情，必殺人以求自保。」然後揮一揮手，「好了，我已經知道，你們下去吧！」

夜色降臨了，多爾袞感到從未有過的疲勞，渾身上下似乎沒有一點力氣。他從太師椅上站起來，揉了揉有些麻木的雙腿，走出屋外。天上繁星萬點，殘月當頭，他深吸了一口清冷的空氣，空氣中隱隱有一絲菊的清芬──現在將到九九重陽，花園中的菊花不知開得怎樣了，那枝心愛的墨菊數日前就已含苞，今夜清涼如水，想必正在盛開！多爾袞的心情完全鬆弛了，濃濃的睡意襲來，他轉身回到書房，伏案睡了。門外守衛的武士輕手輕腳地進來，給他蓋上一件披風。

多爾袞剛剛睡熟，就被一陣爭吵之聲驚醒，心中大怒，正要發作，卻聽門外的武士進來稟報：「監視豪格的侍衛有要事求見王爺。」

多爾袞聽了，睡意全無，起身說道：「快叫他們進來！」隨著一陣急促的腳步聲，門外呼啦啦走進六個人，多爾袞一看，不由詫異道：「你們四人怎麼深夜到此？」原來派去監視豪格的兩個武士帶回來四人——兩黃旗的大臣何洛會、錫翰、鞏阿岱和他的哥哥拜尹圖，這四人見多爾袞發問，急忙上前施禮說：「我們四人是特地向王爺揭發豪格的。」

多爾袞大喜，忙命四人坐下說話。四人就把豪格結交大臣、陰謀篡位之事細說了一遍，多爾袞聽了，問道：「你們是如何知道內情的？」

何洛會回答說：「正黃旗一等侍衛冷僧機親口對奴才說過一些，奴才也親耳聽肅親王講過。」

多爾袞拍案喝道：「好逆賊！如此膽大妄為，目無君王，明日我必齊聚八旗王公大臣會審此案，不知你們可敢當面揭發？」

何洛會忙說：「既有攝政王作主，奴才沒有什麼不敢指證的！」

多爾袞笑道：「你們四人能棄暗投明，實在是有功朝廷，事情成功之後，本王必有重賞。你們暫且回去，切不可洩露了風聲，被肅親王發覺。」四人遵命退出書房，各自回去。多爾袞異常興奮，掏出鼻煙壺，深深地吸了一口，自語道：「豪格，肅親王！你既然讓我當不成皇帝，也就休怪我手下無情，明日我必讓你成爲階下之囚，看你如何逃過此劫！」說著把鼻煙壺緊緊地拿在手裡，長長地呼出一口氣來……

25

肅親王的四個親信見他毫無作爲，就轉投到睿親王的麾下，揭發他的不軌行爲，肅親王傷心欲絕。

天交卯時，八旗的各位王公大臣都來到崇政殿，莊妃與皇后端坐在龍椅兩側，多爾袞向前稟道：「兩位娘娘，現在有人告發肅親王意圖謀反，臣因此通知八旗王公大臣一同會審。」

皇后看看大家，說道：「那就開始吧！」

多爾袞又對濟爾哈朗說：「鄭親王，你我既同攝政，一同主持審理吧！」

濟爾哈朗說：「好！人證可曾到齊？」

多爾袞點頭，傳令道：「證人上殿！」不一會兒，何洛會、錫翰、鞏阿岱和拜尹圖四人走上殿來。豪格剛才聽多爾袞說有人告發自己，正在憤怒地將信將疑，見他們四人上殿，不由心驚肉跳，暗自悔恨有眼無珠，不能識人。

多爾袞對何洛會四人說：「你們快把肅親王圖謀篡位之事當面講來！」

何洛會四人拜見兩位娘娘後，何洛會跪著告白說：「肅親王曾多次宣揚說不立我爲君，你們早晚會後悔的，又說睿親王沒有福相，體弱多病，不能終攝政之事。」

莊妃聞聽，對何洛會說：「你所說的，可是實情？」

何洛會叩頭答道：「句句屬實！」

「可有人證？」

何洛會指了指錫翰、鞏阿岱和拜尹圖說：「我們四人都可做證。」

「一些機密之事，你們又是如何得知的？」

「正黃旗一等侍衛冷僧機親口對我們說的，不會有假。」

莊妃生氣地對豪格說：「肅親王，你還有什麼話說？」

豪格垂頭不語。八旗王公齊道：「殺了他！殺了他！」

莊妃擺手讓衆人安靜，然後看看多爾袞說：「冊立新君一事只有肅親王一人反對嗎？」

多爾袞正要回答，禮親王代善搶先說道：「還有二人不滿，臣一直沒有機會檢舉。」

莊妃問道：「是何人？」

禮親王顫抖著雙腿，走出朝班說：「是臣的兩個子孫，四處遊說，要擁立睿親王，都怪臣管教不嚴。」

莊妃看了一眼多爾袞，勸慰說：「禮親王不必自責，既能大義滅親，就不必追究縱容之罪了！」

代善跪倒在地，歎道：「家門不幸，出了逆子碩托、逆孫阿達禮，但憑娘娘發落！」

莊妃厲聲說道：「先帝駕崩時日不多，卻出了這麼多逆臣，八旗王公大臣以爲如何處治他們？」

多爾袞不等衆人表態，說道：「豪格身爲四大親王之一，理應垂範八旗衆人，不想卻帶頭叛逆，實屬怙惡不赦。臣以爲擒賊先擒王，必要重辦豪格，才能警示衆人。至於阿達禮和碩托行爲同屬乖戾，也應重罰。」

莊妃聽了，問濟爾哈朗說：「鄭親王以爲如何？」

濟爾哈朗答道：「臣沒有什麼意見，靜聽娘娘聖裁。」其他王公大臣見此情景，也紛紛附和。莊妃見多爾袞必欲置豪格於死地，知道此時無法反對，又恨多爾袞氣焰太過囂張，處罰了豪格等於助長了多爾袞的勢力，不處罰又於法不合，左右爲難，忽然心生一計，說道：「睿親王所言極是，我以爲該重罰豪格，奪去他七個牛錄的人口，罰銀五千兩，廢爲庶人。至於阿達禮和碩托，新君登基之前，不宜殺氣太重，就暫時命禮親王多加管教，衆位以爲如何？」

多爾袞內心喜極，帶頭讚道：「娘娘英明，處罰得極是！」

豪格聽了，面如死灰，阿達禮和碩托二人則喜形於色。莊妃心中暗忖，肅親王雖有罪過，但卻是牽制睿親王的最佳人選，此次不過略示懲戒，今後用他之處尚多，我正可借臨兒登基大赦之機，復他王位！至於阿達禮和碩托二人，等大赦之後，我必殺之！所以莊妃將計就計，表面同意多爾袞的提議，實際上另有打算。因爲過不了幾天，她的臨兒就要舉行登基大典，她就是皇太后了，想到這裡，莊妃幾乎要笑出聲來。

可是，從此清冷的永福宮裡，莊妃能不能安然入眠呢？現在面前滿是光明的莊妃，恐怕還想不到也不願想，畢竟她可以舒心而放鬆地笑了。

下嫁

26

莊太后見濟爾哈朗和多爾袞相互推諉，都不願率兵伐明，心中焦急，深恐太宗遺願不能完成，就將范文程召進宮來問計。范文程主動請纓，前去說服多爾袞出兵。多爾袞果然聽從了范文程之言。

睿王府裡，多爾袞悶悶地獨坐在書房裡，逐一思想著這些天的事情，本以爲皇太極一死，正好可以問鼎皇位，不想肅親王與兩黃旗大臣拼死反對，只好作罷。退而求其次地與莊太后聯手，雖然獲得晉封，但是仍然居於濟爾哈朗之後，怎不令人氣惱？正在憤憤不平之際，宮中的太監來報：「太后請王爺入宮議事！」

多爾袞問道：「可有他人？」

太監說：「還有鄭王爺。」

多爾袞來到宮中，莊太后和鄭親王濟爾哈朗已在坐等。莊太后的面色清瘦了一些，這一個多月，勞心費神，皇太極駕崩，諸王爭位，福臨登基，皇太極安葬，事情實在是太多了，這一個月是多麼艱辛難熬的日子呀！不過，太后的神色之中仍有掩不住的歡悅，畢竟她的兒子福臨已登上了皇位，成了順治皇帝，母因子貴，自己也作了人人敬畏的皇太后。

多爾袞拜見了太后，太后命他坐下，說道：「今天召二位進宮，是想問一問伐明之事。這本是太祖太宗的遺願，不能因爲福臨年幼登基而中斷，你們以爲如何？」

濟爾哈朗答道：「先帝太宗生前就已拔取關外四城，寧遠諸城失去屏障，人單勢孤，垂手可得。如果寧遠爲我所有，可以直搗山海關，進逼燕京。」

太后聽了，對多爾袞說：「睿親王以爲呢？」

多爾袞看了看太后和濟爾哈朗，說道：「鄭王兄所言極是！不過先帝新喪，現在不是征明的時候。況且連年征戰，還是要多做些準備。」

太后急問：「何時可以發兵？」

「明年改元以後，春氣萌動，兵馬休整一冬，再征明不遲！」

太后本意想趁此秋高氣爽、草黃馬肥之際，對明用兵，以此來淡化諸王之間的矛盾，但覺多爾袞說得有理，又見濟爾哈朗不加反對，也就不再把心中的想法說出來，轉而問道：「何人可當此大任呢？」

多爾袞不等濟爾哈朗答話，說道：「鄭王兄作爲首輔，當然是最好的人選了。」

濟爾哈朗推辭說：「睿親王文治武功都在本王之上，統兵征明，非他莫屬！再說太宗征明，也是本王留守盛京。」

多爾袞心中暗道：你既然明白文治武功在我之下，卻位居我之上，你不思進取，我又何必賣命？當下笑道：「鄭王兄位極人臣，自然應該多挑重擔，奮勇向前，豈可甘落人後！」

濟爾哈朗見多爾袞語含譏諷，內心不滿，反擊說：「用人之道，在於知人善任，先帝在時，命本王留守，難道錯了？」

多爾袞嘿然一笑，說道：「鄭王兄何必拿先帝做擋箭牌呢！今日太后若命你領兵征明，就不是知人善任了？」

太后見二人言語衝突，擔心爭執不下，急忙說道：「二位都是棟樑之才，先帝對你們青眼有加，臨兒對你們會更加禮遇，絕不會勉強你們做不合心意之事。你們先回去，征明之事改天再議吧！」

濟爾哈朗和多爾袞退下之後，太后心中煩悶，命人把大學士范文程召來。范文程近日安心在家，與八旗王公大臣極少接觸，忽然聽說太后召見，急忙進宮，拜見太后。太后命人賜座，笑問：「聽說范章京這些日子閉門潛行，極少出來走動，可是我虧待了章京？」

范文程慌忙離座，回答說：「先帝駕崩，臣傷心過度，飲食違和，怕出門有失大臣的體面。先帝與太后對臣恩重如山，臣萬死難報其一，怎會有什麼虧待？太后此言，臣不勝惶恐。」

太后見范文程一副戰戰兢兢的樣子，說道：「范章京多心了，我並沒有責怪的意思。你是先帝倚重的大臣，屢獻奇計，多有功勳，今臨兒年幼，正需要章京這樣的能人高士輔佐，你可不要辜負了先帝知遇之恩呀！」

范文程跪倒在地，眼中流淚，說道：「臣本是一個手無縛雞之力的秀才，蒙太祖太宗提拔讓臣參與軍機大事。有道是士爲知己者死，臣既受大恩，一定侍奉幼主如同侍奉先帝，竭忠盡力，以圖報效！」

太后命范文程平身回座，說道：「范章京的忠心，我豈不知？你雖然不是我大淸一族，但作爲先帝的舊臣，臨兒會一樣倚重你的！」見范文程面含感激，緩聲說：「我此次召你入宮，一來是表示對先帝老臣的體恤，二來是有事向章京請教。」

范文程急忙說：「太后有事儘管吩咐，請教二字萬不敢當！」

「好！我就對你直說了吧！依章京之見，如果要征伐明朝，誰爲統帥最好？」

范文程略一思忖，答道：「睿親王爲上上之選。」

「爲什麼？」

「恕臣放肆！」

「講吧！」

「臣以爲征明統帥當出自四大和碩貝勒之中，禮親王年老體衰，鄭親王怯弱多疑，肅親王心高氣傲，只有睿親王雄才大略，可堪大任。」

「范章京知人論事，確是獨具隻眼。只是睿親王似乎不願統兵征明，如何是好？」太后知道多爾袞不滿自己對他的許諾，心有怨恨，尤其不甘居濟爾哈朗之後，故不願掛帥出征。此事自己心知肚明，但不便對他人明言，又不可退讓，將此難題交與范文程，雖不免忍爲難於他，一時卻也別無良策。

不料，范文程聽了，笑道：「此事就交與臣去辦理吧！一定不讓太后失望。」太后心中大喜，勉勵說：「章京不愧爲我朝智囊！只是出兵征明關係我朝千秋大計，可要仔細一些！」

「謹遵太后教誨。」范文程告辭出宮，吩咐從人直奔睿王府。

多爾袞從宮中回來，怒氣未平，更是覺得與莊妃合作，吃了啞巴虧。現在濟爾哈朗位居首輔，豪格借登基大赦的機會又恢復了親王的爵位，都可牽制自己，如果長此以往，自己想做無名有實的皇帝，豈不是成了泡影？只恨當初過於顧惜祖宗的基業，沒有擁兵奪位，現在已成事實，再想控制大局，必費許多周折。正在暗自悔恨，侍衛報說內秘書院大學士范文程求見。多爾袞心中納悶，不知道他來有什麼事，急忙吩咐到書房中相見。

午後的陽光斜照著書房，周圍的樹木葉子已被秋風掃落了不少，稀疏了許多，只有數百盆菊花正在爭奇鬥妍，開得十分熱鬧。范文程正在兀自欣賞，忽聽有人喊道：「范章京，爲什麼不進書房，卻在此逗留呢？」

范文程見多爾袞笑瞇瞇地向自己招手，急忙向前走了幾步，笑道：「今日路過王府，特來拜望王爺，又見王爺園中的菊花盛開，不由多看了幾眼，實在是冒昧得很。」

多爾袞見范文程施禮拜見，忙用手扶住，拉著他的手說：「今日不是兩軍陣前，否則章京突然到來，本王還會以爲有什麼破敵妙計來獻呢！」

范文程答道：「王爺說笑了。見了王爺園中的秋菊，哪裡還有什麼破敵不破敵，妙計不妙計的。只想做個竊花賊，把王爺的菊花偷出一些，與菊為伴，求個心境平淡沖和，豈不大妙！」

「堂堂朝廷大學士，心儀竊花賊，豈不怕天下眾人恥笑？」

「此話不然。王爺可記得有人竊花反而成就大名，流傳千古呢！」

多爾袞不解地問：「可有此事？」

「東晉時有個陶潛，字淵明，號五柳先生，曾寫下了兩句詩：『採菊東籬下，悠然見南山。』因此驟享大名。」

「他又怎麼成了竊花賊了？」多爾袞更加迷惑。

范文程侃侃而談：「陶潛本是一貧如洗的讀書人，如何種得菊花來呢？他所採的菊花一定是別人種的，豈不是竊花賊麼？」

多爾袞哈哈大笑。讚道：「范章京真是機辯過人。不過揣摩他的詩句，如果不是自己種的，他採摘之時，又怎麼會神情悠然，了無怯意呢？」

范文程卻不正面回答，只說：「如果真是他自己所種，怎麼會捨得輕易摘取呢？」

多爾袞邊走進書房，邊說道：「花開堪折直須折，莫待無花空折枝。章京難道不知道這個道理嗎？」

范文程伸出大拇指，讚道：「王爺見識超人，大丈夫處於世上，當機立斷，取捨分明，本當如此！」

多爾袞見范文程語含深意，似乎話中有話，問道：「范章京有話直講，何必閃爍其詞？」

范文程見多爾袞發問，反而閉口不言，端起茶碗，細細品味起來。多爾袞心中焦躁，責怪道：「范章京若要茶喝，本王可以送你一些，回府慢慢地喝。」

范文程放下茶碗，說：「文程並非貪戀茶美，是怕話說出來，王爺怪罪。」

多爾袞耐住性子，說：「本王不怪罪你就是！」

范文程又說：「文程不敢求王爺提前寬恕，只求王爺能讓文程把話說完。」

「本王答應你。」

「那麼文程就說了。」范文程見多爾袞面露不耐煩之色，說道：「文程一進王府，王爺心裡勢必會想文程此行的眞正目的是什麼？」

「不錯！」多爾袞左手摸著短鬚，威嚴地說。

「王爺面前，文程不敢說謊。文程此來，是爲太后作說客的。」范文程慢聲說道，說到最後，幾乎是一字一頓。

多爾袞摸鬍鬚的手似乎凝固在空中，兩隻眼睛盯著范文程，似乎要穿透他的胸腹，冷笑道：「好大的膽子，好大的口氣！你敢來遊說本王，你能遊說得了嗎？太后借給了你多大的膽子！」

范文程不慌不忙地回答說：「王爺所言極是。文程本來沒有膽量來遊說王爺，是太后給了文程膽量，王爺給了文程膽量，大清國給了文程膽量，文程才壯大了膽子，來拜見王爺。」

多爾袞摸不清范文程話語的意思，不由得問：「本王何曾給你膽量?大清國又何曾給你膽量？」

「容文程慢慢地說來。文程此次奉太后之命來遊說王爺，想讓王爺領兵伐明，雖然是太后的旨意，但是也關係著王爺的榮辱和大清的興衰，因此文程有膽量來拜見王爺。」

「此話何意？」

「出兵伐明，對太后而言，可以開疆擴土，一統天下；對王爺而言，不但可以光大父兄的基業，而且更是可以實現自己的理想。而太后與王爺的心意達成，大清國運必然昌盛。所以出兵伐明，雖然出於太后的旨意，其實也是王爺和天下萬民的心願。」

多爾袞笑道：「你可知本王的想法？」

「恕文程直言。王爺的想法乃是做至高無上的攝政王，但是現在鄭親王位居王爺之上，肅親王與兩黃旗大臣對王爺又多有牽制，使王爺難遂心願。不知文程說得可對？」

「嗯！」多爾袞略一頷首。

「不過，以王爺的睿智，所思與所行卻不免背道而馳。」

多爾袞向前傾起身子，雙目直視范文程，欲言又止。

「文程以為王爺太過執著於現在，而沒有考慮將來，實在只知直求，忘了變通！」

「此話怎講？」多爾袞急問。

「文程以爲王爺拒絕領兵伐明，實在太可惜了。領兵伐明，對王爺來說，是攻勢；而留在盛京，是守勢。只知正面防範，而不知背後進攻，豈非不知變通！」

多爾袞聽了，點頭說：「章京的話是有道理，不過本王如遠離盛京，萬一有什麼變故，豈不是遠水不解近渴？」

范文程答道：「王爺此言有失偏頗。出兵伐明，王爺一則可以遠離盛京的明爭暗鬥，掌握天下之兵，進一步培植自己的實力，壯大自己；二則可以借此成就萬世功名。如果王爺滅了明朝，天下之功豈不是盡爲王爺所有？那時王爺名著天下，又手握重兵，誰人可與之匹敵？自是天下萬民爲望所歸，還怕什麼鄭親王、肅親王，就是皇上和太后也會敬畏三分的。」

多爾袞心中一震，豁然開朗，面上卻不露欣喜之色，說：「如果朝中有人挾天子以令諸侯，又該怎麼辦？」

范文程大笑，說：「如果王爺揮兵征明，國內空虛，即使有人假傳聖旨，自可回師清君側，除奸佞，或者將在外君命有所不受，何致會受他人約束呢？」

「話雖如此，但鄭親王、肅親王等人如果勾結起來，反對本王，終究是心頭大患。」

范文程見多爾袞已然同意出兵，只是對盛京放心不下，就獻計說：「王爺領兵征明，可以命肅親王爲前驅先鋒，即可分而治之，又可時刻監視於他，盛京還有什麼可擔憂的。」

多爾袞大喜，歎道：「先帝稱你爲智囊，實在不是過譽之辭。」當時就命人擺酒，款待范文程。文程忙謝道：「王爺美意，文程心領，只是既領太后懿旨，不敢延誤。」多爾袞見他決意要走，就不再勉強，命人端來一盆墨菊，說道：「范章京一席話，令本王茅塞頓開。此墨菊乃是南明的珍種，也是本王心愛之物，今日贈與章京，以表心意。」文程道聲謝，捧了墨菊，回宮覆命去了。

27

眾臣多反對遷都北京，莊太后一力贊成。濟爾哈朗與索尼到永福宮面陳，勸太后千萬不要中了多爾袞的奸計。莊太后不禁躊躇起來。

轉眼到了明年的初春，冰消雪融，楊柳風暖，正宜用兵。多爾袞奏請南征，順治帝福臨在篤恭殿中，頒給多爾袞大將軍敕印。多爾袞叩頭接印，統領豫郡王多鐸、英郡王阿濟格、恭順王孔有德、懷順王耿仲明、智順王尙可喜、貝子尼堪博洛、輔國公滿達海等戰將，命范文程、洪承疇參贊軍務，以肅親王豪格爲先鋒，盡發精兵，率領八旗勁旅、蒙漢健兒，直撲山海關。

莊太后自大軍南征去後，每日都焦急地等待多爾袞的消息。好在多爾袞出師順利，捷報頻傳，先是擊潰了李自成的軍隊，攻克了山海關，然後又兵不血刃，進駐了明朝的京城——燕京。又聽說多爾袞派人回來，於是急忙召見。原來多爾袞進了燕京，就與眾人商議遷都一事，議定之後，就派輔國公吞齊喀、和托、固山額眞何洛會三人帶著奏章，趕回盛京向順治皇帝和太后奏明。

太后看了遷都的奏章，問道：「遷都一事是何人所定？」

吞齊喀回答說：「是大將軍與諸王、貝勒、大臣們一起議定的。」

太后點頭問道：「可有人反對？」

吞齊喀不知太后意圖何在，一時不敢貿然回答，和托卻直言說：「英郡王阿濟格曾表示反對。」

「他怎麼說？」太后追問。

和托見太后極爲關切，答道：「英郡王說，應該大肆殺戮一番，然後派人留守燕京，大軍回師盛京，或退居山海關，不可輕意深入。」

太后微笑一下，又問：「反對遷都者多不多？」

和托見太后面色和緩，心中安然，回答說：「八旗的王公大臣們不少不願意離開故土的。」

「你們怎樣看待遷都呢？」太后再問。

何洛會笑道：「我等三人同意大將軍的意見。」

太后聽了，知道前敵的情況大概如此，就命三人下去休息，然後傳旨盛京的王公大臣齊集篤恭殿。

篤恭殿內，王公大臣們都到齊了。太后與順治帝端坐在龍椅之上，莊太后問道：「睿親王今已攻取了燕京，派人回來奏明遷都之事，要把都城南遷到燕京，衆位以爲如何？」

衆人聞聽，大出意外，議論紛紛。禮親王代善說道：「自太祖創建基業以來，我們一直居住在遼東，豈可輕易離開故土，遠走他鄉？臣現在年紀大了，父母兄弟好多親人都安葬在這裡，不願背井離鄉。如果一定要遷都，臣情願守護祖陵。」

莊太后見代善出面反對，又極動感情，心中不由一沈，緩聲說道：「太宗生前多次說：『如得燕京，當即遷都，以圖進取。』現在言猶在耳，禮親王難道就忘了嗎？」

代善眼裡閃動淚光，抖著花白鬍子，說：「先帝所言，老臣並沒有忘記，只是老臣以為進取也不一定要遷都。攻下一城，即可派人駐守，這樣也可統一天下，擁有四海，何必要移動祖宗的根基呢？」

莊太后見代善言必稱祖宗，將計就計，問道：「禮親王，我大清的舊都是哪裡？」

「煙筒山東南二道河子附近的赫圖阿拉城。」

「是何人所築？」

「太祖。」

「我等現在為什麼不在赫圖阿拉城了？」

「因為太祖兩次遷都。」

「哪兩次？」

「一遷遼陽，二遷盛京。」

「太祖為什麼遷都？」

「遼陽、盛京都是戰略要地，城都廣大，腹地開闊，利於發展。」

莊太后微微一笑，問道：「太祖為什麼不固據老城，派兵分駐遼陽、盛京，而非要遷都呢？」

代善未防莊太后有此一問，一時面皮通紅，張口結舌，僵立無言。莊太后面對群臣，說道：「遷都旣是太祖的法式，又是太宗的遺願，衆位不可藉口難離故土而橫加反對，我大清要想擁有天下，都城豈可僻居一隅？今以盛京而言，距燕京已近兩千里，而距南疆之遙，恐怕不下萬里，如果定都在這裡，如何指揮前敵，如何統治萬民？元、明兩代定都燕京，歷時已數百年，燕京旣然曾爲天下根本，如果遷都到那裡，豈不勝盛京百倍？」

衆人聽得不住點頭，深感太后所言有理。莊太后見衆人不再出面反對，俯身對順治皇帝說：「臨兒，你可願意去燕京？」

「額娘，燕京是什麼地方？」順治本來對伯父禮親王和母后的爭執，感到有些驚恐，一直低著頭不敢看，不想差點睡去，朦朧中聽母后細問，仰起小臉惘然地說。

「燕京是個很大很大的都城，有高樓大院，有山珍海味，有許多你喜歡的東西、你沒有見過的東西。」

「比盛京還好，還大嗎？」

「比盛京要大多了，好多了。你願不願意去？」

「好哇，好哇！願意去！」順治聽母后說燕京有好多新奇的東西，不由拍手叫了起來，忘記了是在篤恭殿，是在群臣面前。畢竟他還是個七歲的孩子。

散朝以後，太后回到永福宮裡，正想怎樣準備搬遷，蘇麻喇姑報說：「鄭親王濟爾哈朗和正黃旗一等侍衛索尼求見。」莊太后忙命他們進來。濟爾哈朗和索尼施過禮，莊太后問道：「你們來宮中可是有什麼急事？」

濟爾哈朗說：「臣等特爲遷都一事，來稟告太后。」

「二位爲何剛才在篤恭殿時不說？」莊太后心中詫異。

索尼答道：「臣與鄭王爺有下情回稟。」

「說吧！」莊太后命侍從們迴避。

濟爾哈朗說：「這本是索尼的主意，就由他來說吧！」

原來索尼聽了遷都一事後，以爲是多爾袞的詭計，怕幼主遠離祖陵，會有不利。散朝後就暗暗對濟爾哈朗說了，濟爾哈朗心中也頗爲吃驚，恐多爾袞以手中的兵權不但挾制皇上，而且欺凌同僚，那麼自己的官位勢必難保，於是命索尼與自己一起來見太后陳說。

索尼見鄭親王把自己推出，說道：「臣隸屬兩黃旗，本屬先帝的嫡系，與叔叔希福累受先帝大恩，誓死擁戴皇上。剛才在篤恭殿本當直言，又恐人多嘴雜，因此特到宮中向太后面陳，請太后恕罪。」

太后聽索尼言稱先帝，惹動心中的柔情，說：「你既是先帝的舊臣，怎可輕加責怪？你有苦衷，未在殿上直言，情有可原。」

索尼心中感激，說：「臣斗膽直言，以為遷都一事不可行。」太后心中一驚，正要申斥，想及剛才的許諾，強自忍住，聽索尼細說：「臣以為睿親王奏議遷都，表面是為圖進取，實際含有不可告人的目的。」

「何以見得？」太后忍不住問道。

索尼見太后語含不解之意，知道太后沈浸在燕京已攻克，太宗遺願就要實現的喜悅之中，一兩句話難以說服，於是話鋒一轉，問道：「太后可曾看過一本漢人所寫的奇書？」

「哪一本？」

「《三國演義》。」

「先帝曾常常提及，我也翻閱過。」

「太后可記得書中的一人？」

「誰？」

「曹操。」

「曹操？」

「對！就是那個挾天子以令諸侯的曹孟德！」

太后心中又是一驚，隱隱感到索尼要說出一番驚人的言語來，靜靜地看著索尼，不再發問。

索尼說：「當年曹操把漢天子挾持到許昌，似是尊王，實則是挾天子以令諸侯，漢獻帝不過是其手中的招牌，掌中的傀儡。現在睿親王手握重兵，攻取燕京，翦滅南明，有不世之功，國中無人可及，皇上與太后一旦入關，必落其掌握之中。如睿親王有不臣之心，皇上與太后禍且不測，不可不防啊！俗話說：功高鎭主，奴大欺主。果眞如此，太后又將如何呢？臣甘冒誹謗重臣之嫌，忠言直諫，太后明察。」

太后聽了，心中漸覺不安，對濟爾哈朗說：「鄭親王以為如何？」

濟爾哈朗回答：「臣以為當緩議遷都之事，看睿親王如何動作。如為忠臣，必然惟命是從；如有反意，必然對皇上和太后不滿而有所暴露。此距燕京有千里之遙，我們還可防備一些。如果貿然入關，睿親王出兵發難，就只有乖乖投降，做階下囚了。」

太后心裡一時紛亂如麻，明白他二人所慮並非毫無道理，但是此時睿親王羽翼已成，如果他有反心，遷都不遷都都是一樣的，天下自然是他的。果眞如此，與其坐以待斃，還不如引刀就頸來得壯烈慷慨。想到這裡，心意已定，對濟爾哈朗和索尼說：「你們的忠心，我已知道，但是我相信睿親王不是那樣的人，現在天下重望幾乎繫於他一人之身，他豈可冒天下之大不韙，一意孤行，背叛祖宗呢！」

索尼大急，跪地苦諫：「臣死不足惜，只恐先帝大業旁落他人之手！」

濟爾哈朗說：「擁立新君之時，太后惟恐禍起蕭牆，自相殘殺。今日若還一意縱容，必然會養虎自傷，變生內亂。太后不為自己著想，也要為先帝的基業和皇上的未來著想，也要為天下萬民著想啊！」

太后見二人面色悲戚，似是大禍臨頭，知道他們定會強諫，不由怦然心動，但臉上卻露出一絲笑意，說：「養虎之人如果關心虎的饑渴，不妄加激打，虎不一定會傷人的。我心裡明鏡似的。你們回去吧！不要再輕議功臣，以免生出禍端，恐有性命之憂，也於事無補。遷都一事既然已經定了，不可再反覆，以免人心浮動，使睿親王等人妄生猜疑，非是國家之祥呀！」

28

明日就要遠行，莊太后夜裡來到昭陵，向皇太極告別，哭得像淚人一樣。

過些天就要南遷了，盛京城裡一片繁忙，軍兵和百姓來來往往，收拾著搬遷的物品。莊太后和順治皇帝帶領群臣拜祭了祖陵和昭陵，然後讓順治和大臣們回城，自己與侍從留在昭陵夜宿，她要與皇太極道別了。

夜風清涼，圓璧高掛，月光皎皎，把昭陵照得分外清晰，那銀色月光映在陵前的石板上，使人愈發感到清冷孤寂。莊太后靜坐在陵墓前，蘇麻喇姑遠遠地侍立著。莊太后撫摸著陵上的墓碑，輕輕地說：「皇上，明天妾身與臨兒就要去燕京了，臣妾還記得皇上多次說過，要定都燕京，可惜這一天皇上卻沒有等到，再也看不見了。臨兒現在還小，臣妾眞不想離開皇上，眞怕有什麼閃失，我一個人扛不住，又有什麼人能商量呢？」說著不由淚水漣漣，伏石悲泣。

蘇麻喇姑見太后這樣傷感，不由過來勸慰道：「太后，先帝的心願馬上就能了卻了，應該高興才是。」

太后抬起頭，用手擦了擦淚痕，說道：「你不會明白的，我再也不會像你那樣該哭就哭該笑就笑了。」

蘇麻喇姑心中惑然，問道：「太后，爲什麼該哭不哭，該笑不笑呢？」

太后摸了摸蘇麻喇姑的頭髮，淡淡地說：「我不是說了你不會明白的，你還是不明白的好。」！說罷站起身子，蘇麻喇姑急忙攙扶。二人離開陵墓，緩緩地向前走，在一對石馬面前停下來。

太后望著這對用漢白玉雕成的高大石馬，銀色的月光灑在馬背上，石馬竟有了幾分細膩和晶瑩的感覺，那兩匹馬頭向夜空，仰首嘶鳴，太后似乎聽到了戰場上的拼殺之聲，那馬上彷彿有一個高大偉岸的身影披堅執銳，在大聲呼喝，在開懷長笑……太后的眼睛又潮濕了，淚水滴碎在石墓上，幻化出滿天的星月。莊太后面對著石馬那寬厚的脊背，任淚水恣意地流淌，心裡暗暗地說：「皇上，從此一別，不知道臣妾何時再能回來，汗血馬現在已經老了，再也跑不動了，臣妾想你的時候，怎麼能及時地趕到你身邊呢？盛京到燕京有千里之遙，臣妾此去，不知道還能不能回來？你還牽掛臨兒麼？如果牽掛的話，就常托夢給臣妾，也好有個說話的人！」

蘇麻喇姑見太后站立多時，默默無聲，怕太后太過傷情，就說：「太后，我們回去歇息吧！明日還要出發去燕京呢！」

太后轉過臉來說：「夜色還早，不用心急！」

蘇麻喇姑見太后臉上淚水盈盈，心中一酸，也落下淚來，哽咽說：「太后，要多保重身體，今後還有好多事要太后料理，萬一有什麼閃失，奴才如何向皇上交代？」

太后無聲地笑了：「我再好好看看這兩匹馬，看不到皇上，看看它們我心裡也算有個著落。你可知道這兩匹馬的名字？」

蘇麻喇姑答道：「奴才知道是先帝最心愛的戰馬，叫大白、小白。」

太后歎道：「可惜我還不如這兩匹馬呢？」

「太后何出此言？」

太后幽幽地說：「這兩匹馬能夠永遠陪伴皇上，可我明天就要遠離這裡，今後與皇上天各一方，怎麼比得上這兩匹馬長伴皇上呢！」然後唏噓不已。

夜深了，月亮漸漸西沈，又被流雲掩住，四周暗了下來。莊太后、侍女和陵墓都隱在了無邊的黑暗之中。

29

多爾袞聞報順治已到通州，忙率諸王大臣迎接，看見一個美貌的婦人，於是朝思暮想，恨不得立時弄到手中。

燕京。明皇宮武英殿內。

多爾袞坐在龍書案旁，一邊翻閱文書，一邊聽各路的探馬報說皇上的車駕，知道大隊人馬已經出發。順治居前列，諸王、八旗留守的人馬並輜重器物隨後，最後是兩宮太后和妃嬪們，綿延數十里，迤邐行進，渡過了遼河、大凌河、小凌河，經過了塔山、寧遠、山海關，一路上風餐露宿，不停跋涉，終於到了京城邊上的通州。多爾袞接到報告，急忙率領諸王、貝勒、貝子及文武群臣齊赴通州迎接聖駕，把順治和兩宮太后等人接入了明朝的皇宮。

多爾袞回到武英殿，命人把兵符功勞簿收起，離開皇宮，回到自己在京的王府。順治來到了燕京，就在自己的身邊，這樣再也不怕會有什麼意外了。多爾袞心裡異常高興，不停地在屋內走動，忽然眼睛一亮，又黯淡下去，出起神來。過了片刻，命人去傳固山額眞何洛會。何洛會急忙來到王府，拜見多爾袞，有些氣喘地問道：「王爺命奴才前來，有何吩咐？」

多爾袞並不急於說明，卻笑道：「你來得好快呀！」

何洛會慌忙答說：「王爺有召，不敢怠慢！」

多爾袞接著說：「我命你來，是有一件機密的事，不知你能不能辦？」

「王爺儘管吩咐！別說是一件事，就是上刀山下油鍋，奴才也是心甘的。請王爺明示！」

「好！看不出你還眞是一片忠心。今天接駕的時候，本王見到兩宮皇眷裡面有一個美貌的婦人，肌膚白嫩，體態豐腴，你可知道她是什麼人？」

何洛會轉了轉眼珠，說：「王爺，那婦人什麼年紀，身高幾何？」

「看光景有二十四五歲，身材卻較常人爲高。」

何洛會聞聽，皺皺眉頭說：「奴才覺得似是肅親王的妃子博爾濟錦氏。」

「噢！怎麼偏是他的妃子！」多爾袞面上的笑容一僵，似是不悅地說。

何洛會一見，害怕多爾袞遷怒於自己，急忙攛掇道：「王爺有蓋世功勳，即使是上古的周公猶恐不及，現在皇上已加封王爺爲叔父攝政王，王爺豈能懼他？再者肅親王自皇上册立以來，常與王爺對立，並多次辱罵王爺身體有惡疾，王爺何必對他存有顧慮？依奴才之見，王爺要顯顯手段，也好塞他之口，使他不再胡言亂語！」

多爾袞略一沈吟，說道：「話雖如此，只是我與他有叔侄之分，如果太過張揚，豈不被他人恥笑！你可爲我想個辦法，以快本王之意，以娛本王之情。」頓一頓，又說：「事情如能成功，我定重重賞你，否則，你今後也不必再來見我了。」

何洛會公雞啄米似地答應著，退出王府，心裡兀自狂跳不停，心中盤算，雖有多爾袞撐腰，但另一方是肅親王，是皇上的兄長，萬一事情不妥，自己焉有命在？一時神魂不定，苦思沒有良策，便去找鞏阿岱商議。鞏阿岱也想不出什麼主意。兩人正在爲難之時，鞏阿岱的哥哥拜尹圖進來，見他倆滿面愁容，眉頭不展的樣子，問道：「你們何事如此愁悶？」何洛會就把多爾袞垂涎肅親王妃子的事講了一遍。

拜尹圖聽了，笑道：「這有何難？」何洛會、鞏阿岱忙問怎麼辦，拜尹圖說：「我有一計，一定能使攝政王遂了心願。」然後把計策講了。何洛會大喜，急忙報與多爾袞，多爾袞也稱讚了幾聲，就準備依計行事。

過了幾天，多爾袞召集八旗王公大臣到自己王府，說道：「我大清已定鼎燕京，天下威服，萬民共仰，可是還有李自成等人擁兵於陝西，南明君臣拒守於江南，山東等地也有刁民反叛，都是朝廷的心腹之患，不可不及早剪除，因此我命令豫親王多鐸率一路人馬征討南明，英親王阿濟格率一路人馬西進剿滅闖賊，肅親王豪格率領鐵騎四千駐守濟寧，助剿山東叛匪，同時也牽制江北的南明諸將。你們要奮勇殺敵，報效朝廷。」衆人領命，回去準備出征。豪格辭別了妃子博爾濟錦氏，率兵直奔山東而去。

30

蘭湯浴池，豪格的妃子脫去衣服，正要沐浴，王叔多爾袞卻笑吟吟地走進來。那妃子又驚又羞，急忙將身子在池水中躲藏，不料多爾袞竟在池邊坐下來……

濟爾濟錦氏自從送走了豪格，連日在家中閒坐。這一天一個太監來到府上，召她進宮伺候太后沐浴。原來她與莊太后本是一族，太后喜歡她容貌妍麗，依大清祖制，常常喚她到宮中侍候自己進行蘭湯之浴，因此她與太后是極稔熟的。博爾濟錦氏默算了一下不該當值，但既是太后宣召，不便推辭，也就換了衣服，隨太監出了府門，見早有一頂紅色暖轎停在門邊。她上了小轎，就被飛也似地抬走了。

不知過了多少時間，轎子停下，博爾濟錦氏出來，看見眼前的宅子並非皇宮內院的模樣，便問隨行太監，爲何不去皇宮，太監答道：「此處是專門爲太后準備的湯池，太后在此沐浴，也就不必再去皇宮了。」

博爾濟錦氏不再懷疑，跟著走進了大院，穿過層層屋宇，來到一座花園之中，裡面尚有一些殘敗的菊花，她不及細看，就被引進了一個高大的暖閣裡面，見閣子中間熱氣蒸騰，地上用漢白玉砌起二尺多高的八角井欄，欄柱上鐫刻著三個大字：太液池。那蒸騰的熱氣，從欄內升湧而出。博爾濟錦氏走到池邊一看，不由十分驚歎，原來井欄之內是一眼地下溫泉，水清見底，不住地往上噴湧，熱浪升騰，侵人肌膚。她伸手撫井欄，溫滑如玉，顯然經過了精心的打磨，暗暗讚道：眞是人間仙境。當下輕聲呼道：「太后，奴婢侍奉太后來了！」

那太監聞言答道：「王妃，太后緩一些再來，命王妃先自沐浴，等候太后鑾駕。」說罷退出，將閣門掩好。肅王妃正待要更衣，門外走進一對宮女，一個端著銀色的托盤，上面放了一隻琉璃盞和玉琢的花籃，琉璃盞裡盛了滋養肌膚的浴液，玉花籃裡是鮮花瓣；另一宮女手捧精緻的竹筐，盛了沐浴用的香巾。那兩個宮女放下手中的東西，一個手持琉璃盞把浴液倒入池內，一個手提玉花籃，纖手輕揚，把花瓣撒落水面。熱氣熏蒸，花香四溢。

兩個宮女走後，肅王妃深深吸了一口氣，慢慢地把衣服脫掉掛好，露出了光潔的身子，款款地走到池邊，試試水溫，冷暖相宜，於是兩手扶定石欄，一腳踩上欄下的木几，玉腿輕，跨過石欄，滑入池中……

肅王妃微合雙目，把身體舒展開來，頭部斜倚石欄，長髮飄灑，正在出神之際，忽聽門環聲響，她以爲是太后來到，未睜雙眼，懶懶地說道：「太后駕臨，奴婢不便施禮相迎，望太后恕罪。」

不想來人哈哈大笑：「本王唐突，還望美人休怪。」

肅王妃聞聽是個男人的聲音，不由大驚，睜眼一看，見攝政王多爾袞身穿短衣，笑吟吟地站在池邊，兩眼緊盯著自己浸在水中的玉體。肅王妃羞得不敢答話，面頰緋紅，驚恐地看著多爾袞。

多爾袞坐在池邊，輕聲說道：「美人受驚了。」

肅王妃恨不得變作一條游魚鑽入水底，顫聲說：「太后既將奴婢召來，爲什麼王叔卻在此處？」

多爾袞見肅王妃如同一隻受驚的小鹿，心中越發得意，故作驚訝地說：「此處原來就是本王的宅院，如何會有太后？」

此時肅王妃已知中了奸計，想要奪路而逃，可是自己掛在屏風上的衣服卻不知何時不翼而飛了，再說就是有衣服，王叔面前，又如何裸體取穿呢？正在暗自焦急，卻見多爾袞站起身來，肅王妃以爲他要離開，不想他卻脫去衣服，跳入池中，濺起的水花濕了肅王妃的臉頰，肅王妃不禁一時僵在了池中。

多爾袞見她又羞又急的樣子，不由得欲火中燒，急急地靠到她的身邊，伸手便要摟抱。肅王妃羞急交加，站起身子，想要跨越欄杆，不料想多爾袞身法極快，右手已緊緊抓住了她的腳踝，肅王妃一步失足，重又滑入池中。肅王妃大急，忙雙手交叉胡亂掩遮酥胸，兩眼含淚望著多爾袞。

多爾袞放鬆了手，輕輕地偎了過來，色瞇瞇地笑道：「你就不必再費什麼力氣了，閣門已從外面鎖死，你的衣服也已有下人拿去保管了。閣中只有你我二人，你既然已經逃不掉，也就不必再羞羞答答的了！」

王妃聞聽，知道今日是絕難脫逃了，想起剛剛出征幾天的丈夫豪格，不由悲從中來，珠淚滾滾。多爾袞伸手把她攬入懷中，無限憐愛地說：「都說女人是水做的，你如果這樣不停地流淚豈不是有損顏容？還是不要哭了，讓本王好好端詳一番。」說著雙手捧起王妃的粉臉，王妃扭頭掙脫，把身子浸入水中，大聲責問：「奴婢平日尊你為王叔，你怎麼能這樣對待侄婦？豪格知道，一定不會與你善罷甘休！」

多爾袞伏身入水，舒展開四肢，頭枕石欄，仰面而臥，冷笑道：「為什麼要提那個奴才，敗壞我的興致！」

肅王妃聽他語言冷酷，身子不由一顫，水面輕蕩出圈圈漣漪，哀聲說：「王叔，我知道因為爭位一事，你對豪格恨入骨髓，可是豪格也沒有當上皇帝，你們應該算是扯平了。再說你又當上了攝政王，權位已大大超過豪格，又何必總是心存芥蒂，耿耿於懷呢？」

「哼！他讓我一生的夢想化成泡影，現在木已成舟，我本該寬恕於他，但是他不該反對本王，惡言攻擊，我豈能容他？」多爾袞恨恨地說。

「你如果怨恨豪格，直接找他算賬就是了。為什麼卻算計奴婢這樣一個柔弱的女子呢？」王妃雙眼看著多爾袞，哀怨地問。

多爾袞目光更冷，怨毒地說：「這其中的原因，你最好去問豪格！」

「為什麼去問豪格，難道是他同意你這樣做嗎？」肅王妃更加迷惑。

「倒不是他同意這樣做。但是他四處傳播謠言，肆意污辱本王，本王不得不出來澄清一下，此事既然因他而生，自然要去問他了。」多爾袞怒氣更盛。

肅王妃急問：「他傳播什麼謠言？」

多爾袞面色轉紅，怒聲說：「他咒本王年壽不長，也就罷了，卻又說本王身有惡疾，沒有男歡女愛之能，本王涵養再好，也無法制怒。」

「你想怎麼樣？」

多爾袞轉頭看著肅王妃雙手抱著蜷曲的玉腿躲在水中，水波輕漾，那水中的人兒也似乎在一張一弛，上下起伏，嘻嘻笑道：「本王想讓你給豪格傳個話。」

「什麼話？」

多爾袞臉上笑意更盛，一字一頓地說：「就說你已證明他的話是假的！」說著張開雙臂，合身一撲，把肅王妃緊緊摟住。王妃痛苦地閉上眼睛，任他恣意摟抱，心中暗恨豪格：眞是前世的冤孽！因你口無遮攔，讓妾身受這般凌辱，我又有什麼罪呢？想到此，覺得萬分委屈，痛哭失聲。

31

多爾袞答應放過豪格，她便不再拒絕，被多爾袞抱到一張寬大的床上……多爾袞心滿意足，卻聽那妃子說出一位無雙的美人來，禁不住心神為之一蕩。

多爾袞趕忙鬆開雙手，問道：「你爲什麼痛哭？」

肅王妃哽咽道：「一個女人最大的幸福是能與丈夫長相廝守，最大的悲哀是丈夫不能保護自己。我與此事本無瓜葛，卻不想因爲丈夫的一句話，卻要付出身遭凌辱的代價，怎不令人傷心欲絕！」

多爾袞看到肅王妃如花的面容因爲極度的痛苦而黯淡下來，陡覺不忍，一時無言以對。肅王妃接著說：「今天我既被你騙到這裡，無異於砧板上的羔羊，也不再想什麼其他事情，只求你滿足了心願以後，不要再找豪格的麻煩。」

多爾袞心頭大震，不由暗暗生出幾分敬佩，問道：「你眞是這樣愛豪格？」

王妃歎道：「豪格雖然是一介武夫，脾氣暴躁，但是他把我當作女人看待，不是做一個傳言捎信的工具，豈不是勝過王叔多多！」

多爾袞頓生慚意，起身離池，穿上下衣，然後把自己的一件上衣扔與王妃，「你出來吧！先穿我的衣服。」說罷轉過身去。

肅王妃慌慌忙忙穿上衣服，衣服寬大遮至腿彎處。走到多爾袞身邊，盈盈下拜：「多謝王叔手下留情。」

多爾袞轉過身來，見肅王妃濕髮披垂，拂及纖腰，猶有水珠滴落，越發顯得秀麗嫵媚，尤其是穿著自己的寬大上衣，更加襯托出身段的玲瓏，那裸露的一雙小腿，如雪如玉，兀自有水珠掛在上面，赤足而立，令人怦然心動。多爾袞想到這樣的尤物就要離己而去，不由地心裡傷感起來，柔聲說道：「本王開始並沒有把你當成傳言的工具，而是驚歎你的美貌，頓生愛意的。在通州接駕之時，本王初次看到你，雖經歷長途跋涉，飽受風塵之苦，但仍掩不住麗質嬌容。當時本王心念一動，竟像是見了自己長別的嬌妻或多年的朋友，極想擁你入懷，卻又不知你是何人。回來後急忙命人打探，才知你是豪格的妃子，心裡不覺大爲感歎，想我堂堂攝政叔王，建立了不世功業，身邊竟沒有一個可意的人，眞嫉妒豪格有這麼好的福氣，也恨造化弄人，使我與你不能相逢於未嫁之時！但是自那以後，卻再也割捨不下，時時在夢中與你相會。」

肅王妃見多爾袞眼中泛著淚光，一會兒語調欣喜，一會兒聲含悲怨，心中也覺感動，問道：「王叔又如何想把奴婢騙到這裡呢？」

「手下人見本王心緒不寧，就獻計讓本王先將豪格派出京城，再假傳太后懿旨，把你騙到了太液池。這都是本王愛你太甚，一時情急，以致於想用強姦騙。現在本王知道事難勉強，你還是走吧！」多爾袞說罷轉過身去。

肅王妃看著多爾袞赤裸的上身，白皙而瘦削，沒有豪格那麼粗壯寬厚，怎麼也想像不出眼前這頎長清瘦的男子叱吒風雲的樣子，想像不到他竟也有著萬種柔情，心細如髮。她看見多爾袞的雙肩在輕微地抖動，看見多爾袞的眼角流過一顆眼淚，知道他在極力克制著內心激蕩的情感，暗想：既然已經被騙到了這裡，就是跳進黃河，也難洗瓜田李下之嫌，只要能化解他與豪格之間的恩怨，我的心也算安寧了。於是說道：「既蒙王叔如此憐愛，事已至此，傳將出去，還是難免為人談笑，奴婢就答應王叔的要求，但是王叔也要答應奴婢一件事。」

多爾袞見自己欲擒故縱的計策生效，心中大喜，笑問：「什麼事？」

「放過豪格。」肅王妃突然感到自己用肉體在另一個男人面前為丈夫求情告饒，還是沒有擺脫作工具的命運，不由地一陣心酸，淚又流了下來。

多爾袞走過來，用手給她拭著眼淚，連聲說：「好！好！我答應你！」說著把王妃抱起，繞過屏風，放在裡面那張寬大的木床上。木床三面都有兩尺多高的圍板，上面雕滿了春宮圖，男女交歡的各種姿勢栩栩如生，想必是出自能工巧匠之手。王妃平臥在床上，多爾袞輕輕地揭去她身上的衣服……

多爾袞從沈睡中醒來，見王妃還在側身酣睡，一條手臂枕在頭下，另一條鬆鬆地放在微曲的身上。多爾袞忍不住款款地又把她摟到懷裡，緊緊地貼在一起。王妃從夢中醒來，睜開眼睛，身子一顫，瞬間又平定下來，靜靜地看著多爾袞。多爾袞伏在她的耳邊說：「天下的女子，本王也見過不少，似你這般花容月貌的已不多見，而似你這樣肌膚豐腴、潔白無瑕的身子還是第一次見呢！」

王妃把長髮略略拂起，遮一遮身子，伏面嬌羞不語。多爾袞又讚道：「本王能見到你這天下第一美色，也足慰平生了。」

肅王妃輕輕推開他說：「我怎麼會是天下第一呢！不要這會兒奉承我！」

多爾袞笑道：「這又如何是奉承你了，確實如此嘛！」

「我就知道還有一個人的身子更爲光潔細膩，並且遍體幽香。你說我是天下第一，豈不是曲意奉承！」

多爾袞一怔，問道：「眞有此事，我卻不信。」

「怎麼會假呢！我親眼所見。」王妃披上衣服。

「是誰？」

「是太后呀！你沒有聽說過？」

「沒有。你是怎麼親眼所見的？」

「我有時侍奉太后沐浴，太后見我膚色晶瑩，就命我一起洗浴，豈料太后肌膚細嫩，柔潤馨香，更是無人可及呢！」

多爾袞見她讚不絕口，神情極爲欽慕，知道她所言非虛，一時心中又蕩漾起來，扯下她身上的衣服，把她摔倒在床上，王妃不禁一聲驚呼……

這天晚上，多爾袞做了一個夢，夢到了那個肌膚如雪，遍體含香的女人施施然站在自己床前，全裸的軀體寸寸閃著白光……

32

范文程鼓動唇舌，說動太后下嫁小叔多爾袞。太后無奈答應下來，多爾袞急急趕來赴會

十月的燕京，暑熱似乎已經去盡。莊太后在坤寧宮裡看著蘇麻喇姑剪裁衣服，問道：「你這手活是從哪裡學來的？」

蘇麻喇姑答道：「奴婢還在草原時，見大人們割羊皮，縫製大襖，就偷偷來學著如何剪縫。在盛京又跟遷居那裡的幾個南方女子學剪縫綢緞，描繡龍鳳，姐妹們看了都說好。到了燕京，奴婢就讓人買了上好的綢緞和絲線，做了這件袍子，拿來獻給太后，不知道太后喜不喜歡？」

太后拿起袍子，見針腳勻細，用絲線繡了一隻七彩鳳凰，頭冠高揚，長翎低垂，呼之欲出，止不住嘖嘖稱讚：「我喜歡！難得你有這般手藝和孝心，明年春天我就穿它。」

兩人正在說笑，宮女進來報說大學士范文程求見，太后說道：「宣他進來！」然後命蘇麻喇姑把衣服收起來。范文程走進來跪下施禮，太后命他平身坐下說話，問道：「范章京來宮中有什麼事？」

范文程沈吟半晌，說道：「臣到宮中是來叩請太后聖安的。」

太后見他言語支吾，說道：「范章京，你恐怕不是專程來請安的吧？」

文程又跪倒在地，叩頭說：「太后聖明！但臣不敢直言。」

太后笑道：「起來吧！當年你爲我排憂解難，計賺攝政王出兵伐明，我一直記著你的功勞，有什麼話你就直說吧！」

文程起身謝過太后，說：「臣此次進宮是奉命而來。」

太后愕然，問道：「何人之命？」

「皇叔攝政王多爾袞。」

「他命你進宮幹什麼？」太后更加不解。

文程顫聲說：「攝政王他、他想把『叔』字去掉，做皇父攝政王。」

「去掉叔字，他還是臨兒的王叔呀！他現在已是群臣之首，一人之下，萬人之上，何必再費這些心機呢？」太后見文程十分驚恐，疑心更重。

文程答道：「太后有所不知，這次攝政王的目的不在權勢。」

「那他想做什麼？還有什麼不滿足的？」

「攝政王有一事求太后恩准。」

「國家大事我早已不過問了，攝政王代行皇權，何事求我？」太后急問。

文程第三次跪在地上，說：「太后，此事臣並不想加入，無奈攝政王所命，又不敢不來；臣來宮中又會忤逆太后，眞是進退兩難。但想到臣如果不來，並不能阻止這件事情的發生，還是先來給太后報個信爲好。」

太后見范文程說了半天，還是答非所問，不悅地說：「范章京一向以精明能幹著稱，今日爲何這般囉嗦，言語不清？」

范文程心中暗暗叫苦，回答說：「不是臣願意囉嗦，只是此事關係人倫，一時難以啓齒。攝政王是想變叔爲父，目的豈不是在太后身上？」

太后恍然大悟說：「他想以臨兒爲子，以我爲……呸！虧他想得出！范章京，你枉爲三朝老臣，竟也爲他、他做說客，空負了先帝對你的大恩！」

文程連忙叩頭說：「臣不敢！」

「你既不敢，爲什麼卻對多爾袞的奸謀聽之任之，不加揭露呢？」太后喝道。

文程伏地哭道：「臣並非不想揭露他的奸謀，無奈有心無力呀！攝政王現在掌握天下兵馬，權勢熏天，世人只知有攝政王，不知有皇上和太后，臣一介文儒，又能怎麼辦呢？」

太后聽了，面現憂容，默然說：「起來吧！此事並不是你的錯，你確也無法阻止他的妄行，還是等明日上朝，再揭露他吧！」

文程聽得心頭大急，忙說：「太后切不可聲張！」

「爲什麼？難道你還要爲他遮醜嗎？」太后怒容又起。

「臣並無此意。只是爲太后和皇上擔憂，俗話說狗急跳牆，如果使攝政王惱羞成怒，激出變亂，危及皇上和太后的安全，社稷不保，四海不安，如之奈何！」

「依你之見，我若非隱忍不發，就應屈身下嫁？」太后語含譏諷。

「依臣之見，太后的確應該隱忍不發，屈身下嫁。」文程狠下心胸，將生死置之度外，不慌不忙地說。

「大膽！放肆！你身爲先帝舊臣，卻言辱國母，是想造反嗎？」太后起身，戟指大罵。

「太后息怒，聽臣把話說完。太后如能下嫁，會有兩大益處，否則有百害而無一利。」

「你且講來！」

「太后下嫁，一是可以使攝政王以皇上爲子，以太后爲妃，他暫時必不會危害太后與皇上；二是有攝政王傾心竭力的輔佐，他人也不敢輕舉妄動。如果太后反對，且揭其奸謀，雖然可能激起衆人公憤，但是卻都無力出面阻止，那時攝政王勢必擁兵作亂，江山恐怕都會易主，皇上與太后無處容身，一旦成爲階下囚，攝政王豈不是爲所欲爲，太后又怎能倖免呢？現在皇上安危、社稷安危都繫於太后一身，小不忍則亂大謀，孰輕孰重，望太后三思。」

太后聽了文程此番話，默然無語，悲切地說：「我還眞不如陪了先帝去了的好，活在世上卻要受這樣的污辱！我只是放心不下皇上呀！他正在沖齡，我若去了，他又能依靠誰呢？」

文程見太后傷心摧肝，悲傷欲絕，勸道：「太后，切不可往絕路上想，那樣豈對得起地下的先帝？臣知道太后對先帝一片丹心，今後如果有什麼對不起先帝的地方，不過是迫不得已。臣懂得太后的苦楚，也深知太后的品性爲人，不管發生什麼，太后依舊是臣的好太后，清清白白的好太后！」

太后長歎一聲，說：「你不必再說了，我明白你的苦心，也分得出輕重。只是我依從了攝政王，就能夠平安無事嗎？怎見得不是民間娶妻一般，沒到手時山盟海誓，等到手時不再珍惜，甚至翻臉無情，棄如敝屣。那時我與臨兒豈不是同樣難有好下場嗎？」

文程一聽，心中暗暗點頭，答道：「太后遠見卓識，眞是高人一籌。太后所慮，確有可能，不可不防。」

「范章京可有良策？」

「太后可一面依從，一面早做準備，培植親信，尤其多拉攏攝政王身邊的人，不管是侍衛，還是廚子、醫生，儘量施恩於他們，收爲己用。不過行事一定要機密謹愼，寧願精少，絕不可貪多致濫。太后委曲求全侍奉於攝政王，必使他日益驕橫，不再以太后爲念，而太后突然出擊，必收奇效！」

「范章京，你可願爲我物色人選，共圖大計嗎？」

范文程一驚，旋即答道：「臣受先帝大恩，卻又無力除奸以衛幼主與太后，臣願意盡些薄力，以洗我羞。」

太后流著眼淚說：「好！國難見臣節，章京不愧是飽讀詩書的君子！你去稟報攝政王吧，就說我已同意，只有兩個要求：一是不要搞什麼儀式，以免爲天下人恥笑；二是只能是他來，我不能出宮。」

文程答應一聲：「臣謹遵太后懿旨。」說罷匆匆出宮。沒想到出了午門，卻見多爾袞正在那裡左右徘徊，一見他從宮裡出來，上前問道：「事情如何？」

文程小聲答道：「太后已經答應了。」

多爾袞看著文程，哈哈大笑：「本王知道你必不辱命。怎麼，范章京哭過了？難道是爲太后而悲嗎？」

文程知道自己臉上的淚痕未乾，讓他起了疑心，忙解釋說：「若不如此，太后怎麼能夠聽從勸告，說不定會自絕於世，王爺豈不要失望了！」於是把勸說的情況和太后的要求說了一遍，當然把準備除奸一節略去。

多爾袞心中疑雲盡去，邁步就往宮裡走，文程雙手一攔，說：「王爺哪裡去？」

多爾袞笑逐顏開，答道：「范章京爲何明知故問，當然是去會太后了。」

「不可。太后雖然答應了，可卻不是今天，她要選個黃道吉日，再派人通知王爺。望王爺再忍耐一些。」

多爾袞停下腳步，略顯失望地說：「也罷。我就回府等候佳音，以免太后不滿起來，不能曲事逢迎，豈不無趣？」說著上馬帶人走了。

范文程目送著他遠去。回身摸著花白而稀疏的鬍鬚，看了看皇宮，高大的宮牆在夕陽的餘輝中，影子拉得長長的，好像一個巨大的牢籠，難以跨越、衝破，忽然想起了兩句詩：「始知鎖向金籠聽，不及林間自在啼。」猛然間又想起皇太極講過的那個草原上的小女孩，淚水禁不住又流了出來……

33

春宮昨進新儀注，大禮恭逢太后婚。自此多爾袞出入宮帷不禁，皇宮內院竟變成他銷魂尋歡的秘密場所。

坤寧宮裡燭火輝煌，飯菜早已擺得齊整，莊太后出神地坐在桌前，並未動手。蘇麻喇姑侍立在一旁，勸道：「太后您就吃一點吧！千萬別餓壞了身體。」

莊太后回過神來，淒然一笑，說：「我不想吃。」

蘇麻喇姑見太后的心事重重，也不敢問，就說：「太后，飯有些涼了，再讓她們端下去熱熱吧！」

「不用了。我是吃不下，她們已熱了三次，不要再勞煩她們了，叫她們去睡吧！」

蘇麻喇姑無奈，命人撤去飯菜，把桌子收拾了。太后問：「現在什麼時辰了？」

「剛交戌時。」

太后起身說：「我要到太廟去一下。」

蘇麻喇姑頗覺驚異：「天色已晚，路程非近；恐有不便，太后還是明日再去吧？」

太后堅決地說：「今夜一定要去，等不得明日了。你去找幾個人來，我要偷偷地去，不想驚動別人。」

「是。」蘇麻喇姑答應一聲，不多時準備妥當，太后上了暖轎，出了宮門，直奔太廟。

太廟裡面香煙繚繞，燭火搖動，太祖努爾哈赤和太宗皇太極的神位整齊地擺放在几案上，太后讓左右退下，一個人靜靜地跪在蒲團上，行過禮，雙目哀怨地望著皇太極的神位，淚流滿面，嘴裡說：「陛下，臣妾本不想來打擾，可是又怕對不起你，你哪裡會知道臣妾和臨兒現在的處境呢？睿親王多爾袞竟然讓臣妾下嫁於他，臣妾本不情願，可是卻身不由己，實在沒有辦法呀！為了臨兒，為了社稷，我只好忍辱，也只好讓陛下蒙羞了。臣妾雖然不能忘情於陛下，但是臣妾此身將要殘敗，即便是昭陵路近，他日也難回去侍奉陛下了，陛下不要責怪臣妾不潔不忠，就讓臣妾一人承受現實的污垢和世後的孤寂吧！陛下，臣妾向你辭別了，這是我們最後一面，從今以後臣妾無顏再來了。」說完，又行了三拜九叩的大禮，重新燃香，逃也似地出了廟門。

莊太后站在高大的石基上，望望遠處的皇宮，燈火萬點，那裡是燕京城最明亮的地方，但是太后卻感到無邊的黑暗，她想起當年在盛京擁立福臨當皇帝時的喜悅，知道需要付出的時候來了。

一夜的惡夢使莊太后精神疲憊，面色蒼白，她臥在垂著軟煙羅帳的大床上，感到全身酸楚，懶懶地不想起來。正在這時，就聽蘇麻喇姑進來報說攝政王多爾袞前來請安。

「知道了。讓他進來，你們出去吧！」莊太后心頭陡覺一片茫然，無力地睜著眼睛，聽著腳步聲漸漸近了，好像踩在自己的心上，軟煙羅無聲地兩下分開，錦被掀起一角，一隻粗硬的手掌按在了自己的胸前，沿著光滑的睡裙緩緩地遊動，太后的身軀微微地顫動起來，全身的血液突然加速奔流，雙頰赤紅，心中暗暗歎了一口氣，慢慢地閉上了眼睛，一顆碩大的淚珠在她的腮邊滑落下來，滴在了繡枕上金龍的眼裡，倏地不見了……

早朝的鐘聲響了，王公大臣們齊集在乾清宮裡，耐心地等待皇帝的駕臨……

除敵

34

軟煙羅中，多爾袞聞到沁脾的幽香，不知自何而來，圍著莊太后的身子嗅個不住。莊太后將他推開，講出有關幽香的一段奇特來歷。

坤寧宮裡，燭火已經熄了。殘月的白光靜靜地穿過窗紗，瀉在地上。

莊太后側臥著身子，透過薄霧似的軟煙羅，默默地看著緩慢東移的光影，多爾袞從身後伸過手來，把她攬入懷中，鼻子在她的身上嗅個不停。太后耐著性子問道：「你這是幹什麼？」

多爾袞坐起來說：「我在尋找你身上的香氣，不知道是哪裡生出來的。」說罷，伏在太后身上，又嗅了起來。

太后用手臂輕輕地把他擋開，說：「你不用找了，我告訴你吧！」

「在哪裡？」

「全身都有。」

「可是實情麼？」多爾袞半信半疑的問。

「我豈會騙你。十幾年前，我來到大金，先帝曾經帶我去了一趟長白山天池，我見清澈深碧的池中飄落了一些花瓣，煞是可愛，就跳入裡面沐浴了一番，先帝又採了許多野果子給我吃，回來以後，卻也奇怪，全身上下竟時時發出一種香味，整日縈繞不散。先帝以為是池中的花瓣所致，生怕我身上的香氣沒有了，就派人採摘了許多，供我日常沐浴所用。你要問我是身上什麼地方發出，我也不知道呢！」

多爾袞說：「我記得與哥哥初次見你之時，並沒有聞到什麼香氣，原來是這樣，怪不得一直不知道呢！」

太后臉上一熱，細聲說：「本來就沒有幾個知道的。」心中一陣酸楚，差點落下淚來。

35

莊太后剛剛送走了美婦劉三秀，多爾袞突然闖進宮來，看到又一個美貌的婦人從宮中出來，急忙詢問，莊太后告訴那是他弟弟多鐸的福晉，剛剛生下麟兒。多爾袞回府悶悶不樂，心病復發。

莊太后一連幾日來，心裡都不寧靜，她常常一個人靜靜地坐著，感到越來越對不起一個人，那就是小皇帝福臨。她總是感到兒子那雙稚氣天真的雙眼在盯著自己，尤其是在多爾袞撩撥得她渾身躁熱的時候，就越發感到這種擔憂和恐懼，因此那剛剛湧動的激情總是倏然冰釋，本應是酣暢淋漓的享樂也變成了索然無味的忍耐，甚至是折磨。她那樣渴望著見到兒子，又極慚愧極內疚地怕見到他，更是害怕兒子會突然來到坤寧宮……她只好規定不要讓兒子過來請安，以免影響學業，母子相會一月只有一次，這樣或許會瞞住兒子，已經失去了丈夫，再也不能失去兒子。

蘇麻喇姑靜靜地站在宮門口，她來了一些功夫了，但是見到太后正在出神，不敢過去打擾。太后忽然抬起頭問：「什麼事呀？」

蘇麻喇姑似乎感到太后的聲音蒼老了許多，不安地看了看太后略顯疲憊的面孔，快步走過來答道：「豫親王多鐸從南京回來了，帶回來一個絕色的美人兒，奴婢特來稟告太后。」

「噢！我倒想見見。」太后眼睛一亮。

「那奴婢就叫人把她宣進宮來。」蘇麻喇姑轉身走了。

一個時辰的光景，蘇麻喇姑帶進了一個盛裝的麗人，走上前來盈盈下拜，聲如柔波地說：

「豫王福晉劉三秀拜見皇太后。」

太后仔細觀看，劉三秀果然是天生麗質，面容光滑豐潤，美目顧盼生姿，雙眉如畫，身材勻稱，笑道：「傳言豫王妻美，今日一見，果然名不虛傳。」

三秀謝道：「多謝太后誇獎。命婦本處民間鄉野，以蒲柳之姿沐豫王寵幸，今蒙太后召見，實在怕有污鳳目，不勝惶恐。」

太后見她談吐文雅，落落大方，更覺喜歡，又問：「福晉青春幾何？」

「三十有五。」

太后驚道：「眞看不出來，我還以爲你不過二十歲左右呢！你這樣駐顏有術，是怎樣保養的，可得教教我。」

三秀說：「命婦哪有什麼訣竅，只不過隨遇而安罷了。」

「隨遇而安？」太后一怔，若有所思。

「果眞如此。命婦現在剛剛生有一子，身體尚未復原，也沒有想到什麼養顏不養顏的。」三秀以爲太后不信急忙補充說。

太后話鋒一轉，說：「生了男孩？可曾告知宗人府？」

「告知了，不知他們有沒有上奏太后？」

太后笑笑，說：「我一直深居後宮，朝廷上的事，我是很少問及的。」頓了頓，又說：「豫親王征戰年餘，實在是有功於社稷，只是累你在軍中，想必吃了些苦，現在回了京城，可要讓他給你補償一番，就說是我說的。對了，你們的孩子，我還沒見過，今日不是百日了嗎，就賞他一百萬錢，以為他出生的賀禮吧！」

三秀跪地謝恩，太后急命她起來，說：「我與你名份上是君臣，以宗族而論，情在妯娌，不要這樣客套，以後要常來宮中，不可生分了。」說完，命人傳膳招待三秀。

不多時酒宴擺好，三秀一看卻是幾味平常的菜肴，筍炒肉絲、櫻桃燒肉、菌子炒肉、小炒肉四樣小菜，中間一個黃瓷大盆，徑長二尺餘，裡面盛的是熱氣騰騰的魚翅清湯，暗道：我以為皇宮內院是何等的鐘鳴鼎食，不想卻這樣平常，只不過精緻一些罷了。太后見三秀略有沈思，已知其意，不由笑道：「今天是我臨時請你在宮裡吃飯，事先也沒有告知御膳房，只添了兩味小菜，不知合不合你的口味？」

三秀忙說：「蒙太后召入宮中，並賜飯食，已感萬分榮幸，怎敢對飯菜橫加評議？」

太后指著一味菜卻說：「我倒想考考你呢！菜雖平常些，卻也有講究，你看這味菜。」

「小炒肉。」三秀不假思索地回答。

「不錯，你可知道它是如何做的？」

「可是把肉塊切成細絲，加點筍韭之類？」

太后笑了笑，對在一旁侍立的蘇麻喇姑說：「我也記不甚全，還是你給福晉說說吧！」

蘇麻喇姑答應一聲，說：「恕奴婢斗膽，福晉所言也對也不對。」

「卻爲何？」三秀十分不解。

蘇麻喇姑慢慢地說：「宮裡的小炒肉雖然與民間的稱呼沒有什麼兩樣，但是做法卻不盡相同，是把肥豬用豆漿餵養，使它脂澤豐滿，生生把豬肩割下，用雞湯煨泡，再剝去皮筋，洗淨膏血，用利刀薄批縷剁，然後下鍋。還要用杭州的精鹽，鎮江的香醋，成都的花椒，配合入味，才能做成，味道迥異。因此說福晉所言也對也不對。」

三秀聽得目瞪口呆，偷眼見太后正笑吟吟地看著自己，不由面皮通紅，歎道：「命婦今日才領會到帝王之家的奢華，果是天下無雙！」

太后勸道：「一時光顧了品評，還是快吃吧，涼了會腥的！」

三秀用筷子取了，入口一嘗，果然鮮嫩無比。蘇麻喇姑趁機說：「今日菜雖不多，但這些有講究的菜，太后是不輕易點給人吃的，除非是像福晉這樣貌美如花，又能說得話的妙人！」

太后大笑道：「這丫頭眞是口舌伶俐，專揀人可心的話兒說。」

三秀忙放下玉箸說：「太后格外恩寵，命婦實在是感激涕零。」

太后說：「豫親王攻克了南京，這樣大的功勞，我請他的福晉吃一些小菜，本是應該的。」

當下，太后舉箸相勸，三秀才重新取箸。

飯後，太后命人取來錦緞十匹，糖果八盒，黃金四十錠，玉帶一圍，賜與三秀。三秀千恩萬謝地出了皇宮，回到豫王府，把太后的恩典細說與多鐸，多鐸也是十分感激。

太后送走了劉三秀，頗感疲倦，正要和衣上床小寐，多爾袞卻一步跨了進來，太后只得強打精神，坐在床邊，蘇痲喇姑等人急忙退下。太后問道：「現在還是白天，人多嘴雜，你爲什麼要來後宮？」

多爾袞滿臉微笑，說：「我處理國事累了，就來宮中歇息一會兒。」

太后眉頭皺了一下，不快地說：「青天白日的，歇息什麼？」

多爾袞坐在床上，拉過太后的手說：「你沒有聽說：春宵苦短日高起，從此君王不早朝。看來貪戀美色的君王，古已有之，並非從我才開始的。」說著，就要摟抱。

太后用手把他推開，說道：「不要因一時貪歡，而誤了朝政，你我春秋鼎盛，日子還長。何必求一時之得而致終生之失呢！」

多爾袞訕訕地說：「偶爾一次，又有什麼要緊的，你也太過於小心了，只要我們樂意，誰敢妄議呢！」

太后見多爾袞略露尷尬之色，惟恐他發作，於是柔聲說：「我知道你輔佐臨兒，整日辛勞，心神疲憊，但是你既然想建立周公般的偉業，千載留名，豈可因小節而傷大德，輕易授人以柄，落下口實呢！豈不聞防民之口，甚於防川？如果天下萬民議論洶洶，你的威嚴又將何在呢？」

多爾袞啞口無言，心中雖有幾分不悅，但又無法挑出太后的毛病，只好忍住心中的欲火，話題一轉，問道：「剛才我在宮門外遇到一個美貌婦人，是哪一個？」

太后一笑，說：「什麼東西也逃不過你的眼睛，不過我勸你不要打什麼歪主意，她可是多鐸的福晉。」

「可是多鐸剛從南京帶回來的？」

「正是。」

「聽說多鐸的這個福晉貌如天仙，艷光迫人，今日才得一飽眼福。」多爾袞語露欽羨之意。

太后答道：「多鐸回到京師，她就產下一個麟兒，一直在王府將息身子，你又怎麼能見到呢！皇族之中，若論容貌，當以她為魁首。」

多爾袞聽太后這樣誇讚，暗道：多鐸這小子真有艷福！心中隱隱泛出一絲酸意，悵然若失，再也無心在宮中枯坐，悶悶地回了府第。一連幾日，心緒不爽，竟生起病來。固山貝子錫翰、內大臣一等侍衛冷僧機、內大臣西訥布庫等人急忙入府請安。

多爾袞高臥在紅木大床上，神情萎靡，面色黑黃，見衆人進來，問道：「誰教你們來的？」

錫翰答道：「我等受皇父攝政王大恩，聽說王爺聖體違和，就自行結伴而來府中請安。」

多爾袞閉上眼睛，哼了一聲，說：「你們來此一事，皇上可知道？」

錫翰急忙回答：「皇上早朝時就知道了。」

多爾袞大怒，睜開眼睛，罵道：「既然皇上不來，誰教你們來了？給我滾！」

衆人戰戰兢兢，不知所措。多爾袞又罵：「你們這幫奴才，有何用處？皇上年幼，不知人倫大理，你們做臣子的，是怎樣輔佐皇上的，難道就不知進諫？我身爲皇父，就是與皇上有了父子的名份，現在我臥病在床，哪有兒子知道卻不來探望的呢？豈不大違人倫！如何儀範天下萬民？」

衆人唯唯諾諾。冷僧機惶恐地說：「我等愚昧，致使皇上有違孝道。既得王爺明示，我等就入宮去請皇上。」說罷，衆人辭別攝政王，直奔皇宮。

36

多爾袞的爪牙挾持順治到睿親王府問病，莊太后聞知大驚，但見順治平安歸來，就壓住心頭的怒火，勸他忍耐一些，順治極爲惱怒。

乾清宮裡，順治坐在寬大的靠椅上，抬起略覺麻木的雙腿，舒展了幾下，兩個小太監急忙過來，跪在地上輕揉慢捶起來，忽聽殿外武士大喝：「皇上正在休息，不得擅入！」

順治一驚，抬頭一看，見錫翰、冷僧機、西訥布庫等人不顧武士阻攔，蜂擁而入。錫翰施禮說：「皇父攝政王聖體有恙，請皇上駕幸王府，問病請安，以盡人子之道。」

順治正要分辯，不想這幾人一齊向前，擁著他出宮，福臨大聲斥罵：「你們這些奴才，想要挾持聖駕麼？」

西訥布庫說：「我們只知有攝政王，不知有皇上，只知道兒子要對父親盡孝，不知什麼挾持聖駕。」說著，把皇上擁出宮門，抱到龍輦之上，直奔午門。兩個小太監嚇得飛跑入坤寧宮，報與太后。太后聞聽，大驚失色，一時又不明就裡，不敢妄動，只好一面命人打探消息，一面在宮中坐等。

順治被錫翰等人簇擁著，來到攝政王府，進門見多爾袞臥病在床，不知病情如何，急得哭道：「皇父病情如何？朕特來給皇父請安來了。」

多爾袞見順治果眞過府問病，忽覺自己此舉有些魯莽，實在有損皇父攝政王的形象，自己言必稱的周公豈會如此？於是急忙命人扶順治坐了，大怒道：「是何人這樣大膽，竟敢挾持君王，把皇上置於何地，把本王置於何地？」

錫翰等人見順治乖乖給多爾袞請安，正自洋洋得意，不想多爾袞突發雷霆之怒，嚇得心驚肉跳。錫翰不知多爾袞葫蘆裡賣的是什麼藥。只得硬著頭皮說：「是奴才等人見王爺有恙，自作主張地請來聖駕。王爺息怒，我等甘願受罰！」

多爾袞怒氣不消，繼續罵道：「你們這幾個奴才，當眞膽大包天！自古豈有臣子病了，皇上過府請安的先例嗎？你們這不是要陷我於不忠嗎！」

順治見多爾袞滿面怒色，心頭也覺鹿跳，一句話也不敢說。錫翰等人急忙跪在地上，叩頭說：「奴才該死，奴才該死！」

多爾袞冷笑道：「既然你們已經認罪，明日就召開議政王大會，請八旗王公一齊議處你們！」然後斥退錫翰等人，好言安慰了順治多時，親送福臨出了王府。

順治回到皇城，直奔坤寧宮，見了太后，放聲痛哭。莊太后見兒子平安回來，懸著的一顆心才放下來，可是看到兒子不住地痛哭，又心疼，又著急，問道：「臨兒，你這是怎麼了？」

順治哭道：「剛才皇父攝政王的幾個奴才把兒臣挾持到攝政王府問安。」

太后壓了壓心頭的怒火，問：「皇父可曾爲難你？」

「皇父倒是沒有爲難兒臣，還把那幾個奴才責罵了一頓。」

「臨兒，那你爲什麼這樣痛哭，可是有什麼事沒有告訴額娘。」

順治流著淚說：「兒臣不敢對額娘隱瞞。兒臣雖爲萬乘之尊，君臨天下，可是就連幾個奴才也不把兒臣放在眼裡，皇父又讓兒臣問病行父子之禮，這樣做皇帝還有什麼趣味？」

太后無限愛憐地看看順治，想起他自六歲登基，如今已十二歲了，但他畢竟還是個孩子，這六年的時間受了多少委屈？太后心裡不免有幾分酸楚，向順治招手道：「臨兒，坐到額娘的身邊來。」順治略一遲疑，坐到太后的椅子上，太后把他摟在懷裡說：「臨兒，額娘知道你的苦處，眞也難爲你了，小小年紀就經歷這麼多的事情。但是你還要再忍耐一些。」

「還要忍耐！」順治掙脫了太后的懷抱，大聲說道：「自兒臣入關，舉行登基大典之時，英親王阿濟格竟然當面稱兒臣爲無知幼童。王兄豪格被削爵籍沒，冤死獄中，他的福晉都被皇父霸佔。錫翰、鞏阿岱這幾個奴才，在皇父的縱容之下，多次對兒臣肆意嘲諷，譏兒臣懦怯不習騎射。這次又明目張膽地從宮中把兒臣挾持，哪裡有什麼君臣之禮，豈不是要犯上作亂！額娘教兒臣怎麼忍耐呢？」

太后心亂如麻，驚怒交加，暗道：多爾袞你也欺人太甚了！你雖有皇父的尊號，權勢重天，但名份上還是皇帝之臣，威逼皇帝移駕請安，已屬非禮，何況要讓皇帝行父子之禮，何等狂妄！悔不該當初命你領兵入關，平定中原，以致功高鎮主，難以控制。我一再忍讓，甚至不惜屈身下嫁，你卻仍不滿足，一味咄咄逼人，長此以往，實非良策。於是憤然作色：「臨兒，你所說的這些事，額娘知道，也深爲不滿。攝政王不但對你和豪格等人如此，對額娘也敢不敬。」

「怎樣不敬？」順治心中大憤。

太后對自己脫口而出不敬二字，頗覺失言，面上一熱，掩飾說：「也是他手下那些奴才所爲。上個月依例內大臣西訥布庫之妻當入宮奉侍，不想這個奴才心中不甘。額娘命蘇墨爾傳旨於他，卻被他在途中攔住責打。」

順治驚道：「額娘不是說蘇墨爾是自己不小心，從馬上摔下來致傷的嗎？」

太后歎道：「額娘怕你知道眞情，貿然追究，使攝政王不快，豈不因小失大？」

順治嚷道：「忍，忍，忍！額娘爲什麼要這樣忍氣吞聲？」

太后想起自己所受的各種凌辱，沈下臉來，怒道：「額娘這樣忍耐，還不是全爲了你，你卻說出這樣不孝的話來！大凡做事，一定要從長計議，豈能只圖一時之快！」

順治從未見過太后發這麼大的火，驚愕無言，怔怔地看太后。太后見兒子驚恐萬分，又心疼起來，可是想起多爾袞挾駕一事，不由地狠下心腸，喝道：「皇父輔佐社稷，功勞如同日月，人人都以爲是周公在世，你不可橫生評議，妄加猜疑，使君臣不和，天下不安！否則，額娘就命宗人府開太廟，將你責罰。」

順治面色蒼白，心裡忽然生出一種絕望，木木地辭別了太后，回到乾清宮，想起宮人平時風傳的太后與皇父種種艷聞，不禁放聲大哭起來。

37

多爾袞煩悶異常，衆爪牙都不解其意，就把洪承疇邀上酒樓，請教計策。洪承疇果然高明，竟猜出多爾袞的秘密來。一等侍衛冷僧機更是建議多爾袞到朝鮮選妃。

多爾袞送走了順治，更加鬱悶，看著跪在地上的錫翰、西訥布庫，冷僧機三人，罵道：「一幫蠢才！」然後依舊上床高臥。錫翰、西訥布庫、冷僧機受了責罵，又未能替攝政王分憂解愁，心裡忐忑不安，拜別多爾袞，一齊出了王府。三人來到一品香酒樓，在雅座中一邊吃酒，一邊商議。錫翰說：「皇父今日為何發這麼大火？平時我等譏諷皇上，他從未過問，今日又是他命我等挾駕，卻大發雷霆。」

西訥布庫說：「皇父是否見我等以蠻力挾持聖駕，不夠高明？」

冷僧機說：「皇父為人莫測高深，豈是我等所能揣測的！」

西訥布庫急道：「那我等怎麼辦？若不能想辦法彌補一下，豈不要失歡於皇父！」

錫翰點頭道：「話是如此，但是用什麼辦法彌補呢？」

「我要知道，豈用問你！」西訥布庫反詰。

錫翰見他對自己言語不敬，怒道：「你為何問我？當初若不是你在宮中拉扯皇上，事情怎麼會到這種地步，我還要問你呢！」

冷僧機一見，急忙勸道：「兩位不要爭吵了，還是先考慮對策吧！我等三人現在已爲一體，自當同舟共濟。」

西訥布庫說：「你可是有了什麼辦法。」

冷僧機一笑，說：「我等何必一定要想出辦法！」

錫翰、西訥布庫均是一怔，齊問：「這是什麼意思？難道你不想將功折罪！」

冷僧機不慌不忙，端起酒杯，一飲而盡，夾起一口菜，放入口中，慢慢咽下，說：「我並非是說把此事放在一旁，而是說可以讓別人幫我們想辦法。」

西訥布庫見他慢條斯理的樣子，急得心頭火起，正待發作，聽他說要問計他人，忙問：「讓誰幫我們？」

「洪承疇。」冷僧機說。

「好！那我們就快去找洪承疇吧！」西訥布庫大喜。

「還是派人把他請來，以免我們同去太過招搖。」冷僧機阻攔道。

錫翰猶豫地說：「他果眞能有辦法？」

冷僧機答道：「難道你忘了太宗皇帝對他是何等器重？我雖與此人未曾深交，但知他的韜略確在我們之上。」

錫翰點頭說：「那就試一試吧！」

洪承疇聽說錫翰、西訥布庫、冷僧機三人有請，不敢得罪，急忙來到酒樓。三人一見，起身相迎，一起落座飲酒，西訥布庫搶先把情況說了。洪承疇笑道：「承蒙三位大人見召，承疇自當盡力。只是有一件事先要問明。」

三人的目光一齊盯住洪承疇，問道：「什麼事？」

「敢問攝政王得的是什麼病？」

冷僧機略一沈吟，答道：「我們也不知道，攝政王身體其實並無病痛，只是精神萎靡不振。」

「可知原因？」

三人都搖了搖頭。洪承疇說：「俗語說對症下藥。現在不知道攝政王的病因，如何能下得藥來。」

錫翰聞言，看了看冷僧機，冷僧機知他不滿，並不理睬，對洪承疇說：「我等雖然不知道攝政王的病因，但是卻知道攝政王那日從宮中出來，神情似是不悅，不知可與獲病有關？」

洪承疇忙問：「宮中的情形大人可否直言？」

「那日去宮中見了太后，並沒有什麼不快的事。」冷僧機眉頭一皺，回憶說：「不過，攝政王在坤寧宮碰到了一個人，足足看了半盞茶的功夫，直到那人走遠了，攝政王還不肯回頭。」

「什麼人？」洪承疇頗為關切，錫翰、西訥布庫二人也停箸不食。

「聽宮女說，是豫親王多鐸從南京帶回來的一個新福晉，叫什麼劉三秀。」

洪承疇聽了，說：「聽說豫親王的這個福晉貌美如花，且剛剛生有一子，可是眞的？」

「不錯。」

洪承疇笑著說：「如此，洪某已經知道攝政王的病因了。」

「是什麼？」冷僧機三人笑逐顏開。

洪承疇起身，背負雙手走了幾步說：「攝政王是有一件一直未了的心事。」

三人靜靜地看著洪承疇，更加不解。洪承疇停下腳步，肅聲說道：「古人說：不孝有三，無後爲大。現在攝政王春秋三十有八，膝下只有一女，而同胞兄弟皆多兒男，豈不令人惆悵！」

「這麼說，攝政王是想阿哥了？」西訥布庫大笑道。

錫翰喝道：「皇父想要阿哥，你笑什麼？」

西訥布庫說：「我是一時高興。」

冷僧機也問：「高興什麼？」

「你們這不是明知故問麼？既然明白了病因，能爲皇父排解憂煩，豈不高興！」西訥布庫率直地說。

錫翰冷笑道：「談何容易！」

「這有什麼不容易，多納幾個福晉，不就行了嗎！」西訥布庫又大笑起來，有些淫邪。

錫翰哼了一聲說：「現在皇父的福晉及側福晉有八人之衆，卻只有東莪格格一人，豈是福晉少的原因！」

「那你是說皇父身體有什麼病症不成！」西訥布庫反問道。

錫翰未料他有此問，一時無法回答。冷僧機忙說：「兩位不要爭執了，還是聽聽洪大人有什麼高見吧！」

洪承疇說：「洪某以爲當採取兩種辦法，一是可建議皇父立英親王或豫親王之子爲子嗣，二是廣選美女，以充王府。」

冷僧機喜道：「這樣確是周全，既可暫緩皇父對阿哥之渴念，又可滿足皇父對女色之好，可謂兩全其美。」

四人大笑起來，舉杯暢飲，極歡而散，各自回府。冷僧機走到半路，命人轉道攝政王府。

多爾袞已起了床，倚在太師椅上，四個侍女分別給他捶打著肩臂和雙腿，隨身太監命人端來燕窩八仙湯，多爾袞看了，皺了皺眉，贊禮太監喊聲：「撤！」上菜太監慌忙端出去，又端來一碗八寶蓮子粥。多爾袞喝了一口，贊禮太監命人撤下。多爾袞問道：「今天有什麼菜？」

贊禮太監拿出菜牌念道：「燕窩雞絲香蕈絲火薰絲白菜絲鑲平安果一品，燕窩鴨子火薰片鑲肘子，白菜鑲雞肚子香蕈，托湯爛鴨一隻，野雞絲酸菜絲一品，茅韭炒鹿脯肉……」

多爾袞擺手說：「撤了吧！」

贊禮太監大驚，跪下說：「皇父，可是不中意這些菜肴？」

多爾袞說：「我今天沒有胃口，你們都下去，讓我清靜一會兒。」

贊禮太監率領衆人退出來，看見冷僧機站在門旁，向裡張望，就說：「侍衛大人，爲何在這裡？」

冷僧機說：「我有事要稟告皇父。」

贊禮太監說：「今日皇父心緒不佳，膳都未進，大人還是迴避一下，改日再來吧！」

冷僧機笑道：「我正是爲此而來，待我見過皇父，他老人家勢必會食欲大動的。」

「果眞如此，也算給我們御膳坊幫了忙，改天我定讓小的們做幾味好菜請你。」贊禮太監面露喜色。

冷僧機走入屋內，拜見多爾袞。多爾袞睜開眼睛看了看，旋即又閉上，問道：「什麼事呀！」

冷僧機答道：「奴才離開王府，一直對皇父掛念在心，寢食不安，特來爲皇父祈福。」

「祈福，你能怎樣祈福？」多爾袞睜開眼睛。

「奴才知道皇父自那日從宮裡出來，就有了心事，俗話說心病還需心藥治，奴才今天就是送個安心符給皇父。」冷僧機探試著說。

「什麼安心符？」

冷僧機說：「奴才不敢說，求用筆硯寫出。如果合了皇父的心思，奴才再細講，如果不合皇父的心思，奴才也不敢打擾皇父靜養。」

旁邊侍立的太監見多爾袞點頭應允，急忙端過綠松石硯，拿來一枝湖州產的紫毫筆，捧過一隻托盤，上面放有一張生宣紙。冷僧機拿起筆來，略蘸一蘸墨，在紙上大書一個「好」字。太監呈與多爾袞看了，不知所以然。多爾袞問：「這是何意？」

冷僧機抬頭答道：「皇父，這一字中，隱含兩件事。」

「什麼兩件事？本王越發不明白了。」

冷僧機叩頭道：「皇父可把這個字當成兩個字來看，就不難理解了。」

多爾袞把好字拆開一看，恍然大悟，笑道：「這兩件事加起來，對本王來說，確是件好事。也眞難爲你如此機巧，說下去！」

冷僧機心頭一喜，說：「奴才要先聽一聽皇父的要求，方可對症下藥。」

多爾袞揮手讓身邊的太監退下，命冷僧機平身，說道：「那日本王在宮裡遇到豫親王的福晉，是從江南帶回來的，果然天姿國色，本王回來後一直輾轉反側，渴欲一會，無奈她又是豫親王的福晉，因此心中鬱悶。」

冷僧機垂手答道：「豫親王的福晉雖然美貌，但已年近不惑，花殘柳敗，皇父爲何汲汲求之，必欲得之而後快？依奴才之見，似豫親王福晉的女子，江南必不難尋，皇父何必執著於一人呢？」

多爾袞說：「果眞能找到那樣美貌的，本王也就遂了心願。你可願到江南走一趟麼？」

「皇父，奴才願效犬馬之勞，只是依祖訓滿漢不婚，且奴才若去江南，怕引起朝野震動，恐於皇父的聲望有損。」冷僧機小心地說。

「那就在八旗之中挑選秀女。」多爾袞似覺失望。

冷僧機答道：「這樣只怕皇太后知道，不會答應。」

「那、那怎麼辦？」多爾袞一拍椅子的扶手，大聲說。

冷僧機臉上堆著笑說：「皇父暫且息怒，奴才以爲南方的婦人固然肌膚細膩嬌嫩，但是身材不免矮小；我八旗的女人身材固然高大，但容貌失之艷麗精緻，尤其膚色黑紅粗糙，這些女人都不足觀。朝鮮女人則取二者之長，而去其短，面色姣好，身材細長。皇父可偷遣使者求之。」

多爾袞聽了，忽然想起自己隨太宗皇帝征討朝鮮之時，攻克江華島，將朝鮮國王家眷全都俘獲，當面驗看，見有兩個十歲左右的女孩，丰姿綽約，粉團也似的，十分惹人憐愛。長到此時，必是國色天香。想到這裡，笑道：「你講得確有道理。若不是你這樣講，本王還想不起多年前的一樁心事。看來好字是有了一半，另一半怎麼說？」

冷僧機說：「奴才以爲皇父的福晉皆爲滿蒙二族，血緣太近，因此子嗣稀少。若納朝鮮女子爲福晉，血緣絕無相連，必然子嗣有望。再說皇父也可收養英親王、豫親王之子以爲世子，豈不是諸事皆好了嗎！」

多爾袞大喜，精神好了許多，賜給冷僧機一個金茶筒，白銀一千兩，然後命太監傳膳。

38

莊太后聞知多爾袞私開太廟，收多鐸的兒子爲世嗣，甚覺憂慮，急宣范文程入宮，交給他一隻閃閃發光的鑽戒，開始醞釀除奸大計。

過了幾天，宗人府未奏明皇帝，私開太廟，爲皇父攝政王收豫親王多鐸之子多爾博爲嗣子，收英親王阿濟格之子勞親爲養子。多爾袞在攝政王府大擺宴席，連慶三日，文武百官紛紛前去道賀。

太后聞知此事，忙命人秘召范文程入宮，商議對策。太后說：「范章京，當初你勸我委身於攝政王，說他可以皇上爲子嗣，傾力輔佐，現在攝政王卻又收他人之子爲子，是否想廢帝自立？」

范文程見太后面多憂容，不知如何勸慰，只好直言說：「攝政王一直無子，現在忽然收取他人之子，究竟目的何在，臣不敢臆測，但是臣以爲他似是疏遠了皇帝。」

太后歎氣說：「臨兒漸漸長大了，做事已有自己的看法和主意，我怕他對攝政王不再言聽計從，以致積成仇怨，攝政王難以容忍，而生不臣之心，他已好些日子不來宮裡了。」

文程感到事情有些不妙，本來是用美色籠絡攝政王，現在他卻入宮日稀，太后看來是對他沒有多少吸引力了。文程偷眼看了看太后，見她雖然依然清麗可人，但是也隱隱顯出老態了，身材胖了一些，膚色也少了圓潤的光澤，脖子和下巴隱隱約約已有了一些贅肉，眼角的周圍有了一些細密的皺紋，畢竟她已經三十七歲了。對一個時刻小心謹慎的女人來說，又豈止是歲月不饒人呢！文程忽然感到一些悲涼，深深地同情著太后，說：「太后，攝政王收取子嗣，既經宗人府祭告了太祖，已然成爲事實，無法更改，只好多勸勸皇上，凡事要小心，不可給攝政王抓住把柄，使他師出無名，大概也可免禍。」

太后苦笑道：「范章京，你太過迂腐了。古語說：欲加之罪，何患無辭。肅親王豪格本無大錯，還不是被他幽禁而死？現在攝政王的權勢更大，我與皇上眞像是人家案板上的魚肉，恐怕只有被人宰割的份兒了。」

文程心中一凜，說：「如此，豈不是難逃其掌了。」

「也不盡然，章京在遼東之時，可見過江上捕魚？漁夫漁婦駕一葉小舟，遊蕩於江河之中，雖有呑舟之魚，但他們仍能避開，甚至可以魚叉弓箭擊殺。是魚死，是網破，不到最後的時刻，其實也難見分曉。」太后語調和緩，但文程聽來，似乎潛含殺機，於是問道：「太后可是有了制勝之策？」

太后笑道：「現在還沒有，不過不會永遠沒有辦法的。」

「那太后召臣來，可是有什麼吩咐？」

「不錯。這除奸的大計也就落在你身上了。」太后目光灼灼地看著文程。

文程突然覺得一陣寒意襲遍全身，心頭突突地跳，忙吸了一口氣，略穩穩心神，說：「請太后明示。」

太后見文程神色如故，似是有意承擔，就緩聲地說：「范章京，我知道你身經百戰，計謀機智過人，又是先帝的舊臣，忠心耿耿，因此你是最合適的人選。」

文程點頭道：「若非太祖、太宗提拔，臣至今還是一介文儒，只有老死鄉間了。先帝的知遇大恩，臣一直銘記在心。」

「好，事危見臣節！我就對你直說了，是想命你跟隨在攝政王的左右，見機行事。」太后見文程答應下來，才覺心安。

「可是讓臣去刺殺攝政王？」文程心頭疑惑。

太后擺手道：「不是。不用說你是文臣，就是武將，在明處刺殺，攝政王手下護衛衆多，也不可能成功。僥倖一擊得中，也勢必難以全身而退，豈能如此置忠臣的性命不顧。」一席話說得文程更覺感激，也更加不解，問道：「既不用臣刺殺攝政王，那臣去有何用？」

太后說：「范章京可還記得當初對我獻計，要多籠絡攝政王左右的侍臣？」

范文程恍然大悟，暗暗敬佩太后的深謀遠慮，急問：「已有幾人，可否夠用？」

太后低聲說：「此事人數不宜過多，以免行事不密，反受其害。我已重金收買了兩人，一個是御膳坊的廚子，另一個是太醫。本來這兩個人一直在宮裡，卻被攝政王喚去使用。不管到哪裡是必帶他們的。你追隨攝政王，可與他們聯絡，全權指揮。」

「太后的意思，可是讓臣暗中下手？」

「對！明槍易躲，暗箭難防。你可伺機命他們在飯菜或湯藥中下毒，這樣神鬼不知，事必可成。」

「那如何與他們聯絡？」

「那個太醫手中時刻不離一套《醫宗金鑒》，那個廚子左眉之中有一顆朱砂痣，你把這個福字戒指戴上，只要讓他們看清上面的字迹，他們自然聽你節制。」

文程接過戒指一看，見上面只有一個福字並無特殊之處，正要發問，太后已然說話，道：「這枚戒指乍看沒有什麼特別，你可看看福字的那一點。那是一顆小小的鑽石。」

文程細看，見福字的第一筆果然鑲嵌著一顆鑽石，閃閃放光，越發顯得巧奪天工，精美絕倫，就戴在了中指上，抬頭望了望太后，見太后微笑著看著自己的那隻手，似乎有點怪異，令人難以揣測。

多爾袞立了子嗣，並不甘心，仍想這兩個孩子雖然親爲侄子，終非己出，就不免想起朝鮮的那兩個公主來，於是就派何洛會秘密地去見朝鮮來的使臣，命使臣回稟國王李淏，速送兩個公主來朝。

使臣走了之後，多爾袞更是渴念，十分心焦，恐朝鮮國王延誤時日，又派巴哈訥和祁充格帶著求婚敕書，火速趕往朝鮮，催促公主早日起程，同時如果見到其他淑美的女子也一併召來。這樣又過了近一個月，多爾袞估計朝鮮公主已經啓程，就托言圍獵，帶領手下的一些王公大臣，竟往山海關而來。

此時，正是春夏之交，風和日麗，山青草綠，花香遍野。多爾袞率領大隊人馬，出了山海關，直奔寧遠城。多爾袞坐在黃金馬車中的金龍寶座上，透過明黃雲緞的車幃，見遠山青紫，繞著一團雲氣，路旁柳絲金黃已吐，長絛垂地，依稀飄來田野裡濕潤的氣息和野花的芬芳。多爾袞閉上眼睛，盡情地呼吸了幾下，懶懶地斜靠在龍椅上，心裡不由地想起將要見面的兩位朝鮮公主，彷彿她們已然飄然乘風而至，衣袂破空之聲依稀可聞，然後左擁右抱，如魚得水，豈不大妙！多爾袞的嘴角泛出一絲笑意，渾身也燥熱起來。

39

多爾袞坐在河邊的車上，見對面駛來一艘遍插彩旗的大船，不多時到了岸邊，從船上婀婀娜娜地走下兩個艷裝的麗人。

到了寧遠，一連數日，衆位王公大臣一直沒有接到圍獵的命令，莫名其妙，又見多爾袞每日都在驛館大睡，足不出戶，只有何洛會一人出出入入，向他詰問，卻又答非所問，探不出什麼消息。又過了兩天，多爾袞下令出城，趕赴河口。衆人見多爾袞不再乘那輛黃金馬車，而改作八匹馬拉的寬大房車，有人偷問何洛會，才知道這是在寧遠新做的車仗，通高一丈五尺，頂高一尺九寸，長兩丈五尺，寬兩丈餘，用上等的楠木製成，外塗朱漆，內著泥金，當眞金碧輝煌，絢麗無比，最令人驚奇的是車內不但有金龍寶座，左放銅鼎，裡面香煙嫋嫋，左掛佩劍，而且還安放一張大床，竟與車身連爲一體，床的三個角上銜有金龍，床上堆放著彩色的錦被，衆人聽了，驚得撟舌難下。

多爾袞到了河口，命人打起車帷，坐在車內靜候，衆人齊齊地站在岸邊，四處張望。過不多時，只見對岸一艘大船，上插各式彩旗，向西而來，何洛會喊了一聲「來了」，急忙跑到車前稟告多爾袞，多爾袞命人把車尾調向東方，極目而望，見那艘大船漸漸駛近，隱約看到船頭放有兩乘大紅的轎子，轎兩旁有朝鮮大臣站立，劈波斬浪而來。到了岸邊，衆人把轎子抬上岸，朝鮮大臣先給岸上的各位王公大臣請過安，就請出艙中的兩個女子。多爾袞見她們高綰髻雲，低垂鬟鳳，各穿一襲雪色的上衣，外面各罩鵝黃和粉紅色的長裙，垂及地面，看不見她們的雙腳，似是飄到了房車前。多爾袞大喜，急忙命她們上車進見。

兩個公主在從人的攙扶下，嫋嫋娜娜地走進車來，盈盈下拜，用眼角瞟一瞟多爾袞，見他頭戴紅絨王冠，頂上滿花金座，上銜大珍珠一顆，身穿明黃色箭袖袍，上繡金龍九條，威嚴地坐在龍椅上。多爾袞見二位公主眉清目秀，齒白唇紅，額頭、雙頰晶瑩如玉，知道必是處子，只是二人粗通滿漢語言，有時不免用朝語應急，幸虧隨行的范文程朝語精熟，加以譯解，才能盡曉其意。多爾袞見她倆清麗可人，卻也顧不了這許多，聽得燕語鶯聲，身子已然酥軟，忙命人馬轉回寧遠。

侍從放下車帷，房車慢行，多爾袞急不可耐，把這姐妹讓到大床上，笑問：「你們誰是姐姐，誰是妹妹？」

穿鵝黃色長裙的女子答道：「我是姐姐粉姬，她是妹妹淑紅。」

多爾袞仔細看了看，不由歎道：「你們二人容貌一般，本王實在難以分辨。」

淑紅答道：「王爺，除了我父王、母后及乳母以外，世上恐怕再也沒有人能夠分辨了，就是宮中的侍從常把我們姐妹認錯，何況王爺是初次相見？」

多爾袞捏捏淑紅的手說：「可是有什麼特殊的標記？」

粉姬面上一紅，低首說：「王爺說的不錯，只是這標記卻羞爲人言。」

「爲什麼？」

淑紅搶答道：「王爺有所不知，姐姐的雙乳之間有一個鮮紅的小痣，我的腳心卻各有一顆黑痣。」

多爾袞驚道：「本王聽說朝鮮女子骨格清奇，本不以爲然，今日兩位公主所言，必非誣語。可否讓本王一觀？」

「這……」粉姬面露難色，淑紅卻早已把尖尖的靴子脫掉，扯去羅襪，露出一雙雪白的天足。多爾袞雙手捧起一看，那雙小腳的腳心果有兩顆黃豆大小的黑痣，用手一摸，淑紅咯咯嬌笑，雙腳回縮，不想被多爾袞死死握住，淑紅不急不怒，任他把玩。多爾袞心中不住讚歎，果然是閉月羞花之貌，沈魚落雁之容，單看這雙玉足，自己的幾個福晉就望塵莫及，何況身上其他未曾見到的地方？這雙小腳，剛剛盈握，腳趾飽滿而整齊地排在一起，膚色如同深秋清澈的山泉，青色的血管毫不隱藏的彷彿泉水深處蜇居不動的草魚，腳跟粉嫩，似是沒有經過走路的磨擦，不像成年女人那樣的乾黃，小腿光潔如玉，向上劃出一條美麗的弧線，極容易令人想起天上雨後的虹，逐漸向裡伸展，收縮，膨脹……

多爾袞正在看得發呆，淑紅猛地收回雙腳嗔怒道：「怎麼只看我自己的，不看姐姐的呢？她的朱砂痣可比我這黑痣好看！」

粉姬大窘，滿面飛紅，多爾袞俯身把她摟到身前，伸手便去扯她的衣裙。粉姬用手相拒，卻被多爾袞連胸帶手臂緊緊箍住，無法護持，那鵝黃的長裙從身上滑落下來，宛如暮秋飄飛的西園粉蝶。粉姬雙腿曲卷，閉上眼睛，剛才漲紅的臉頰突然異常蒼白，掛著兩行淚珠。多爾袞像一頭饑餓的雄獅，看到了一隻柔弱的羔羊。他無聲地笑了，在淑紅驚愕的目光中，把頭深深地伏到粉姬的胸脯上，那顆鮮艷的朱砂痣，漸漸地大如銅錢，大如茶盞，鮮紅欲滴，他終於輕輕地吮到了唇邊，嗅到了少女的體香。那個少女在他鬍鬚來回的輕拂下，身體不住地顫慄，像春風中輕輕搖擺的嬌花……

40

多爾袞會了兩個朝鮮美女，一時樂不思蜀，忘了跟隨的衆位大臣。衆人心急回京，齊推范文程前去勸諫。范文程一席話說得多爾袞十分驚恐，率領衆人星夜回京。

回到寧遠驛館，多爾袞與二女晝夜尋歡，各位王公大臣見他樂不思蜀，十分焦急，紛紛前去勸諫，但都無功而返，齊議讓何洛會再去勸諫，不料何洛會執意不從，說：「我與衆位一樣侍候皇父，並沒有什麼特別的把握，皇父又在興頭上，怎敢去拂他的意！」

衆人齊道：「此次皇父出獵，你出出入入，最便去見皇父。」

何洛會見衆人一味苦求，暗思脫身之策，一眼看見范文程也在人群中，靈機一動，喊道：「范章京，你既有智囊之稱，爲什麼自己不去，反而和衆人一起來求我？」

衆人一聽，紛紛看著范文程，何洛會乘機躲了，再不露面，衆人抓住范文程不放，文程難以推托，無奈只好硬著頭皮去見多爾袞。

文程來到驛館，馬上有兩個太監攔阻道：「范大人，皇父有令一律不見，你還是請回吧？以免被皇父責罵，還要累及我們。」

文程忙說：「不勞二位通稟，我只是來看看皇父可有什麼言語，需要譯解。」

太監見文程不是來勸諫的，不再阻攔，文程走到窗下，聽裡面笑語喧嘩，酒香陣陣，知道多爾袞已然起床，正在歡飲，突然高聲說：「皇父，內秘書院大學士范文程有要事求見！」

多爾袞在屋內不耐煩地喝道：「爲何這時來擾我，不遵號令？」

兩個太監嚇得面無人色，呆立在那裡。文程卻不驚慌，回答說：「京中有事，容奴才面稟。」

多爾袞聽了，語氣緩和下來，說：「進來吧！」

文程低頭走進屋內，跪倒叩拜，偷眼一看，數天不見，多爾袞清瘦了許多，眼窩塌陷，顴骨突起，鬍鬚也淩亂不堪，馬褂半敞，左邊是粉姬，右邊是淑紅，三個倚作一團，文程不敢再看，五體投地。

多爾袞問道：「剛才你說京中有事，可是來了飛騎急報？」

文程卻不回答問話，反問道：「皇父可知出關已經多少日子了？」

多爾袞面色一寒，冷笑說：「難道你不想隨本王射獵了？」

文程連忙叩頭說：「奴才不敢，只是皇父離京多日，不怕京中有事麼？」

多爾袞狂笑一聲，不屑地說：「八旗皆由本王調遣，誰與爭鋒？范章京未免過慮了。」

文程說：「八旗雖然皇父所轄，但京中若有人心懷異志，盜取兵符，拒守山海關，我等安歸？」

多爾袞大驚，忙問：「京中可是有什麼消息？」

文程回答說：「京中若有消息，豈不悔之晚矣！」

多爾袞起身說：「那就火速回京，以免日久生變。只是這兩個公主怎麼辦？」

粉姬與淑紅聽多爾袞要走，都哭泣起來，扯著他的衣衫苦苦相留，多爾袞軟語溫存，說一俟京中的事情處理完，就來與她們相會。二女不依，摟著多爾袞撒嬌撒癡，定要與他一起赴京。多爾袞佯作應允，讓二人迴避，偷偷向范文程問計。

文程沈吟道：「如果帶回京城，與出獵之名不符，恐為國人非議，又令家居失和。不如將她們留於此地，別築金屋藏之，皇父再來相會，最為兩全。」

多爾袞點頭道：「那就留在關外吧！本王卻也無意帶她們入京。」

文程說：「此地向北不足百里，有一小城，名為喀喇，人少地偏，且水草豐美，也是打獵的絕佳所在。就在那裡建造行宮如何？」

多爾袞大喜道：「范章京，你真是本王的智囊，今後定要多加重用！」

文程正要多接近多爾袞，聽他如此講，急忙叩頭謝恩。多爾袞當下傳令寧遠守將好生侍奉兩位公主，又命他負責築造喀喇行宮，建成之後，即把她們移居過去，然後也不與粉姬、淑紅話別，率領眾位王公大臣，星夜回京。

多爾袞回到京城，見一切平安，不免有些懊悔急急地趕回。住了月餘，總是思念那兩個一團紅玉般的朝鮮公主，對太后和肅王福晉難免薄情，往來日稀。本想再次出關圍獵，無奈時值盛夏，天氣炎熱，不便出行，好歹耐著性子，等到九月秋涼，聞報喀喇城的行宮已經築成，再也按捺不住，密令英親王阿濟格留守，帶領王公大臣、太醫、御廚等大隊人馬出關狩獵，范文程因通曉朝鮮語，隨隊顧問。

41

校軍場上，大隊人馬整裝待發，莊太后命人飛馬送來一把摺扇，范文程展開一看，見上面隱隱有兩個篆書的小字，不由遍體冷汗。

坤寧宮裡，太后伏在案頭，鋪開一把高麗紙扇，寥寥幾筆，畫成一樹桃花，仔細端詳了一會兒，又慢慢地添了兩筆，然後交與蘇麻喇姑，低低地說了一些話，蘇麻喇姑匆匆地出宮出了。

校場上，大軍整裝待發。忽然一匹快馬飛奔而來，到了隊伍跟前，一個青年後生躍下馬背，快步走到范文程身邊，氣喘吁吁地說：「老爺，夫人命奴才送來一把扇子。」

文程不由一怔，暗想：現已秋涼，何須用扇？夫人豈非糊塗了。再看那個送扇的人，年紀不足二十歲，白面無鬚，並不是自己府中的僕人，聽他聲音細嫩，心中始覺豁然，知道此人必是來自宮中，太后或許有什麼指令，讓太監喬裝改扮送來，於是接過摺扇忙說：「回告夫人，保重身體，靜候我回來。」那僕人答應一聲，上馬走了。

文程用手把摺扇暗摸一遍，未發現什麼，袖手一遮，側身撚開紙扇，見上面畫的是一樹桃花，粉霞一片，滿紙燦然，並無一字，心中納悶，反覆尋視，見一瓣桃花的紋理與衆不同，中間的花蕊是由幾筆彎彎曲曲的紅線聯成，似是篆文，仔細看時，原來篆文所書乃「除敵」二字。文程驚出一身冷汗，急忙向周圍看了看，好在衆人都只顧各自談話，並未注意自己的所爲，忙用食指蘸了些口水點在那瓣桃花上，除敵二字馬上化作一團暈紅。文程定一定神，感到自己的那顆心兀自突突跳個不停。

多爾袞漁色心切，一聲令下，大軍出發，一路急行，十餘日就來到了喀喇城。

喀喇城外的小山旁，矗立著一座高大的宮殿，這便是寧遠守將奉命建造的行宮，整座宮殿完全是仿照著朝鮮皇宮的樣式而建，只是規模小了一些。粉姬和淑紅兩人住在這座空曠的宮殿裡，度日如年，常常想起遠方的父母，還有那個把她們帶到這裡的清瘦男人，走了轉眼已經半年了，再也見不到人影。她們看著殿外花開花落，聆聽著窗外的苦雨淒風，感到彷彿遠離了人世，寂寞、失望、恐懼、無奈，即使是吃飯和睡覺的時候，都無法排遣。她們日日望著那條向南的小路，彎彎曲曲，一如她們百結的愁腸。有時聽著嗒嗒的馬蹄自遠而近，就有著莫名的激動和無盡的企盼，儘管一次次失望不斷磨滅著她們的熱情，但渴慕與相思始終如同春天遍地的芳草，一直通向南方，通向天涯。

她們的心如同寂寞的小小的城，但這座喀喇城卻永難盛下……

直到南面的那條路揚起了漫天的塵暴，直到那急促的馬蹄聲驟然停在殿外，直到那個清瘦的男人帶著一路的風塵闖到了殿內，她們才像蝴蝶一樣翩然飛出，尋找著遲來的春色。

范文程站在宮外，聽著裡面的歡聲笑語，看著何洛會，自嘲地說：「看來現在還不用我翻譯她們的話。」

何洛會扭過頭來，笑道：「這會兒用不著語言，只要用手輕輕一捏，那兩隻蝴蝶自己就會翩翩起舞的。」

「蝴蝶？秋天怎麼還有蝴蝶？」范文程一怔，脫口而出，隨即笑了起來，說：「沒想到大人竟頗諳風情？」

何洛會擠擠眼睛說：「這卻不必像范大人幼時讀書那樣，還要請個先生，是無師自通的，也省了一些銀子。」

范文程讚道：「大人天份之高，實在望塵莫及。」然後面色一肅，說道：「只顧和大人說笑，險些忘了職責，明日皇父可出去行獵？我也好有個準備。」

何洛會答道：「明日皇父要帶兩位公主一起出獵。」

「明日再會！」范文程辭別了何洛會，徑向東邊的廂房走來。廂房裡面，多爾袞帶來的兩個御廚正在準備膳食。范文程見那個廚子，一個身體肥胖，好像一隻大木桶，另一個卻非常削瘦，似乎不像個做飯的。范文程走到瘦子身旁，伸出右手在他眼前一晃，那瘦子抬眼看了看，又低頭切菜了。他感到有些失望，懷疑是不是太后所說的那個廚子沒來，轉身就走，不料那胖廚子卻說：「大人慢走。」

「什麼事？」文程停住腳步，轉過身來。

「剛才奴才見大人戴著一個金燦燦的戒指，樣式極爲精巧。過些日子，就是奴才高堂老母的八十壽誕，奴才想送她一個戒指，不知大人可否借奴才一觀？」胖廚子低聲下氣地說。

文程見他站在那裡，說話都有些喘息，儘管天氣已涼，仍然滿臉流著油汗，心裡有些瞧不起他，也不把戒指摘下，只把右手伸到他眼前。胖廚子仔細看了看，說：「奴才腦子笨，求大人到裡屋，讓奴才用筆把樣式畫下來。」說罷以目示意。文程定睛細看，胖廚子的左眉中隱約現出一顆朱砂痣來。

瘦子嘻笑道：「譚大有，你有幾兩銀子，能買得起大人的戒指？別癩蛤蟆想吃天鵝肉了，你還是省下那幾兩銀子，給你那不死的老娘買棺材吧！」

胖廚子譚大有並不生氣，嘿嘿地笑著說：「老媽媽平生還沒有戴過什麼金飾物件，我若打做一個金戒指孝敬她老人家，豈不強過死後買棺材！」

范文程見他憨態可掬，面目和善，神色木訥，也不明白太后爲什麼會相中此人，試探道：「你姓譚，想必是燒得一手絕妙的譚家菜了？」

那瘦子答道：「大人說得不錯。他別的什麼都不行，唯有這祖傳的絕技，眞是世上無雙，登峰造極的。」

文程心中暗想，既然能把譚家菜做得如此絕妙，決非心智欠爽之人，難道是他刻意僞裝？想到剛才譚大有那種頗有深意的眼神，不由暗暗佩服太后擇人之精，所用的人當眞深不可測，不是平庸之輩。

譚大有臉上堆出笑容，有如佛堂的彌勒老祖，期期艾艾地說：「謝、謝大人誇獎、獎。」說著，把范文程引入裡間，帶上門，躬身問道：「大人可是有事吩咐？」

文程說：「太后要我命你做一件事。」

「什麼事？」譚大有側耳聽著外邊的動靜。

文程不急回答，反問道：「明日的早膳可是你做？」

「正是。」

「皇父徹夜狂歡，勢必氣血兩虧，明日早晨腹中空空，饑渴已甚，你可略放一些毒藥在膳中，不宜過量，使其慢慢中毒，無可挽救。」

「只是太醫那裡必能驗出，恐難成功。」

「不妨，你儘管依計而行，太醫那裡由我去遮掩。」

「是。一切按大人的吩咐。」譚大有恭敬地答道。又把范文程送出來說：「我那老娘要是知道大人如此熱腸，也會感激念佛的！」千恩萬謝地目送他走入西廂房。

西廂房裡，滿房藥香。一個清癯的老者手摸著花白的鬍子，正在翻閱一本厚厚的書冊，對文程的到來，似是毫無知覺。文程輕咳一聲，問道：「先生看的是什麼書？」那老者把書一合，並不搭言，文程一看，書上赫然用隸書題有四個大字——《醫宗金鑒》，說道：「可否借我一觀？」說著，伸出右手欲取。那老者見文程手上福字金戒光芒閃動，淡淡地說：「大人的戒指可是鑲有鑽石？」

文程答道：「先生眞好眼力。在下的福字戒指在第一筆上，確是鑲有鑽石。」

老者說：「小老兒名叫傅胤祖，河北定州人氏。當年我父曾以販馬爲生，受過科爾沁草原莽古思貝勒的大恩，一直沒有機會報答，數十年的心願至今未了。大人不會再讓小老兒失望吧！」

文程見他語意堅決，說道：「在下正是來成全先生的。」然後就把早膳下毒一事告知傅胤祖，命他加意掩飾。

42

數百名軍士一齊吶喊圍獵，驚起一隻梅花鹿，多爾袞要在美人面前顯顯手段，催馬便追，忽覺眼前一黑，從馬上直摔下來。

次日，多爾袞吃過早膳，帶領兩位公主和王公大臣出宮行獵。衆人四面圍網，騎馬飛奔，驚起無數的野獸，人喊馬嘶，鷹鳴狗吠，聲勢宏大，煞是壯觀。粉姬和淑紅拊掌大笑，露出滿口的皓齒。多爾袞見她們一副天眞爛漫、不拘形迹的樣子，意蕩神馳，正要賣弄手段，命人牽過坐騎，上馬飛跑，追起一隻野兎，堪堪將近，彎弓射箭，正中兎身。衆人齊聲歡呼，早有人跑去，拿了野兎獻上。多爾袞打馬回來，把野兎扔到車上，粉姬撿起說道：「好個雪白的玉兎，正好用來做個皮帽！」

淑紅見白兎爲姐姐所有，跺腳嚷道：「怎的卻沒有我的份兒呢？你好生偏向！」

多爾袞笑道：「待本王略微休息，再給你射一隻。」

淑紅突然用手一指，叫道：「那有一頭梅花鹿，我要你把它捉來給我！」

多爾袞無奈，催馬追過去。那頭梅花鹿本已被圍場的人們驚起，見多爾袞來趕，趯身便跑，風馳電掣一般，多爾袞緊隨其後，窮追不捨，但是若要活捉，談何容易，只有將它追得力竭，或將它轟入網中。多爾袞不停地馬上加鞭，不一會兒，全身已被汗水浸透，昨天勞神太過，漸感不支，仍咬牙堅持。不想那隻鹿從山坡上衝下去，多爾袞急忙催馬順坡直追，忽覺眼前一黑，甩出了馬背，身體在空中連翻幾下，重重地摔到地上。眾人大驚，齊奔過來，見多爾袞雙目緊閉，面色慘白，兩腿的膝蓋滲出鮮血。何洛會急忙命人去喚太醫傅胤祖。

不多時，傅太醫肩挎藥箱趕來，氣喘吁吁地伏在多爾袞的身邊，把一顆丹藥撬到他的嘴裡。范文程問道：「傅太醫，皇父是何病症，可否要緊？」

傅胤祖起身說道：「皇父是勞損過度，身體太過虛弱，心神俱瘁，引發風疾，以致墜馬。萬幸皇父身披軟甲，護住了要害，只是跌傷了雙腿，待我貼上兩劑涼膏，去其虛火，然後再慢慢調養。」說著，用眼睛深深地看了看范文程，「范大人以為如何？」

文程慌忙說道：「文程不擅岐黃之術，豈敢亂言！太醫可自作主張，不必再問我等。」

傅胤祖點了點頭，為多爾袞塗上涼膏。過了多時，多爾袞悠悠醒來，全身酸痛，見兩位公主和王公大臣齊集在周圍，粉姬、淑紅更是淚水漣漣地望著自己。多爾袞一笑，想要坐起身來，粉姬、淑紅急忙過來攙扶，眾人簇擁著他們上了車。多爾袞歉然地對淑紅說：「今日未能遂你心願，剛才我朦朧中，聽到一聲虎吼，待我獵了給你，你可滿意？」

淑紅哭道：「妾身不要梅花鹿了，也不要什麼老虎了。」

多爾袞聽了，連聲說：「好，好！」又昏厥過去。眾人一見急忙停獵回城。

喀喇城的行宮裡，一片沈寂。多爾袞躺在那張楠木大床上，再也沒有醒來。

夜色越來越濃了。千里之外的坤寧宮裡，一定會比這個邊塞小城明亮、溫暖得多……

廢后

43

攝政王多爾袞暴卒，消息傳到京城，莊太后與順治開始商議肅清其餘黨。順治終於明白這一切都是額娘一手安排的。

六百里火牌傳到京城，皇父攝政王歸天了。朝野震動。

順治興沖沖地來到坤寧宮裡，拜見過太后，說：「額娘宣兒臣來，有什麼事？」

太后看了看兒子，目光中充滿了憐愛，整整七年了，兒子已經十三歲了，自己都不知道是如何熬過這漫長的兩千多個日夜的。看看兒子高瘦的身體，眼裡禁不住噙滿了淚水，招手說：「臨兒，快過來坐下！」然後指了指身邊的長椅。順治躊躇了一下，過去坐了。

太后柔聲地說：「臨兒，聽說攝政王升天了，你打算怎麼辦？」

順治雙眉一聳，面色越發蒼白，恨恨地說：「兒臣想等他的靈柩回京，即刻追奪其爵位，網羅其黨羽，以振朝綱。」

太后問道：「爲什麼？」

順治站起身形，切齒說道：「多爾袞是名爲輔政，但目無君王，專擅朝政，實與叛逆無異，況且竟敢對額娘無禮，出入宮闈，無忠臣之節，而有禽獸之行，豈能容他！」

太后歎道：「此事不可妄爲。」

「難道額娘還想袒護這個逆賊麼？」順治不相信地睜大眼睛。

「不是袒護他，而是時機未到。」太后輕輕地搖了搖頭。

順治更加迷惑，辯白道：「他現在已死，不是正好借此來出出壓在心頭多年的惡氣嗎？」

太后慢慢地說：「臨兒，你先坐下。多爾袞罪惡昭彰，額娘也恨不得割其皮、啖其肉，只是多爾袞雖死，但他的羽翼已成，勢力仍在，百足之蟲，死而不僵，不可輕舉妄動，以免激成變亂。」

「那、那還要忍耐到何時？」順治頹然地坐到長椅上。

「臨兒，你千萬不要著急。君子報仇，十年不晚，整整七年已經忍了過去，再忍一些日子，又有什麼呢？」太后見兒子情緒低落下來，停了停，接著說：「多爾袞一死，他的黨羽雖然群龍無首，但是對多爾袞的敬畏之心還沒有完全消失，阿濟格、鞏阿岱、錫翰、西訥布庫、何洛會、巴哈納、冷僧機、譚泰、拜尹圖等人，都身居顯位，握有大權，不可操之過急，要緩緩圖之，先究首惡，再肅幫兇。」

「這樣兒臣就先命人把多爾袞府中的所有信符和賞功册收歸大內，再拿阿濟格開刀。」順治點頭說。

太后稱讚道：「臨兒果然聰穎。多爾袞既死，阿濟格必懷代弟專權之心，若不及早誅之，恐與正白、鑲白、正藍三旗相勾結，釀成大禍。擒賊先擒王，只要誅殺阿濟格，再任用兩黃旗的效忠之臣，多籠絡鄭親王濟爾哈朗，則大勢定矣。不過，若要擒捉阿濟格，行事一定要嚴密。你不妨親自率領諸王、貝勒、文武百官，換上縞服，在東直門外迎接多爾袞的柩車入京，阿濟格等人必不加提防，再暗伏精兵，乘機將他們一舉捕獲。」

順治沈思了一會兒，歎道：「唉！堂堂一國之君，卻要爲亂臣賊子舉喪，眞是羞煞人！待捕獲這班逆臣，定要用他們的鮮血來洗此辱！」

太后微笑說：「那時自然任你宰割了，只是有一個人不可妄殺。」

「既然是投靠多爾袞的人，爲什麼不殺？」

此人雖然也投靠了多爾袞，但是卻在暗中爲我們做事，已立下了大功，不必再追究他逢迎逆臣之罪了。」

「額娘說的是誰？」

「內秘書院大學士范文程。如果不是他暗中行事，多爾袞不會這樣早死，你也不會這樣順利地親政。」太后對往事似乎還心有餘悸，深深地出了一口氣。

順治見額娘先是若有所思，繼而感到解脫的樣子，恍然大悟，驚喜地說：「兒臣還以爲多爾袞是暴病身亡，原來額娘早有安排。」

太后擺手阻止說：「你明白就好了。快去準備吧！我身體很乏，要歇一會兒。」

過了四天，多爾袞的柩車到了燕京城外。順治密令驍騎營八百人，兵分兩路，一路提前埋伏在東直門周圍，一路身穿孝服，護衛在自己左右。順治一身縞素，率王公大臣出東直門迎接，與柩車同行的阿濟格等人，見皇上親來迎接，舉爵祭奠，痛哭失聲，毫不戒備。不料，順治舉著祭奠的酒杯，突然掉在地上，跪在路邊的伏兵，一聲吶喊，把阿濟格等人團團圍住，阿濟格的侍衛正要反抗，周圍又衝出無數的兵士，一擁而上，將他們生擒活捉。順治回宮，即刻下旨，追論多爾袞的罪狀，削奪對他及其母、妻的封典，把他的屍體棍打鞭抽，砍頭剜目，暴屍示衆，最後焚骨揚灰。又令阿濟格自盡，將多爾袞的死黨額克親、吳拜、蘇拜革職爲民，沒收家產，羅什、博爾惠論斬。將投靠多爾袞的剛林、巴哈納、冷僧機、譚泰、鞏阿岱、錫翰、西訥布庫全部處死，拜尹圖禁錮獄中。又大封兩黃旗效忠之臣，希福、索尼、鼇拜、遏必隆分別擢任要職。爲兄王豪格平反昭雪，加恩宗室。終於，順治不再仰人鼻息，開始乾綱獨斷。

44

順治的舅舅千里迢迢地送女兒來京大婚，不料婚期一再拖延，好不容易做了皇后，可是新婚之夜卻惹惱了皇上。

順治親政之後的第五天，舅舅卓禮克圖親王吳克善帶著女兒，從科爾沁草原千里迢迢地回到京城。原來，多爾袞未死之時，曾與太后一起商議聘訂太后之兄吳克善的女兒爲未來皇后，現在順治已經十四歲了，吳克善就親自送女兒進京完婚。

順治在保和殿設宴款待了吳克善，特許他入宮與太后相見，理事三王滿達海、博洛、尼堪及衆內大臣，見機急忙奏請順治在二月舉行册后大典。順治見了奏摺，對衆人說：「大婚吉禮務必準備周全，豈可倉促！再說太后暫住坤寧宮，皇后入宮居於何處？此事緩議，不可再奏。」衆人心中吃驚，唯唯而退。滿達海急忙命人告知吳克善，吳克善轉托蘇麻喇姑報與太后，太后降旨在皇城的西南另建宮室，敕名慈寧宮，建成之後，太后將坤寧宮移出，再行大婚。轉眼之間，慈寧宮築成，已是六月份了，仍未有大婚的消息，吳克善焦急起來，入得宮中，求見太后。太后見哥哥情急如火，不免勸慰了一番，命他回行館靜候，然後宣鄭親王濟爾哈朗入宮。

濟爾哈朗鬚髮斑白，已顯老態，見了太后拜見行禮，太后急忙命太監阻攔，說：「皇上已詔令王爺一切朝賀、謝恩，均免行禮，王爺不可有違聖意。」

濟爾哈朗躬身答道：「本王知道太后、皇上念臣年老體邁，格外優恤，但是臣不敢不守禮法。再說臣見太后，如見先帝，怎麼能不拜呢！」

一句話把太后說得幾乎落下淚來，口中嘉許說：「王爺追隨先帝，櫛風沐雨，屢建功勳。先帝駕崩之時，多爾袞等人窺竊大寶，肆心作亂，王爺與兩黃旗大臣堅持一心，擁戴皇上，平定國難。多爾袞死後，王爺又輔佐皇上捕捉逆黨，掃除餘孽。自古道：功莫大於救駕，王爺既然有立帝護主之功，理應格外優遇。」

濟爾哈朗不再堅持叩拜，太后命太監賜坐，說：「今天請王爺入宮，是有一為難的事與王爺商議。」

「臣悉聽聖裁。」

太后說：「卓禮克圖親王送女進京，皇上一直未允舉行大婚吉禮，日期更未確定，這樣拖下去，遙遙無期，恐為國人猜疑，再說後宮多年無主，由我代管，實在太過勞神。」

濟爾哈朗點頭，問道：「恕臣直言，可是卓禮親王的女兒不夠美麗，使皇上不喜？」

太后搖頭說：「如果是這樣，也不會給他選聘的。卓禮親王的女兒一如我年輕之時，不會有污聖目。畫像皇上也看過了，當時並沒有嫌棄之意。」

「既然如此，又親上加親，應該是上上之選，為什麼皇上卻遲遲不定婚期呢？」

「依王爺之見，是什麼原因？」

「臣愚昧，難以揣測，請太后明示。」

太后歎氣說：「此女是我與睿親王所議定，皇上想必是恨屋及烏了。」

「太后可是命臣去勸諫皇上？」

「不錯，親王之中，王爺威德最重，我又不便直接出面，只得勞王爺與宗人府的人商議商議，一起向皇上進言。」

濟爾哈朗說：「事關皇室體面，臣不敢辭，只是臣等向皇上進言，仍需太后降旨，這樣雙管齊下，更能奏效。」

「好！你們先行勸說，到了火候，我再下旨，以免事情僵了，沒有迴旋的餘地。」

「謹遵懿旨。」濟爾哈朗答應著，出宮而去。

第二天早朝，宗人府奏道：「陛下，太后已移居慈寧宮，坤寧宮重加修葺一新，請陛下詔賜大婚吉期，以便及時準備所需物品。」

順治皺眉說：「現在正值暑熱，不便大婚，等天氣轉涼再議！」

巽親王滿達海出班奏道：「陛下，宮中不可長虛，后位不可不早正，此事關係國運。陛下春秋已盛，若立后遲延，恐於儲君不利。」

順治心中不樂，責問道：「朕剛剛親政，現在國家內憂外患，百廢待舉，朕待要盡心國事，遲些立后，也是為江山萬代計，怎會對儲君不利，簡直是肆言妄說！」

滿達海不敢再講，唯唯而退。鄭親王一見，急忙出班說道：「陛下要勵精圖治，臣等不勝欣慰。不過，自古帝王都以天下爲家，家事即是國事，陛下要盡心國事，豈可遲延立后？《易經》上說，一陰一陽謂之道，陰陽相濟是天地之間的自然大法，家齊而後國治，國治而後天下平，天道不可違呀！陛下愼思。」

順治緩聲說：「叔王所言，朕並非不知，只是事有輕重緩急，現在南疆猶未平定，湖南、廣東、廣西、雲南、貴州五省仍屬朱姓，而國庫如洗，兵餉匱乏，此時若行大婚，豈不雪上加霜，朕甚不忍。」

濟爾哈朗躬身說：「陛下操勞國事，恤兵愛民，眞是中興氣象，臣等得遇明君，幸甚幸甚！但是臣以爲治國之道，以孝爲先，皇后既然是太后所定，陛下果眞一味推托，執意不從，卓禮克圖親王必對太后心生怨意，那時骨肉離間，兄妹情傷，太后失信於兄長，陛下開罪於舅父，實在有違世情，有悖人倫，皇上之心豈安？」

順治聽了，不由沈思起來。濟爾哈朗見了，趁機勸道：「自太祖創立基業，我大淸世與蒙古聯姻，太祖曾納科爾沁明安貝勒的女兒和孔果爾貝勒的女兒爲妃，又把女兒嫁與科爾沁奧巴貝勒。太宗皇帝仍然以滿蒙聯盟爲國策，當今兩宮太后和關雎宮宸妃皆出科爾沁，蒙古八旗數次出兵隨征，屢建功勳，太祖、太宗兩朝多加優遇。陛下既然以統一四海爲念，朝廷又在用人之際，更宜早行大婚，使其感受皇上厚恩，戮力圖南，以定天下。」

順治心中深以爲然，明白濟爾哈朗所言合於事理，但一想到這門親事是經多爾袞之手所定，怒氣難平，正在猶豫不定，忽聽有人喊道：「太后有旨。」順治忙離了鎏金龍椅，率領君臣跪接懿旨。傳旨太監高聲宣讀了一遍，大意是命福臨早日成婚。順治不便再拖延，就諭令禮部準備大典。濟爾哈朗命人報與太后，太后大喜，急忙命人報與兄長。

八月十三日，册立皇后的盛典隆重地開始了。四名滿漢大學士、尚書奉詔到行館迎接皇后，龍旄鳳輦，備極輝煌，宮娥、內監、侍衛等，分隊排列，簇擁皇后進入皇城，來到太和殿，在金墀之上落定彩車。皇后身穿黃服繡帔，金鳳繞身，珍翠盈頭，由宮女攙扶緩步上殿。殿上，順治高踞御座，諸王、貝勒、六部九卿兩班列立。禮部尚書捧讀玉册，皇后跪伏聽命。宣讀完畢，文華殿大學士捧上皇后寶璽，武英殿大學士捧上璽綬，坤寧宮總監跪接過去，命宮娥爲皇后佩在身上，皇后向皇上跪拜說：「帝后博爾濟錦氏，謹謝聖恩。」册后禮畢，皇后進入坤寧宮，笙簫疊奏，仙樂悠揚，一派喜慶。順治在太和殿中，大宴文武群臣。

日色西沈，順治回到坤寧宮，見皇后端坐在龍床上，滿面嬌羞，燦若朝霞。乘著酒興，便要過來摟抱，宮娥急忙端上一個金壺，捧出兩隻玉盞。順治見了，舉起杯來，與皇后喝了交歡酒。宮娥收拾了酒具，退將出去。

順治和身撲到床上，不想皇后格格一笑，閃身躲開，順治沒有準備，身形走空，倒在皇后腳下。順治大急，翻身抱住皇后，皇后見他動作粗魯，自然出手相拒，左阻右擋，兩人滾到床上。

皇后用雙手緊緊護住前胸，縮作一團，順治大怒，推開皇后，起身罵道：「大膽賤婢，敢不從朕！」皇后一驚，急忙下床，欲與他溫存，但是順治早已摔門而出。

天明後，敬事房的太監急忙報與太后，太后暗吃一驚，等順治與皇后到慈寧宮來請安，果見二人言語有異。順治走後，太后責問起昨夜的事情，皇后痛哭，太后勸道：「剛剛大婚，不可驟作悲容，此事料無大礙，只是今後你不能再忤怒皇上。身爲皇后，母儀天下，要懂得婦人以柔順爲美，一言一行要穩重大方，不可像做女兒之時那樣頑劣輕率。你現在來到帝王之家，比不得在科爾沁的卓禮王府。我這裡有兩本書一本是《女誡》，一本是《內則》，裡面有不少做婦人的至理名言，你拿回去好好研習，耐心體味，自有好處。我曾命皇上撰寫《內則衍義》，你可以此多與皇上接觸，或有奇效。」

皇后連連答應，想法接近順治，但順治對大婚之夜的事一直心懷怨恨，每次對她不冷不熱，夜裡只在御書房看書歇息，再不到坤寧宮去，時間一長，皇后也心生不滿，冷了熱腸，二人數日都難以謀上一面，卻也相安無事。時光荏苒，轉眼到了第二年。

45

順治見那宮女嬌小玲瓏，不勝愛憐，正在與她調笑，卻被皇后撞見，砍了她的雙手。順治大怒，決心廢后。

陽春三月，地處燕北的京城雖然沒有草長鶯飛的江南春色，卻也風和日麗，綠意盎然。上過早朝，順治忽然來了遊園的雅興，要到御花園看看。繞過三大殿，恰好來到坤寧宮前。順治漫步入宮，慌得坤寧宮的值日宮女一齊來跪接聖駕，稟告說皇后博爾濟錦氏不在。

順治擺手讓她們退下，便要離開，忽然看見鳳榻的錦被下露出一角手卷，取出一看，原來是漢朝時代的一個女流曹大家所著的《女誡》和明代馬皇后的《內則》，順治不喜，隨手放下。正在煩悶無聊之際，一個宮女手托描金的朱色漆盤，捧上茶來，「萬歲爺，請用茶。」依稀有著糯軟的吳語口音，彷佛帶著江南迷濛的煙水之氣。順治定睛一看，見鳳榻前跪著一個身材嬌小的宮女，雙手過頂托著茶盤，露出一雙玲瓏的玉手和纖細的皓腕，色如柔荑，細膩均勻。順治不由湧起萬般的愛憐，伸出右手捏住宮女的一隻手，只覺觸膚微涼，柔若無骨，一握之下，半體酥麻。宮女一驚，雙手連抖幾下，香茗微濺，「萬歲爺，奴才該死。」說罷，抬眼惶恐地看著順治，似有哀怨無助之情。

順治微笑，端起茶杯，命宮女平身，問道：「你是江南哪裡人氏？」

宮女低眉回答：「揚州。」

順治哈哈一笑：「揚州，好地方，歷代金粉之地！舞榭歌台，風流人物，六朝以來尤盛。腰纏十萬貫，騎鶴下揚州，實在令人不勝傾慕。朕雖貴為一國之君，至今未曾一遊。」

宮女見順治眼中流露出一絲歎惋的神情，剛才的驚懼拘謹一下子全沒有了，輕聲地說：「萬歲爺，你雖然沒去過揚州，但是所到之處，哪裡不是揚州呢？」

順治見她回答得乖巧，不由滿心歡喜，笑道：「人說江南好，日出江花紅勝火，春來江水綠如藍；又說江南女兒好，春水碧於天，畫船聽雨眠，壚邊人似月，皓腕凝霜雪……果然姿容清麗，冰雪聰明。快把揚州的風情、好吃的、好玩的、好看的，細細對朕講來。朕恨此刻身未在揚州。」說著起身走到宮女身邊，伸手攬入懷內，只覺如同春風中微微拂動的嬌花，輕握其雙手，只見肌膚晶瑩，十指尖尖，惹動萬般柔情，細聲問道：「你叫什麼名字？」

「春花。」

「春色滿園花滿枝。名字起得好，俗中見雅，人如其名。」正要捧起春花的粉臉細看，猛聽一聲怒喝：「好大膽的賤婢，竟敢勾引主子！」春花面容慘變，似經秋霜，脫兎一般掙出順治的懷抱，跪伏在地，渾身顫慄。

順治轉過身，見皇后博爾濟錦氏怒目橫眉站在眼前。順治也覺尷尬，一時無從遮掩，面皮不由紅了又紅，訕訕地道：「朕正待與皇后一同遊園。」

「哈哈……，等臣妾遊園？臣妾侍奉皇上兩年多來，首沐聖恩，受寵若驚，這廂叩謝。不過，現在坤寧宮裡春光正好，何需再去園林一遊呢？臣妾來得不是時候，驚擾皇上了。」

順治聽皇后語含譏諷，心中不快，卻待發作，一時又無言以對，眉峰微蹙，默然不語。皇后見順治並無一句寬慰的話語，看了一眼伏地顫抖的春花，不禁怒道：「來人呀，把這賤婢拖出去，亂棒打死！」

門口侍立的隨行太監大踏步走進來，一把抓住春花的髮髻，向後便拖。春花淚流滿面，兩眼淒苦地望望順治，順治一見，頓生悲憫之心，大覺不忍，攔阻說：「她並無必死之罪，怎可輕殺？還是放她一條生路吧！」

皇后淺笑道：「皇上既然有好生之德，憐香惜玉，那就免她一死。也是呢，身爲宮中賤婢，難得她能娛帝情，契主心，不知皇上喜歡她哪一點？告知臣妾，臣妾也好令皇上遂心稱意。」

順治聽皇后言語平緩下來，似有撮合之意，一時高興，脫口而出：「朕喜歡她的一雙玉手，小巧纖細，膚如凝脂，確與北方女子不同。」

「好，好，好！纖纖雙手玉玲瓏。皇上眞是明察秋毫，洞徹萬物。快把皇上喜歡的東西呈上來吧！」

太監把春花拖出宮門，就聽一聲慘叫，一會兒，那名太監雙手托著一個蓋著紅色錦緞的銀盤，跪呈順治。順治掀起錦緞一看，赫然是一雙血淋淋的斷手，血迹未乾，一片腥紅，襯著銀白色的托盤，分外刺眼，更覺慘不忍睹。順治又驚又怒，抬手打翻了托盤，一腳將太監踹倒，怒道：「反了，反了！竟敢以此來驚嚇朕，眼裡還有皇上嗎？你們這些奴才個個該殺！」拂袖而去。皇后見皇帝發這樣大的火，一時忐忑不安，不知如何是好，但又覺得滿腹委屈，不由落下幾滴淚來。

第二天早朝，衆位大臣拜見皇帝後，順治就喚大學士馮銓道：「馮愛卿。」

「臣在。」馮銓出班跪倒。

「朕命你集歷朝廢后故事，以備呈覽。」

馮銓答道：「啓稟萬歲，臣有一事不明。」

「何事不明？卿可直言。」

「皇上今日命臣集歷朝廢后的故事，有何內因？尚乞明示。」

順治皇帝聞言，心中便有幾分不快，蹙眉說：「馮卿可是有意推托麼？」

馮銓慌忙答道：「皇上所命，臣不敢推托。但是茲事體大，皇上若不明示，臣怕衆人猜疑，流言四起，朝野震動，內廷不安。」

「朕自立后以來，皇后未有一次向朕進諫善言，是謂無能，難以統率後宮。且皇后性喜奢華，不思太祖太宗創業的艱難，又常懷嫉妒之心，不恤朕情，不悉朕意，此謂無德。朕要仿歷朝廢后故事，以示懲誡，使她及早改過自新。」

馮銓大驚，叩頭說：「皇后册立，今方二載，貞德賢淑，萬民莫不景仰愛戴。皇上今出此言，臣不勝惶恐，不敢奉命。」

順治見馮銓對自己略含微詞，厲聲喝道：「放肆！大膽奴才，朕的家事，本不想對爾等明言，以免徒生是非。朕既明言，奴才反而爭辯於廷，抗拒朕的旨意，難道想邀好後宮、沽名釣譽嗎？還不下去！」馮銓嚇得渾身冷汗直流。衆位大臣見皇上盛怒，面面相覷，誰也不敢再言。

散朝後，順治怒氣難平，吩咐貼身太監隨去慈寧宮，拜見皇太后。順治給母親請過安，太后命順治坐下，問道：「皇上，今天爲什麼這樣早回宮？」

「廷議的事情少，就早些過來看望額娘。」

太后見順治臉上隱隱有不快之色，言語閃爍，不如平日暢快，令左右侍女退下，詢問道：「皇兒可是有什麼心事？」

順治離開座位，跪下回答說：「兒臣正有一事要上奏母后。」

太后說：「快些起來！我們母子二人有什麼話不能直說？何必要拐彎抹角。」

「兒臣要廢了中宮。」

太后驚問：「皇兒爲何突發此奇想？事關國體，不可不靜思愼行？」順治就把昨日皇后斬斷宮女雙手之事向太后敍述一遍。

太后聞聽，長歎一聲，「也難怪皇兒動怒，皇后豈止是處事不當，實在是太過殘忍了。如此何以母儀天下，統領後宮？想當年聘訂此女，本是攝政王多爾袞的意思，我知道皇兒心懷不滿，不願立她為后，但是迫於攝政王的權威，又心疼母后，不得不委曲求全。當時母后是怕傷了你舅父的心，使滿蒙聯盟名存實亡，自毀長城，因此也勸你以江山社稷為重，將她册立為后。現在多爾袞已死，其罪固在不赦，但此女何辜，你又何必遷怒於人，恨屋及烏呢？」

「額娘，皇后與兒臣血脈相連，若非愼重考慮，兒臣不會貿然提出。當初不願立她為后，是出於怨恨多爾袞，現在要將她廢黜，卻與多爾袞無關。兒臣與她不相居處，毫無琴瑟之樂，留她何用？」

太后看了看羸弱的福臨，見他神情鬱悒，面色淒涼，不由一陣心酸，暗想：臨兒這兩年的日子是怎樣過來的？也眞苦了他，忍受了這麼多個日日夜夜。難道這件事我眞的做錯了麼？太后慈愛地看著福臨，輕聲地說：「皇兒啊！母后理解你的心情，你既然不喜歡她，並且又已生芥蒂，這樣下去，終究不是長久之計，你一定要廢后的話，母后也不想再攔你，但你必須答應母后兩件事。」

「哪兩件事？請母后明示。」

「一是廢后要先交禮部評議，付諸有司，以示為政開明，再命諸王、貝勒、大臣集體討論，然後為之。二是皇兒要考慮到與蒙古王公的關係，現在多爾袞的餘黨剛剛肅清，國家初步安定，不要因廢后一事使蒙古王公心生怨恨，於社稷不利。因此新皇后最後仍從科爾沁蒙古王公的家族中選立。」

「謹遵母后的教誨。」順治見母后已然同意，心情平靜了許多，又與母后閒談了幾句，起身回宮。

皇后博爾濟錦氏氣得一夜難眠，早晨在睡榻上就命人傳諭後宮，嚴令宮人謹守法度，不可狐媚惑主，違令者嚴懲不貸。然後令宮女服侍梳洗，輕施薄粉，身著麗服，攬鏡自照，看到自己的臉色略顯憔悴，似有幾分清減，不禁暗然神傷。正在自憐自艾，忽然當值太監慌慌張張跑來，報說皇上在早朝有廢黜皇后之言。皇后大驚失色，一時手足無措，菱鏡掉在地上，淚流滿面，只嚇得隨侍的太監宮女紛紛跪倒在地：「主子千萬不可傷了身體，以免爲奸人有機可乘。」

皇后強壓住悲聲，哽咽而言：「皇上可曾命人草詔？」當值太監答道：「不曾。但是皇上既有此言，還望主子早作準備，速想良策！」

皇后急得珠淚滾滾，「我方寸已亂，哪有什麼良策，這該怎麼辦呢？」此時坤寧宮總監匆匆跑來，見皇后一臉戚容，獻計說：「主子可到慈寧宮中跪求懿旨，或許可塞皇上之口。」皇后聞言大喜，急忙吩咐宮人速往慈寧宮。

到了慈寧宮前，命人前去通稟，回說太后春睡未醒。皇后心中焦躁，在宮前立候。太監急忙搬來一把椅子，皇后坐了，不住地命太監前去探視。過了將近半個時辰，太監跑來報說太后已經醒了，皇后急忙起身，三步併作兩步，走進慈寧宮，請安後，伏地而泣。

太后驚問：「孩兒何故如此啼哭？」

皇后哽咽著說：「只求太后爲兒臣作主。」說罷淚如雨下。太后命人扶起皇后，坐下細講。

皇后哭著說：「兒臣昨日責罰了宮中一個惑主的賤婢，不想皇上震怒，決意要廢黜兒臣。」

「果有此事？」太后不禁心中埋怨順治行事不夠機密，廢后一事還沒有什麼眉目，卻已鬧得滿城風雨，沸沸揚揚，若因此而引起朝臣之間的紛爭，豈不要禍起蕭牆？當下放緩了語調，說道：「我並沒有聽說，皇上剛剛來過我這裡，也未曾說及，只是講了昨日的事情經過。事情未明，孩兒切不可哭鬧，也不要掛在心上，以免後宮不安，無可挽回。」

皇后一聽，連忙止住悲聲，哽咽道：「全憑太后作主。」太后頷首微笑，命人獻上香茗，遞與皇后吃了，然後慢慢地看了看下面的從人，緩緩地問道：「是誰在主子面前胡言亂語？」嚇得皇后的隨從們撲通一聲跪在地上，連聲說：「奴才們不敢！」

「量你們也不敢！國家大事，豈容你們這些奴才胡亂猜議？哪個膽敢多嘴，定要嚴辦！」太后緩和了一下臉色說：「我與皇上把你們選拔在皇后身邊，是要你們侍候好主子，讓主子心神舒暢，你們可要長點兒眼色，如果皇后有什麼不合心思的地方，惟你們是問！」那些宮女太監連連稱是。

太后又轉過臉問皇后，「孩兒，你從科爾沁草原來到宮中，已有兩年了吧？」

「已經兩年零三個月了。」

「你可還記得剛來之時，我送你的那兩本書麼？」

皇后略一思索，肅然答道：「可是《女誡》與《內則》？」

「孩兒眞是好記性！正是這兩本。」

「太后賜書給兒臣，兒臣感佩在心，朝夕諷誦，不敢有違，今已讀熟。」

太后喜形於色，「你旣然已經熟讀，我來考一考你，什麼是婦德之首，什麼是婦德之先？」

皇后心下一片惘然，赭紅了臉，低首答道：「孩兒對書中的奧義領悟不深，書中未有成文，不知如何回答，望太后教誨。」

太后臉上閃過一絲不快，說：「讀書要細心揣摩，切不可如和尙念經，有口無心。如此書中的精義，古人的智慧，如何能夠理會？」太后端起香茗略呷一口，肅然說道：「我朝自太祖天命汗以來，十分看重漢人的典籍。太祖少時旣精讀《三國演義》，因此深於謀略，長於用兵，攻無不取，戰無不勝，身經百戰，奠定了我大淸萬世基業。太宗皇帝不僅精覽漢人典籍，更是重用漢人，因此能國富民強，氏族興旺。漢人典籍，確有裨於治國興邦，修養身心，實在是不可不重視。我所給你的那兩本書都是漢人中有名的女高才所撰，實是女流修身養德的圭臬。你未細細體會，故難回答。太古以來，婦德以仁慈爲首，不妒爲先。你昨日責罰宮女，大違古義。實是因妒而生恨，嚴刑峻法，旣失皇上之歡，又負不仁之名，如何能垂範後宮？再說皇上春秋鼎盛，貪享人生至樂，也是人之常情，豈可太過約束？人言田舍郎多收幾斗米，尙思換娶新人，何況泱泱一國之君？若以爲皇上的言行不合國體，有失尊嚴，可婉言諷諫，怎可濫施刑法，陷皇上於不義之地？若必求長寵椒房，使左右都不敢接近皇上，皇上每日煢煢孑立，形影相吊，那做皇帝還有什麼樂趣？」

皇后面有慚色，眼浸淚水，不住點頭。太后一見，心中不免有幾絲愛憐，暗道：她若能改過自新，令皇兒回心轉意，二人合好，也就對得起自己的兄長了，當下指點道：「你可向皇上申述悔意，以男女私情打動皇上，求得寬宥。切不可再使性子，急躁魯莽了。」皇后淚眼婆娑地答應下來。

太后停頓一下，又說：「不過皇上既然已經親政，此事的權柄也就不在我了，我不好像你定婚之時那樣橫加干涉，皇上能否改變初衷，就看你的福份了。如果皇上心意已決，我也不好幫你。」

皇后哭拜於地，哀求說：「望太后千萬看在我父親情面，爲兒臣作主！」

太后說道：「你與臨兒如同我的手背手心，我不會偏袒哪一方，也不會委屈哪一方。你還是多求求皇上，如果皇上肯寬恕，事情便有轉機。」皇后心中漸覺安定，連聲感謝。

此時已將至中午，太后命人傳膳，留皇后飲了幾杯雲南進貢的花露酒，又將一瓶賜與皇后。皇后千恩萬謝，拜別太后。

出了慈寧宮，一路直奔乾清宮而來，乾清宮前的太監稟告說，皇上已經臨朝，沒在宮中，皇后聽了，跪在宮門前，不顧衆人勸阻，在這裡靜候皇上回宮。

46

朝堂之上，順治嚴辭責斥勸諫衆臣，跪在宮門的皇后等到的竟是令她傷心欲絕的口諭。

順治坐在金龍寶座上，看著群臣，禮部尚書胡世安說：「禮部奉皇上聖旨，對廢后一事已經慎重評議。自古帝王都慎始敬終，免招物議，皇后冊立之時，皇上曾經詔告天地宗廟，四海皆知，不可輕易言廢。」

順治問道：「侍郎呂崇烈、高衍二人是否也持此議。」

「正是。我二人與胡尙書所見相合。」呂崇烈答道。

順治說：「皇后乃是亂臣多爾袞在朕年幼之時，因親定婚，未經選擇，難合朕意，已奏聞皇太后，另選他人。冊立之時，既非朕的本意，自然難以慎始，何談敬終？朕立後詔告天地宗廟，廢后也如此，使人神共知，於禮何傷？況且禮法不過爲人所設，如果不適用自可廢黜，豈可拘泥於此，爲外物奴役內心呢？你們所議太過迂腐。」

禮部禮制司員外郎孔允樾進諫說：「陛下，臣以爲廢后之事，關係重大，不可不愼，前代如漢光武帝、宋仁宗、明宣宗都有賢主之名，但是因爲廢黜皇后一事，有損盛德，被後人非議。陛下聖明，當引以爲鑒。」

順治說：「朕為天下之主，皇后為後宮之首。朕自納後以來，因為心志相互不合，另居側宮，已近三載。朕既然不能齊家，又怎能治國平天下？朕之所以廢后，是為天下萬民、江山社稷著想，還怕什麼後世的非議！」

孔允樾叩頭說：「陛下如果一定要廢后，臣想知道什麼人可以代替皇后？」

順治反問說：「這話是什麼意思？」

「陛下，臣有一種折衷的辦法，就是皇后不必廢黜，陛下可在東西兩宮另選中意的人，豈不兩全其美？」眾人聽孔允樾這樣說，也都點頭稱道，眼望皇上裁決。

順治冷笑說：「此言荒謬，絕不可行，冊立皇后，事關國本。朕已另居三年，嫡子遲生三年，如果皇后不廢，何日可有嫡子？讓朕如何對得起祖宗？」

眾人見皇上面生怒容，再不敢言，濟爾哈朗看了一眼眾位同僚，對順治說：「陛下所言，臣等深以為是，沒有其他意見了。」

「散朝！」順治轉回乾清宮，遠遠地見宮門外聚集著十幾個宮娥太監，命人去看，回來的人說：「皇上，皇后在宮外跪請皇上恩宥。」

順治皺眉說：「這成何體統，皇宮大內豈是撒潑的地方！去，告知皇后。」

皇后跪得很久了，見皇上下朝回宮，暗暗高興，卻見皇上停下不前，揉了揉發痛的膝蓋，擦了擦額頭的汗水，正要派人去促駕，御前大太監吳良輔匆匆跑來，說：「啓稟娘娘，皇上命娘娘回宮，不必等了。」

皇后急問：「皇上可是原諒了本宮？」

大太監說：「奴才不知，但是皇上命奴才告知娘娘一句話。」

「快講！」

「斷腕難續，覆水難收。」

「什麼？」皇后大叫一聲，癱倒在階前。

順治正式下詔，將皇后降爲靜妃，改居側宮，册封科爾沁鎮國公綽爾濟的女兒爲后。從此，靜妃獨處冷宮，不見天日，半年多的光景，憂鬱而死，新立的皇后雖然曲意逢迎順治，順治也很少到坤寧宮。

47

西苑的山高水長樓前，彩燈高懸，煙花燦爛，順治便服尾隨一位盛裝的麗人，詢問芳名，不防被人一把抓住，舉拳便打。

北風如刀，天寒地凍，順治坐在乾清宮的東暖閣中，望著漫天飛舞的雪花，對隨侍的吳良輔說：「今天已是元宵佳節，西苑的煙火可曾準備妥當？」

吳良輔笑答：「奴才已差人去看過，內務府已準備好煙火，還搭起了一座高樓，以便皇上賞景。」

順治聽說搭了一座高樓，頗覺興奮，問道：「樓有多高？」

「九丈九尺九寸九分。」

「可有名字？」

「名叫山高水長樓，不知合不合聖意？」

「好名字！」順治讚道。

西苑銀裝素裹，玉琢粉砌，御水河的東南憑空建起一座不夜城，城中央矗立著山高水長樓，黃河九曲燈，蜿蜒曲折，熒熒如同天上的繁星，盤繞在樓下，四周大小燈盞遍布，不計其數，每一盞燈的旁邊，插著一面五彩的旗子，獵獵作響，寒風捲起漫天的雪片，在空中盤旋飛舞，在千萬隻花燈的映照下，幻化出五色斑斕，好似一條條彩龍自天而降。不多時，王公大臣帶著家眷陸續趕來，齊到山高水長樓下拜見，順治大喜，登上樓頂，詔令煙火開始。

河東的爆竹先行燃放，好似一道流星直飛入夜空，轟然炸響，聲傳數十里。忽然一聲吶喊：「金橋飛渡！」就見御水河上的板橋，火星閃動，自東向西，把一座小橋裝點成金色。原來橋體的周邊附有藥線，點燃之後，如同火蛇吐信，紅光閃閃，映得板橋忽明忽暗。這時，八百架煙火一起升騰入空，如蟄雷奮地，飛電擊天，月色星光都被煙氣遮蔽，衆人紛紛鼓噪，聲動天地。

突聽一聲驚呼，順治循著聲音望去，見黃河九曲燈的旁邊，不知何時站著幾個婢女，擁出一位麗人，躲閃著滿地亂竄的煙火，白色的裘衣與雪光融為一體，隨著身子左右擺動，恍如絕塵的仙子。順治急奔下樓來，待要上前細看，不想那麗人卻被簇擁著過了板橋，邁步去趕，衣袖被追來的太監吳良輔拉住，勸道：「陛下身穿吉服，怎可四處走動！」

順治一驚之下，就脫了外面的袞服，交與太監，跨步過橋，混入人群，在千葉蓮花燈前找到了那位麗人。順治忙隱身在燈影之中，目不轉睛地盯著她，見那麗人體態婀娜，笑靨如花，竟似有南國女子的神態，順治不由癡了，走上前說：「敢問仙子可是從月宮中來的？」

麗人突見青年男子，羞得將身兒一折，衆婢女都仰身大笑，說：「哪裡來的酸秀才，什麼月宮不月宮的，我家夫人是仙子一般的人兒不假，卻不會在天上飛來飛去的！嘻……」

順治聞聽，頗覺尷尬，不捨地追問說：「那麼姐姐的府上在哪裡？」

「哼！姐姐，你也高攀得上麼？我家夫人的府第說出來，定會嚇破你的狗膽……」

那麗人轉過身來，喝止道：「不可仗勢欺人，爲難人家，我看此人並非匪類，不要妄生事端。」

順治見她眉峰微蹙，語聲柔婉清脆，如出谷的黃鶯，彷彿看到春光擠滿了西苑，薰風微微地吹拂，雨絲濡濕了鵝黃的柳芽、粉白的杏花，又從上面晶瑩地滴落。順治笑了，動情地說：「姐姐的聲音眞是美妙之極，如同荷滴清露，盤跳玉珠，沒有一絲人間煙火氣，我豈非在夢中？」

麗人見順治一味癡癡地歪纏，起身便走，順治大急，哀告說：「姐姐慢走，我還不知道姐姐的芳名。」

麗人佯怒道：「哪個願意告訴你！」

順治並不生氣，仍然站在前面，看著她。忽聽背後一聲暴喝：「賤婦！我道爲何遍尋你不著，原來卻在這裡與野漢子廝混！」

那麗人聽了，低首嚅嚅地辯白道：「我與他並不相識，我本是想去看黃河九曲燈，不想碰到了此人。」原來她們剛剛到了燈下，見順治趕來，慌忙躲避，不想仍被順治尋得。

那人聽了，怒不可遏，伸手便抓住順治的肩膀，舉拳要打，順治急忙扭身摔脫，喊道：「護駕！」背後那人大驚，抓著順治的手自然放開。順治一看，原來是自己的十一弟襄親王博穆博果爾，怒道：「襄親王，你想造反麼？」

博穆博果爾嚇得跪倒塵埃，說：「臣該死，冒犯皇上，罪該萬死！」那麗人和婢女一見，也驚得手足失措，紛紛跪倒。

順治餘怒未消，沖沖向前，打了博穆博果爾一掌，罵道：「你這個混賬東西，不分清紅皂白，竟污朕爲野漢子，豈有此理！朕明日必將你交付廷議，從重懲處！」說罷恨恨而去。

博穆博果爾跪在地上發抖，直到順治走出很遠，才敢起身，見婢女圍著自己的王妃兀自跪伏在地，喝道：「都是你們這些賤人，累我受罰，回府再收拾你們！」怒沖沖地走了。

順治回到乾清宮，博穆博果爾妃子的麗影還在眼前浮現，揮之不去，順治心如油煎，異常難熬，長吁短歎，沮喪萬分，如此的佳麗爲何不早遇見，眞是恨不相逢未嫁時，豈不令人百感惆悵，抱憾終生？順治苦苦思索，並無良策，急忙命人召索尼、鼇拜連夜進宮。

順治見了他們，依然不住地歎息。索尼見他面色悲苦，問道：「皇上夤夜召臣入宮，可是有什麼急難之事？」

順治苦歎說：「朕雖貴爲天下之主，身邊竟然沒有一個可意的人兒，册立兩后，前者妒心太重，後者少於才志，難適朕意！」

索尼答道：「陛下，溥天之下，莫非王土；率土之濱，莫非王臣。陛下若想求美女，可廣詔天下選拔，必得賢妃。」

順治搖頭說：「現在國家初定，不可以此騷擾百姓。」

「那怎麼辦？」索尼急問。

「我已選定一人，只是此人已經出嫁了。」順治苦笑道。

鼇拜嚷道：「既然皇上喜歡，待我把她請到宮中，以快君心。」

索尼反對說：「不可，此人既然已嫁，陛下豈可納此再醮之婦，有傷國體，此事不可行。」

鼇拜堅持說：「此事合於祖制，太祖太宗皆有先例，有何不可？」

順治點頭。鼇拜問道：「那婦人今在何處？」

「襄親王府。」

「那此人是……」索尼、鼇拜一驚。

「是襄親王的妃子。」

索尼暗暗叫苦，說：「臣知襄親王有一妃名董鄂氏，乃是老將軍鄂碩的女兒，聽說她天生麗質，秀外慧中，並世無雙。不過，陛下與襄親王情在手足，橫刀奪愛，恐為不妥。」

順治怒道：「朕對襄親王不薄，他雖為朕的兄弟，但未有尺寸軍功，朕已封他為親王，他不該對朕有所回報嗎？再說他罵朕為野漢子，朕卻為什麼背這樣的黑鍋，有其名而無其實呢？」

鼇拜見順治心志極堅，忙以目暗示索尼，說：「臣等連夜去見襄親王，以免皇上度日如年，心神難安。」

「一有佳音，速來報朕！」順治眼中閃動著希望的光芒。

48

兩黃旗驍將鼇拜連夜隻身一人去見襄親王，索尼卻暗率侍衛將他的妃子帶入皇宮。

已近三更了，博穆博果爾站在窗下，望著夜空中那耿耿的星河，想著剛才西苑中的那一幕，兀自覺得臉上還火辣辣地疼，怎麼也想不到會是皇上，自己不但又罵又抓，而且還作勢要打，如果皇上怪罪下來，如何是好？博穆博果爾站了良久，又驚又恐，心亂如麻，毫無睡意。正在彷徨之際，侍衛報說：「領侍衛內大臣鼇拜求見。」

博穆博果爾驚問：「可曾帶人來？」

「只有他一人。」

「請他到書房相見。」博穆博果爾匆匆走出門去，藉著書房射出的燈光，他隱隱看到一個鐵塔一樣的漢子，威風凜凜地站在書房門外。那漢子聽到了腳步聲，回頭看見博穆博果爾，說道：「鼇拜深夜求見，有擾王爺安眠，恕罪恕罪。」

博穆博果爾說：「你深夜而來，可是有什麼事？」

鼇拜笑道：「特來向王爺討一劑良藥。」

「什麼良藥？」博穆博果爾一怔，走進書房，鼇拜跟了進來，答道：「是天下無雙的珍品。」

博穆博果爾更爲不解，說：「是何人要用，本王哪裡有什麼珍品奇藥？」

鼇拜說：「那我就不兜圈子了，是皇上要用此藥。」

「世上的良藥都進了大內深宮。再說皇上怎麼會有病，剛才不是還在西苑賞煙火嗎？」博穆博果爾驚愕地說。

「不錯，正是因爲去了西苑，皇上才生了病。」

「什麼病？」

「相思病。」

「啊？」博穆博果爾驚怒交加，一時僵住，過了一會兒，恨恨地說：「鼇拜，你回去告知皇上，襄王府不是藥店，他的病還是另請高明吧！」

鼇拜乾笑一聲，說：「解鈴還需繫鈴人，王爺聖明，不會讓微臣空手而回吧！」

博穆博果爾喝道：「空手而回又能怎樣？」

鼇拜臉色一寒，不怒反笑，緩聲說：「王爺，臣此次來可是爲王爺解困的，王爺不但不領情，卻妄動無名，眞是出於臣的意料。」

「休要危言聳聽，本王有什麼困需要你來解？」

鼇拜看著氣急敗壞的襄親王，同情地說：「請教王爺，衝撞皇上驚動聖駕是什麼罪？」

「死罪。」

「那麼王爺抓扯皇上，辱罵皇上，又比衝撞皇上如何呢？」

博穆博果爾面露驚慌，冷汗流了下來，爭辯道：「當時本王並未看清是皇上，不知者不罪，皇上豈……」

鼇拜打斷襄親王的話，說：「王爺事後又沒有面見皇上，怎麼知道皇上會寬宥呢？」

「皇上命你連夜趕來，可是要責罰本王？」博穆博果爾面色更加蒼白，眼中露出深深的驚懼之色。

「皇上十分震怒，定要嚴懲王爺。微臣不忍皇上手足相殘，因此來給王爺指條明路，王爺對臣的一片苦心卻置之不理。」鼇拜歎道。

「不行，不行，本王實在捨不得她！」博穆博果爾痛苦地抱住頭。

鼇拜勸道：「王爺如果能將王妃獻與皇上，皇上必然會原諒王爺的過失，甚至會再加封賞，否則王爺既然已失皇上的歡心，又獨佔天下第一花魁，皇上豈能相容，到那時覆巢之下，安有完卵，王爺又如何能阻止王妃入宮呢？」

「生不同時死同穴，本王絕不負她！否則錦衣玉食又有什麼意思呢？」博穆博果爾淚流滿面。

「王爺不珍惜千金之軀，只是爲了區區一個婦人，實在令人不解。大丈夫當銳意於功名利祿，如何這樣兒女情長！」鼇拜見襄親王痛哭流涕，心裡大覺不屑。

不料博穆博果爾抬起頭來，昂然說：「為江山哭泣和為美人而悲，根本就沒有高下之分。情之所鍾，正在我輩。本王與王妃相處和樂，為情所困，也是人生的一大快事，何必有什麼其他的想法！」

鼇拜無言以對，不住地冷笑。

正在這時，王府的侍衛慌慌張張地跑來報告，說：「王妃被帶入宮去了。」

「是誰這樣大膽？」

「是議政大臣、內務府總管索尼。」

原來，鼇拜與索尼二人出宮以後，即分頭行動，鼇拜當面求見襄親王，即使不能勸服襄親王，也可拖住他；索尼則帶十幾個武士偷偷潛入襄王府，假稱太后懿旨，伺機將王妃騙入宮中。

鼇拜聞知索尼已經得手，心中大安，正要向襄親王告辭，見他的雙眼怨毒地盯著自己，惡聲說：「你可是與索尼串通好了來搶掠王妃？」

鼇拜鎮靜地說：「臣是一個人來的，並未帶一兵一卒，與索尼並無瓜葛。」

「並無瓜葛？你來後就勸我送出王妃，顯然與索尼同黨，還要來欺瞞本王。來人，給我拿下！」博穆博果爾喝道。

門外呼啦湧入幾名武士，持刀將鼇拜團團圍住。鼇拜鬚髮皆炸，大喝一聲：「我奉皇上密詔夜到裏王府，你們誰敢妄動！」

眾武士見他十分剛猛，不敢貿然向前。博穆博果爾罵道：「養兵千日，用在一時。快將鼇拜拿下，皇上怪罪有本王承擔！爲什麼被他一句話就嚇住，眞是奴才！」

眾武士聽了，又紛紛上前，用刀指向鼇拜。鼇拜到裏王府，不便帶刀，眾武士如狼似虎，只得緊握鐵拳，暗中戒備，一個武士暴喝一聲，舉刀劈來，鼇拜五指如鈎，躲過刀鋒，伸手一探，抓住武士的手腕，那武士手臂酸軟，鋼刀脫手落地，鼇拜右拳大力擊出，那武士倒退十餘步，撞在柱子上。鼇拜用腳在刀柄上一踩一挑，搶刀在手，哈哈大笑：「我跟隨太祖太宗馳騁沙場，大小百餘戰，殺人無數，你們這幾個鼠輩，怎會放在我的眼裡！」說著，一手持刀，一手握拳，神色自若，大踏步走出房門，回頭說道：「王爺，將刀還你！」嗖的一聲，那把鋼刀化作一道閃電，插入屋中的大柱，深達一尺。眾人大驚，不敢再追趕。

博穆博果爾頓足喊道：「福臨，你竟敢縱容大臣，欺凌骨肉，我要到太后面前去告你！」報信的武士說：「王爺，千萬不可出去。剛才索尼走時，嚴令王府上下不准擅自出入，違者格殺勿論。他們已在各個門口布下伏兵，王爺千萬要小心呀！」

博穆博果爾聽了，大叫一聲，仰身倒地，人事不醒，眾武士一片慌亂，七手八腳將他抬到床上。

噹，噹，噹，噹，已經四更了。雪不知何時已停。

49

董鄂妃在儲秀宮中沈沈睡去，朦朧中隱約感到有人在把玩自己的一雙手，睜眼一看，原來是皇上。

儲秀宮中，宮門深閉，燭影搖紅。董鄂氏坐在龍墩上，靜靜地看著抖動的燭火，淚水長長地淌落。她環視了一下宮殿的四周，一張大床，幔幃低垂，金鈎高掛。床南的窗下，一張寬大的几案，上雕雲龍飛騰的圖畫。她慢慢地站起身，緩緩地走到案前，見上面有許多筆、墨、紙、硯。筆有五枝，一枝斑竹管大提筆，董鄂氏嫌其笨重，用手撥弄了一下，拿起另外一枝小筆，管上隱約刻三個篆文小字──萬年青。又拿起一枝，見管上刻著雲中鶴三字，筆法遒勁，神彩飛揚。董鄂氏歎了口氣，幽幽地說：「我若能像這雲中鶴一樣，一飛衝天，脫離牢籠，豈不是省卻了許多世間的煩惱！」

董鄂氏一邊歎息，一邊翻弄著紙箋，見有金雲龍朱紅福字絹箋、雲龍朱紅大小對箋、梅花玉版箋、澄心堂仿古宣紙、高麗灑金箋、竹青紙等，五光十色，她抽出一張梅花玉版箋，平放在案上，取過一方樣式奇古的端硯，硯側細鐫兩個小字──遠岫，董鄂氏一驚，暗道：人都說天下珍寶多出入於皇家，這方北宋米章的端硯不知被多少文人騷客摩挲、吟賞，今天卻閒置在深宮，與我境同。想到這，不由睹物傷情，眼淚又止不住落下來，伸出兩個細長的手指輕輕揩去，又拿起一塊殘墨，「太平雨露」，董鄂氏苦笑道：「太字既然已磨去許多，看來這方硯並不寂寞，比我要好。」說著打開硯蓋，見裡面仍有墨汁，放下墨塊，拿起「雲中鶴」，在梅花玉版箋上寫了兩行秀麗柔軟的趙體字：

禁宮一入深似海，
從此情郎是路人。

寫罷，投筆而泣，淚如雨下。

天漸漸地亮了，董鄂氏坐在床上，看著發白的窗櫺，感到像做夢一樣，自己前半夜還和丈夫博穆博果爾在西苑觀賞煙火，只有幾個時辰，就獨坐在皇宮，坐在這間寬大的殿堂裡，空蕩蕩地，眞不知道是怎樣度過這半夜的，她不禁害怕起來，想起皇上那貪婪的眼神，還有那記狠狠的耳光，她渾身哆嗦了一下，遍體冰冷，再也坐不住，歪倒在床上，暈了過去。

朦朧中，她聽見門響了一聲，想睜開眼睛，卻感到眼皮像被一隻無形的手按住似的，怎麼也睜不開。腳步聲向床邊而來，在床前停住，有人輕輕地歎道：「嬌弱不勝衣，一如江南水鄉的女子，小巧玲瓏，婀娜柔美。」

那人歎息著、讚美著，跨步坐在床上，董鄂氏感到自己的一隻手被他握住，緩緩地拿到嘴邊，輕輕一嗅，那人長長地一吸一呼，一股熱氣吹得麻癢起來，然後一手平托著自己的手，一隻手伸出食指，在自己的幾個指甲上彈琵琶似的，輪點一過，又輕輕地扳起，翻轉過來，自己尖尖的五指被輕輕地揉捏了一遍，皓腕被那人握起，整個手掌被貼在那人的臉上。她渾身一熱，似乎有些委屈，淚水又湧了出來。

董鄂氏睜開了淚眼，又羞又驚，原來是皇上坐在身邊，握著自己的手，她一急之下，抽回手，起身要給皇上行禮。順治面帶笑容，說：「你醒了。先不要起來，昨夜一定歇息不好，看你臉色有些憔悴呢！」

董鄂氏聽到昨夜二字，心中又覺痛楚，不覺哭道：「襄王爺一時心急，不知是皇上駕到，衝撞了聖駕，實本無意之過，皇上就饒過他吧！」

順治柔聲說：「快不要悲傷了，以免哭紅了眼睛。朕並未要責罰他，你不必爲他求情。」

「那皇上把臣婦召入宮來，又有何事？是否因爲事由臣婦而起，皇上又不便責罰手足，而由臣婦代替？」

順治跳下床，說：「朕召你入宮，是見襄親王粗鄙愚鈍，不知憐香惜玉，愛花護花，讓你遠離他的聒噪。」

董鄂氏答道：「皇恩浩蕩，臣婦感激不盡，但臣婦既爲人妻，不便外出躲避，以免有失婦道。」

「要是朕命你留下來呢？」

「君命不可違。臣婦雖能答應，但心實難安。」

侃侃而答。

「臣婦如果因遵君命，而使夫妻別居，豈非有失人倫，因此進退維谷，實是兩難。」董鄂氏

順治見她反應機敏，不由更覺難捨，問道：「如果朕命你離開襄親王，留在宮中伴駕，你可願意？」

董鄂氏驗證了自己的預感，心裡反覺坦然，說：「臣婦雖然不喜歡襄王爺年少魯莽，但他是眞心愛臣婦的，怎可輕離？」

順治急道：「朕也是出於眞心，絕不負你！」

董鄂氏見順治眼中露出熱望的目光，靜靜地說：「後宮佳麗三千，好似滾滾東逝的河水，舉目滔滔，打濕臣婦的能有幾滴？何況臣婦早已聘嫁，並非秀女出身，如何陪伴聖駕？」

順治笑道：「後宮佳麗三千人，三千寵愛在一身。朕既愛你，不必托辭婉拒。」雙手把董鄂氏攙起，摟入懷中。

此時，一陣冷風吹入殿中，案上的那張梅花玉版箋飄落在地上。董鄂氏閉上雙眼，虛脫似地偎在順治的懷裡，那樣無力，那樣嬌柔，那樣令人憐愛……

50

襄親王吞金而死，莊太后既驚且怒，將順治責罵一通，但知董鄂妃容貌勝於劉三秀，且木已成舟就不再反對。

太后在蘇麻喇姑的陪伴下，漫步在剛剛建成的慈寧花園裡。慈寧花園在慈寧宮的南面，大雪把整個園林點綴的一片銀白，假山、樹木、亭台樓閣……到處都是，飛瀑已不再流動，也看不見一絲的綠意，聽不到一聲鳥鳴，四周靜悄悄的，只有幾個宮女在細細地掃著石板路。

「好大的雪！這下園子可乾淨了。」太后臉上掠過一絲喜色。

蘇麻喇姑笑著說：「瑞雪兆豐年呀！想必今年又是一個好年景。」

太后稱讚說：「你不光手巧，嘴也恁巧呀！是呀，年成好了，百姓就會安居樂業，民安才能國泰，國泰自然民安啊！」

忽然一個小宮女匆匆地走來，稟報說：「宗人府的人有急事求見皇太后。」

「宣他進來。」太后笑道：「真是難有半日閒，空負了這大好的雪景。」然後在蘇麻喇姑的攙扶下，來到園中的亭子裡，隨行的宮女忙取厚厚的錦墊，又獻上炭火正紅的手爐，太后坐了暖手。

宗人令過來拜見了太后，平身後垂手站在一旁。太后問道：「什麼事還要到宮裡來呀？皇上知道了就行了。」

宗人令答道：「但是有一件事不敢不稟明太后。」

「什麼事？」

「襄親王吞金自殺了。」

「是何原因？」太后驚得雙手一抖，險些把手爐碰翻。

「臣不知。」宗人令低頭答道。

「可曾稟告皇上？」

「不曾。」

「這麼大的事怎麼不讓皇上知道，卻來稟告我呢？」太后不悅地說。

「這……」宗人令看了看太后，欲言又止。

「有話直說，不必這樣吞吞吐吐的。」

「臣未能見到皇上。」

「皇上就在宮裡，怎麼會見不到？」太后有些詫異。

「聽說皇上在儲秀宮，嚴令擅入，臣未敢去見。」

太后轉頭對蘇麻喇姑說：「儲秀宮是哪個妃嬪在住著？」

蘇麻喇姑答道：「一直無人居住。」

「果眞無人，那皇上在裡面幹什麼？」太后怒道。

宗人令嚇得跪在地上，冷汗直流，顫聲說道：「臣聽說皇上將襄親王的妃子董鄂氏接到儲秀宮，日夜與其研習書畫。若非皇太后問及，臣死也不敢說。」

太后心想：怪不得臨兒這幾日到慈寧宮請安總是神色匆匆，我還以爲國事繁忙，原來卻是戀著一個女人。一時大覺傷心，命宗人令起來，皺眉說：「她是何時入宮的？」

「正月十五夜裡。」宗人令答道。

「算來也有幾日了。那襄親王是何時死的？」

「昨日午時。」

太后起身在亭子裡緩緩地走了幾步，見一群麻雀集在一棵龍爪槐上，枝條上的積雪紛紛飄落，粉屑飛揚。太后收回目光，問宗人令道：「你說此事該如何處置？」

宗人令略一沈思，答道：「臣以爲既然襄親王已死，還是息事寧人爲上策，以免傳揚開去，朝野沸騰，有失皇家體面。」

「如何息事寧人？」太后追問道。

「可將襄親王羅織一個罪名，再把府中的奴婢發配回疆，必可掩人耳目。」

「不可一錯再錯。襄親王也屬太宗的血脈，他本已冤死，豈能再敗壞他的名聲？不如托言誤食丹藥而亡，將府中的奴婢厚給資財，分遣回鄉，或許比強塞天下人之口要強。」太后神色凝重，似有歎惋之情。

「謹遵皇太后懿旨。可是董鄂氏又如何處置呢？」

「事已如此，就按皇上的意思辦吧！」說完示意回宮。宗人令肅身恭送，用袖子擦了擦額頭的冷汗，感到遍體冰涼。

太后回到慈寧宮，久久難以平靜，命蘇麻喇姑假稱自己突然有病，去請皇上過來。順治正在宮中與董鄂氏纏綿，聽說太后身體欠安，慌忙離了儲秀宮，趕來看望，到了慈寧宮，卻見太后穩穩地坐著，心裡一怔，問道：「額娘哪裡不爽，可曾叫太醫看過？」

太后看看順治，半晌才說：「我的病是心病，太醫治不了。」

「可是這些奴才們侍奉不周？」

太后閉目說道：「此事與他們無關。額娘的心病是在你的身上。」

順治笑道：「兒臣富有四海，君臨天下，有什麼讓額娘不放心呢？」

太后冷笑道：「那是額娘多事了？」

順治忙說：「兒臣並無此意。」

太后緩了口氣說：「你沒有此意就好。現在你已親政兩年多了，諸事額娘理應不再過問，額娘也想頤養天年，看看風花雪月，品品清茗香片，可是你的心思並未全在國事之上，額娘哪裡放心得下呢！」

順治說：「兒臣時時不忘光大太祖太宗所創的基業，心無旁騖。額娘可是不信任兒臣？」

太后聽了，哼聲說道：「你不必再瞞我了。我只問你，儲秀宮中究竟是什麼能把你的魂兒勾住？」

順治大驚，低頭答道：「兒臣本不想對額娘隱瞞，只是怕額娘生氣，因此沒敢驚動額娘。」

太后厲聲說：「你不敢驚動額娘，倒是敢驚動天下人呢！此事你瞞得了額娘，怎麼瞞得了天下萬民？」順治臉上紅白不定，一言不發。太后接著說：「不錯，你已君臨天下，是夠威風！可也不能任意胡爲，有損皇帝的尊嚴。現在襄親王已吞金自殺了，如果傳揚出去，你又如何面對群臣，如何統治天下蒼生？」

順治心裡雖是不以爲然，但見太后怒容滿面，不敢再頂撞，含糊地說：「兒臣對宮裡的后妃都不滿意，又不能再輕易廢后，只好另選佳人了。」

太后歎道：「你對後宮的妃嬪不滿意，可以再找幾個女人享樂一番，卻爲何要找襄親王的妃子呢？」

順治辯白說：「兒臣是第一次自己選了一個滿意的妃子。一時情急，哪裡管得了許多，還望額娘爲兒臣想個法子，成全兒臣。」

太后似乎不屑地說：「她究竟怎麼好，令你這樣癡迷，不顧一切！」

順治眼裡閃出一種幸福的光芒，嘴角含著笑意說：「她冰清玉潔，貌如天仙，實在非後宮的那些俗物可比。額娘若是見了，也會喜歡的。」

太后見順治一副癡情的樣子，又恨又憐，怒極反笑，說：「想必是江南女子的模樣，才惹動你這一腔柔腸。」

順治喜道：「正是，正是。香臉輕勻，黛眉巧畫宮妝淺，風流天付與精神，全在嬌波轉。早是縈心可慣，更那堪頻頻顧盼。冰肌玉骨，自清涼無汗，水殿風來暗香滿。」

太后指責說：「都是這些淫詞艷曲害你如此顛狂，你卻沈湎其中，兀自不覺。娘額只聽說半部《論語》治天下，又有誰用這些詞曲定國安邦的！」

順治見太后面色有些緩和，大起膽子說：「如果沒有美人相伴，兒臣哪會有什麼治國的心思？父皇當年若沒有額娘陪侍左右，又豈能專心建立萬世的功業呢！只知治國平天下，皇帝豈不是沒有了樂趣可言？」

太后輕喟說：「你不必給額娘戴高帽。人生至樂誰不貪享？額娘是怕你只愛美人，不顧江山。」

順治面色一肅，說道：「兒臣是既愛美人，又要江山。沒有美人，江山自是失色；沒有江山，又何以求得美人傾城一笑呢？」

太后見順治如此說來，也無法再加申斥，轉而問道：「此女既富南國風情，比豫王妃如何？」

「嬌艷猶勝三分，清雅尚不止於此。」

太后說：「額娘現在不便見她，你既然對她青眼有加，不可不遂你的心願。額娘已老了，只要國家太平，能過幾年安穩的日子，也就知足了，並沒有什麼多餘的要求了。」

順治聽得心頭一酸，看看太后略顯疲態蒼白的臉頰，幾乎要落下淚來。

窗外，雪又下了起來，靜靜地沒有一絲風。雪無聲無息地飄灑著，漸漸地染白了剛剛清掃過的石階、小路……大地更加潔淨了。

出家

51

董鄂妃寵冠後宮，順治夜夜留宿，形容日見憔悴，太醫苦勸不住，竟要向皇上講授歡喜佛的男女交歡之道，請來名僧憨璞性聰。

董鄂氏來到宮中已有三個月了，聖母皇太后下旨册立她爲賢妃，她在順治的陪伴下，到慈寧宮拜謝太后。太后見她姿容秀麗，身材窈窕，一雙美目顧盼生輝，心裡已有幾分歡喜，暗暗誇讚兒子的眼光，只是覺她身子有些嬌怯，一副弱不勝衣的樣子。當下命順治與她平身坐了，問道：

「我知你乃鄂碩之女，但是爲何舉止頗像南人呢？」

董鄂妃答道：「兒臣自幼愛讀一些漢人的典籍，或許是受其影響。」

太后又問：「都有哪些典籍？」

「《四書》、《五經》和一些詩詞歌賦。」

太后點頭說：「《女誡》、《內則》一類可曾讀過？」

「《女誡》未曾讀過，皇上的《內則衍義》業已讀完。」

太后聽了，命蘇麻喇姑取來一册《女誡》賜與董鄂妃，董鄂妃再三叩謝。

過了數日，太后忽覺身體不適，董鄂妃朝夕侍奉，一連五天五夜，太后見她如此孝順，性情又溫婉，心裡暗暗誇讚，不久就將她晉爲皇貴妃。董鄂妃又左右逢迎，上下一團和氣，一時寵冠後宮，無人能及。

順治更是夜夜留宿儲秀宮，恩愛不歇。如此過了半年的光景，二人日見消瘦，順治更是形銷骨立，憔悴異常。開始太醫們還阻諫一番，要皇上節欲強身，無奈順治就是不聽，於是不敢再諫，只顧開藥方，方子開了許多，見效甚微。太醫們商議多日，苦無良策。其中有個叫李知義的太醫對衆太醫說：「皇上既然貪戀床笫之歡，我等是斷難阻止的。惟今之計，不如使皇上參照一些道教的房中術，既可享受男女之歡，又能強身健體，豈不遠勝吃什麼補藥？」

衆人聽了，都覺有理，只是以爲皇上素來不喜道教，恐事難成。李知義說：「房中術也是太過繁複，皇上未必有此耐心。我聽說黃教密宗有什麼歡喜佛，或許可以一試。」

衆人忙問歡喜佛有什麼法門，李知義卻不能回答。被衆人逼得急了，嚷道：「我只是聽說過這個勞什子，若知端的，你們去問五世達賴好了，怎的卻揪住我不放了！」

衆人齊說：「五世達賴遠在西藏，千山萬水，教我們如何去問？你既如此說，不問你卻問誰來？」

李知義被問得沒有一點頭緒，要走又走不脫，急中生智，說：「同是和尚，就在京城裡找一個不行嗎？何必捨近求遠呢！」

衆人恍然大悟，紛紛贊同。有一個太醫說：「不如把和尚舉薦給皇上，有問必答，我等也無觸犯龍顏之險，豈不更妙！」

又有人說：「說到風險，一定要找一個精通佛理、能言善辯的和尚才好，以免被皇上詰問得黔驢技窮，我等照樣難脫干係。」

眾人大喜，齊聲道好，分頭去京城各大寺廟查訪，在城南的海會寺尋得一個禪師，法名憨璞性聰。他的師父叫石癡行之，師祖更是大大有名高僧費隱道容。眾人當下把心思對他說了，憨璞性聰正要藉機弘揚佛法，光大師門，滿口答應。衆太醫就不時地將密宗之術略略稟明順治，順治本不信佛，但是聽說有強身壯骨之功，也有心一試。正好過了幾日，駕幸南海子，途經海會寺，忽然想起憨璞性聰，命人把他召來相見。

憨璞性聰聞知皇上召見，大喜過望，卻故意裝出一副方外之士的模樣，一身灰色粗布直裰，赤足穿一雙半舊的僧鞋，手持一串大念珠，並不披什麼袈裟霞衣，輕身前去拜見。順治看他恰如山野村夫一般，與大雄寶殿中金碧輝煌的佛陀相去甚遠，不免輕看於他，並不賜坐，只問道：「和尚每日修什麼功德？」

憨璞性聰答道：「惟念佛而已。」

順治哂道：「每日只念佛，如何修得來功德？」

「和尚四大皆空，修什麼功德？」

順治冷笑說：「若不修功德，念佛做什麼？」

「山僧念佛是爲了成佛。」

「佛祖豈是念成的？」

「功德豈是修來的？」

順治聽了，暗讚他機敏過人，佛理深湛，不免對他刮目相看，語氣也和緩了許多，問道：「朕曾經見過喇嘛僧道豎起一個旗幡，上面畫些符咒，就說什麼能夠驅鬼避邪，卻未見有什麼鬼神顯形，豈不是騙人的把戲？」

憨璞性聰說：「不然。世上是有鬼神的，否則十八層地獄豈不空了，人生又如何輪迴？」

順治搖頭說：「和尚錯了。如果眞有鬼神，朕爲什麼從未見過？」

憨璞性聰高聲答道：「有道之世，聖明之君，縱有鬼神也會敬畏迴避，皇上哪裡看得見？佛說魔由心生，並不在於有無形迹，見與不見。」

順治見他應對得體，暗頌自己是聖明之君，心中大慰，即刻命人賜座，笑道：「像那些孝子賢孫追念長輩，延請僧道，超度亡靈，以示其誠，果眞有益麼？」

憨璞性聰拜謝後坐下，答道：「若如此易求，人生哪裡還會有苦諦？世間豈不到處都是做惡之人？佛祖又如何用法眼看得人生三世，普度三千紅塵世界的芸芸衆生？」

順治大笑說：「朕從前以爲佛道無非鬼神之事，都是遊根之談，今日見了和尙，才知佛理天高海深，足以明心益智。」

憨璞性聰說：「世俗紛紜，盡屬幻像，功名利祿，迷人本性。因此佛祖捨棄王位，遠離塵囂，經大苦、大怒、大喜、大悲之後，方能肉身成佛，超凡入聖，豈是鬼神之道可比的？」

順治聽得心動，問道：「自古治理天下，都是代代相傳，以至百世。生在帝王之家，一俟君臨天下，日理萬機，年年不得閒暇，最受世俗之累。朕有心研習佛法，以求解脫，不知天下何人可爲接引？」

憨璞性聰不覺一驚，忙說：「皇上自是金輪王轉世，已成法身，大善根、大智慧與生俱有，豈是學來的！」

順治心花怒放，說：「和尚可爲朕舉薦些高僧，共談佛理，亦屬大樂。」

憨璞性聰心頭狂喜，臉上卻不動聲色，說：「容山僧細想之後，再奏明皇上。」

「好！朕還有一事問你，人道密宗歡喜佛可男女雙修，強身健體，又不失人間至樂，和尚可知其法麼？」

「捨卻肉身，即證佛陀。法由心生，何必外求。」

順治連聲稱善。過後，又在萬善殿多次召憨璞性聰對答，封他爲明覺禪師。憨璞性聰向順治舉薦了南方的幾位高僧：玉林琇、木陳忞、玄水杲諸人。順治本有慧根，又與憨璞性聰來往，常論佛理，漸有出塵高蹈之意。

52

董鄂妃產後不足一月，順治心血來潮，夜探儲秀宮，一時情不能禁，留宿數次，不想使董鄂妃患了血崩之症。

董鄂妃自入宮後，專寵椒房，深怕觸犯衆怒，凡事莫不小心，察言觀色，衆妃嬪面前，禮讓三分，皇太后、皇上面前，尤其善解人意，體貼入微，順治更加喜愛。三個多月的光景，她就有孕了。

順治聞知大喜，命太醫院的御醫定時入宮診斷，等十月期滿，董鄂妃順利產下一子，保姆奏明順治，求他給孩子賜個名字，順治歡喜若狂，一時竟找不到個滿意的名字，三步併作兩步地闖到儲秀宮，見董鄂妃頭髮散亂，神情疲憊地臥在床上，旁邊放著一個粉團似的孩子，兀自在呀呀啊啊地哭。董鄂妃見了，要掙扎起身叩迎，順治急忙阻止，然後坐在床邊，拉著董鄂妃的手，溫存地問她累不累，董鄂妃笑而不答，順治憐愛地說：「這個孩子如玉琢一般，朕是極喜愛的，卻拖累了愛妃。」

董鄂妃嫣然一笑，說：「皇上既然喜歡，臣妾就斗膽給皇兒討個封號。」

順治說：「朕一時喜極，連個可心的名字都未想出，封號一事就再緩一緩，等有了名字，再封他也不遲。」

董鄂妃又說：「只是臣妾剛剛生了皇兒，身子不方便，不能即刻侍奉皇上，皇上這些日子可要多加珍重！」說著，眼淚竟湧了出來。

順治忙勸道：「愛妃安心靜養，你旣爲朕生了皇子，朕絕不會負你！」

一連數日，順治都去儲秀宮看望董鄂妃，夜晚就在御書房歇息，這天夜裡順治在書房內，正在翻閱奏章，忽然想到董鄂妃所生的皇子已近滿月，心血來潮，擺駕到儲秀宮。

儲秀宮裡，皇子已由奶媽抱去，宮裡再無孩子的啼鬧之聲，近一個月的靜養，董鄂妃略有些發胖，面色更加飽滿白皙，彷彿吹彈得破。她穿著一身淺粉色的內衣，盤膝坐在床上，忽見順治推門而入，又驚又喜，慌得急忙下地拜迎。順治順勢拉住她的雙手，見她雙頰酡紅，雙乳高高聳起，周身散發著一股淡淡的奶香，雙手一攬，將她圍入懷中，擁到床上，董鄂妃渾身綿軟無力，雙腿微微彎曲地倒在床上，越發顯示出身段的成熟誘人。

順治的手在她的身上不住地遊走，董鄂妃的胸脯漸漸起伏不定，眼睛迷離地說：「皇上，臣妾一身乳嗅氣，怕玷污了皇上的龍體。」

順治氣喘吁吁地說：「朕正是要聞你身上的乳香呢！」說著用頭在她的前胸來回拱動。董鄂妃情知今夜難免，不忍見順治急咻咻的樣子，就解開了身上的衣服……

第二天，董鄂妃感到下體不適，時時有一絲鮮血流出。晚上順治又來，董鄂妃又不忍心拒他，因此就落下病來。

53

小皇子百日而夭，順治十分悲傷，請來高僧玉林琇爲他超度，於是引起禪心，有意向佛，法名行癡，日與僧人爲伍，真是曠古奇聞。

俗話說：「福無雙至，禍不單行。」過了三個多月，小皇子尚未百日，不想卻得了急病，生出一身的天花，眼睜睜一個白嫩嫩活生生的孩子啼哭而死。董鄂妃哭得死去活來，順治也大覺傷情，不忍見到董鄂妃悲傷的樣子，不再那樣頻繁地去儲秀宮了。董鄂妃每日獨坐宮中，思念幼子，日漸削瘦。

順治追封這個早夭的皇子爲榮親王，命禮部在黃花山建造陵園安葬，想起憨璞性聰曾經舉薦的禪門名僧——湖州報恩寺住持玉林琇來，有意請他來京爲皇子超度，於是派使者帶了詔書，去湖州召他。

玉林琇姍姍地來到京城，順治早在萬善殿等候。玉林琇入得殿來，並不跪拜，只是合掌施禮，略一稽首。順治見他四十歲光景，身披大紅袈裟，面容清瘦，鬍鬚稀疏而細長，飄然如同西方極樂世界中的使者，心中暗暗稱讚，命人賜了座，玉林琇昂然坐了，手撚佛珠，微閉雙目，並不言謝。

順治問道：「朕見和尚超然物外，確是高僧氣象，你們修道的難道就沒有喜怒哀樂？」

玉林琇停住念珠的手，反問說：「什麼是喜怒哀樂？」

順治說：「世間萬物，想要的東西，得之則喜，失之則悲，和尚難道無知覺？」

玉林琇淡然答道：「萬物的得失均與佛道無礙無涉，若不強求，如何有世間諸苦？」

「和尚與朕一樣，俱有肉身，自古道身體髮膚受之於父母，和尚自難免俗，又豈能忘情？」順治追問道。

玉林琇笑道：「豈不聞聖人有情而無累。世間之情，能割捨時須割捨，若割捨不下，也屬常理。世人如果都能割捨得下，何須佛陀來度？」

順治沈思片刻，說：「佛說：山河大地都是從妄念而產生，如果妄念消失，山河大地還有沒有呢？」

玉林琇看著順治說：「萬物都是幻像，如人在睡夢中的境況，是有還是沒有？」

順治大悟，封玉林琇爲大覺禪師，賜黃衣銀印。玉林琇受了封號，在京城住了數日，給順治取法名行癡，然後辭闕南下，回到湖州。玉林琇走後，順治忽覺煩悶，便又召木陳忞來京。這木陳忞本是寧波天童寺的高僧，琴棋書畫樣樣精通，是個禪門中的才子。

54

萬善殿內，高僧木陳忞，用一種不知名的香茶款待順治，順治特賜茶名碧螺春，品茗論禪，明言出家。

木陳忞隨了使者到京，順治命他居住在萬善殿。過了幾日，順治帶著大太監吳良輔，便服相見。木陳忞迎出殿來，在門口跪接，順治見了，急忙用手相扶，說：「和尚不要把朕看作天子，朕既然到了山門，就當把朕看成是自己的弟子，以佛門之禮相待。」

木陳忞起身合掌說：「皇上似是夙世爲僧，因此尊崇象教，情發乎中，毫不虛飾，眞是天下僧侶之幸。」然後把順治迎到殿內落座，命弟子獻上茶水，頓時滿室奇香。

順治見湯色明亮淺綠，端起喝上一口，遍體通泰，問道：「這是什麼茶，似與宮中的不大相同。」

木陳忞說：「山僧去年雲遊至洞庭湖邊，見當地人有此茶，便求他們施捨了些，此次入京，山僧身無長物，就將此茶作爲覲見之禮，獻與皇上。」

「此茶是什麼來歷？」

「此茶產於洞庭東山碧螺峰的石壁之上，奇香無比，當地人以爲奇藥而攀折採摘，稱作嚇殺人香。」

順治聽了皺眉說：「此名不夠雅馴，如果因此而掩蓋了茶的名聲，豈不可惜！朕看此茶色如初春之景，不如因其產地而命名，叫碧螺春豈不大妙！」

木陳忞擊節讚道：「皇上賜此佳名，碧螺春必將大行於世。」

二人笑談歡飲。幾盞過後，順治問道：「朕聽說和尚留心墨翰，極爲博學，朕有一佛家公案要說與和尚。」

「是哪一節？」

「是一節臨去秋波悟禪的公案。」

「請皇上宣示。」

順治慢慢說道：「相傳有個進京趕考的舉子，名喚丘瓊山，這天走路過了宿頭，便到一寺廟過夜，廟中惟有一位老僧，鬚髮皆白，獨坐蒲團，四壁卻畫著《西廂記》的故事。丘瓊山驚問：空門之中怎麼會有這些男女情愛的圖形？寺僧卻答道：老僧從此悟禪。丘瓊山又問：從何處悟？寺僧回答：是從她臨去秋波那一轉。丘瓊山大笑。和尚以爲如何？」

木陳忞說：「山僧幼離紅塵，不通男女，沒有那寺僧的感受。悟道一事雖然萬流歸宗，但是也各有其法，因人而異。佛門證道大致有三種境界，譬如秋波一轉的公案，第一境界是見秋波爲秋波，見美人是美人；第二境界是見秋波不是秋波，見美人不是美人，視如粉骷髏臭皮囊；第三境界是見秋波還是秋波，見美人還是美人，但情如枯木，心如止水，不爲外魔所誘。皇上是哪個境界？」

順治答道：「朕不風流處也風流，哪管什麼境界！」

木陳忞歎道：「皇上佛性渾如天然，非山僧所及。」

順治微笑道：「朕想前身的確是僧，因此每到寺廟，看到僧家窗明几淨，常常留連忘返，低迴不能去。」略一停頓，忽生悲戚之色，黯然說：「如果不是有皇太后一人尚需掛念，朕現在就可以隨和尚出家。」眼中隱隱有淚光閃動。

木陳忞勸道：「佛法無邊，大乘菩薩有金身三千，可幻化作天王、人王、神王以及諸多宰輔。皇上已為人王，保持國土，護衛生民，也屬修行，又何必拘於形式，定要出家呢？皇上身繫天下重望，萬民所仰，如果只圖清淨無為，自私自利，不念四海蒼生，雖能躲過塵劫，卻未必能達到諸佛的境界。皇上不現身帝王，光揚法化，又有何人能負得起這樣的重荷呢？願皇上千萬不可萌生這種念頭。」

順治頷首說：「朕不過是心思偶爾觸發，與和尚直言而論，並非眞有此意。」

木陳忞見順治含糊其辭，意在掩飾，知道他並非突發奇想，心裡漸漸不安起來，當時也不點破。此後，木陳忞有意避開談論佛法，多與順治探究書法、詞賦、八股時文，但見順治向佛之心日濃，深為恐慌，於是在數月之後，留下旅庵、山曉兩個弟子在京，自己辭別回山。順治親自送到北苑門，封他作弘覺禪師，並寫了「敬佛」兩個大字給他贈行。

55

董鄂妃終於在病痛與悲傷之中香銷玉殞，順治哭倒在她身邊，竟要與她一起同眠地下。

董鄂妃身子倦倦地倚坐在儲秀宮的窗後。自從幼子夭折以後，她常常這樣癡想著，一直等著兒子像個小蜜蜂那樣飛回來，繞在她的周圍。長期的企盼、等待、思念、悲傷，她的身體變得瘦弱了許多，有時剛剛做好的衣服也覺得有些寬大，她那曾經嬌艷絕倫的臉龐失去了血色和光澤，憔悴削瘦得似乎失去了皮膚應有的彈性，眼窩深陷，眼睛倒是還算靈活，幽幽地閃著光，顯得與她的臉龐不成比例，不夠協調，因爲它是那樣大，彷彿能佔據半個臉……

八月的天空，萬里無雲，一片澄淨，陽光很有威力地射入宮裡，把董鄂妃籠罩起來，她沐浴在金色的光線中，全身有了暖意，頭飾、環佩、繡衣閃著寶光，如果不是她身後那條被陽光拖得長長的影子，眞是一位遠離塵俗、飛升九天的仙子。她瞇起雙眼，懶懶地調換了一下坐姿，嬌喘起來，感到下體有些疼痛，似有血水浸出，她習慣地伸手去按小腹，臉上湧滿虛汗，侍立的宮女取出香帕，要爲她擦拭，她擺了擺手。這雙玲瓏小巧的手兒，青色的血管似乎要裸露出來，長長的指甲被陽光照得顯現出一種玉色，成了手上惟一圓潤的部位。

董鄂妃這樣坐著，一直等到太陽西去，無情地把光線吝嗇地收走，然後在兩個宮女的攙架下，靜靜地躺在床上。

天色漸晚，起風了，秋風好像從遙遠的西天浩浩地吹來，董鄂妃朦朧中，恍如聽到御花園落英和黃葉的飄灑之聲，便命宮女將自己扶了，到御花園去看菊花。

御花園裡，夕陽斜斜地照著，落葉在空中漫舞。董鄂妃披著猩紅的斗篷，走在園中的曲徑上，看看樹木搖動，花草失色，只有那一叢叢菊枝，葉片墨綠，含著一個個小小的花苞，在風中搖擺。董鄂妃走進菊苑，俯身握住一枝菊花，輕聲說：「這樣一枝小小的花苞，冰刀霜劍都不畏懼，實在是勝我多多。唉！不知到你們盛開之時，我還能不能來看你們的丰姿。」

兩個宮女忙勸道：「娘娘千金之軀，必能獲得上壽，怎是這些一歲一枯榮的草木可比附的。」

董鄂妃慘然一笑，說：「普天之下，萬物同理，不必強分優劣，這樣看來，我的比附並無不妥。」

兩個宮女聽了，無言以對。董鄂妃又說：「文人悲秋，自古而然。我生在將軍府，又住在襄王府和大內深宮，一直享受榮華富貴，從未有過這樣的情懷。現在經過了喪子之痛，又飽嘗病體之苦，才明白見物傷情，並非無病呻吟，而是人類天性的流露。面對西風黃葉，那些逝去的不可復得的東西，實在令人感傷。」

忽然一陣大風刮來，把董鄂妃的斗篷高高揚起，她像身邊的菊枝一樣，向後仰倒，宮女一聲驚呼，雙雙搶起，死死地把她扶住。董鄂妃痛苦得彎下腰，鮮血順著雙腿流出，滴落在白色的石徑上……

董鄂妃被抬回儲秀宮，昏昏地睡倒在床上，順治來到她的床前，憐愛地看著形銷骨立的愛妃，神色戚然，看著太醫院的御醫一個個進來，又一個個搖頭走出去，心中怒火萬丈，想要傳旨將這些無用的庸醫全部斬首，但是眼睛落到董鄂妃的身上，卻又忍了下去，輕輕地把她的雙手握住，一股寒氣從手臂襲入心田。手冰冷，心更冷……

宮燭高燒，更漏輕響。二更天了。隨行的太監吳良輔細聲勸順治回宮歇息，順治渾若不覺。此時，董鄂妃幽幽地醒來，見順治坐在床頭，便要起身叩拜，順治阻止說：「愛妃不可妄動，你安心靜臥，才有益康復。」

董鄂妃面色嫣紅，羞澀一笑，順治看得癡了，喜道：「愛妃，這可是在夢中？」

董鄂妃拉著順治的手，說：「這不是在夢裡，不過臣妾剛才做了一個夢，夢見皇兒騎著一條金龍從天上飛來，他已經長大了。」

順治一驚，正要答話，卻見董鄂妃竟自己坐起身來，兩眼望著他說：「臣妾自西苑之夜，得以入宮侍奉皇上，每日只勸皇上治國安邦，勤於政事，從未與皇上一同遊玩，皇上可曾怨恨臣妾？」

順治搖頭。董鄂妃又說：「臣妾本想等四海晏清，天下太平，與皇上一起崇敬三寶，棲心禪學。不想天下初定，皇兒即夭，臣妾又身患疾病，輾轉三年，不能侍奉皇上，難報皇上知遇大恩。」

順治聽得淚流滿面，歎道：「是朕負了你，是朕負了你！若非朕貪求一時之歡，你豈有今日之痛苦？」悲從中來，哽咽難語。

董鄂妃泣道：「皇上不要自責，都是臣妾命苦福薄，難當皇上的寵愛，恐怕今後再也不能侍奉皇上，不能與皇上談論詞辭書畫，學禪問道了。」說罷淚如雨下。

順治聽了，忽憶起往日的情景，雖然時隔三年，但是宛然歷歷在目，一時情不能禁，與董鄂妃相擁而泣。良久，董鄂妃全身脫力地偎在順治身上，順治用雙臂款款地將她攬入懷中，董鄂妃甜甜地睡去，順治也覺倦極，卻不忍放手。三更天了，順治在睡夢中醒來，感到肩頭如有山重，雙臂酸麻，苦笑一聲，便要將董鄂妃放倒在床上，雙臂一分，董鄂妃軟軟地倒下，順治伸手把她扶正，不料觸手之處，已然冰涼，順治貼近她的鼻息一探，再無動靜，明白她再也不會醒來了，心如刀割，一聲嚎啕，哭倒在她的身邊。門外的宮女、太監慌忙跑進宮來……

太后剛剛起床，正要梳頭，御前大太監吳良輔稟報說：「皇貴妃昨夜歸天了，皇上一直痛哭，尋死覓活，不顧一切，想要與貴妃同去。太后快去看看吧！」

太后大驚，起身衝出慈寧宮，慌得蘇麻喇姑急忙趕上，吳良輔在前面引路，直奔儲秀宮。到了儲秀宮外，太后就聽到順治在嘶啞地哭。邁步進宮，就見順治衣冠散亂，伏在床上哀哀而泣。太后對衆太監、宮女說：「爲什麼不請皇上移駕出宮？」

吳良輔答道：「奴才們無用，勸不動皇上，實在該死！」

太后擺手命衆人退下，然後對順治說：「皇上，人既已死，你要節哀順變，不要哭壞了身子。」

順治頭都不抬，哭著說：「斯人已喪，天下之大，可歎兒臣再無紅顏知己，苟活世上，實在聊無生趣，何須看重這副臭皮囊。」

太后心中一酸，眼淚流淌而出，悲聲勸慰說：「皇上，你若不愛惜身體，豈不是把江山社稷置之不顧，額娘還能依靠何人呢？」

順治說：「額娘，請恕兒臣不孝，兒臣心意已決，既然永失我愛，不想再獨存世上，不能長相廝守，也要同眠地下。」

太后見他自絕之意甚堅，又愛又恨，不敢強勸，緩聲說：「你們二人相愛，情逾手足，額娘心裡明白，但是她既已經死了，恐怕並不希望你也與她同去。她是個明理的人，既然深愛著你，一定是願你好好地活著，治國安邦，有所作爲，成爲一代明君。你若不加體恤，反是違了她的心意，負了她的盛情，令她死不瞑目，你於心怎安？再說她身後之事，只有你最瞭解她的心思，如果你撒手而去，何人可以承擔，這豈是忠情至愛之道？你要考慮清楚。」

順治抬起頭來，默然無語。太后趁機勸道：「十年修得同船渡，百年修得共枕眠。佛家常講，人生的一次見面，是前世修來的一千次緣，你既潛心禪學，崇敬三寶，何不以餘生廣結善緣，求得來世更多相聚，卻只知道相隨地宮，魂追冥府，眼光不是太短淺了嗎？」

順治竦然驚醒，下得床來，伏地又大哭幾聲，起身出宮而去。太后望著順治的背影，長歎一聲。

第二天，順治傳諭，親王以下滿漢四品官員以上，公主、王妃以下命婦，都到景運門外哀哭，輟朝五日，追封董鄂妃爲端敬皇后，大辦喪事，命玉林琇的大弟子茆溪森在景山主持水陸道場，超度亡靈。

56

順治決意出家，命茆溪森主持剃度之禮，莊太后苦勸無效，急召茆溪森的師父玉林琇火速入京。

喪事完畢，順治鬱鬱寡歡，並無心思上朝議政，不是擺弄董鄂妃的遺物，就是與茆溪森坐談論道。太后見此情景，對順治愈加關切，暗囑吳良輔小心侍奉，千萬不可大意。這日順治又傳旨去訪茆溪森，吳良輔就隨了同去。

順治見了茆溪森，不容坐好，便說：「朕近日再與別人同睡不得，每次睡覺，都命所有的人離開，才能睡熟，如果聞到別人的一些氣息，常常一夜無眠，是何道理？」

茆溪森答道：「皇上已是看破世情，難忍紅塵中的諸多污濁，因此才會有這樣的舉動。」

順治說：「和尚此言確是實情，財寶、妻子是人生最貪戀擺脫不開的。朕對財寶本來就不曾屬意，現在感到妻子也像風雲一樣聚散無常，不必留戀。」

「皇上於何時悟得？」

「董鄂妃死時的剎那。」

「由剎那悟得永恆，皇上已心登極樂。」茆溪森讚道。

「朕想青燈黃卷，永伴我佛，和尚可肯爲朕剃度？」

茆溪森驚道：「捨棄人間至尊，確爲千古奇事，皇上眞是如來轉世。皇上如果心意已決，小僧豈有不遵！」

順治淡然說：「待朕回朝告知衆臣之後，再行剃度之禮。」

吳良輔見順治娓娓道來，了無半點世情，撟舌難下，回宮後忙報與太后，太后大吃一驚，眞是一波剛平，一波又起，她恐怕順治下了出家的詔書，連忙到乾清宮來見順治，順治卻沒有在，宮人回稟說皇上去了太和殿。

太和殿裡，順治環視著四周，見寶象、角端、銅鶴、香筒，無一不具俗氣，更覺厭倦，邁步走上玉階，站在雕龍髹金椅旁，用手撫摸著背圈上的三條金龍，佇立了片刻，出了太和殿，漫步回到乾清宮。到了乾清門，停下腳步，看著色彩斑爛、高大華麗的琉璃照壁。朱紅的照壁牆身中間，是用琉璃拼成的彩畫，繁茂碧綠的枝葉襯托著盛開的或含苞欲放的花朵。門前那對金光閃耀的鎏金獅子似是佛門的坐騎，那十隻對對排列的鎏金水缸更像遊方僧人的缽盂……順治會心地笑了，竟又想起當年與額娘一起龍車鳳輦直入此門的情景，那時偎在額娘的身旁，聞著陣陣襲人的濃香，眞是「車如流水馬如龍，花月正春風」，哪裡像現在的乾清門有些冷清呢！

「臨兒！」順治回頭，看見太后正在慈祥地看著自己，就走過來請安。

太后疼愛地說：「冬日嚴寒，你在此做什麼？」

順治見吳良輔跟在太后身邊，明白太后已經知道了內情，也就不再隱瞞，但又不想直言，於是說：「兒臣想再看看皇宮。」

太后聽了，眼淚撲簌簌地落下來，哽咽說：「臨兒，你可是想拋下額娘不管了？」

順治心中不禁一熱，強忍住悲痛回答說：「兒臣塵緣已盡，再難治國安民，只求有個清淨的所在，獲得大解脫。」

太后悲不自禁，哭道：「額娘已老，衆皇孫都還年幼，你若一去，我們又能依靠何人？」

順治望望額娘，她站在寒風之中，灰黑的頭髮有些零散，心中陡覺不忍，也哭著說：「兒臣不孝，未能讓額娘安心頤養，卻使額娘在天命之年，還要扶持幼孫。兒臣本不想拖累額娘，但是實在不願滯留紅塵，額娘不要責怪兒臣。」

太后說：「世人不少都經歷過喪子亡妻之痛，想來此事也屬平常，凡夫俗子都可忍受，你貴爲天子，如何卻想遁入空門？」

「兒臣貴爲天子，富有四海，尙且不能萬事遂心，又何必做這勞什子皇帝！」順治恨恨地說。

太后歎氣說：「人有悲歡離合，月有陰晴圓缺，此事古難全。你何必執著苦求，折磨自己呢？喪子亡妻又不是你的錯，何必長伴古佛，而去懺悔呢？」

「兒臣不是到佛前懺悔，而是不能面對滾滾紅塵，臨風憑弔，對景傷心，實難忘情。」順治神色頹然。

太后依舊不捨，說：「你厭倦人生，遁迹林野，就一定會不再爲情所困嗎？」

「洞房昨夜春風起，遙憶美人湘江水。枕上片時春夢中，行盡江南數千里。伊人雖逝，其情猶在，求助佛陀的智慧與慈悲，一洗俗心，以證大道，物我兩忘，復有何憂！」順治說完，閉上眼睛朗聲念道：「一切有爲法，如夢幻泡影，如露亦如電，應作如是觀。世上諸事，只要勘得破，心境自然寧遠。」

太后聽得心如死灰，知道順治已難勸阻，掩面大哭，委身倒地。順治聽見，睜眼看了一下，復又閉上，口中不住地默頌《金剛般若經》，「一切有爲法……」，衆人急忙扶起太后，黯然回宮。

太后回到慈寧宮，已到了傳膳時間。太后看著滿桌的珍味，卻難以下咽，草草吃了幾口，命人撤下，愁眉不展，長吁短歎。蘇麻喇姑侍立在一旁，急得束手無策，不由罵道：「都是茆溪森這禿驢可惡，竟敢答應爲皇上剃度，依奴才之見，不如派人去砍了他的禿頭，看誰還敢爲皇上剃度！」

太后聽了，眼睛一亮，命蘇麻喇姑說：「快傳茆溪森入宮。」

蘇麻喇姑一愣，不解地問：「太后怎的不殺他，反要他連夜進宮？」

太后微笑說：「皇上一心向佛，若對茆溪森開殺戒，血污佛門，勢必激怒皇上，再也無法收拾。解鈴還需繫鈴人，還要借重茆溪森，不可責罰，何況殺戮！」

蘇麻喇姑點頭出去。不多時，一個三十餘歲的清瘦和尙報門而入，對太后禮拜完畢，太后賜座命他坐了，見他相貌不俗，確是得道高僧的模樣，暗暗喝彩，問道：「和尙法號如何稱謂？」

那和尙暗道：剛才我已報門而入，太后如何又有此問？當下回答說：「小僧茆溪森。」

太后臉色一變，厲聲問道：「你膽敢爲皇上剃度，引誘皇上誤入歧途，你可知罪！」

茆溪森不慌不忙地答道：「小僧本爲方外之士，受詔命入京，沾惹紅塵。皇上既命小僧爲他剃度，小僧豈能抗旨？望太后明察。」

太后冷笑說：「皇上所言不過一時激憤之辭，你豈能不辨眞假，不加勸諫，反而應允爲皇上剃度！定是你攛掇皇上剃度出家，妄想欺世盜名，光大門戶。」

茆溪森顏色大變，說：「出家人四大皆空，視名利如浮雲，絕無心於此。是皇上向佛意堅，不容勸諫，小僧之力豈可回天！」

太后面色似有緩和，說：「事已如此，你也無需辯白。只要你回絕了皇上，不再爲他剃度，過去的事就既往不咎，我也不會爲難於你，你看如何？」

茆溪森搖頭回答說：「小僧若自己食言誑語，已屬犯戒，且小僧已經答應，皇上又豈能容小僧收回？此事斷不可爲！」

太后急聲說：「修道之人多言擔荷人世的各種苦痛，事情迫急，你不入地獄誰入地獄，還怕什麼戒律淸規！」

茆溪森神態恢復了剛才的安詳，和聲答道：「太后，要小僧下地獄原本不難，只要世人的萬般苦難能夠解脫。但小僧受皇上大恩，現在如果奉懿旨而回絕皇上之命，是上負皇上，下愧己心，並無益處，豈可爲之！」

太后見他言之成理，一時情急，說：「不如你即刻出京，遠遁他鄉，既可阻止皇上出家，又可專心清修，豈不兩全其美！」

茆溪森見太后咄咄逼人，似是必欲置自己死地而後快，心裡不免有幾分恐慌，沈吟片刻，回答說：「太后，出家一事，權在皇上。如果皇上不想出家，什麼人能夠逼迫？如果皇上決心出家，小僧怎麼阻攔得下？即使太后殺了小僧，也自會有他人爲皇上剃度，反而會離間了太后與皇上的骨肉之情，終非良策。」

太后長歎著說：「皇上我也曾勸過，並不奏效，如之奈何！」說罷，默然望著茆溪森，良久才說：「你既遵皇上之命行事，我也不會怪罪你，只是你要爲皇上選個黃道吉日，不可太過匆忙。天子出家亙古未有，是要隆重一些，千萬不可草率。」

茆溪森連聲答應。太后就命蘇麻喇姑送他出宮，叮囑不要讓皇上知道。茆溪森走後，太后愈加心意煩亂，蘇麻喇姑侍立周圍，也暗暗心焦，恨聲罵道：「這個不知死活的禿驢，皇太后抬舉他，卻不知恩典！天下的和尚萬萬千千，如果知道了太后的詔命，還不擠破了頭，怎差他一個呢？」

太后心頭一震，喜道：「好計策！我道大清氣運正旺，不會猝然而衰。你一句話提醒了我。果眞是天無絕人之路！」

蘇麻喇姑不知頭緒，惘然問道：「奴才哪裡說什麼計策了？」

太后並不理會，對她說：「傳我的旨意，用六百里快騎速召玉林琇進京。」

「太后可是讓他來勸皇上？」

「不單是勸諫皇上，還要管教徒兒。此人到京，必收奇效，定會解我燃眉之急。」太后的臉上隱隱現出一絲笑意，眉頭也舒展了許多。蘇麻喇姑不再多問，匆匆走了出去。

57

玉林琇趕到法源寺，還是晚了一步，見順治帝已成了光頭和尚，不由大怒，命衆弟子將茆溪森綁了，放到柴堆上焚燒，順治終於轉回皇宮。

殘陽如血，朔風似刀。

湖州城外的一座小山上，枯黃的竹林掩映著紅牆飛簷，廟門的上方高掛金匾，上書報恩寺三個大字。廟內鐘鼓齊鳴，梵唄聲聲，衆僧人正在做晚課。

突然一匹快馬從山下飛奔而來，沿著山間蜿蜒的小路直衝廟門。馬上的人騎術甚是精湛，山路雖然崎嶇，仍然走馬如飛。不多時，到了廟前，飛身下馬，閃身入廟。一會兒，就見他與一個高大清癯的老僧快步出門，共騎一匹馬，下山而去，鐘鼓的鏗鏘和佛樂的悠揚被遠遠地甩在了身後……

法源寺的大雄寶殿裡，香烟繚繞，鼓樂齊鳴，衆僧侶列立兩廂，順治跪在蒲團上，茆溪森身披大紅袈裟，站在一旁，命人脫去順治的龍袍和紅絨纓冠，一個小和尙手托一個紫檀的木盤，恭身走近茆溪森，茆溪森揭去盤上的紅綢，盤中赫然放著一把黃金打做的剃刀，光華燦爛，奪人二目。又有一個小和尙端進一隻紫金盆來，裡面滿盛著從玉泉山取來的清水。諸物準備就緒，執禮僧唱道：「吉時已到。」就見茆溪森左手掬起數滴清水，把順治的頂髮濡濕，右手拿起金剃刀，大太監吳良輔急忙取過一幅杏黃色的綢緞，斜披在順治的身上，兩旁的僧人一齊唱出梵音。茆溪森一手輕托著順治的頭，一手自額頭向腦後剃起，數十刀過後，一個身穿長袍腦袋青光閃亮的僧人出現在大家面前。

慈寧宮裡，莊太后坐臥不寧，焦急地看著宮門以外，派出去前往法源寺探聽消息的人半個時辰回報一次，一會兒報說皇上正在禪室用茶，一會兒報說皇上已經進了大雄寶殿，一會兒報說茆溪森正要為皇上剃髮，太后焦急萬分，對蘇麻喇姑說：「下旨的人去了多日，怎麼還不見蹤影？若再遲延，必然會難以挽回，豈不貽笑百代！」

「奴婢去看看。」蘇麻喇姑邊向外走邊說。剛轉身出門，幾乎與一個人撞個滿懷，正要發作，見那人圓光的腦袋，不由大喜，返身入宮，向太后稟道：「玉林琇禪師已經到了。」

「快宣。」太后驚喜地說。

玉林琇走進宮裡，正要合掌施禮，太后忙說：「禪師暫免參拜，速去法源寺救駕。」

玉林琇大惑不解，說：「天子腳下，京畿重地，聖駕何須老和尚去救。」

太后並不回答，卻問道：「禪師可知道我請你來何事？」

「不知。」

「禪師若到了法源寺就會知道了。快去吧！大清萬世的江山社稷正需禪師鼎力扶持。」太后似是有些傷心地說。

玉林琇仍舊不明內情，但又不敢再問，於是拜別太后，馬不停蹄，直奔法源寺。剛到山門，就聽見裡面鐘鼓齊鳴，梵音繚繞，似是在做法事。走進大雄寶殿一看，不由大吃一驚，只見順治皇帝已被剃度得毫髮皆無，站在一旁兀自拿著金剃刀的不是別人，正是自己最得意的弟子茆溪森。玉林琇恰如迎頭被潑了一桶冰水，想起太后所言，心中豁然明朗，大為驚恐，看著已經變成光頭和尚的順治，又看看手捏剃刀的茆溪森，一時怒從心頭起，惡向膽邊生，徑自走到佛祖金身之下，合掌說：「罪過，罪過！我佛慈悲，寬恕弟子。」然後轉身面向茆溪森，橫眉立目，喝道：「你……好大膽！來呀，把他綁起來！」

眾門徒一擁而上，不容分說，把茆溪森五花大綁。茆溪森並不爭辯反抗，任他們捆綁，只是用眼睛看著順治。順治乍見玉林琇，本來十分驚喜，方要相見，不料玉林琇讓人把茆溪森綁了，正要求情，玉林琇卻看也不看順治，命將茆溪森架到殿外的空地上，讓門徒取來數十捆風乾的木柴，堆起圓台，把茆溪森放在圓台中央，手持火種，便要引燃。

順治大驚失色，忙趕過來說：「禪師要想幹什麼？」

玉林琇看著柴堆上的茆溪森，冷冷地說：「山僧是度他去西天。」

「禪師分明是要致他於死地，如何卻說是度他？」順治頗為不悅。

「致他於死地即是度他，二者本無分別，何須強辯！」玉林琇神色肅然。

順治搖頭說：「出家人慈悲為本，掃地恐傷螻蟻命，愛惜飛蛾紗罩燈，何況是自己的徒弟，禪師怎會忍心這樣做？」

玉林琇答道：「孽徒之罪十惡不赦，山僧又豈能容他，只好大義滅親，以謝天下。」

「令徒何罪？」

「對佛祖不敬。」

「如何不敬？」

「斷了佛祖的供養和布施。」

「令徒一心向佛，何致於此？」順治滿臉狐疑。

玉林琇憤然說道：「他將天下之主度入佛門，世上豈非少了最大的香客？」

順治聽了，不覺莞爾，笑道：「禪師未免愛財太甚，名利之心未除，如何成得佛？」

「錢財自來還自去，有時便用，無時便求，與成佛何干！」

「既與成佛無關，何必在乎少了朕這個香客，又壞了令徒的性命。」順治不解地說。

玉林琇合掌道：「山僧饒了他，佛祖也饒他不得。」

「為何？」

玉林琇回首對大雄寶殿中的金身施禮說：「佛祖立教，本為普度衆生，共登極樂。皇上既為人間至尊，佛心天子，自能以經國之術闡揚法理，使世間萬民免受塵劫。由此看，皇上自然就是佛祖的化身，又何必再入空門而捨棄百姓？孽徒豈非佛祖的罪人！」

順治聽了，不覺點頭，勸道：「令徒本是無心之過，就看佛祖金面饒恕這回吧！」

玉林琇嘿然說道：「佛祖既不肯饒他，又如何看得佛面！」

順治不免有些焦躁，急道：「不看佛面，就看朕面如何？」

玉林琇不慌不忙地說：「皇上的金面當然要看，只是陛下已經剃度，稱皇上還是稱如來，教山僧怎樣決定？」

順治微笑道：「這卻容易，朕若不需出家，蓄髮數月，仍是舊貌，禪師何需費心勞神，再想什麼人君佛祖之辯呢！」

玉林琇大喜道：「皇上既然答應蓄髮，山僧自然把皇上還看成人間的至尊。」然後重新對順治行過禮，命令門徒把茆溪森抬下柴堆，鬆開繩索，押解回湖州報恩寺。茆溪森滿面羞愧，怏怏地走了。玉林琇和順治也離開法源寺，回到了皇宮，玉林琇暫住在西苑萬善殿。

太后聞報順治已經離開法源寺，回到皇宮，不由大喜，派人來請玉林琇。玉林琇見了太后。正要施禮，太后離座命人阻止說：「禪師建立奇功，使大清江山萬載永固，不需多禮。」

玉林琇慌忙答道：「托聖母皇太后洪福，山僧幸不辱命，在佛門檻上一手把皇上扯回，皇上已答應蓄髮。」

太后笑道：「皇上既已回心轉意，實在可喜可賀。只是我怕他是一時迫於情勢，心念未絕，還要仰仗禪師多多開導皇上。禪師再逗留幾日如何？」

玉林琇恭敬地答道：「太后之命，山僧不敢有違。」

太后大喜，命御膳坊準備一桌素席，送到萬善殿，慰勞玉林琇，玉林琇謝了太后而回。

第二天，玉林琇正在萬善殿做早課，順治帶了大太監吳良輔悄然而至，玉林琇見了，慌忙將他引進殿內的淨室。順治在椅上坐了，頭上的紅絨珠冠卻滑落到眉際，玉林琇說：「皇上，此處爲佛門淨室，沒有一個俗人，不妨摘了珠冠，以免行動不便。」順治聽了，摘下珠冠放在桌上，卻見玉林琇雙眼直盯著自己，大笑說：「老葫蘆，小葫蘆，兩個葫蘆浮世外。」

玉林琇見順治身穿龍袍，頭皮青光，當眞是自古未有，甚覺滑稽，以手摸頭，不由也開顏笑道：「大葫蘆，小葫蘆，大小葫蘆盛酒吃。」

順治笑意更盛，說：「禪師犯戒了，須知出家人吃不得酒。」

玉林琇答道：「喝酒吃肉與修道並行無礙，酒肉穿腸過，佛祖心中留。」

順治以手指著玉林琇說：「禪師原來是個酒肉和尙。若到了西天淨土，豈不是要作了餓鬼！」

玉林琇搖手說：「西方淨土，和尙暫時還不想去，世情濃厚，花花世界，大好乾坤，四時美景，一曲笙歌，怎麼能夠輕易捨去？」

順治緩聲說：「道念若重，則世念自然就輕了。」

玉林琇見順治心念又動，直接問道：「皇上一直想出家爲僧，到底是爲什麼？」

順治面色一暗，恨聲說：「朕出家一是為了避免輪迴，二是為了贖罪。」

「怕什麼輪迴？」

「朕見世間諸物多醜陋不堪，再難忍耐，因此不願來世再入紅塵，而受輪迴之苦。」

玉林琇聽了，問道：「皇上難道不知道只有那些參禪悟道的人，才是人中的龍鳳，正好可以入了輪迴嗎？」

順治心頭一震，大覺失望，口裡卻說：「輪迴難免也罷，只要能贖得罪，朕也算是達到了目的。」

玉林琇知道順治心有不甘，並不急於駁辯，開顏微笑，反問說：「皇上定鼎中原，一統天下，功冠古今，又贖得什麼罪？」

順治聽了玉林琇的稱頌，並無喜色，眼裡卻泛出淚光，黯然說：「朕的端敬皇后和榮親王母子二人遽爾棄世，都是朕的過錯。死者既然不能復生，朕只有棲身佛門，日誦三千遍金剛經咒，以祈求他們永升天界，再無苦惱病痛。」

玉林琇明白順治仍然為情所困，也覺感動，幾乎要陪著落淚，忙穩住心神，暗叫慚愧，勸導說：「皇上何必自責太甚。福壽都是上天的定數，怎麼可以強求？」

順治苦歎一聲，說：「朕正是因為求不得，不堪其苦，因此想脫去這身珍貴的袞服，穿上破舊的髒衣服，永伴我佛，以求解脫。」

玉林琇笑道：「皇上如此執著，仍然是一種苦，也是沒有悟道。佛有佛位，帝王有帝王位，二者並無軒輊，皇上如果以天下爲廟宇，以萬民爲弟子，皇上居帝王之位也可行佛祖的善事，不是也可以普度衆生，同登彼岸麼？」

「朕想上古的淨飯王子捨棄王宮而成佛，朕如果與他一樣，豈不是乾淨爽快些！」順治悲戚之色大減。

玉林琇恭身說：「如果從入世的角度來說，皇上應該永居大寶，對上以安聖母皇太后之心，對下以使百萬子民安居樂業；如果從出世的角度來講，也應該利用皇帝的權威，弘揚佛法，使佛門免受世俗惡人的玷污，以慈悲心腸造福四海。」

順治面現笑容，說：「在家即出家，出家亦在家，皇帝與佛祖本無分別，只是朕向佛之心又如何表示呢？」

「這個……」玉林琇沈吟起來，抬頭看到在門口肅立的大太監吳良輔，靈機一動，說：「和尚有個主意，不知皇上可願意？」

「禪師請講。」順治急道。

「皇上既然誠心向佛，而又分身不得，不如挑選一個親近的人代替皇上獻身我佛。」

順治大喜，讚道：「好，眞是妙策，就讓吳良輔代朕出家百日吧！」

「皇上聖明。」玉林琇合掌誦說。

憫忠寺三個大字，飛白飄動，墨迹未乾，順治放下大提筆，端詳了片刻，旁近侍立的玉林琇等人齊聲喝彩，命小和尙取過金漆的托盤，玉林琇雙手捧過御筆題書，放在托盤上，小和尙恭敬地端了，供奉在大雄寶殿佛祖腳下的香案上。

大雄寶殿內，順治在一旁坐了，看著吳良輔跪在蒲團上，頂上的髮辮一綹綹地飄落，吳良輔直直地長跪著，雙目緊閉，順治心底發出一聲浩歎，滴下淚來……

佛祖那宏大莊嚴的法身慈祥地笑望著塵世，梵唄悠揚……

立儲

58

「什麼，皇上得了水痘？這可是絕症呀！」御前大太監吳良輔聽了太醫的話，驚得面容失色，撟舌難下。

格外寒冷的北京沈浸在新春的喜氣之中，朔風吹著雪花，紛紛揚揚地撒落，皇城內外一片銀白。街頭巷尾到處懸掛著各式各樣的燈籠，一點點暈紅的亮光與皚皚瑞雪相互映襯，極寧靜，極祥和。四處零落的鞭炮聲不時響起。彤雲、大雪、紅燈、鞭炮使天地彷彿陡然變小了許多。紫禁城內，彩燈高掛，笙樂喧天，那一盞盞碩大火紅的紗燈一字長蛇地繞城排開，逶迤綿延，自是帝王氣派，直與漫天的大雪爭輝。宮中隱隱傳出吆五喝六的聲音，那是太監、宮女們難得的幾日清閒，也是他們一年中最爲開心快樂的日子。天九、骰子、紙牌，大大小小的賭場；香茶、瓜籽、雪桃，美酒、小菜，推杯換盞，談古論今，歡聲笑語，整個紫禁城都盛不下了……

宮中惟一寂靜之處是順治皇帝的養心殿。太監、宮女們小心地侍立著。突然，御前大太監吳良輔一步跨出殿外，低低地說道：「定位傳聲，宣太醫！」頃刻之間，一名小太監飛身跑走，大喊道：「皇上有旨，宣太醫入宮。」接力而傳，直至午門以外。午門外，一名當值的太監飛身上馬，疾馳而去。不多時，兩匹健馬並馳而回，直入午門。馬蹄踏在青磚鋪就的寬大甬路上，發出響亮而有節奏的聲音，在寂靜而寒冷的冬夜傳出很遠……

兩匹馬在養心殿外急急停住，那名傳旨太監與一個長鬚微瘦的漢子下得馬來，接過絲韁，讓那漢子快快進殿。大太監吳良輔聞聲迎出，說道：「李太醫到得好快！」

那漢子原來是太醫院第一高手李回春，見了吳良輔忙施禮說：「公公，宮中深夜傳旨，必是要事，豈敢怠慢！有勞指引。」

「不必客套。皇上正等你呢，快快隨我晉見！」吳良輔拉住李太醫的手，急急地說。

養心殿裡，順治無力地斜倚在龍床上，雙頰赤紅，氣喘如牛，聽吳良輔引太醫進殿跪拜，微睜一下兩眼，又閉上說：「快平身爲朕診視一下是什麼病症，爲何如此難耐？」

李回春急忙起來，躬身站立在床頭，仔細看了看順治的面色，又伸出右手的拇指和食指，輕輕夾住順治的左腕，身子似遭雷擊一般微抖幾下，順治睜開眼問道：「你的手爲什麼胡亂抖動？」

「微臣是一時起得猛了一些，頭暈目眩，有點站立不穩，以致手腕晃動，實在是舉止失措。」李回春低頭答道。

「不是朕有什麼重病，你有意隱瞞吧？」

「微臣怎敢欺瞞皇上。皇上不過是一時偶染風寒，導致虛火上升，呼吸不暢，渾身酸軟無力。只要安心靜養，必可早日康泰。皇上無須過慮。」李回春臉上陰晴不定，似有掩飾之意。

順治歎口氣說：「朕自幼羸弱，身形枯瘦，久受病痛之苦，眞是不如早點解脫的好。」

李回春和那些太監、宮女聽了，面露驚慌，紛紛跪拜在地，悲聲說道：「皇上春秋鼎盛，如何卻出此言？奴才們求皇上安心靜養，以免萬民懸望，天下震動。」

順治開顏笑道：「朕是一時失言，你們何必驚慌？朕已知你們皆有一片愛君之心，也不枉我們君臣一場。」說罷擺手命衆人退下。

李回春向大太監吳良輔丟了個眼色，然後與衆人一齊出得殿來。吳良輔吩咐太監、宮女在殿門外小心伺候，然後追上李太醫，問道：「皇上到底是什麼病症，以致於你剛才神情失措？」

李回春看了看周圍無人，壓低聲音說：「實在不敢再瞞公公，皇上正在出痘。」

「出痘？」吳良輔大驚失色，急道：「你是說皇上患了水痘？這可是絕症，你拿得準嗎？」滿面狐疑，大覺不信。

「公公，皇上之病，雖然還沒有發作，但是據我的診視，皇上周身高熱，脈相趨亂，紅疹漸出，定是出痘無疑，我懸壺三十年，斷不會有錯。」

吳良輔神色一凜，低喝道：「你若是危言聳聽，藉以炫耀醫術的高明，欺君之罪可是要掉腦袋的！」

「公公，我在宮中行走已十餘年，豈會不知？我現在不怕因爲診斷犯下欺君之罪，而是怕未據實稟奏被追究。所以才示意公公出來商議，求公公給我拿個主意。」

吳良輔面現悲涼之色，頹然說道：「皇上之病可還有救治的希望？」

李太醫搖頭說：「如果病症絲毫未顯，可以種痘預防，或者取痘粒之漿接種，或者用痘兒的衣裳燒灰吞服，或者用痘痂屑乾吹入鼻中，或者把痘痂屑濕潤做成膏丸置於鼻中，都有奇效。現在皇上病症已略顯，毒氣早發，深入心肺經脈之中，非人力可爲，即使華陀復生，也回天乏術了。」

大太監吳良輔心中不覺暗暗叫苦道：原本想伺候好皇上，後半輩子的榮華富貴享之不盡，誰會料想到頭來竟成一場春夢。好苦命也！李回春在一旁見他默默無語，以爲他不肯相助，大急道：「事已至此，公公還是早作打算吧！」

「還能有什麼打算不打算的，只好去面陳太后了。向皇上隱瞞病情，你是出於好意，稟明太后，當不會有人追究。」

「多謝公公指點。我這就跟公公去見太后。」李回春像放下了千斤巨石，忽覺輕鬆了許多，此時才感到全身盡已被冷汗濕透，寒風一吹，通體冰涼，忍不住連打幾個冷顫。

59

太后聞言，驚得一句話也說不出來，身子往後就仰……慈寧宮裡亂作了一團。

子夜已過，慈寧宮裡寂寂無聲，一片漆黑，廊廡之間來回巡邏的侍衛，手提燈籠，燈光時而映照到黑黝黝的宮殿，越發顯得高大、空曠。大太監吳良輔和李回春急急地來到宮前，見裡面寂無人聲。不敢貿然聲張，正在宮前逡巡，就見一隊燈籠緩緩移來，有人大喝道：「什麼人，竟敢夜闖慈寧宮？」

兩人聽了，知道是夜裡當值的侍衛，吳良輔上前幾步道：「諸位兄弟辛苦，我與李太醫有要事要奏知皇太后。」一衆侍衛拿燈籠一照，見是御前大太監，忙道：「原來是吳總管與李太醫，我們兄弟還以爲是有人夜闖皇宮禁地呢！只是此時兩位要見皇太后，似有驚擾之嫌。太后若是怪罪下來，我們兄弟可是擔當不起。」

吳良輔答道：「事情緊急，不得不如此。不知哪位今夜在慈寧宮當值，須得相煩通稟一聲。」

「今夜是秋雁當值。」侍衛們不再詢問，向別處去了。

「是哪一位深夜至此，找我秋雁做什麼？」一個小女孩披著棉襖，從宮殿左邊的門內探出身來。

「你是秋雁？」那女子點點頭。「快去通稟太后，就說我有急事求見。」

「這……太后玩了一會紙牌，剛剛睡下，怎好驚擾？」秋雁頗覺爲難。

李回春叱道：「御前總管吳公公有十萬火急的事情，要向皇太后面奏，還不快去通稟！否則太后怪罪下來，你怎承擔得起！」

秋雁嚇得不敢作聲，入宮去了。過了好一會，宮裡燈火亮了起來。秋雁出來：「太后命你們進宮。」兩人整整衣冠，隨秋雁走了進去。

「小輔子，多麼大的事兒呀！奏知皇上不就行了，還要連夜到慈寧宮來，我想睡個安穩覺都不成嗎？」太后坐在鳳榻上，面容略顯憔悴，似是有點不耐煩。

「回太后的話，奴才正是爲皇上而來。」

「爲皇上而來？皇上有何要事非得連夜擾我清夢？」太后生氣地說。

「不是皇上命奴才來的，是奴才有事要稟告太后。」

太后氣得冷笑起來，說：「小輔子，你可眞長進了。」

「是太后和皇上栽培得好。」吳良輔訕笑道。

「該死的奴才，你好大的狗膽！你有事稟告，就深夜來慈寧宮嗎？」太后搥床大怒。

吳良輔嚇得忙跪在地上，叩頭說：「太后，奴才確實是有驚天動地的大事要稟告。奴才驚擾了太后，儘請太后發落，但是此事不可不早奏知太后，現有太醫院李太醫在此爲證。太后明鑒。」

太后看了看李回春，李回春忙跪倒，渾身抖個不停，一句話也說不出來。太后喝道：「講！」

李回春哆嗦著說：「天、天……天花。」

「什麼天花地花的。你們到我宮裡來，是來胡言亂語的嗎？」

吳良輔見李太醫嚇得言語失常，太后盛怒，急忙說道：「太后息怒。是皇上得了天花，因此奴才們這才連夜到慈寧宮來。」

「什麼，你說皇上得了天花？」太后兩眼盯著吳良輔，片刻又轉向李回春，李回春嘴角蠕動幾下，仍難出聲，只是用力把頭點了點。太后愣愣地看著他們，突然向後就倒。好在蘇麻喇姑眼明手快，伸手將太后扶住，命人取一盞茶給太后吃了，太后緩緩醒來，淚流滿面，強忍悲聲問道：「皇上還有多少日子？」

「不出本月。」李回春答道。

「難道再也沒有治癒的法子麼？李太醫，你是太醫院的第一高手，你如治好皇上的病，我定讓你代代爲官，罔世不替。」太后淚眼之中露出一絲渴望。

李回春慚愧地低下頭，叩頭說：「太后和皇上對微臣德高恩廣，微臣時刻銘記在心，常思報答萬一。只是微臣醫術淺陋，雖肝膽欲焚，卻束手無策，徒喚奈何！」

「唉！看來天意如此，非人力可爲。我還是先去看看皇上吧！」太后滿面陰雲。

「太后，皇上此時尚且不知道自己的病症。太后前去看望，是否妥當？」吳良輔說。

「那就明日再去。你們回去歇著吧！」

漆黑、寒冷、傷心，多麼漫長的冬夜呀！太后在床上輾轉難眠，暗暗地數著遠處的鞭炮聲，

一、二、三……

60

「兒臣時日無多，額娘再若相强，立太子之事，兒臣就不再管了。」順治淚流滿面，不悅之情溢於言表。立儲一事使他想起了早夭的四皇子和仙逝的董鄂妃……

養心殿四周一片寂靜，厚厚的瑞雪在初升太陽的映照下，微微泛出一層桔紅，彷彿鮮血沒有抹淨的殘迹。一頂暖轎停在殿前，御前大太監吳良輔早小跑著過來，掀起轎簾，給太后請安。太后走下轎來，邁步上了殿前的石階，吳良輔緊隨在左右，說：「太后，奴才先行稟知皇上。」「不必了。你們在外邊伺候著，我要與皇上靜靜地待上一會兒。」太后擺手說完，輕移蓮步，走入殿內。

順治側身臥在龍床上，額頭上敷著雪白的濕面巾，彷彿正在昏然入睡。太后俯身坐在床沿，伸手在順治的額頭一試，感到灼熱逼人，不由一陣心疼，喃喃地說：「臨兒，你受苦了！」眼淚再也忍不住落將下來。

順治神智頗爲清醒，只是渾身濕熱難當，正在閉目忍耐，聞聽似是額娘的聲音，睜開雙眼，見額娘坐在自己身旁暗自垂淚，掙扎著起來說：「額娘何時來了，怎麼吳良輔不來稟告，兒臣好迎接額娘？」

「快別起來！額娘想你需要靜養，就沒讓他們稟告，以免打擾你休息。」太后忙用手帕擋住淚眼，穩穩心神說。

順治早已看到，只道是太后關切太甚，不知太后已曉內情，但見額娘流淚，想及這次身患沈疴，預感將不久人世一般，亦覺傷懷，又不忍讓額娘悲痛下去，勉強擠出一絲笑容，勸道：「額娘，兒臣不過偶染風寒，不是什麼大病，勞煩額娘專來探望，已覺不安，又令額娘傷心落淚，豈非罪加一等！」

太后似乎回到了二十年前，丈夫皇太極外出征戰，自己與襁褓中的小福臨相依，兒子妝點了那段寂寞的生活，帶來了多少歡樂，後來兒子大了，做了皇帝，是多麼快樂！可是現在兒子將要離自己而去，怎不令人傷心欲絕呢！太后搜尋著兒子幼年時那如花的笑靨、那頑皮的神態，珠淚盈眶，哽咽難語：「你不必再瞞我了。」

「額娘已經知道了？」順治心想。原來吳良輔去慈寧宮時，順治就找他詢問病情，久傳不到，順治大怒，命吳良輔回來後進見。吳良輔回到養心殿，小太監就把皇上發怒一事講了，吳良輔急忙到殿內見順治。順治劈頭就問病症，吳良輔還以李太醫之言搪塞，順治怒罵道：「大膽的奴才，你竟想騙過朕麼？你剛才去了哪裡？還不從實招來！」吳良輔以為走漏了風聲，不敢再瞞，就把病情一五一十地說了。順治也就知道了自己的病情，雖說他精研佛理，對生死已有所勘破，但事出倉猝，心中不免有些慘然。此時見額娘已知，流淚歎道：「唉！兒臣不肖，不能終養額娘天年，以致額娘老年孤單。然兒臣早已專心向佛，生與死其實並沒有什麼分別，生即是死，死即是生，生死皆是天數，生而何歡，死而何懼？額娘不要太過傷心！」

太后大哭道：「你倒是看淡了，可撇得我好苦！」

順治見太后越發悲傷，知道無法正面勸阻，只得冷下心腸說：「兒臣以前正是勘不破世情，才使愛妃董鄂氏母子皆亡。兒臣現在同樣不想令額娘傷情，否則兒臣雖去亦覺不安。」

太后果然大減悲聲，但仍淚流不止。母子二人四目相對，良久無言。太后看著順治那削瘦的臉龐，只是一天的時間，他竟變化如此巨大，原本瘦弱的身子愈發顯得形銷骨立，不過神智卻極爲清醒，目光灼灼，眞是難以接受李太醫的診斷。太后思前想後，心中十分煩亂，明白病症既已如此，再談無益，不如迴避得好。於是，太后話鋒一轉，問道：「臨兒，你可有什麼事情還不曾放心？告與額娘知道。」

「並沒有什麼心事放不下。」順治搖頭說。

「沒有？那立太子一事，你可酌定？遺詔可曾想過安排？」太后不滿地問。

「此等事交由八旗王公商議、籌劃罷了。」順治動了動半邊有些麻木的身子。

「你是皇上，爲何自己不先拿主意，反叫他們白白費心費力。」太后責問道。

「那就立二阿哥福全吧！」

太后問道：「爲何要立他？」

「自古立賢不立長，立嫡不立庶。現在大阿哥牛紐早夭，其他阿哥皆庶出，不分貴賤，只好依長幼次序了。福全年紀最長，忠厚仁慈，有古君子之風，因此兒臣想讓他繼承大寶。」

太后起身走了幾步，回頭說：「爲何不立三阿哥玄燁呢？」

「玄燁年紀尚幼，只有八歲，未知賢愚，豈可輕立？」順治搖頭道。

太后反問道：「當年四阿哥榮親王未足月之時，你便有意立他爲太子，可曾想到什麼賢愚不賢愚的？再說立賢不立長，才有益於江山社稷。我看三阿哥天資聰穎，舉止有度，儼然帝王氣象，遠勝福全多多。」

「董鄂氏尊爲皇貴妃，豈是玄燁之母佟氏可比的？玄燁生性頑劣，體弱多病似兒臣一般，怎可肩負天下大任？若立他爲儲君，一旦不壽，豈不有負天下，有負祖宗？額娘爲何中意他呢？」

順治執意不允。

太后冷笑道：「並非是我偏向於他，實是你不喜佟氏，以致恨屋及烏。玄燁三歲就被你逐出紫禁城，別居他處。現在玄燁已經八歲了，恐怕你還不知道吧！他早已不是以前那個弱不禁風的樣了。福全也不過十歲，豈能據此就立他呢？若爲祖宗基業和天下萬民著想，立儲君切不可單憑個人好惡，否則必然難以選賢任能，終是不利於國家。」

順治聽了，不由想起早夭的榮親王和愛妃董鄂氏，想起當年立榮親王爲太子之時，因額娘極力反對，終未立成，榮親王和董鄂妃先後辭世，心中大痛，身上熱汗如注，翻身坐將起來，恨恨地說：「當年兒臣欲立榮親王，額娘全力反對，兒臣也就從了，致成終生之憾，他們母子雙雙病亡，董鄂妃沒有晉爲皇后，榮親王沒有立爲太子。現在兒臣要立三阿哥，額娘又來反對，兒臣自幼及長，大多聽命額娘，現在時日無多，額娘就讓兒臣自己拿主意吧！」

太后愕然，半晌無語，明白順治心頭多年鬱積了一些對自己的怨恨，非是三言兩語可以化解的，立儲之事也非可以速達。於是，太后又坐到順治的床邊，用手撫一撫他的額頭，寬慰道：「我大清廣有四方，國內能人異士甚多，你的病或者並非無藥可醫，何必急於選立儲君呢！你還是安心靜養，不可太過勞神。」說罷，起身出殿。吳良輔急忙趕上前，躬身問道：「太后有何懿旨？」

「火速派人廣貼皇榜，訪求名醫。再傳諭下去，禁止點燈、炒豆、潑水等一切忌諱之事。好生伺候皇上，有什麼動靜速速稟告！」太后說完，緩步上了暖轎。

「是！謹遵太后懿旨。恭送太后回宮。」吳良輔率衆太監、宮女跪拜於地，看著太后乘著暖轎走遠了。

61

幾位八旗的王公聽了皇太后的話，個個面面相覷，旋即低頭不語。慈寧宮裡一片難堪的寂靜，彷彿都能聽到自己心跳和窗外雪花飄落的聲音。內大臣、內務府總管索尼抬頭看了看衆位王公，見他們個個垂頭不語，急忙低下頭，閉目靜坐。不想卻被太后看了個正著。

太后回宮中，傳旨命八旗王公大臣齊聚慈寧宮議事。不多時，衆人陸續到來，太后破例賜坐，衆人惶恐，連聲說不敢。太后笑道：「你們都是我大清的中流砥柱，或爲太祖太宗一脈，或爲太祖太宗宿將，多有蓋世功勳。想你們爲宅基中原，在戰場上出生入死，難道不能換得慈寧宮的小坐麼？衆位不必再推辭謙讓！」

衆人不敢再說，文東武西兩排坐了，齊齊望著太后。太后見衆人眼中盡是詢問之意，故意略沈一沈，說：「這次我召你們入宮，是有要事與大家商議。你們可知宮中出了大事？」

宮中出事？衆人大驚，面面相覷，都搖頭不知。

太后接著說：「皇上患了天花。」

衆人驚得幾乎要跳起來，更有甚者起身離座，一聲驚呼：「皇上患了天花，這卻怎麼好？怪不得下令民間不要點燈、炒豆、潑水，原來皇上得此惡疾。」

太后用目光掃視一遍，衆人屏聲。太后說：「與大家明言，皇上得的是絕症，太醫說難過本月。因此，我命你們來商議立儲之事。」

眾人眼睛一亮，細聽下文，可是太后偏偏就此打住，因爲不明太后的意思，甚至有的還沒有從剛才的驚詫中淸醒過來，無人起身發言。太后見眾人行事如此謹愼，知道不亮底牌，難知眾人的向背，說道：「立儲一事，我與皇上已然議過，皇上欲立二阿哥，我則想立三阿哥。以我所見，三阿哥氣度雍容，天生神武，不似二阿哥神情不振，優柔寡斷，眾位以爲如何？我曾以此勸說皇上，無奈皇上一意孤行，眞不知如何是好？若立福全，皇上是遂了心願，只是福全明非治國之才，恐不利於社稷、百姓。」

眾人聽得怦然心動，知道這是帝、后之間起了紛爭，如何敢妄加評議，若言立三阿哥，一旦皇上知曉，豈會干休？若言立二阿哥，皇太后就在眼前，哪個敢開口？還是默不作聲，誰也不得罪吧！眾人心裡各打算盤，無人開口。

太后見此情形，明白眾人顧慮甚多，再堅持商議下去，也是徒勞無益。事關個人前途、身家性命，誰敢貿然直言？暗暗後悔自己召他們入宮。於是，打消了議事的念頭，正待命眾人出宮，卻見內大臣、內務府總管索尼抬頭環視眾人，見大家垂首無言，便又低下頭去。太后心裡一動，忖道：莫非索尼有話要講？就暗令蘇麻喇姑在門外攔下索尼，然後散朝。

62

索尼對皇太后說：「大凡做事，如此行事不通，可反其道而行之，必見奇效。」太后茅塞頓開，靈光一閃，想起一個人來。只要此人出面，立儲之事必可遂我心意。

索尼端坐在椅子上，已經頗有老態了，臉色卻還紅亮，鶴髮童顏，極似圖畫中的老壽星。太后感慨道：「索大人，年壽幾何？」

索尼躬一躬身說：「臣年已六十八歲了。」

「逝者如斯，皆成追憶。歲月悠悠，時光如駒。過得眞快呀！想當年你與叔父希福追隨太祖太宗南征北戰，恍如昨日一般。」

索尼聽太后憶起當年，心中不免有些感動，含淚說：「太祖太宗待臣叔侄恩重如山，一日不敢有忘。」

太后語含敬重地說：「你已歷三朝，是我大清的肱股之臣。常言道：臨危見臣節。現在立儲一事關係國運的昌盛，天下的安泰。若立三阿哥，你可有什麼良策？」

索尼沈吟著說：「臣愚鈍，至今還沒有想出什麼良策。」

「當年崇德殿內爭位之時，你挺身而出，力主立太宗之後，可謂忠直無雙。我也一直把你視爲心腹之臣，不想這次卻令我失望了。難道果眞是年老心也老了麼？」

「太后，臣並非是因年老，實是別有苦衷。」索尼面色愈加紅赤。

太后笑道：「有道是虎老雄心在。我還以為索大人被歲月蝕光了雄心，對國事已漠不關心了呢！我見剛才你欲言又止，似乎已不見了當年疆場叱吒的風采，正為你歎惋，原來你是另有苦衷。何不明言？」

索尼目光閃爍，神情似覺不安，慢聲說道：「臣當年馳騁沙場，不論生死，於家人無傷；而今深恐一言致禍，家廟無祀。再說剛才衆人各懷心事，諸位王爺貝勒一言不發，臣豈能強為出頭，開口妄言。臣之下情，望太后明鑒。」

「好！索大人既吐眞言，我可使你無後顧之憂。只要你能令三阿哥得立，大清能有賢主，我保你不但全家無虞，還會位極人臣。你可放心了吧！」

「太后恩典，臣自然知無不言，言無不盡。」

太后微笑頷首。

「臣以為太后立三阿哥實是百世之計，可謂慧眼識英才。三阿哥聰穎練達，頗有太祖太宗遺風，不似二阿哥口訥性懦，有腐儒之氣，只是太后所用的辦法似乎不妥。」

「不妥？」太后臉上的笑容登時僵了。

「確是如此。一則皇上本是多愁善感的人，極重情義。平時雖對太后言聽計從，但未必不心存嫌隙，尤其是董鄂妃和榮親王之事，積鬱多年，乘病篤之際發洩出來，也屬勢之必然。二則太后並沒有採取皇上易於接受的方法勸阻，因此難以成功。」

太后點頭說：「你所講的第一條，我已明白，但是第二條則使人大惑不解。」

「臣以爲太后其實不必介入此事，以免皇上反感。事關重大，太后擔心誠屬自然，但關心太過，不但無益，反有害處。且皇上近年潛心佛理，世緣已淡，故難爲母子之情所動。」

「如之奈何？」太后聽得眉頭漸鎖。

「依臣之見，正途既已不可，則當反其道而求之。」索尼臉上露出一絲詭異的神態。

「如何是反其道求之？」

索尼道：「臣當年受太祖之命，遍搜漢人典籍，譯爲我朝文字，因此對漢人典籍多有閱覽。秦代之時，草民陳勝、吳廣起事之初，就命人扮作野狐，深夜啼叫：大楚興，陳勝王。兩漢之交，圖讖之風大盛，王莽、劉秀莫不據其爲托辭，一個代漢自立爲王，一個滅莽復興漢室。元朝末年，工匠韓山童、劉福通先在黃河故道埋下一個石人，繼而編歌謠說：石人一隻眼，挑動黃河天下反。如此種種，都是借外力而逞私意。太后以爲此道可行麼？」

太后聽索尼侃侃而談，讚道：「此類事眞是出人意表，你的妙策可是與此相同？」

「當屬同類。臣以爲皇上篤心佛陀，可找一有道高僧，以法輪之說或者以西藏靈童轉世之說，勸說皇上。」索尼試探道。

「輪迴之說和靈童轉世之說，皆屬虛妄，恐皇上未必信服。」太后原以爲索尼必有什麼宏論，不料並無什麼高明之處，不免有些失望。

「那麼占卜、星相之術如何？」太后笑道：「占卜不過是求諸龜甲筮草，這些世間的俗物，焉知我大清的國運？至於請神扶乩，更是無稽之談，豈有把人間聖主的選立委之鬼神，成萬世笑柄。若說星相之事，倒是可以斟酌。天子者乃是上天之子，一舉一動，自然有上天垂象。若上天屬意三阿哥，皇上也就無話可說了。只是到哪裡去尋這樣既可靠又通星相的人呢？」

「太后難道忘了欽天監了？」索尼不假思索地說。

太后心中靈光一閃，想起一個人來，不禁笑道：「索大人眞是一語提醒夢中人，我怎麼忘了他呢？」

「太后所言可是欽天監正……」索尼見太后言笑甚歡，滿臉雲翳盡散，忍不住發問，話一出口，又覺唐突，急忙收住。

「不錯，正是通玄教師。」

「眞的是他？」索尼的腦海裡浮現出一幅奇異的圖畫：白髮、藍眼、高鼻、禿頂，常常是一身玄黑的長袍，手持鍍金的十字架……

63

湯若望眼望著教堂的耶穌受難像，忽然想起了一首童年的歌謠：「小小少年，沒有煩惱……」一陣急雨般的馬蹄聲把一個氣喘吁吁的太監帶進教堂。湯若望定睛看時，見那太監手中赫然拿著金龍盤繞的聖旨。

宣武門內，一座高大的歌特式教堂聳入雲端，周圍的房屋顯得是那樣的低矮和簡陋。教堂門前，矗立著一塊巨大的石碑，碑上是順治皇帝御筆親撰的碑文，碑文上所稱頌的那個人此時正坐在教堂的裡面，高高的鼻子，深陷的藍眼睛。他就是德國來的傳教士、現任欽天監正的湯若望。

午後的太陽透過教堂狹長的窗戶，斜斜地照在屋內，湯若望沐浴在溫暖的陽光裡，稀疏的頭髮發出柔和的淡金色的光，陽光下，屋內一層層淺藍色的似煙似霧的氣體不斷地升騰，煙氣中高懸的御書「通玄佳境」堂額，似乎使屋子的主人顯得更加神秘莫測。湯若望瞇起眼睛，聽著炭火嘎嘎地燃燒聲，思緒飛回到遙遠的故國，那萊茵河畔的小村莊、父母、夥伴……他離開已經四十年了，湯若望的眼睛忽然潮濕起來。

明末，三十歲的湯若望來到中國，在曆局任職，因督造大炮二十門、小炮五百門，受到崇禎皇帝的褒獎。清軍入關之時，許多外國傳教士紛紛回國，湯若望原本也要回去，誰知清軍統帥多爾袞早已聽說他的名字，未到京城就下令不可放走湯若望，湯若望被生擒活捉。多爾袞大喜，炮已不用再造了，命他掌欽天監監印，爲大清創立新曆法。這樣湯若望又留在了中國。

後來，湯若望見多爾袞氣焰熏天，不把順治皇帝放在眼裡，心中暗暗擔憂，十分害怕多爾袞一旦失勢，城門失火，殃及池魚，自己不免會受連累。於是，想方設法讓皇上明白，自己是爲大清盡職，不是爲多爾袞一人做事。終於有一天，順治皇帝打獵之時，因受鞏阿岱、錫翰、西訥布庫的譏諷，心中恨極，回來路過欽天監，獨自一人上台玩耍。

64

湯若望抓住了這個機會，在欽天監的密室內，對順治說出一件驚人的大秘密來，攝政王多爾袞要死了。他說的可信嗎？

湯若望接到稟報，急忙把順治迎至衙內，奉上香茶。順治渴極，兩口飲下，這才發現欽天監正並非國人，不由問道：「你是哪裡人氏。」

「皇上，臣從德國而來。」湯若望畢恭畢敬地答道，一口地道的京城官話。

「來中國做什麼？」

「傳教。」

「傳教怎麼做了朕的欽天監監正？」

「是攝政王見臣粗通曆法，就把臣留在了欽天監。」

「這麼說你是皇父攝政王的人了！」順治恨聲說。

湯若望見皇上面有怒容，忙說：「臣只知爲國盡力，爲皇上盡忠，於心無愧，於節不污，不管屬於何人。」

「哦——自古朝中黨爭不斷，你爲何超身事外呢？」

湯若望答道：「臣官僅五品，位卑職小，再說又是異國之人，無所依靠，沒有資本參與其中，也不想為人走卒，阿諛權貴。」

順治點頭說：「深山出俊鳥，野外有遺賢。你倒是一介忠直之士，出污泥而不染，眞是難得！」

「謝皇上誇獎。皇上為何獨自一人至此？」

順治剛剛略有平息的怒火又迸發出來，大罵道：「鞏阿岱、錫翰、西訥布庫三個狗奴才目無君王，行獵之中，竟敢對朕出言不遜，恨不得立刻殺了這三個該死的奴才，食其肉，飲其血，方解朕心頭之恨！」

「那皇上為何不將他們處置？」湯若望故意問道。

順治歎道：「這些奴才都是皇父的走狗，沒有皇父之命，朕豈能動得？依朕之意是絕不會任由他們放肆的，無奈皇父權重勢大，朕也沒有辦法，只得隱忍了。」

湯若望低聲道：「皇上聖明。自古大丈夫能屈能伸，忍一時之怒，以求轉機。」

「何時會有轉機？不過是多忍幾時，求得安寧罷了。」順治大搖其頭，神情萎靡。

湯若望見時機已到，說道：「皇上請稍安勿躁，不必爭一時之短長。依臣之見，不出一載，皇上就可君臨天下。那時國柄在握，何愁不能揚眉吐氣。」

「不出一載？你如何斷言？」順治不相信地說。

「臣此言皇上聽來不免唐突，容臣慢慢說來。臣在故國之時，學過醫術，雖與中國醫學有異，但望聞問切之道相通。臣觀攝政王，心神浮躁，蒼白削瘦，雙目赤紅，步履不穩，乃是氣血兩虧之相，若燈之油將盡，如湖之水即涸，來日不多，恐不能嘗新麥了。而皇上富於春秋，豈可因小事就心氣躁動，授人以柄，而誤大事呢！小不忍則亂大謀。皇上慎之。」

順治聽得呆了，還要再問，門外湧進無數的軍士來，吵嚷著簇擁順治而去。

果然，年底從塞外小城喀喇傳來令順治異常振奮又十分吃驚的消息，多爾袞暴卒，湯若望的預言眞的應驗了。他也被順治破格擢升爲通議大夫，從此平步青雲。

65

順治皇帝的未婚妻、太后的侄女和父親從大漠趕到京城，可是在婚期的前五天，這位大漠公主突然得了重病，太醫院裡的衆位國手束手無策。湯若望卻語出驚人，斷言未來的皇后得了相思病，開了一劑奇藥。

慈寧宮裡一片歡樂，太后的哥哥蒙古科爾沁國卓禮克圖親王吳克善帶著美麗聰明的女兒到了京城，來與順治皇帝完婚。太后在宮中擺宴款待他們，然後命人把他們送回館驛。過了一些時日，再有五天就要舉行大婚了，不料公主突然病了，太醫們診後，個個束手無策。吳克善大急，親自入宮，見了太后，不禁泗涕長流，哭道：「誰知女兒竟這等沒福，眼看再過幾日就要完婚了，卻得了莫名其妙的怪病。現在如何是好？」

太后心中也覺著急，但卻不動聲色，命宮女取來面巾，親自遞與哥哥，說道：「太醫們已來回稟過了，說是不明病因，難以用藥。侄女她到底怎麼得的這種病呢？」

「我也不知。如今她每日懨懨思睡，不思茶飯，眼看就要大婚，太醫們怎的這般無用？」吳克善悲怒交加。

太后問道：「侄女在家可有此病症？」

吳克善搖搖頭。太后見問不出什麼頭緒，就勸慰道：「哥哥，暫放寬心。侄女或是水土不服所致，待我再尋名醫調治，不會延誤婚期的。你且回去多陪陪她，說不定只是一時的鬱悶，人逢喜事精神爽，大婚後想必會好的！」

「全仗妹妹了。」吳克善出宮去了。

太后見哥哥走了，心情沈鬱下來，暗道：此病若是求醫，宮裡的太醫都不能治，還會有什麼人能行呢？若是不加醫治，大婚之日萬一有什麼閃失，皇家臉面何存？若是遍貼皇榜，廣徵名醫，三五天的時間，趕路都來不及，遑論療疾？唉！欽天監為何選了這樣一個日子呢？想到這兒，太后忽然記起順治的話來，說欽天監正湯什麼是世間的奇人，不妨一試，若能見效固好，否則也沒有絲毫的害處。於是即刻命蘇麻喇姑到館驛與公主的兩個奶媽一齊去見湯若望。

湯若望見來人雖然衣著普通，口稱是城中蒙古的商人，但是言談舉止極有禮法，暗想她們並非一般的百姓，當下倍加小心，詳細詢問病情。那為首的女子說：「我家小姐自大漠來到京城，本想遊覽一下這大千世界，不料身染沈疴，聽說湯大人也精岐黃之術，想請大人給瞧瞧。」說著遞過一塊金子。

湯若望見來人出手豪闊，更知自己所料不差，擺手推辭說：「我並非以此謀生，不取半分財物，請收了說話。」

蘇嘛喇姑說道：「些許薄禮，湯大人買杯茶吃。」

湯若望笑道：「我為朝廷命官，食皇家之俸，本應盡忠職守，份外之事本不當為，何況以此謀利？還望把此物收了，方好說話。」

蘇麻喇姑見湯若望堅辭不受，只得把金子收了。湯若望問道：「你家小姐有何症候？」

一個略胖些的奶娘說：「我家小姐每日無精打采，不思飲食，高臥繡榻，足不出戶。不知是什麼怪病？」

「可曾請人看過？」

胖奶娘說：「就是太醫也……」蘇麻喇姑忙接過話茬說：「倒是請人診治過，只是不見好轉，求湯大人開副良方。」

湯若望笑道：「方子不是不可以開，只是我一未見你家小姐，二來你們所言又極不詳細，不知病因，如何處方？」

蘇麻喇姑說：「我家小姐親臨實在是多有不便，我們又不知湯大人需要什麼，說起來難免漫無邊際。不如這樣，由湯大人發問，我們回答。」

「如此甚好！那麼你們可不要嫌我問得瑣碎。」

「豈敢？湯大人所問是爲了救治我家小姐，完全出於好意，我等豈有嫌怪之理！一定知無不言。」

湯若望見這個爲首的女子言語機智，更覺她們來頭頗大，當下問道：

「你家小姐芳齡多少？」

胖奶娘看一眼蘇麻喇姑，因剛才的冒失未敢輕答。那稍瘦的奶娘說：「年已十三。」

「可曾婚配？」

「已經許配京城的富貴之家，只是尚未完婚。」瘦奶娘說完用眼角偷偷地掃了掃蘇麻喇姑。

「那你們幾時來的京城？」

「今年正月。」

「現在已是八月。為何半年有餘一直沒有完婚，是你們來早了，還是那聘娶之家有了變故？」

胖瘦兩個奶娘一時不知所措，無可對答。蘇麻喇姑嫣然一笑，緩聲說：「湯大人診病卻是與衆不同，匪夷所思。望聞問切之道雖與常人一般，但所問事情卻是迥異，怪不得人都說湯大人特立獨行，卓爾不群呢！」

湯若望聞聽這女子語含譏諷，卻也不放在心上，淡淡笑道：「我之所以問你家小姐病外之事，實是在找尋病因，並無探秘之意。」

蘇麻喇姑三人均是一怔：世上還有這樣找病因的？湯若望見她們滿面疑惑，解釋道：「依我之見，你家小姐所患乃是相思之症。俗話說：心病還需心治，必經所思之人多加愛撫、勸慰，長期調治。現在遲遲不婚，此事難辦。」

「再過五天就是我家小姐大婚的日子，只是她臥床不起，難以成婚，而婚期已定，絕難更改，令人手足無措。若依湯大人之言，慢方治急症，那會到什麼年月！」蘇麻喇姑心裡被失望之情所充斥，開始沈鬱起來。

不料湯若望卻滿面歡顏說：「既是有了婚期，此事就好辦了。」說完徑自走進內室，取出一個金光閃閃的十字架來，精緻小巧，沒有耶穌受難之像，把它交給蘇麻喇姑說：「你們回去先將此十字聖牌貼身懸掛在你家小姐的項下，時刻都不要摘下；再把婚期已定之事告訴她，大談新郎如何英俊、如何愛她。不出三日，病情自輕，必不致延誤婚期。」

三人大喜。蘇麻喇姑問道：「敢問湯大人此藥如何稱謂？回去後，主人問將起來也好回答。」

湯若望沈吟片刻答道：「此藥本產於西土天竺，當地人稱作罌粟，花開艷麗，果黑微香，適量吸服，有蓄精提神之奇效。中原自古無此藥，也無人知曉其名，爲便你們傳言，我暫取名爲福壽散。如何？」

蘇麻喇姑說：「這樣倒是類似我朝名物。只是叫散，有些不吉利，豈不是沒有福壽了嗎？依我愚見，中醫常言丹丸膏散，丹丸散諧音都不佳，不如名之爲福壽膏如何？膏者，高也。福壽日高，豈不是無災無病麼！」

湯若望聽了，連聲稱讚：「大妙！大妙！」兩位奶娘更是拍手叫好。三人回去之後，稟明了太后。

太后駕臨館驛，親與侄女帶了十字聖牌，衆人也依計而行。果然三天頭上，公主即可起床飲食，婚事如期舉行。太后、皇上都十分高興，把湯若望看成是唐朝袁天罡、李淳風一類的天生奇人，封他為正一品光祿大夫，待遇優厚。

66

湯若望接到聖旨，隨傳旨太監入宮。他第二次見到了那位芳名遠播的美人，聞到了滿室的茶香。

太后見了湯若望，溫柔地笑了。湯若望恭身施禮，太后命蘇麻喇姑攔了，讓湯若望坐下，說道：「湯先生，打攪你清修了。」

「哪裡話呢！能拜見太后是臣的榮幸。但不知太后召臣入宮何事？」

太后笑道：「湯先生自入仕我大清，鞠躬盡瘁，勞苦功高，今日特召先生入宮品茗。」正說著，兩個小宮女款款進來，一人手裡擎著漆黑閃亮的烏木茶盤，上面放著兩隻白玉的茶盞，一人手裡捧著竹製的小茶盒和青花的水壺，翩然來到湯若望面前，伸出纖纖玉指，用竹製的小勺從茶盒內取了些許茗片，天女散花般地傾到一隻玉盞之中，雙手捧了青花壺，一股水線噴出，帶著熱氣注入玉盞，登時一縷幽香從天而降，在偌大的宮殿中蕩漾開來。湯若望被熏得遍體通泰，彷彿置身於早春的和風裡，說不出的心曠神怡。低頭看看眼前的玉盞，見杯底數片鵝黃的茶片漸漸舒展，像是初春遠眺而見的天地相交的一抹淺綠，生長擴散，須臾，水色淡黃，泛出通體的晶瑩，與玉盞相映，更覺亮麗。

太后端起玉盞，勸道：「湯先生，且嘗嘗今年的新茶味道如何？」

湯若望停盞不飲，吃驚道：「太后，才過新年，春氣剛生，怎會有了新茶？」

太后放下杯子，笑而不答：「湯先生可知這是什麼茶？」

「似是西湖龍井。」

「不錯。湯先生眞好識力。正是杭州西湖龍井。」

「但與平日所飲，卻有不同。顏色頗佳，葉片稍小，清香有餘，力道不足。」

太后道：「此是杭州梅家塢茶農爲早貢新茶，給茶樹築室取暖，經冬生長，立春即可飲用。然此茶並非全美，香氣雖濃，回味卻淡，劣於清明之茶，較之去歲舊茶，色香味則均有勝處。」

湯若望笑道：「太后可是特召臣來講茶道的麼？」

「湯先生果然聰慧。」

「既是如此，太后所賜之茶，臣已品嘗，請太后明示。」

「湯先生好性急呀！」太后莞爾，擺手命兩個小宮女退下，長歎一聲說：「眞是有一件事讓先生去做。」

「什麼事？」

「皇上病勢沈重，你可知道？」

「臣已聽說。太后可是命臣爲皇上診治？」

太后搖頭說：「天花之毒，天下無人可醫，我怎麼會難爲先生呢？」

湯若望接口道：「確實如此。不過太后既已知道，還召臣來做什麼呢？臣不能爲皇太后分憂，更覺慚愧。」

「湯先生不必如此。我請先生入宮，是另有他事。」太后安慰道：「皇上是難過這個月了，可是東宮久虛，一直未立太子。我勸皇上早做安排，他欲立二阿哥福全，甚不合我意。但皇上執意如此，先生可有良策？」

湯若望心中暗暗叫苦，答道：「這乃是皇上與皇太后的家事，何必聽臣這外姓人的話呢？」

「皇上的家事實際就是國事，事關大清千秋國運，萬萬不能任憑皇上一人之願。我的意思是請先生設法勸說皇上，改弦易轍。」

「太后可曾勸過皇上？」

太后點點頭。湯若望道：「以太后的威望尚不能令皇上改變主意，何況微臣？」

太后說道：「先生心中只有一個勸字，不免過於拘泥，老是從正面想怎樣勸諫，越難索解，路子豈不越走越窄？先生可以從反面論事，想想皇上所爲甚是不可。」

「從反面論事，無非盛讚三阿哥，貶低二阿哥。未見比正面勸諫高明多少。說不定還會因此觸怒皇上，身遭重罰呢！」

「先生是忘了自己的長處，以己之短攻人之長，焉有不敗之理！」

湯若望越發感到如墜五里雲霧，茫然問道：「太后所言長短太過高深，臣愚笨，難解其中的奧義。」

太后見湯若望急得面上浸出細小的汗珠，就不再繞彎子，說：「你既精通占星之術，何不以此向皇上進言？」

湯若望這才明白太后所言長短之義，解釋道：「占星術雖說也講星相，但實與人間之事沒有多少關係。再說天道遠，人道邇，現在並無什麼災異應驗到阿哥們身上，又如何講星相呢？」

太后聽了，默默無言。慈寧宮的氣氛陡然壓抑、沈悶起來。良久，太后歎道：「可惜了我一片苦心。我見三阿哥從小不被皇上看重，就對他多憐愛了一些，算是彌補他失去的父愛，命蘇麻喇姑嚴加管教，請碩學名儒教他道德文章詩詞歌賦。他出痘之時，命人帶他到城外西山的清涼處避養，眼看他卓然出衆，爲諸孫之翹楚，便欲讓他承繼大統，不料皇上拼死阻攔，如此終會成爲泡影。眞是人算不如天算，徒喚奈何！」心酸不已。

蘇麻喇姑聽得忍不住落淚，湯若望見太后也如凡人一般窮途末路，傷心欲絕，不覺怦然心動，細細品味話語，忽覺眼前一亮，問太后道：「剛才太后所言三阿哥已出過痘，可有此事？」

太后答道：「三阿哥四歲時出過痘，至今臉上尙有數粒淺淺的麻點，因此不喜歡照鏡子，還差點把皇上賜的西洋所貢琉璃鏡送與他人。」

湯若望喜道：「果眞如此，臣有辦法使太后心想事成。」

太后知湯若望平生謹愼，現在出言，必有八九分的把握，不由喜上眉梢，急道：「快講！」

蘇麻喇姑也破涕爲笑，盈盈地看著湯若望。

湯若望緩緩地說道：「皇上病患天花，深受其害，對天花之毒，必恨入骨髓，又無可奈何。因此，必是極怕後代再患此症。先前皇上對三阿哥有失父愛，恐與其患天花有關。現在三阿哥已對天花之毒不再懼怕，而其他數位阿哥則避之猶恐不及。如此勸諫皇上可從此辯言。」

太后接著說：「湯先生的意思可是說勸皇上從長計議，不要重蹈覆轍，以免頻頻換主，使江山不穩？」

湯若望正色說：「臣正是這個意思，不過話不是如此說。」太后見他眨著眼睛，搖晃著腦袋，帽子向後滑落，露出光禿的頭頂，稀疏的白髮辮左右上下跳動，不禁大笑起來……

窗外一陣風掠過，吹落了枝條和屋檐的一些積雪。雪落到乾淨的青磚地上，旋即化成水滴，滲入了土中。雪在融化，春天來了。

67

太后坐在慈寧宮裡，靜靜地等著湯若望的稟報。湯若望見了順治會怎樣呢？他能否說服順治，決定著大清朝千百年的歷史。太后覺得時光過得真慢，這一段時間彷彿超過了入關前的幾十年。「回來了！」蘇麻喇姑的喊聲使她一下子從椅子上站了起來。

隨著蘇麻喇姑的稟報，湯若望氣喘吁吁地跑來，見太后立身在宮門口，不容問起，大張著嘴說：「幸、幸、幸不辱命。」然後竟不能施禮，腿一軟坐倒在地上，喘個不住。太后大笑……

十餘日後，順治皇帝詔命索尼、蘇克薩哈、遏必隆、鼇拜四大臣輔政，然後下了罪己詔，就撒手人寰，帶著對董鄂妃的眷眷深情，趕去與她團圓。三阿哥玄燁在文武百官的朝賀聲中，高高地端坐在太和殿鎏金龍椅上，俯視著殿內的群臣，聽著悅耳的鐘鼓之聲。殿中繚繞的紫煙飄向了天外。

太后此時也端坐在慈寧宮裡，聽著太和殿飄來的樂音，心裡格外寧靜，她又想起了十八年前關外的那場爭鬥，想起了與玄燁的對話：「你做皇帝的理想是什麼？」

「臣孫沒有其他的想法，惟願天下治安，民生樂業，能與群臣百姓共用太平之福。」太后笑著自語道：「我應該不會看錯的，不會看錯的！」

「皇上給太皇太后請安了！」

太后抬頭，透過掀起的珠簾，看見剛剛登基的康熙皇帝正率領群臣前來朝拜，畢竟慈寧宮離太和殿並不遙遠……

擒凶

68

索尼知順治帝遺詔命自己與蘇克薩哈、遏必隆、鼇拜四人共同輔政，不由大驚失色。心想：捨八旗諸王、貝勒，而用我等異姓臣子，一旦諸王、貝勒心懷異志，我等豈不首當其衝？

新的皇帝登基了，作爲順治皇帝遺命的首席輔政大臣，索尼一點也高興不起來，只感到一種無形的壓力使呼吸似乎沈重了許多。他不明白皇上爲什麼捨棄宗室的那些諸王、貝勒們，卻任用異姓的臣子。他明白自己像是處在了火山的山口，隨時都可能因火山的噴發被燒成灰燼。特別是現在他還不知道諸王、貝勒們的心思，如果他們執意反對，那該怎麼辦才好？索尼一夜都沒有睡好。天將放亮，急忙上了轎子，直奔皇宮。早朝散後，偷偷去求見太后。

慈寧宮裡，太后正在與蘇麻喇姑幾人玩紙牌，見索尼來了，就命人撤去。索尼叩拜已畢，垂手站立。太后忙叫人賜座，問道：「索大人這麼早到內廷來，可是有什麼要事？」

索尼低頭答道：「臣已年邁，想回遼東老家，歸守祖陵。特來求太皇太后恩准。」

太后一驚，看著索尼，不解地問：「索大人突萌奇想，確實出人意表。可是嫌皇上封爵不高，賜賞不豐嗎？」

「非也。臣爲首輔，位列諸王、貝勒之前，官高爵顯，大權在握，皇上封賞不謂不厚。」

「那麼何要告老還鄉呢?」

索尼輕喟一聲說:「人道是高處不勝寒,所謂木秀於林,風必摧之;堆出於岸,流必湍之;行高於人,人必非之。臣之行雖未必高於衆人,但臣所處之高位,人人皆欲得之,則臣實爲衆矢之的,危險之至。古語說:君子不處險地。臣這幾日每一思之,如芒在背,惶恐難安,只有辭去官職,方能解脫。」

太后這才明白索尼是怕遭衆人的嫉妒,四面楚歌,覺得他所考慮的不無道理,可是何人敢招惹他呢?太后說:「依索大人之言,可是有人嫉賢妒能?」

「臣是怕輔佐不力,上負先皇所托,下負百官所望。」

「可是怕我與新君對你尚有猜疑?」

「太皇太后與先皇既命臣爲首輔,豈有既用且疑之理?」

「那是懼怕諸王、貝勒不聽節制,惹起爭端?」

索尼心中暗讚太后見識過人,自己心事未吐,就被她三言兩語猜透,含糊道:「臣豈敢不尊諸王、貝勒。」

太后恍然大悟,明白索尼要告老還鄉不過是以退爲進,意在使我與皇上對諸王、貝勒有所約束,以免今後牴牾起來,局面不好收拾。想到這一層,太后寬慰道:「索大人也有些過慮了。當今諸王多爲幼童,最長者安親王岳樂三十七歲,正在盛年,其餘衍禧郡王羅可鐸不過二十一歲,康親王傑書十九歲，顯親王富綬十八歲，莊親王博古鋒十一歲，簡親王德塞九歲，皆年幼無主見，索大人身爲首輔，有先皇遺詔在，何懼之有？」

「臣已老邁，死不足惜，惟恐因臣構惡於人，百年之後，令子孫遭殃。」

太后道：「當年太宗初登大寶，曾與衆位兄弟親王神前盟誓，足爲後人法效。明日，召集諸王、貝勒，與四位輔政大臣共同約誓，精誠爲國，絕不相犯。」

「若能如此，實是臣等之幸。」索尼面露感激之情。

「也是國家之福呢！」太后鬆了一口氣。

索尼起身告辭，太后忽然說：「索大人且慢！」

「太后還有何諭旨？」索尼返身躬立。

太后笑道：「索大人忙於國事，入宮也行色匆匆，難有片刻喘息。現在國事既已議妥，何不談些家事，聊作消遣。」

「臣之家事何敢勞太皇太后掛心？」索尼不明所言何意，不敢貿然應允，先行推謝。

「公私兩面與我都有干係。聽說索大人的長子噶布喇有一美貌女兒赫舍里，年僅髫齡，與皇上相若，我欲替皇上納聘爲后，不知索大人可做得了主？」

索尼喜從天降，再次叩謝道：「太皇太后不以臣卑賤，臣豈有不從！索尼至今已歷四朝，備受皇恩，於斯爲盛，肝腦塗地，以報太皇太后。」

「好！我與索大人於公爲君臣，於私爲親家，可謂一損俱損，一榮俱榮。望索大人精忠報國，不要辜負了我的一片深意。」

索尼再三說：「敢不竭忠盡力！」

第二天，輔政四大臣與安親王岳樂、康親王傑書等人一起齊集西安門內南側的大光明殿。太后與新君康熙居中高坐，諸王、貝勒與四大臣東西分立兩廂。索尼率蘇克薩哈、遏必隆、鼇拜跪在諸王、貝勒面前說：「先皇遺詔命我四人輔佐幼主，我們不得不遵。只是我朝自太祖八和碩貝勒治國以來，國家政務都是由皇家宗室協助辦理，我等乃是異姓臣子，若宗室袖手，似無輔政之權，還是與諸王、貝勒共擔此重任如何？」

安親王忙答道：「先皇對四位委以重任，遺詔甚明，宗室無人不遵，誰敢不服？四位不必推讓，有四位爲我們分擔辛勞，我們感激尚且不及，又怎麼會無端干預呢？」

康親王也說：「四位德高望重，功勳卓著，先皇深知四位之能，故托國事於宜人。宗室與太皇太后、皇上同氣連枝，四位若能盡心輔政，我們豈會妄生事端。四位切勿多慮！」

太后心中大喜，說道：「你們能夠時刻想著報答先皇的知遇之恩，相互敬讓，同輔幼主，實是國家之福，萬民之福。自古忠臣孝子人人敬重，百世流芳。生前的榮華富貴，我與皇上不會少了你們一分一毫，但是身後的名聲只有靠你們自己了。忠奸良莠有時難以立辨，但天下悠悠之口是無從塞堵的，所謂防民之口，甚於防川。古來的權臣都有一時的權勢，炙手可熱，風雲色變，天下惟有他一人，眼裡哪有什麼君王百姓？遠的秦有呂不韋、李斯、趙高，這且不說。近如明代的劉瑾、張居正、魏忠賢，哪個不是一手可遮天的人物？到頭來又如何？哪個有好下場呢？這些人開始對皇帝的隆恩，心存感激，常思報效，做事莫不謹小慎微，可時間一長，就放肆了，結黨營私，欺上瞞下，使世人只知有他，不知有皇上。朝綱不振，臣民無所歸依，以致亡國滅種，宗廟祀絕。此種禍患代不乏有，世人多痛恨權奸誤國，實則皇帝罪在自誤。用人之道，一經選用，高枕無憂，放之任之，豈有是理？故治國之道在於君臣各安其位，各盡其責。望你們體味此旨，領會名權義利之辯，以免失之毫釐，謬以千里，致成終生之恨，追悔不及。」

太后一番恩威並施的話語，振聾發聵，聽得衆人心神搖蕩，個個面色凜然，汗濕重衣，無不唯唯。太后見此情景，暗道：諸王、貝勒再難出個多爾袞了。心頭似有些悵然與失落，轉臉問康熙說：「燁兒，我剛才的話，你可聽懂了？」

康熙點頭答道：「聽懂了。太皇太后是要臣孫做個好皇帝。」

太后見康熙一臉正經的模樣，大感欣慰。衆臣紛紛稱頌起來，聲音在寬闊的大殿裡迴旋流蕩……

69

鼇拜回到府中，思想著剛才太后的那番話，心頭升起一團怒氣。太后對我等四人既拉且打，究竟何意？是做給諸王、貝勒看的，還是做給我們看的？輔政大臣豈是這樣任人拿捏的？鼇拜憤憤不已，竟生出一條詭計來。

鼇拜在府內憤恨良久，心想只要我們四人同為一體，何懼之有？於是命下人備轎，去拜望索尼。

索尼正在書房教孫女赫舍里讀順治皇帝御製的《內則衍義》，聞報鼇拜來訪，一邊命孫女迴避，一邊迎將出來。兩人進了書房，寒暄落座，下人獻上茶來，鼇拜道：「喝什麼茶？湯苦澀口，淡而無味。若要喝，可拿些烈酒解渴。」

索尼笑道：「莫非貴府的酒窖空了，才專到我這裡吃酒？若喝，你就自飲吧！府中無人能陪你，休怪我失禮呀！」

鼇拜大笑：「平日飲慣了，到兄長的府上也難去酒蟲，萬勿見怪，萬勿見怪！」說罷舉大杯飲了，連道：「好酒，好酒！可是遼東錦州城的孫記燒刀子？」

「正是。你真是好口鼻！」索尼讚歎道。

鼇拜用寬大的衣袖抹一下嘴巴，唏噓道：「二十二年了，二十二年沒有喝到這種酒了。當年追隨太祖太宗之時，常常喝錦州城的孫記燒酒，真是無上珍品，人間佳釀。不過錦州一役，祖大壽獻城投降，聽說孫記酒坊的掌櫃一家被殺害，儲存之酒被搶掠一空，孫記燒酒從此絕迹，你這酒是從何處來的？」

索尼笑道：「當年孫記酒坊遭搶劫，我手下一個部將也搶得數罈，被我撞見，就送我兩罈。一罈保存至今，另一罈不愼失手摔碎。」

「可惜，可惜！」鼇拜歎道。

索尼見他有幾分失望，調笑道：「人言你是酒仙，哪裡知道你還是酒癡呢！」

鼇拜一飲而盡，哈哈大笑。索尼見他把盞甚歡，面色怡然，一時不知來者何意，不禁試探道：「老弟眞是專來喝酒的不成？」

鼇拜聽了，酒杯停在空中，似飲不飲，翻一翻兩隻豹眼說：「兄長看我是爲何事呢？」

索尼搖頭。鼇拜將酒杯重重地放在桌上說：「今日太皇太后之言，兄長以爲如何？」

索尼道：「金石良言。」

鼇拜切齒道：「什麼金石良言，我看全是對我等的恐嚇之辭！所謂疑人不用，用人不疑。太皇太后此舉，豈不是把我等當孩子來哄騙管教？讓我等輔政大臣顏面何存？」

「老弟言重了。太皇太后是對公不對私，實是出於維護我等的權威。」

鼇拜鼻子一哼道：「什麼權威？好似我等是弄權誤國的奸賊，背主殃民的佞臣。教人如何咽下胸中的這口惡氣！」

「老弟酒有些多了。」索尼勸道。

鼇拜擺手說：「我的酒量，兄長豈會不知？縱是不喝酒，我也想勸太皇太后少問朝政，頤養天年，好讓我等如沙場一般縱橫馳騁，那才痛快！明日我與兄長約蘇克薩哈、遏必隆四人同去勸諫，定能成功。那時兄長身為首輔，事無巨細，一遵鈞裁，豈不快哉！」

索尼連說：「不可不可！我等據先皇遺詔輔政，是替皇上分憂，不在專權，逞一時之快。老弟之言，恕難相從。」

鼇拜滿以為索尼會積極應和自己，不料他不為所動。若索尼反對，其他兩人必是唯他馬首是瞻，如意算盤豈不落空？鼇拜心中異常焦躁，卻又無計可施，暗暗後悔對索尼估計不足。若他邀功，將今日之言稟奏太皇太后，自己羽翼未豐，豈不大禍臨頭？想到此，肚中之酒都化作遍體的冷汗，滿臉堆笑，故作吃驚道：「啊呀！真是小覷了這罈老酒了，不想竟有如此的勁道，能令小弟不勝其力，實屬罕聞。適才小弟酒後失德，言語魯莽狂悖，萬勿見怪！幸好是在兄長府上，否則不堪設想。」

索尼為人忠厚，見鼇拜一臉驚異之色，也道是他一時大意，飲酒過量，以致言語不周，笑道：「不是老弟之錯，倒是劣兄之責，不該拿這樣的老酒給你，使你貪杯若此。你我兄弟之事，不足為外人道。」

「小弟足感盛情。」鼇拜起身告辭。到了府門，遇見守衛與人爭吵，見鼇拜出來，辯解說：

「我說我家大人會貴客，你不相信。那不是剛才的貴客鼇拜大人出來麼？」

鼇拜無心理會，轉身上轎，不想被人一把扯住衣襟，定睛一看，卻是一個文士打扮的男子，正要發怒，那男子卻說：「我千里迢迢趕來京城欲見索尼大人，有要事稟告，不想無錢付門規，門子狗眼看人低，見我一介草民，不讓進見。求大人評一評，可有此理？」一口南人軟語。

鼇拜被無端扯住袍袖，本待張口申斥，聽男子說有事要稟告，問道：「什麼事？」

那男子見鼇拜發問，雖然不識，但從門子謙恭的神色中看出必是一位高官，瞪了門子一眼，說道：「小人有奏章一具，想求索大人代呈太皇太后。」鼇拜接過奏章，見滿紙漢文，皺一皺眉，遞與隨身的師爺，師爺念道：「奏請太皇太后垂簾聽政疏。草民周南……」

「停！」鼇拜制止道。然後喚過門子說：「索尼大人正在歇息，不必打擾他了。此人既有奏章，我代爲轉奏罷了。」

那門子心中正自害怕勒索門規一事被主人知道，聽鼇拜如此說，巴不得讓那男子快走，急忙點頭說：「謹遵大人之命。」鼇拜微微一笑，帶了那男子回府。

70

千里之外的安徽桐城，一個窮困的秀才懷著對太皇太后的仰慕，好不容易湊了些盤纏，手攜詩書，身無長物，徒步而行，一路吟詠，風塵僕僕地來到京城。他是誰，要做什麼呢？

鼇拜命將那男子帶到內室，取茶點讓他吃了。那人不知鼇拜的鬼胎，連聲稱讚：「大人眞是愛民如子。」鼇拜等那人用罷了餐飯，問道：「你可是叫周南？」

那男子答道：「小人正是周南。」

「你從哪裡來？」

「安徽桐城。」

「到京城何事？」

「小人本是桐城縣的生員，特奏請太皇太后垂簾聽政。」

「你怎麼知道太皇太后是否有此意呢？」

「小人無從得知。小人進京實是出於對太皇太后的仰慕，太皇太后佐太宗，肇建丕基，立世祖，宅中定鼎。自有生民以來，巾幗無人可及，因此小人伏闕請命。」

鼇拜心中暗道：太皇太后是否有意垂簾，讓此人一試可知。若無此念頭，她必多加收斂以避免引人猜疑，如此最好；若有此念頭，正好聯合其他三位輔政大臣出面反對。那時我看索尼老狗如何替她辯解，以何面目見我？想到此，鼇拜笑道：「你身在草野，原本是沒有資格去見太后的，但是姑且念你一片赤誠，待我在太皇太后面前爲你申明，也許會破例召見。」

71

太皇太后同意周南入宮，但是對他提出的垂簾之事，堅決不允，任憑他磕得頭破血流……鼇拜聞知太皇太后所言，心中暗喜。

次日早朝過後，周南身穿一襲嶄新的藍布長衫，隨著小太監來到慈寧宮，五體投地，拜道：

「草民周南給太皇太后請安，願太皇太后千歲，千千歲！」

「起來吧！」

「謝太皇太后。」周南起來低頭躬身站立。

莊太后看了看周南，見他三十上下的年紀，白面微鬚，舉止文雅，是個讀書人的模樣。說道：「聽鼇拜說你千里迢迢要來見我，到底是爲什麼？」

「叩請太皇太后垂簾聽政。」

「爲什麼要垂簾聽政？」

「新君年幼。」

「新君已有四位輔政大臣，無需我再勞神。」

「不然，太皇太后與皇上血脈相聯，豈不遠勝他人輔政？」

莊太后怒道：「大膽！你想離間君臣麼？」

「不敢。草民只是據實而奏。」

「好個據實而奏！垂簾聽政我朝無有先例，豈是據實而奏？」

周南說道：「我朝沒有，但前朝卻史有明文。如宋代即有九位皇太后垂簾，章獻劉太后時日最長，前後十一年之久。」

莊太后說：「時代不同，行事自異，宋與我朝相隔五百餘年，豈可並論？再說自皇上喪母，我即將他收養在慈寧宮，常恐庖代過久，皇上遇事無所適從，缺少主張，豈不誤國誤民？垂簾一事於皇上治國不利，切不可行！」

周南跪在地上說：「自古國之利器不可與人。新君年幼，如果太皇太后袖手作壁上觀，一旦大權旁落，奸佞當道，國事何可爲，黎民何所依？太皇太后再思執政，豈可得乎，伏望三思。」

莊太后心中暗笑，喝道：「休要危言聳聽，大話欺人，我大清君明臣賢，奸佞在哪裡？我若不念你心懷赤誠，必問你一個誹謗大臣之罪！」

周南磕頭道：「草民所言句句出於肺腑，並非意在污陷朝臣。太皇太后明鑒！」

莊太后說：「憐你一片忠心，不加責罰，下去吧！」

「太皇太后不允草民所請，草民絕不下殿！」周南磕頭如搗蒜一般，一刻不停，直到血流滿面，也不以爲意。

莊太后命人將他抬下殿去，交太醫醫治，資助他一些銀兩，回原籍攻書課業，然後莊太后沈思起來，想到此事雖出偶然，但似乎不是周南一人所爲，鼇拜對此事格外熱心，力奏讓他入宮，意圖何在？難道對我存有戒心，試探於我？果然如此，剛剛穩住索尼，卻又見疑於鼇拜，不可不向衆臣表明心迹了。當下傳旨命四位輔政大臣和諸王、貝勒齊集養心殿。

莊太后見衆人到齊，說道：「新君年幼，我身爲太皇太后本應輔佐他，只是我已過天命之年，心有餘而力不足，難以勝任。再說有四位輔政大臣和諸王、貝勒合力輔佐，我也就放心了。今後事無巨細，你們先呈奏皇上知道，皇上能斷則斷，否則交議政王貝勒大臣會議議處，不必稟我。」

衆人答應。鼇拜大喜，暗想：如果太皇太后不再插手朝政，幼主康熙易於哄騙，蘇克薩哈與我是兒女親家，遏必隆自幼與我相好，單單一個索尼，行將就木，尚有何懼？天下之大，正可縱橫！一時不由心花怒放。

72

鼇拜連夜去見蘇克薩哈，把話挑明，本以爲他會滿口答應，不料卻被駁得啞口無言。頓時惹得性起，就要闖入內宅，將女兒拖回府邸，蘇克薩哈拍案大怒，將鼇拜罵得狗血噴頭。鼇拜惱羞成怒，陡生一計，要把蘇克薩哈置於死地。

出了養心殿，鼇拜有意與遏必隆並肩而行，壓低聲音說：「太皇太后剛才之言，你有何高見？」

遏必隆笑道：「哪裡有什麼高見低見的！太皇太后既然撒手不管了，我等更應該戮力王事，盡忠職守，以慰先皇帝在天之靈。」

鼇拜嘲諷道：「你眞是碧血丹心，大大的忠良呀！」遏必隆見鼇拜出言相譏，好在兩人自幼調笑慣了，也不以爲意。鼇拜說：「四大臣輔政，你我位居最末兩席，又有多少裁定之權，能有幾分力量爲皇上盡忠呢？」

遏必隆問道：「你難道對先皇遺詔不滿？」

鼇拜答道：「此話有幾分重了。我並非對遺詔不滿，實是對你我的前途擔憂。」

「我與你權位皆重，又有什麼可憂的呢？」遏必隆不以爲然。

鼇拜素知他性格懦弱，見他滿口豪言，明白是輔政大臣的封誥壯了他的膽子，使他滿目春光，不見霜雪，心中對他更爲藐視，冷然道：「看來你是高臥富貴鄉里，樂以忘憂了。漢人有句話：福兮禍之所伏。你我雖說是位極人臣，惹得多少人羨慕，但是你我在四位輔臣之中，譬若角力，已處劣勢，一旦疏忽，給人以可乘之機，必定是祭旗的牛羊，任人宰割。那時再想全身而退，遠離朝堂，做一個平民百姓，耕食自足，人家都不會答應。高官厚祿，因人人夢寐以求而橫加爭鬥，因橫加爭鬥而成險地，不可不愼，不可不防啊！」

遏必隆聽得脊背漸漸發冷，頹然說：「官場沈浮不定，朝爲顯貴，暮爲階囚，不如解甲歸田，含飴弄孫，多享享人間的快樂。」

鼇拜見他軟弱下來，計策生效，笑逐顏開，說道：「事在人爲，也不必如此悲觀。惟今之計，合你我二人之力，大概可與索尼抗衡，而勝過蘇克薩哈，應當暫時不會有事。」遏必隆點點頭笑了。鼇拜還要再說什麼，已經到了午門，下人們把轎子抬到了面前，只好作罷，拱手道別。

鼇拜說服了遏必隆，信心倍增，連夜造訪蘇克薩哈。蘇克薩哈與鼇拜本是兒女親家，鼇拜的三女兒嫁給了蘇克薩哈的小兒子。蘇克薩哈平日雖然看不慣鼇拜盛氣凌人的樣子，但是兒女既然兩情相悅，卻也說不得什麼，倒也常禮尙往來，不過只談親情，不涉及政事。聞報鼇拜來訪，暗自吃驚，不知他乘夜而來，意欲何爲？來不及細想，整衣出門相迎，兩人走入書房，分賓主落座。蘇克薩哈說：「親家夜來，可是有什麼急事？」

鼇拜道：「是有一事要與親家商議。」蘇克薩哈聽他言語溫和，一反常態，又是一驚，含笑道：「有事請講。」

鼇拜道：「今日太皇太后明言不再干預朝政，放手由我等輔政大臣相機行事，但是索尼老而無能，卻序列首輔，尸位素餐，好生令人氣憤！」

「索尼大人乃四朝元老，功高蓋世，理應居你我之上。」蘇克薩哈不以爲然。

鼇拜心中不屑，說：「親家難道永遠甘居其後，沒有取而代之之心麼？」

蘇克薩哈反駁道：「我位列次輔，已是先皇帝恩典了，怎敢違犯遺詔，冒天下之大不韙，爭什麼首輔呢！親家不可出語狂悖，爲他人所知，其罪不小。」

「哈哈哈，親家膽子也太小了吧！輔臣之中，你我有聯姻之誼，若我們互爲一體，共同對外，四有其二，必可左右局勢，使索尼無可奈何。一旦大權在握，輔佐聖主，建功立業，豈不快哉！」

蘇克薩哈眉頭緊皺，說道：「正因爲你我聯姻，在朝堂上更應避嫌，怎麼可以暗中結黨營私，爭權奪利呢！此事萬萬不可。」

鼇拜嘿然道：「我念在有兒女聯姻的情份上，好意與你結交，不料你卻不知好歹，拒不答應。難道你我之間的親情還不如你與索尼的同僚之誼嗎？」

蘇克薩哈正色答道：「你我兩家聯姻不過是個人的私情，我與索尼相交是出於國家的公義，豈能以私情而妨礙公義？我等受先帝遺命，貴爲輔臣，當先國家而後私人，以圖報效浩蕩皇恩，不可藉機奪權勢謀私利，使皇上失望，士林齒冷，百姓唾棄。」

鼇拜大怒道：「天下只有你忠貞，我鼇拜奸邪嗎？你看我身上的累累傷疤，都是沙場衝鋒陷陣所致，豈容你來教訓於我！你既無情，也休怪我無義。我的女兒在哪裡？快喚她出來隨我回去！」說罷起身就往後宅闖去。蘇克薩哈勃然大怒，拍案而起，喝道：「侍衛何在？給我拿下！」一衆侍衛聞令拔刀相向，將鼇拜團團圍住。

鼇拜大笑道：「當年我在戰場上殺人無數，至今雙手腥氣未消，何懼你們這些鼠輩！」一衆武士面露惶恐，逡巡不敢向前。

蘇克薩哈喝道：「道不同不相爲謀，我本婉言開導你，不想你卻惱羞成怒，欲恃武力掠我兒媳，這裡豈是你任意胡爲的？你若斗膽一試，必叫你有來無回！」

此時，蘇克薩哈的兒孫們也聞訊趕到，各拿刀槍，指向鼇拜。鼇拜見他們勢大，不敢用強，急思脫身之計，轉怒爲喜，撫鬚笑道：「親家何必驚慌，我不過是試一試你是否做得到先國家後私人罷了。」

蘇克薩哈雖不知鼇拜所說是不是心裡話，但見他神情和緩下來，似有悔意，揮手命衆人退下。鼇拜也不久留，告辭回府。鼇拜回到府中，恨恨不已，咬牙切齒，誓報此仇。苦思冥想，忽生一計，不由笑出聲來。

次日，鼇拜召集正黃和鑲黃兩旗大臣商議與正白旗更換土地一事。原來順治初年，攝政王多爾袞在圈佔京城周圍的土地之時，利用權勢，將鑲黃旗應得的永平府一帶劃給了自己的正白旗，將離京城較遠的保定府、河間府、涿州等地轉撥給鑲黃旗。鑲黃旗雖有不滿，但懾於多爾袞的權威，敢怒不敢言，只好忍氣吞聲。鼇拜憶起這段恩怨，便想舊事重提，借此削弱正白旗大臣蘇克薩哈的威望。果然，鼇拜提起此事，大罵多爾袞恃強凌弱，衆人無不憤怒，就連索尼、遏必隆也一起附和。衆人當即草擬了奏摺，送交戶部。戶部尚書蘇納海本屬正白旗人，見了奏摺大驚，急忙報與蘇克薩哈。蘇克薩哈明白必是鼇拜在背後操縱，自己與他已有積怨，不便出面，就吩咐蘇納海疏奏康熙皇帝，如果上達天聽，皇上命議政王貝勒大臣會議議處，以八旗之衆，兩黃旗只占其二，形不成絕對的優勢，否則輔政四大臣裁決，兩黃旗獨有其三，換地必成定論。蘇納海受命上疏，奏稱土地分撥已久，百姓在原地安居繁衍，不可輕動以擾民。不料此疏被鼇拜截留，並未上報，私自傳旨支援圈換，將順義、密雲、懷柔、平谷四縣及薊州、遵化之地立即撥與鑲黃旗。蘇納海無奈，只得與侍郎雷虎奉旨率固山、牛錄、科道、部曹諸人，前往丈量圈換之地，可是正白旗民紛紛反對，不肯指明地界，偷偷罵蘇納海背叛白旗，畏懼權勢。蘇納海鬱悶難平，再次上疏。此時，蘇克薩哈知道直隸總督朱昌祚、直隸巡撫王登聯對圈地不滿，暗暗示意他們上疏請罷。鼇拜大怒，命吏、兵二部將蘇納海、朱昌祚、王登聯捉拿至京，革職交刑部議處。

康熙聞奏，急召四大臣問詢。鼇拜堅持要把蘇、朱、王三人嚴辦，當衆處絞。索尼、遏必隆默然。康熙問蘇克薩哈，蘇克薩哈知道大勢已去，說道：「皇上親裁，臣惟命是聽。」

鼇拜乘機說：「三位大人既無異議，請皇上頒旨，將結黨藐旨的三個奸佞早正法典。」康熙皇帝儘管心裡並不願意，但見四位大臣似都贊同，一時拿不定主意，若去慈寧宮向太皇太后求教為時已遲，正在猶豫，殿前武士覆命說已將三人正法。康熙聽了，長歎無語。蘇克薩哈神情凄然，鼇拜倒是意氣揚揚，與索尼、遏必隆過來連連稱頌皇上聖明。

73

索尼死後，蘇克薩哈見鼇拜勢大，萌生隱退之意。上疏求去，不想卻被鼇拜抓住把柄，惡意構陷，與子孫等十三人身受極刑。

轉眼過去一年，索尼病死，康熙開始親政，輔政大臣少了索尼，鼇拜更加肆無忌憚，遏必隆本就與他沆瀣一氣，兩人把持朝政，培植親信，網羅黨羽，計有鼇拜之弟鑲黃旗滿州都統穆里瑪、內秘書院大學士班布林善、吏部尚書阿思哈、吏部侍郎泰璧圖、兵部尚書噶褚哈、兵部侍郎邁音達、一等侍衛阿南達、內秘書院學士吳格塞、山陝總督莫洛諸人二十餘個，就連安親王岳樂、敬謹親王蘭布、鎭國公哈爾薩等人也莫不結好鼇拜。蘇克薩哈見鼇拜勢大，難以與之抗爭，又不願同流合污，萌生隱退之意。在康熙親政的第六天，以身患重疾不勝朝事爲理由，上疏望全餘生，求守先皇陵寢。康熙不明原因，就命內大臣米斯翰過府責問，先帝遺詔猶在，爲什麼突然要退守皇陵呢？蘇克薩哈有口難言，只求皇上恩准。米斯翰回宮稟告皇上，康熙悶悶不樂。

鼇拜得知此事，即刻入宮來見康熙。康熙正在煩悶，見了鼇拜喊道：「你們都走吧！不要再管朕了。」鼇拜故意裝作吃驚，問道：「皇上要臣往哪裡去？」

「你們全都去陪父皇，守陵寢去吧！」

鼇拜道：「這是爲什麼？」

康熙將蘇克薩哈的奏摺扔與鼇拜，「你自己看吧！」鼇拜展開一看，見上面寫道：

臣以菲材，蒙先皇帝不次之擢，廁入輔臣之列，七載以來，毫無報稱，罪狀實多。茲遇皇上躬親大政，伏祈令臣往守先皇帝陵寢，如線餘息，得以全生，則臣仰報皇上豢育之恩，亦得稍盡。謹此奏聞。

鼇拜看了，冷笑道：「蘇克薩哈眞是欺君罔上，理應凌遲處死，以儆效尤。」

康熙驚道：「朕是一時不解他爲何離開，如何是欺君罔上呢？」

鼇拜說：「蘇克薩哈將皇上與世祖章皇帝妄加比附，明言在皇上身邊不得生，爲先皇帝守陵則得以全生，欺君罔上一也。蘇克薩哈不知仰體遺詔，竭忠盡力輔佐皇上，反而心懷怨恨，因私廢公，欺君罔上二也。皇上剛剛親政，首輔索尼已逝，國家正在用人之際，蘇克薩哈不思報效朝廷，反而想置身事外，養尊納福，欺君罔上三也。我等輔政七載，皇上深爲憐惜，正要封賞輔臣，蘇克薩哈卻一意求退，陷皇上於不仁之地，欺君罔上四也。此四者有其一，就當賜死，何況他四者俱全？」

康熙聽鼇拜所言頭頭是道，本已漸漸平息的心頭那把怒火，又騰騰燃燒起來，就要下旨賜他自盡，提起朱筆，又覺不妥，未見蘇克薩哈，聽他當面申辯，如果貿然斬殺大臣，豈不寒了百官的心！因此，略一沈吟，下旨命議政王貝勒大臣議處，擬畢，將聖旨交與鼇拜。鼇拜正自高興，見了聖旨，不免有些失望，但已無法更改，只好依旨行事。康熙本意是要挽留蘇克薩哈，但又怨其獨斷，想予以小懲，使他有所警悟。誰知鼇拜領了聖旨，與遏必隆、安親王岳樂商議多時，只召集同黨到會，議也不議，就授意禮親王代善之孫康親王傑書羅織罪名，以不欲歸政等二十四條大罪，將蘇克薩哈和長子內大臣查克旦等子孫七人、兄弟之子二人及親信族人白爾赫圖論斬。康熙聽了康親王的奏報，大爲驚愕，問道：「這不過是蘇克薩哈一個人的事，與其他人有什麼關係，爲什麼一併論斬？」康親王被問得張口結舌，無言以對。康熙有些惱怒，駁回所奏，命他重議。康親王下殿告知鼇拜，鼇拜馬上與遏必隆來見康熙。

鼇拜拜見過康熙，康熙說：「你們來得正好，朕正要問蘇克薩哈一事爲何如此議處？」

鼇拜答道：「有何不妥，請皇上明示！」

康熙不忍地說：「隱退本是蘇克薩哈一人之事，與其子孫何干？爲何也要一同正法？」

鼇拜辯道：「蘇克薩哈若隱退，其子孫諸人必定相隨，豈非一齊藐視皇上，如此怎麼是與子孫無關呢？」

康熙不悅道：「其子孫相隨乃是出於至孝，豈是定罪之證？如此刻意構陷，可是與蘇克薩哈宿有仇隙，所以必欲置之死地而後快？」

鼇拜道：「皇上，臣等都是秉公處斷，並沒有什麼私情在裡面。若必言仇隙，難道所有議政王貝勒大臣都與他有仇怨不成？退而言之，假設我們都與他有仇怨，那麼蘇克薩哈是怎樣的人不是昭然若揭了嗎？」

康熙見鼇拜巧言狡辯，不時用話反問，甚失君臣之體，不禁怒道：「如此說來，是先皇帝擇人不善了？」

鼇拜默然，良久才說：「並非先皇帝擇人不善，實是蘇克薩哈超拔任用，得意忘形，因此惡迹昭彰，不容於衆人，欲隱退以延殘生。」

康熙冷笑道：「在先皇帝之時爲賢臣，到朕在位就成了奸佞，難道是橘生淮南則爲橘，橘生淮北則爲枳，是朕的不是了？」

鼇拜忙說：「此事是蘇克薩哈一人所爲，與皇上有什麼相干，堯有不肖子離朱，舜有不肖弟象，都無損堯舜之聖明，皇上又何必自責呢？」

康熙趁機說：「既然是他一人所爲，就不必將他的子孫正法。」

鼇拜卻道：「皇上仁慈，臣等周知，但是斬草不除根，春風吹又生，皇上何必留下後患呢？」

康熙喝道：「朕念蘇克薩哈乃是先皇帝的托孤之臣，七載輔政，夙興夜寐，故說不斬他子孫，你卻一味強諫，此事是依朕之言，還是聽你的話？」

鼇拜也惱怒異常，擼起袖子，把拳頭攥緊，露出條條的傷疤，叫道：「臣追隨太祖太宗之時，也不曾被這樣羞辱。太宗還撫著臣的傷疤，細說來歷，論定功勳。太宗駕崩，臣以兩黃旗大臣力主立太宗後人，才有先皇帝繼承大統。現在皇上承享太平，就忘了爭奪天下時的艱難，如此對待功臣，眞是令人心痛腸斷！」說到激憤之處，鼇拜鬚髮皆炸，目眥欲裂，神情極爲可怖。康熙本尙年幼，未見過如此陣勢，驚得手足無措，心跳不止，面色蒼白，恐怕鼇拜怒極犯上，就支吾著說：「若要殺蘇克薩哈，念他是先朝老臣，必要厚殮。」鼇拜這才退後幾步，與遏必隆、康親王下殿而去。可憐蘇克薩哈只因得罪鼇拜，落得一家盡遭劫難。

74

康熙被鼇拜當面頂撞，不得已殺了蘇克薩哈，心中氣憤難平，到慈寧宮見了太皇太后放聲大哭，備言鼇拜囂張犯上，逼死蘇克薩哈。莊太后驚怒交集，也覺鼇拜勢大，不可不設法除之。

康熙被鼇拜在金殿上威嚇，心裡異常驚恐，鼇拜等人走了多時才緩過神來，越想越怕，不知如何是好，急往慈寧宮，見了太皇太后，再也忍不住心中的驚恐，不由倒地放聲大哭。莊太后忙命蘇麻喇姑將他扶起，摟入懷中，問道：「你先不要哭了，快講到底有什麼事？」康熙就把鼇拜在金殿的所作所爲細述了一遍，莊太后聽了，悔恨地說：「當年我之所以不再理朝政，是擔心四大輔臣受我牽制，不能盡心輔政，使你不能儘快樹立君威，君臣日後難以和諧。不想只四五年的時間，竟會形成如此的局面，令人實在感到心驚。看來鼇拜蓄謀已久，羽翼已成。」

康熙答道：「鼇拜死黨遍布，朝中大臣多相依附，因此再不把臣孫放在眼裡。」

莊后問道：「他們有多少人？」

「佔據要職者二十多個，幫兇嘍囉無數。」

「你應該早來慈寧宮的。現在鼇拜勢力如此龐大，恐怕一時難以撼動，更不用說是剪除了。」莊太后歎道。

康熙賭氣道：「那還不如把皇位讓與鼇拜做了，以免做個有名無實的皇帝，有什麼意思？」

莊太后聽了康熙此話，心裡不勝惱怒，念他年幼，而鼇拜久經沙場，絕非其敵，因此不好發作，淡淡地說：「我大清自太祖太宗以來，已歷三朝，豈是他人想做就做的？你不可妄自菲薄，先生了怯意，把大好的河山拱手讓與他人，如何對得起祖宗？」

「那現在臣孫該怎麼辦？」

「現在我一時也沒有什麼好辦法。鼇拜處心積慮多年，我們卻毫無準備，千萬不可妄動。最好是採取先揚後抑之計，穩住鼇拜，使他不會猝然發難，我們加緊準備，伺機除之。」莊太皇太后語氣平和了許多。康熙點頭，莊太后替他擦乾了淚水，多留他在宮中說笑了一會，才讓他出了慈寧宮。

第二天，康熙早朝時，果然見鼇拜及衆死黨齊集養心殿，個個神色有異，時時看鼇拜的臉色，康熙不等衆臣奏事，說道：「朕昨日稟明太皇太后，因輔政大臣遏必隆、鼇拜誅奸佞蘇克薩哈有功，特賜遏必隆、鼇拜加一等公。」鼇拜等人聽了，面露喜色，心神漸安，從此志益驕，以爲康熙不過孺口小兒，懦弱無爲，更不放在心上。轉年春天，康熙又賜鼇拜、遏必隆加太師封號。同時，康熙趁早晚給莊太后請安之機，開始與太后籌劃如何剷除他們。

這日，康熙見了莊太后說：「鼇拜一事已過了半年，至今那賊子仍然肆意橫行，不如臣孫親帶上三旗將士夜攻他的府第，把他擒殺，豈不省了許多麻煩！」

莊太后說：「上三旗中，正黃、鑲黃兩旗已爲鼇拜控制。正白旗因圈換土地之事，對你多有怨言，如何會忠心聽命呢？再說夜攻鼇拜，舉動甚大，萬一行事不夠機密，反被其制，那時我們的一切努力豈不付之東流，不如我們在宮中擒他。」

康熙道：「鼇拜身爲領侍衛大臣，宮中的侍衛都聽他節制，如何捉他？」

莊太后說：「宮中侍衛雖然皆由鼇拜指揮，但是並非個個忠心於他，你可精心挑選一些對鼇拜不滿的人，組成親信衛隊，等鼇拜輕身入宮，將他一舉擒獲。」

康熙答道：「宮中只有御前一等侍衛吳丹、古德可用，但是鼇拜身長力大，武功高強，這兩個人絕不是他的對手。」

「這兩人的武功如何？」

「在宮中也算是把好手，但與鼇拜無法相提並論。」

「武將之中，哪個可與鼇拜一爭高下？」

「只有吏部右侍郎索額圖。」

「他是什麼來歷？」

康熙道：「他是已故首輔索尼的次子，臣孫愛妃赫舍里氏的叔叔。本是宮中的一等侍衛，因看不慣鼇拜的所作所爲，一年前臣孫便升任他爲吏部右侍郎。」

莊太后喜形於色，說道：「你可以習武之名，把索額圖調回宮中，再選拔一些年少太監陪你一起練習撲擊之戲，命索額圖嚴加督促，等你們技藝已成，把鼇拜誘入宮中，擒而殺之。」

康熙拍手讚道：「好！臣孫即刻就去辦理。」
不幾日，索額圖重又回到宮中，選拔身強力壯的小太監每日教授，康熙早朝後也來習練，並為之取名為善撲營。有時鼇拜等人見了，只道是小兒遊戲，不以為意，日久竟習以為常，毫無戒備之心。
三個月過去了，善撲營的小太監們武藝大進，在與索額圖的搏擊之中，勝出已有十之七八了。康熙十分滿意，這天晚上特地帶索額圖到慈寧宮請安。莊太后命兩人坐下談話，索額圖道：「太皇太后盛情隆恩臣已心領，只是尊卑有別，臣不敢違了禮教，還是站在皇上身邊吧！」
莊太后點頭嘉許，問康熙道：「善撲營之事進展如何？」
「進展神速，可以行事了。」
莊太后又問索額圖說：「他們身手如何？」
索額圖答道：「臣近些日子與他們相互搏擊，開始是臣勝多輸少，現在是臣勝少輸多。」
「你與鼇拜相較如何？」
「若論武藝，鼇拜要勝臣一籌，但是他已年老，體力弱於臣，如此當不相上下。」
「你與鼇拜武功路數必不相同，善撲營會適應嗎？」
索額圖神色更為恭敬，稱頌道：「太皇太后聖明，臣已遵皇上之命，將鼇拜的招數講解給他們，並演練了破解之術。」

莊太后微笑道：「當年太宗皇帝常稱讚你父親索尼才智過人，現在看來，你不減索大人當年，眞是棟樑之材。」

索額圖拜謝道：「臣一家自祖輩起，旣受太祖太宗世恩，太皇太后與皇上恩寵殊甚，臣自當報答，刀火不避。」

莊太后頷首，命人取來御酒，滿滿斟了，賜與索額圖，索額圖推辭道：「待擒了奸賊鼇拜，再飲不遲。」

莊太后笑道：「那時豈會沒有酒喝？我也要喝上兩杯呢！」索額圖接了酒杯，一飲而盡。

莊太后對康熙說：「善撲營旣然準備妥當，那麼就趕緊想個理由，把鼇拜誆進宮來，以免夜長夢多，遲則生變。」

康熙道：「那就以召他入宮赴宴爲名，如何？」

「不妥，不妥。常言道，宴飲多殺機，鼇拜豈會不明此意？若讓他醒悟，反而弄巧成拙了。再說身爲一國之君，哪能無故召飲呢？」

索額圖說：「不然召他入宮給皇上指點武藝？」

莊太后搖頭說：「那樣鼇拜必內穿緊身衣裳而來，擒拿起來豈不難了？最好是召他入宮玩樂，使他毫無戒備之心，輕身一人而來。你們可知鼇拜有何嗜好？」

索額圖答道：「鼇拜除了女色之外，平時最喜圍棋。」

康熙吃驚道：「想不到這奸賊與臣孫有同好。那就投其所好，明日召他入宮對弈。」

「此計大妙！一來不會引起他的警覺，二來也可藉機掩飾你的神情，鼇拜何等狡猾，你若神色有異，豈會逃過他的眼睛？到時你便一心對弈，萬萬不可胡思亂想。」莊太后看著康熙，眼裡露出憐愛之情。

康熙見了，心裡一酸，暗自忍住說：「有索額圖在，臣孫的安危自然無虞，正好一門心思用在棋盤上。若此戰不成，臣孫就假言不過是與他戲耍，量他也不會在宮中撒野。」

索額圖也說：「太皇太后且放寬心，臣拼卻一死，定保皇上平安，不負臣一家三代累受皇恩。」

「明日之戰，至爲關鍵，望你們奮勇向前，爲國除奸。我在宮中坐聽捷報，切勿令我失望！」

然後命蘇麻喇姑道：「取寶刀來！」

不多時，一個粗壯的太監懷抱一把黃綾纏繞的刀來，莊太后揭開黃綾道：「這是先祖莽古思汗贈給太宗皇帝的白鐵寶刀，太宗皇帝駕崩之後，一直在我身邊，見刀如見其人。今日我請刀出宮，特賜與索額圖擒奸所用，望太宗在天之靈保佑你們旗開得勝，馬到成功！」

索額圖跪倒在地，雙手接了，覺此刀十分沈重，必是千年玄鐵打造，微微一撤，聲如龍吟，一道白光如同匹練，將宮殿映得陡然亮了許多。索額圖喝道：「有此神刀，鼇拜必死！」

莊太后見索額圖慷慨激昂的樣子，好似辭燕入秦的荊軻，「風蕭蕭兮易水寒，壯士一去兮不復還」，心裡一熱，幾乎要流下淚來，喊著康熙道：「燁兒，你過來。」康熙走過去，莊太后拉住他的手說：「明日你要小心了。」康熙點頭。「你怕麼？」康熙看著祖母，沒有回答。莊太后知道他對鼇拜仍心存畏懼，放開他的手說：「射人先射馬，擒賊先擒王。鼇拜黨羽雖多，只要擒了他，自然會樹倒猢猻散，不必過慮。」

康熙道：「臣孫並不驚恐，明日先將鼇拜死黨遣出京城，擒了鼇拜這些人知道也晚了。」

莊太后誇獎道：「果然聰慧，不枉我多年的教導。你們去吧！」康熙答應一聲，與索額圖拜別了莊太后，出宮而去。

75

矮凳之上擺著一方紫檀精刻的棋盤，棋盤的兩邊放著紫檀鏇成的扁圓盒子，棋盤與盒子幽幽地閃動著光芒，似是人手久經摩挲的古物。打開盒子，裡面各放白玉墨玉磨製而成的棋子，白如瑩雪，黑若點漆。鼇拜一看，禁不住暗自喝采：真是並世無雙的寶物。

次日早朝，康熙命鼇拜的弟弟內大臣巴哈前往察哈爾，鼇拜的侄子侍衛蘇爾馬差往科爾沁，鼇拜的聯姻理藩院左侍郎綽克托差往蘇尼特，工部尚書都統濟世差往福建巡海。分派完畢，細觀鼇拜，見他並無異樣。午後，康熙親自把善撲營佈置在南書房，然後命大太監宣鼇拜入宮對弈。鼇拜聞詔大喜，隻身入宮，命一等侍衛阿南達隨從，一起來到南書房。南書房內，康熙已命人擺好棋具。鼇拜一看，禁不住暗自喝采。原來矮凳之上擺著一方紫檀精刻的棋盤，棋盤的兩邊放著紫檀鏇成的扁圓盒子，棋盤與盒子幽幽地閃動著光芒，似是人手久經摩挲的古物。鼇拜看得心頭鹿跳，略施一施禮，不等康熙賜座，就坐下拈起棋盤道：「皇上，宮中何時有此古物，臣聞所未聞。」

康熙笑道：「太師走眼了，這並非什麼古物，實是山東剛剛送來的貢品。」

鼇拜說：「皇上何必誑騙老臣。如果不是古物，哪裡會有如此細膩的光澤？」

「太師，如此光澤需要多少次打磨呢？」康熙笑問。

「若以人手計算，當不下萬次。」

「據山東巡撫所稟，此物他命人日夜不停地摩挲，整整三年，可足萬次？」

鼇拜無言，拿下紫檀盒蓋，更是一驚，只見盒內滿滿地全是白玉磨成的棋子，觸手一摸，溫涼潤滑。又打開另一隻盒子，見裡面同樣放滿棋子，只是顏色與前一盒有異，黑如漆塗，顯爲墨玉所琢。康熙看他呆愣愣的樣子，說道：「這棋子都是用新疆和闐的美玉製成，當眞是世間罕見，難怪你會有如此雅興！」

鼇拜嘿然道：「富貴帝王家，此話果然。」

康熙道：「皇家的富貴也有輔臣的功勞。今日暫且不談治國之事，先陪朕下棋。來，猜枚選子。」

康熙猜得黑子，不由微微一笑，道：「兵法云：先發制人，後發制於人。朕有先行之利，勝算當多，必可擒你。」

鼇拜說：「兵法上也說：後發制人。臣並不是一定沒有機會，還是盤上見高低吧！」

康熙見鼇拜一心盯著棋盤，知道他毫無警覺，大爲放心，在右下方無憂角落子，鼇拜相對落子，二人落子如飛，片刻之間，棋盤黑白交錯，難分難解。康熙佯作沈思，彷彿不勝其勞的樣子，說道：「朕有些倦了，封盤小憩，宣善撲營的高手到書房前表演角力，與太師輕鬆一下。」

鼇拜殺得正在興起，欲罷不能，見康熙話已出口，不好反對，再者自己也頗好角力之道，當下與康熙一同出了書房門，見小花園內早已有十六名小太監兩兩對立，排列整齊，索額圖手捧白鐵刀與阿南達站在一旁。衆小太監齊齊地向康熙行禮過後，雙雙捉對相摔。康熙用眼角偷看鼇拜，見他時而大笑，時而伸長脖子呼叫，時而摩拳擦掌，看得正酣。康熙側目去看索額圖，見他正目不轉睛地望著自己，就將頭輕輕連點三下，然後站起身形。那十六名小太監邊打鬥，邊向康熙與鼇拜靠攏過來，堪堪一丈左右，忽然一聲吶喊，隊形大變，一齊縱身向鼇拜撲來，兩人一組，抱頭的抱頭，扯手的扯手，壓腿的壓腿，一下將鼇拜摔倒在地，鼇拜奮力掙扎，哪裡掙扎得動？怒吼道：「大膽的奴才，竟敢犯上！」哪知衆太監聽了，並不恐慌，抓得更緊了。事出倉猝，那邊的阿南達見了，驚得口張無聲，手腳難動，被索額圖用白鐵刀拍在背上，身子飛出多遠，倒地吐血不止。索額圖飛身縱到鼇拜面前，將寶刀橫在他的脖項之下，喝道：「欺君罔上的奸賊，你也有今日！」然後命人用鐵鏈將他手腳捆了。

鼇拜此時方才醒悟，大叫道：「玄燁小兒，你擅殺功臣，我做厲鬼也不會饒你！」

康熙命衆太監掌嘴，罵道：「你這亂國的奸賊，太祖太宗與皇父對你何等看重，你卻目無君王，結黨營私，擅殺大臣，殘害百姓，朕豈能容你！狠狠地打！」

霎時鼇拜被打得口鼻青腫，血流不止，兀自叫罵不止。康熙擺手命令將他押入天牢，嚴加看管，待捉了其他死黨，一起處斬。吩咐已畢，親去慈寧宮向莊太后報喜。

慈寧宮裡，莊太后靜靜地坐著，蘇麻喇姑侍立在一旁。康熙不等稟報，快步跨入宮門，跪拜道：「臣孫啓奏太皇太后，已將鼇拜打入天牢。」

莊太后微笑道：「我可以安心睡上一覺了。」

蘇麻喇姑接著說：「皇上，太皇太后自昨日議事至今目不交睫，一夜未曾合眼。」

莊太后讚道：「你也是整夜陪我呢！」然後對康熙說：「你打算如何處治鼇拜諸人。」

康熙恨道：「鼇拜欺君擅權，罪在不赦。臣孫要將他凌遲處死，黨羽都加嚴辦。」

莊太后說：「鼇拜從太祖之時，累朝效力，尤其忠心擁立你父皇，功不可沒，甚得你父皇倚重，現在既然已經拘禁，不如免其死罪，革去他官職，終生監押天牢。只要掃淸他的黨羽，鼇拜不殺，也無大礙，反而向世人昭示仁慈，所謂寬可得衆，切不可妄興大獄，使百官驚恐，人人自危。」

康熙道：「臣孫想殺一儆百，重整朝綱，端正吏治，否則一旦積重難返，悔之何及？」

莊太后點頭說：「話是可以這樣講，但這不是蓋房子，看到房子不好，就另外擇地重建。爲政之道是要循序漸進，不可急躁冒進，更不能妄求一蹴而就。鼇拜一案涉及官員甚多，要明白有的是一心依附的死黨，有的是被他以權所威攝，迫於情勢，不得不聽命於他，內心實存忠貞，所以不可株連太過。殺一儆百可將死黨盡誅，協從不問，法外施仁，以成帝德。」

「謹遵太皇太后懿旨。若無太皇太后自幼教導，若無太皇太后授計除奸，臣孫不知此時身在何處？」康熙雙眼濕潤，堪堪要灑落襟前，趕忙低下頭去。

莊太后歎道：「誰叫你父母死得早呢！我不管你，又交與何人呢？好在我已經過一次變故了，心也不再慌了。你不知道二十五年前，太宗皇帝駕崩，你父皇年幼之時，那才叫難哪！好了，那些舊事都已經過去了，改天有功夫再講給你聽，今天是大喜的日子，何必說這些呢！」

康熙偷偷地擦去眼淚，看著銀髮飄垂的太皇太后，跪伏在地，頭深深地叩下去。

京城的街頭貼滿了黃紙告示，茶樓酒肆傳遍了一條消息：康熙爺談笑對弈，請天將相助，捉了滿洲第一勇士太師鼇拜……

平藩

76

平南王尚可喜的大兒子尚之信極好酒色，惹事生非。尚可喜見他不足擔當大任，就想把王位傳給次子之孝，又恐引起他們兄弟相爭，大謀士獻上兩條計策。

康熙御門聽政，捉了鼇拜，勵精圖治，聲威遠播。此時天下已定，南明諸王盡已敗亡，平西王吳三桂鎮守雲南，平南王尚可喜鎮守廣東，靖南王耿精忠鎮守福建。消息傳來，吳三桂暗自驚歎，尚可喜坐立不安。原來尚可喜的大兒子尚之信極好酒色，常常酗酒之後，縱橫於街市，搶劫婦女，甚至官宦之家也不放過，一時民怨沸騰，傳到尚可喜的耳裡，尚可喜怒極，屢加規勸，無奈尚之信依然故我。尚可喜歎道：「我一世英名必將喪於此子之手！」有意將王位傳於二子之孝，又恐之信不答應，引起兄弟相殘，苦思無計，悶悶不樂。手下心腹謀士金光頗有智謀，見尚可喜如此憂愁，不免問道：「王爺常常無語浩歎，可是有什麼心事不成？」

尚可喜見是金光發問，也就不再隱瞞，將長子之事說了一遍，擔心地說：「當今聖上已經親政，連鼇拜都捉了，若知本王教子不嚴，縱子爲害，豈有不究之理？那時本王戎馬一生掙得的這份富貴，豈不是付之東流！先生可有良策，一解我憂？」

金光思忖片刻，道：「學生想出上下兩條計策，各有短長，不知王爺選擇哪一個？」

尚可喜急問：「先生請講上策。」

金光道：「王爺何不丟卒保車？」

尙可喜流淚道：「虎毒且不食子，要本王親手殺他，實在是下不了手。請問先生下策如何？」

「上策雖捨棄大公子，但可保王爺爵位不失。下策則可保大公子之命和王爺一家的富貴，只是王爺權勢必不如今日了。」

尙可喜說：「本王自參將位至王侯，可算是已經滄海，復有何求！既然可以保證全家平安，權勢大小又有何妨？」

金光喟然道：「王爺眞是達觀之人，看破了世間利祿。既然如此，王爺可以上表請歸遼東，一來可避官場之禍，二來大公子到了遼東，鄉里多是平民百姓，自然也不會惹出什麼大禍來。」

尙可喜說：「如此歸老林下，本王倒是沒有什麼，只怕之信未必同意，再說王位這樣輕棄，實在有些可惜。不如本王帶之信回遼東，讓之孝繼承王位，豈不一舉兩得？」

金光點頭道：「王爺不妨一試。」當即替尙可喜修表上奏朝廷。

康熙覽表後，命議政王大臣與兵部、戶部議處。衆人都以爲現在四海晏清，猶令重兵鎭守南疆，致使天下財賦半耗於三藩，實爲國家隱患，不可不除。尙可喜奏歸遼東，當准其請，但是留子襲封王爵，仍居廣東，則不免父子分離，而藩下官兵父子兄弟宗族也會分離，有違人道，因此應當全藩撤離。康熙准奏，隨即下詔，命尙可喜統領全藩人馬撤回遼東。

尙可喜接到詔令，心裡雖然有些不捨，但是已經無可挽回，只得清點財物，準備啓程。消息傳到雲南，吳三桂極爲震動，也準備上表朝廷，申述自願撤藩之意。三桂與手下衆人商議，謀士劉玄初勸道：「王爺千萬不可如此，皇上早就想將王爺調回山海關，只不過因王爺功勞極大，不好說出口，現在王爺卻要自己主動上疏請調，豈不是正好給皇上製造了藉口嗎？王爺切切不可妄動。」

三桂不以爲然，道：「先生未免言過其實了。本王的疏表上奏，皇上一定不會同意，而下詔特加安撫。本王上表不過是使皇上不懷疑罷了。」

劉玄初高聲道：「王爺不聽忠告，一旦詔命下來，悔之晚矣！可歎這大好的南疆風物，不知何日再見？」

三桂冷笑道：「先生眞是文士情懷，但傷春悲秋似與現在夏日美景不諧。」

劉玄初聞言，長歎一聲，出帳而去。衆人面面相覷，不敢再言。吳三桂就將撤藩表章上奏朝廷，恰巧靖南王聽到尙可喜撤藩之後，也具表上奏。康熙看了兩個表章，心中大喜，命議政王大臣議處。衆人對耿藩撤離沒有異議，但對撤離吳藩卻各持一辭。內國史院大學士索額圖覆奏說：「吳三桂鎭守雲南以來，地方平定。如果將他撤回山海關，不得不派兵戍守，數十萬人馬往來，一定會使沿途的百姓苦累不堪，何必費此周折？」

康熙指著殿上的一棵巨柱道：「索額圖，你看看朕在宮中柱子上的親筆所書。」

索額圖走到柱旁，仔細觀瞧，見柱上寫著六個大字，開頭兩個大字就是三藩，後面依次是河務、漕運，不解何意，回頭看看康熙，甚是茫然。康熙緩聲說：「朕自親政以來，每次到乾清門視朝前或是回來，都要看看這幾個字。三藩、河務、漕運這三件大事，朕夙夜思慮。此三事之中，三藩實是治國安邦的頭等大事，勢在必行，再猶豫不決，一旦有如明遺臣查如龍者常加遊說，三藩擁兵自立，終成遺害。」

索額圖說：「皇上深謀遠慮，非臣所及。然臣以為三藩不可同時撤離，應先易後難，分批而撤，使其不相依靠，以免激成變亂。漢朝七國之亂可為前車之鑒，望皇上明察。」

康熙蹙眉道：「此言倒是有幾分道理。但此事如不急辦，等他們有了準備，定然發兵相拒，撤藩之難必過今日，倒不如出其不意，儘早除之，以免日久滋蔓，養癰成患。況且吳三桂之子應熊，耿精忠之弟昭忠、聚忠都在京師供職，他們投鼠忌器，或不至有什麼變動。若他們背恩，朕以一國之力，八旗雄師，何懼他區區三鎮！」

索額圖不敢再言，退出養心殿。康熙見天色將晚，照例往慈寧宮給太皇太后請安，順便將撤藩一事稟告。莊太后聽了說：「索額圖所言並非沒有道理，三藩並撤未免操之過急，但是若不同撤，又會予人以口實。長痛不如短痛，那就一起撤吧！」康熙深受鼓舞。次日視朝，即命禮部右侍郎折爾肯、翰林院學士傅達禮往雲南，戶部尚書梁清標赴廣東，吏部右侍郎陳一炳去福建，會同總督、巡撫、提督辦理各藩撤兵事宜。康熙深知雲南之行多有風險，恐怕吳三桂不服節制，特地各賜御用佩刀一口，壯其行色。不料身爲額駙的吳應熊早已暗中派人趕到雲南，將撤藩的消息報與吳三桂。

三桂大驚，心道：我不過是客氣一下，康熙小兒卻當起眞來了，實在令人可惱。急召女婿夏國相、胡國柱諸人商議，說：「本王上表撤藩，意在試探康熙，不想康熙卻得寸進尺，乘機撤藩，眞是豈有此理！」

夏國相道：「皇上撤藩而命王爺回山海關，不過是調虎離山之計，必是恐王爺擁兵自重，難以節制，因此趁撤藩之機，削王爺兵權。王爺若願解甲歸田，當然稱了皇上之意，也少不了王爺潑天的富貴，只是威風不可與現在相比。王爺若不捨南疆的花花世界，當速謀自立，不必遲疑。」

三桂歎道：「前時劉玄初先生勸本王切勿具表上奏，本王不聽，致有今日之禍。」言下頗有悔意。

謀士方光琛道：「王爺不必自責，康熙其實久有此心，只是一直隱忍未發，撤藩不過是遲早之事。所幸雲南地處邊陲，距京畿數千里之遙，勞師襲遠，必然無功。王爺以逸待勞，有何懼哉！」

胡國柱也說：「現在應該加緊練兵，等朝廷的使者一到，正好斬了他們祭旗。」

三桂點頭。次日升帳，傳令各部在校場操練。過了些時日，欽差折爾肯、傅達禮才到。吳三桂迎入帳中，跪接聖旨已畢，正要款待欽差，夏國相、胡國柱等人闖將進來，不由分說，把兩人綁了推出帳外，三桂急忙阻攔道：「你們是要毀本王的名節麼？」

巡撫朱國治喝道：「你們要造反麼？冒犯欽差即是藐視朝廷，可是死罪，你們不怕死麼？」胡國柱鬆了欽差，提刀奔向朱國治，罵道：「你這不分好壞的狗官！造反先拿你開刀。」一刀將朱國治的頭砍了，大喊道：「康熙小兒只可共患難，不可共富貴。我們王爺出生入死，立下蓋世功勳，不想這狗皇帝用人已過，就飛鳥盡，良弓藏；狡兎死，走狗烹。眞是忘恩負義，豬狗不如。待我們殺了這些狗官，與王爺永鎭雲南，同享富貴，何必再受狗皇帝的欺辱！」

夏國相也說道：「我們追隨王爺，鎭守雲南，已有多年，安居樂業，何必再背井離鄉，回到萬里之外的陰寒之地呢？雲南本是王爺率領我們兄弟浴血奮戰而得，不由我們鎭守，卻拱手送與他人，如何教人心服？不如我們擁立王爺，與清朝南北分治，那時衆位都是開國元勳，榮華富貴享之不盡，豈不遠勝北面稱臣！」

三桂頓足道：「罷了！罷了！你們如此魯莽，可把本王害苦了。朱巡撫乃是皇上欽定的大臣，怎麼輕易斬殺，教本王如何再見皇上？快將國柱捆了，本王要親自押解他入京面聖。」

夏國相聞言，向部下暗使眼色，衆人一齊跪倒，求情道：「王爺若捆胡將軍，就將我等都綁了吧！我等不願捨主獨生。」

三桂驚道：「你們如此只講義氣，就不怕王法無情嗎？」

「我們只知有王爺，不知有國法。」

三桂哭道：「你們如此行事，朝廷必派兵圍剿。那時大軍一到，皆成齏粉，悔之晚矣！」

衆將士齊聲喊道：「兵來將擋，水來土屯，我等追隨王爺多年，大小爭戰無數，殺人如麻，豈怕什麼朝廷大軍？不如王爺一聲令下，我們殺向北京，奪了江山，王爺正了龍位，不是遠勝僻處南疆一隅！」

三桂聽了，收住哭聲，說道：「你們果眞如此想，本王也不好拂了衆位的盛情，不再攔阻了。」

夏國相等人齊聲呼道：「我等誓死效忠王爺。」就將折爾肯、傅達禮捆了，押到獄中拘禁。起草反淸復明的檄文，派人去廣東、福建聯絡尙可喜和耿精忠，號召遠近，興兵反淸，遣將北犯。一時貴州巡撫曹申吉、提督李本深，雲南提督張國柱，紛紛起兵相應。

77

乾清門內，君臣齊集，正在議政。突然，兩匹奔馬從午門方向急馳而來，衆侍衛挺身去攔，不料馬上之人將馬頭一提，衝出堵截，闖到乾清門前，雙雙滾鞍下馬，提袍跑入乾清門。

將近年關，北京城裡分外熱鬧。康熙視朝乾清門，群臣齊集正在議政。突然，兩匹奔馬從午門方向急馳而來，衆侍衛挺身去攔，不料馬上之人將馬頭一提，衝出堵截，闖到乾清門前，雙雙滾鞍下馬，提袍跑入乾清門。門前侍衛見兩人衣冠不整，喝道：「好大的膽子，竟敢擅闖皇宮大內！」拔刀相格，那二人卻不加理會，口中喊道：「皇上，大事不好了，大事不好了！」摔倒在石階之上，喘作一團。殿前侍衛趕到近前，這才看清不是別人，原來是兵部侍郎黨務禮、戶部員外郎薩穆哈，急忙進殿稟報。康熙聽了，吃驚道：「朕命這二人去協辦吳三桂撤藩之事，爲何這樣快就回來了？速宣他們上殿。」

黨務禮和薩穆哈被侍衛攙扶著蹣跚進來，見了皇上，跪伏丹墀。康熙見他們神情萎頓，衣袍皺污，有失大臣體面，眉頭微結，問道：「你們有什麼事，如此驚慌狼狽？」

黨務禮答道：「皇上，那吳三桂反了。」

「此話當眞？」康熙神色一變，急問。衆位大臣聽了，也都爲之聳容。

「臣豈敢蒙蔽皇上！那吳三桂殺了巡撫朱國治，囚禁了欽差折爾肯和傅達禮兩位大人，兵分兩路，向北殺來。臣等得知此信，快馬加鞭，晝夜急馳，奏稟皇上。」

康熙命二人將三桂造反的經過詳奏一遍，看了看殿上的群臣說：「朕為籠絡吳三桂，將御妹建寧下嫁與他的小兒子應熊，然三桂不思報效，背恩反叛，此事怎麼辦？」

索額圖搶先道：「前些日，臣就奏稟撤藩不宜太速，恐怕會因急生變，果然不出臣的所料。當今之計，對三藩當以撫慰為主，將以前議論三藩應當撤遷的人都正國法，或交與吳三桂處置。收回成命，永禁撤藩之言，讓吳三桂世守雲南，當可挽回。」

刑部尚書莫洛、戶部尚書米思翰、兵部尚書明珠等主張撤藩的人聽了，心頭又驚又怒：我等豈是君側的小人？康熙面色一肅，說道：「天下已定，豈容藩鎮自治以亂國政？撤藩之事，朕意已決，豈可更改？對犯上作亂的奴才，朕絕不姑息遷就！索額圖，你回去細細讀一讀《漢書》的《文帝紀》和《晁錯傳》。朕不想做漢文帝，也不想有人做晁錯！」

索額圖不敢再言，默然退下。康熙道：「吳賊既叛，當如何剿滅？朕有意命八旗勁旅入滇，將叛賊一舉殲滅，或遏其攻勢，將戰事控制在滇、黔、湖廣三省，少殃及百姓。」

米思翰說：「皇上聖明，臣等心悅誠服。當今賊勢猖獗，東路賊軍不下十萬，侵吞黔湘；西路賊軍也有四五萬之眾，攻襲川陝，絕非綠旗兵所能抗衡，應當命八旗勁旅會剿。」

左僉都御史魏象樞卻說：「皇上，臣以為遣八旗勁旅，萬里征戰，不免軍需浩繁，不勝負擔。勞師遠征，不如誘敵深入，以逸待勞。」

「朕出兵進剿，意在不讓戰火蔓延，害朕子民。」康熙不無憂慮地說。米思翰奏道：「臣以為皇上欲遣八旗勁旅，萬里征剿，脫民於水火，實是出於好生之德和悲憫之心，然國庫恐不勝其負，望聖上明察。」

「國庫錢糧可供幾時？」康熙急問。

「大概可支援二三個月。」米思翰低頭垂手而答。

「怎麼堂堂我大清竟清貧如此？」康熙心中大惑不解。

米思翰見康熙似有責問之意，忙稟道：「皇上方今天下初定，國庫未容積蓄，且我大清糧倉盡在江南，泰半歸於三藩，國庫焉能充盈？」

康熙默然，朝堂上一片沈寂。

78

國庫的錢糧只夠將士三月之需。康熙聽了米思翰的話，半晌無言。莊太后知道後，卻想出了一個辦法。

國庫的錢糧只夠將士三月之需，如何去萬里之外的雲南征戰？康熙聽了米思翰的話，半晌無言。散朝後，懷著深深的憂慮，不覺來到慈寧宮。

「燁兒，看你面色甚是沈重，一副心不在焉的模樣，可是有什麼事情？」莊太后對請安後站在一旁的康熙說。

康熙見太皇太后慈祥地望著自己，不敢隱瞞，答道：「吳三桂叛亂，發兵北犯。」

「這個首鼠兩端的小人！當年他獻關投降、賣主求榮，現在又反叛我朝，哪有什麼忠義？對此萬萬不可縱容。」莊太后又驚又怒。

「臣孫也是這樣想的，可是國庫中的錢糧難夠軍需，怕是有出戰之兵，而無供餉之銀。」康熙歎道。

莊太后看看剛剛十九歲的孫子，想到如果他的父皇還在世的話，哪裡會使他這樣爲難？一般的阿哥這個歲數，正是追紅逐綠的時候，何等的悠閒瀟灑？可憐他小小年紀就要挑起這千斤重擔了，不禁有些心酸，問道：「國庫的錢糧尙夠幾時之需？」

「可供三月。」

「還差多少？」

「戰時大軍供給不比太平之時，耗費錢糧甚劇。臣孫估計尚差半載之餉。」

莊太后道：「你打算怎麼辦？」

「錢糧不可即用即生，因此臣孫想盡出八旗勁旅，速戰速決，或許會省下一些錢糧，使國庫尚可支撐。」康熙暗道：自己親政已經六載，卻還讓太皇太后如此勞心，陡覺慚愧。

莊太后見康熙面色微現赭紅，已知道他的心意，勸道：「八旗乃是我大清立朝的根本，不可妄動，否則京師空虛，若有不測，計將安出？再說長途跋涉，必老我師，強弩之末，如何對敵？吳三桂既敢反叛，必也有準備，且其手下多能征善戰之將，恐非一朝一夕可以剿滅，一旦失利，精銳既出，何以為繼？若以此引起朝野震動，人心不穩，激成變亂，豈不弄巧成拙！」

「如果不能速決，而國庫已空，反會進退兩難。」

太后搖頭說：「錢糧短缺自當想辦法籌集，不能以速戰來解決，征戰既起，豈是一方所能控制的，一年不成，三年五載也說不準的。我看與其全用八旗精銳，不如就近調用當地綠營兵，先行抵禦，再選命鐵騎馳援，如此軍餉不必全由國庫出，等到明年五黃六月，江浙湖廣一帶之糧足夠軍需。」

康熙心中一動，脫口說道：「吳賊已發兵湖廣，看來或許有意奪取夏糧，臣孫當即派鐵騎火速馳援。」說罷起身欲退。

莊太后微笑道：「只要守住湖廣，吳三桂單憑雲貴蠻夷之地的物產與朝廷相較，眞是陋室之於華堂，熒光之於日月。時日越久，朝廷必勝。明日如果出兵，我親爲大軍送行，並想辦法當面籌集軍餉。」

「籌集軍餉？」康熙不解地看著祖母，莊太后微笑道：「到時你自然就明白了。」

北風獵獵，旌旗飄揚。校軍場上，三十萬大軍列隊整齊，領命待發。康熙皇帝早早來到校場，分遣寧南靖寇大將軍多羅順承郡王勒爾錦和安西將軍都統赫業赴荆州、四川。新搭設的高大黃羅帳內，康熙向勒爾錦面授機宜，威嚴地說：「勒爾錦，荆州自古乃是兵家的必爭之地，湖廣的重鎭，北進的門戶，非同小可。望你不負朕命，務必於吳賊到前趕到荆州，遏住賊人的攻勢，使其不得北進。切記守住荆州即是守住了湖廣，如果荆州失，則湖廣勢難守住；湖廣一失，天下危矣！」勒爾錦伏首稱命，誓言與荆州共存亡。康熙頷首，又命赫業進帳，叮囑一番，然後出帳恭迎太皇太后。

79

一頂杏黃的大轎在寒風中平穩地疾行，蘇麻喇姑和幾個太監、宮女緊緊跟在轎的左右，後面則是各色的小轎，迤邐數里，像一條蜿蜒飛動的巨龍，轎的後面一色的駝隊，無數的駱駝背上馱著重物，口中吐著熱氣，地面的積雪上留下了一串串形狀各異的印迹……天寒地凍，他們要向哪裡去呢？

校場上，數萬將士彷彿被捏了脖子的鴨，紛紛轉過頭，遠遠望著。一頂杏黃大轎在寒風中平穩地疾行，蘇麻喇姑和幾個太監、宮女緊緊跟在轎的左右，後面則是各色的小轎，迤邐數里，像一條蜿蜒飛動的巨龍，轎的後面一色的駝隊，無數的駱駝背上馱著重物，口中吐著熱氣……康熙站在高台之上，看著那頂黃轎漸漸近了，冷風不時掀動轎簾，他禁不住流下淚來，這樣嚴寒的日子，她老人家竟不顧風雪趕來，急忙下台遠迎。

康熙引著黃色的大轎來到帳前，身穿黑貂皮袍的莊太后走下轎來，後面的小轎也紛紛停下，霎時黃羅帳前擠滿了一片。眾將士正自驚詫，小轎裡走出無數的朝廷命婦，在莊太后的帶領下緩步上了高台，走入大帳。康熙一時不知何意，忙上前拜見祖母，眾命婦則一齊道：「拜見皇上。」康熙愕然。

莊太后笑道：「皇上休怪我與眾位夫人先斬後奏，沒有提前知會一聲。我與她們前來，一是爲大軍餞行，二是籌集軍餉。」說著將手一揮，蘇麻喇姑帶人抬進許多大口袋，打開一看，裡面裝的全是金銀珠寶、綾羅綢緞，映得滿帳生輝。

「太皇太后，這是何意？」康熙問道。

莊太后道：「這些東西是我多年積攢下的，有我出嫁時的陪送，有太祖太宗的賞賜，有壽誕時你父皇和百官的賀儀，現在我全部都拿出來犒賞三軍。衆位夫人聞知，也紛紛將私房錢捐贈了出來，都在外面的駝隊上呢！命人去拿吧！」

康熙急道：「這些東西乃是太皇太后個人享用之物，豈可犒軍？」

「皇上不要再說了。只要打敗了吳賊，平息了叛亂，我還愁沒有這些東西可用嗎？如果吳賊兵臨城下，這些東西又豈會爲我所有？只要早滅叛亂，保我大清江山永固，我就是衣食簡陋一些，又有什麼？我是怕對不起太祖太宗，對不起你父皇啊！」莊太后聲調發澀，多年的苦樂一齊湧上心頭。

康熙眼中快要流淚，因怕失了體面，忙起身出帳，莊太后與衆命婦隨在後面。此時，軍士已將駱駝背上的袋子取下，抬到高台上來，整整齊齊地擺了，堆積得如小丘一般。康熙一看，全是些金銀綢緞之物，足夠數月軍餉，不由大喜，高聲說道：「吳賊背恩反叛，殺我大臣，擄我子民，要奪我祖宗基業，朕命你們去擒賊殺敵，太皇太后知你們世代追隨太祖太宗，祖上多積有軍功，特地親身前來，拿出自己的私財犒賞三軍，衆朝廷命婦也各以財物相助，意在激勵你們，奮勇殺敵，保衛家邦，光宗耀祖。你們切不可辜負太皇太后的洪恩！」

「謝太皇太后，謝太皇太后！」數萬將士一齊跪拜在地，揚起一陣雪塵，喊聲驚天動地，傳出很遠很遠……

80

吳三桂發兵兩路，數日後攻入四川、湖南，警報一日數到京師，康熙極爲震驚，便要親征。衆臣苦勸不聽，一時束手無策。莊太后知道了，也是大吃一驚。

吳三桂發兵兩路，數日後攻入四川、湖南，四川巡撫羅森、提督鄭蛟麟、總兵譚弘、吳之茂紛紛投降；吳三桂的總兵楊寶蔭、將軍夏國相、張國柱、吳應麟分別攻陷常德、澧州、衡州、岳州，長沙副將黃子卿又以城降，叛軍危及湖北、陝西。耿精忠據福建反叛，與吳三桂東西相應；廣東尚之信不受其父約束，蠢蠢欲動，形勢十分危急。警報一日數到京城，康熙極爲震驚。一連數日早朝與衆大臣商議，皆無良策，只是互相埋怨，以爲是諸路將士不肯用力，致使吳賊猖獗。康熙見衆臣攻訐不止，心下惱怒，喝道：「當年太祖太宗馬上皇帝，何等英武！你們不要再吵嚷了，待朕親統大軍與吳賊決一死戰！」

衆臣大驚，急忙勸阻，大學士明珠道：「吳賊不除，終是禍患。各路將士都受過皇上大恩，未必是不肯盡力，只是賊軍一直征戰，器械精良，勝過我軍。當今之計，並非要皇上親征，實是急在添置軍器上。」

「添置什麼軍器？勒爾錦已帶了不少紅衣大炮，足夠攻城拔寨之用。」康熙不以爲意。

明珠說：「南疆多山多水，有舟楫之利，而無車馬之便，紅衣大炮未免粗笨。臣聽說西洋有一種火炮，非常輕便，可以越山渡水，比紅衣大炮威力還要猛一些。」

「遠水難解近渴，西洋之物如何為我所用？」

「皇上可命人製造，不愁不為我用。」明珠見康熙似已不快，急忙答道。

「何人能造？」

「欽天監副南懷仁。」

「既有新的火炮，朕親征必獲全勝。」康熙大喜，命明珠諭令兵部助南懷仁趕製火炮。明珠本是勸阻皇上不要親征，不想卻更加堅定了他的想法，追悔莫及，又說：「京中不可一日無君，皇上若親征，何人可以當任？」

康熙道：「你們有事可到慈寧宮稟報太皇太后。」說罷就要散朝。卻見一個太監急急跑進殿來，稟報說吳三桂派人來下書，不由大怒道：「吳賊竟敢如此膽大妄為，速宣下書人進殿！」

不多時兩個人進來，伏地大哭：「臣有負皇上所命，罪該萬死！」康熙仔細一看，原來是自己差往雲南的折爾肯和傅達禮，就命他們平身。折爾肯道：「臣回到京師見到皇上，如在夢中。」然後備訴吳三桂不法之事，並將吳三桂親筆手書獻上。康熙打開一看，勃然大怒，面色鐵青，罵道：「三桂賊子，竟敢如此欺朕，說什麼裂土罷兵。朕要當面責問賊子，親手誅之，方解心頭大恨！」當下傳旨兵部，便要親征。

兵部侍郎王文靖奏道：「皇上，三桂賊子此時放回折爾肯、傅達禮兩位大人，定是故意激怒皇上，擾亂皇上的心智，伺機可乘。皇上千萬不可中他詭計，保重龍體。若必欲出胸中的惡氣，臣倒有一計，不知皇上聖意如何？」

康熙聽了，壓壓怒火說：「是什麼計策？但講無妨。」

王文靖說：「吳賊之子孫現在都在京中，應熊雖貴爲額駙，但卻與吳賊勾結，密送資訊，實屬叛逆一黨。自古亂臣賊子，人人得而誅之。皇上奈何不斬應熊，以寒老賊之膽，以絕群奸之望，以激勵三軍之心。」

康熙道：「朕未斬應熊及其子世霖，是恐有傷公主之心。應熊既然暗與吳賊往來資訊，咎由自取，朕必不曲意袒護他。」當下命令兵部圍了應熊的府邸，將他與子世霖一併捉拿，作祭旗之用。衆大臣見皇上心意已決，不敢再勸。

81

莊太后將頭髮打亂，躺在床上。康熙進宮，一眼看到祖母臥在床上，髮髻有些散亂，面色似覺蒼白，吃了一驚。

自從南征大軍出發之後，莊太后對戰事十分關心，怕康熙擔心自己年事已高，不將眞情說出，每日命蘇麻喇姑在太和殿和乾淸門四周探聽，聞報皇上要親征，不禁大驚，思想如何勸解。恰好康熙早朝散後來慈寧宮請安，莊太后將頭髮打亂，躺在床上。康熙進宮一眼看到祖母臥在床上，髮髻有些散亂，面色似覺蒼白，急道：「太皇太后幾時身子不爽快，可曾宣過太醫？」

莊太后略咳幾聲道：「我偶覺有些頭暈，不必宣什麼太醫。燁兒，你扶我起來，我有話問你。」

「太皇太后不要勞動，如此臣孫一樣聽得到。」康熙忙抓住莊太后的手勸說。

「好吧！你給我說說前敵的情況。」

康熙道：「勒爾錦已佔領荆州，堵住吳賊北上之路。太皇太后放心。」

莊太后苦笑道：「我如何能放得下心呢？京師一日警報三傳，前方必是戰事告急，你何必瞞我？」

康熙臉上頓時冒出汗來，面色微紅，說：「湖南已失，叛軍逼進湖北。」

「勒爾錦現在何處？」

「守在荊州。」

「爲何坐視岳州失守不救？」

「叛軍重兵攻打岳州，荊州重鎭，勒爾錦不敢輕離。」

「那其他各路人馬怎不救援？」

「其他人馬互不統屬，各自爲政，難有一致行動。因此臣孫準備親征，可是太皇太后身體不爽，實在放心不下。」

莊太后心裡一熱，說道：「我身體並無大礙，只是親征一事尚需斟酌。」

「太皇太后不願臣孫親征？」

「你身爲天下共主，何必甘願冒此風險？再說京師乃是國之都城，時有人作亂，一夕火警數起，豈可輕離？」

「臣孫仰慕太祖太宗馬上皇帝的英武，太皇太后不是也常教導臣孫要向他們學習嗎？」康熙有幾分不解。

莊太后微微一笑說：「我教導你安不忘危，訓練武備，但並不是讓你事必躬親。現在與太祖太宗之時不同，守業之道不能再靠征伐砍殺，靠馬上贏得天下不能再靠馬上治理。你決心學習太祖太宗，我很高興，但時勢已經不同，不必拘泥於一種做法，食而不化。天子乃是萬金之軀，何必親臨險地？只要選好將士，也能克敵致勝。」

康熙說：「現在各路人馬不相統攝，臣孫怕貽誤戰機，才想親征。」

「京師乃是天下的心臟，前方戰事吃緊更要淡然處之，萬萬不可急躁，使群臣震恐。南征之事，你可敕命一個親王代駕親征，使他節制各路人馬。」

康熙點頭說：「既是如此，就命康親王傑書代臣孫出征，臣孫留在京裡，早晚也好給太皇太后請安。」

莊太后說：「你不要以我爲意，只要平叛順利，我的病自然會好。」

康熙見莊太后讓他一心放在戰事上，就出了慈寧宮，下旨封和碩康親王傑書爲奉命大將軍，同固山貝子傅喇塔，將軍賴塔，副都統喇哈、紀爾他布參贊軍務。授多羅貝勒陝尚善爲安遠靖寇大將軍，同固山貝子彰泰、鎮國公蘭布率兵攻打岳州，將軍尼雅翰，都統朱滿、巴爾布，護軍統領額司泰參贊軍務。授多羅貝勒董額爲定西大將軍，同固山貝子都統溫齊、輔國公綽克托率兵攻打四川，將軍赫業、瓦爾喀，護軍統領胡里布，署前鋒統領穆占、副都統佛尼勒參贊軍務。授和碩簡親王喇布爲揚威大將軍，率兵保衛湖廣、江西，將軍阿密達、額楚、華善、王之鼎，總督阿席熙參贊軍務。授安親王岳樂爲定遠平寇大將軍，率兵赴廣東，都統覺羅畫特，署護軍統領伯郎肅、副統領吉圖喀、朱喇禪，輔國將軍瓦山一齊出征。五位將軍帶領剩餘八旗勁旅，浩浩蕩蕩殺奔各地。

八旗勁旅盡出後，關外突然傳來察哈爾蒙古和碩親王布林尼叛亂的消息，京師已空，形勢異常危急。

不料八旗勁旅盡出後，卻從關外傳來察哈爾蒙古和碩親王布林尼叛亂的消息，京師已無兵可遣，康熙大急，忙召衆臣商議，久而不決，只得命臣下嚴密封鎖消息，不可外洩，以免京師驚亂。但是哪裡封鎖得住？康熙無奈，急到慈寧宮請莊太后移駕，出城躲避。莊太后聽了，怒道：「你怎可出此下策，竟然教我出城避難？」

康熙面色已變，說：「蒙古叛軍將至長城之下，太皇太后若不出城，恐怕就來不及了。」

莊太后見康熙神色慌亂，緩聲說：「燁兒，你先坐下，靜而思之，切不可自亂方寸。」

康熙緊張得渾身顫抖，勉強坐了。莊太后道：「叛軍未到，不必驚慌，再說我有長城之險，足可屏障，估計他們一時也難危及京師。現在京中的大臣、百姓都在盯著你我，稍有不慎，勢必鬥志皆喪，局面就不可收拾了。你我如果離開京城，城中官民必爭先恐後逃走，北京將變成一座空城，無法對敵。你我離京，只有投奔軍前，八旗勁旅必會土崩瓦解，大清江山就要易姓他人。你可想到？」

康熙悲聲說：「可是京中宿衛已空，只剩一些童子軍，力不能縛雞，等候援兵又恐怕來不及，難道要坐以待斃不成？」

莊太后道：「京中雖說沒有多少兵馬，但以京師人口之衆，招募數萬，豈不是立等可就？」

「但京中缺乏領兵大將，何人可以統率？」

「將軍圖海智勇雙全，才略出衆，可當此任。」

康熙聞言，喜出望外，開顏道：「若非太皇太后提醒，臣孫哪裡會想到此人！」於是忙召圖海到養心殿。

圖海本一直賦閒在家，突然接到聖旨，急忙入宮，叩見已畢，康熙問道：「可知朕宣你入宮何事？」

圖海答道：「可是與關外之事有關？」

康熙笑道：「你果然機警過人。朕想問你，若命你爲將，將如何退北面之敵？」

「臣以鐵騎三千突襲布林尼老巢，他必引軍北還，如此京城之圍可解。臣再暗暗伏奇兵在其歸途之上，叛軍必敗，布林尼可擒。」圖海氣定神閒，似是談棋論弈。

康熙點頭又問：「你需要多少兵將？」

「若要一鼓殲敵，當不少於五萬。」

「朕手中並沒有這爲多人馬。」

「三萬也可以。」

「只有一萬童子軍，尙要守城。」

圖海沈吟道：「皇上若能給臣糧餉，臣可招募壯丁，不需皇上派兵。」

康熙龍顏大悅，當即賜與圖海將軍印信，命信親王鄂扎爲撫遠大將軍，圖海爲副將軍，選拔數萬八旗健勇家奴，疾行出關。

圖海出師以後，朝臣對圖海所率雜牌軍兵不抱希望，人人自危，多論皇上當從南疆調兵回京勤王，京中一時謠言四起，惶惶不可終日。康熙這才明白了沈穩的重要，因此戰事雖緊，但每日必到景山遊玩，恢復停止多時的經筵和日講，裝出一副升平的景象，以安臣民之心。這一天，剛到景山，卻見柏樹上面高懸一個白簡，太監取了呈上，康熙看了，見上面草草寫著幾行小字：今三藩及察哈爾叛亂，諸路征討，當此危急之時，奈何每日出遊景山？康熙將書簡藏了。連此三日，康熙都不以爲意。第四日，再也沒有了書簡，朝臣和京城也安寧了許多。

數日之後，圖海出師告捷，京師之危已解。南疆捷報頻傳，尙可喜忠心保國，與康親王傑書勸降了耿精忠。湖南戰場已攻下岳州和澧州，川陝漸已平定。不久，吳三桂病死，吳軍節節潰敗，夏國相、張國柱、馬寶諸人或死或降，大軍直搗昆明，生擒了賊首吳世璠。前後歷時八年，三藩遂平。

83

深夜，紫禁城內一片寂靜，慈寧宮裡卻傳出幾聲細細的哭聲，蘇麻喇姑透過側室的小窗，哭聲竟發自莊太后的鳳榻。蘇麻喇姑暗道：太皇太后怎麼突然夜哭呢？

第二年，莊太后已整整七十歲了。她常常一個人獨坐在宮中，回憶以前的日子。那廣袤的科爾沁草原，成群的牛羊，飄香的奶茶；盛京城裡那座小巧的永福宮和高大英武的皇太極，還有那早早逝去的兒子順治皇帝……都已見不到了，再也見不到了，就是女兒淑慧公主也遠在巴林，多年未曾見上一面。莊太后常在夢裡飛回到再也沒有回過的地方，有時禁不住要流淚，是那樣渴望再看看兒時的故鄉和關外的土地。昨夜她回到了那片山前的小樹林，那匹汗血馬洪亮地嘶鳴，那頭黑熊兇狠地咆哮，那個令她心儀的大漢爽朗地大笑……驚得她再也難眠，雙眼看著窗外的夜色漸漸退去，曙光漸漸染白窗戶。天色已明，她卻不想起身，在床上靜靜地聽著早朝的鐘鼓聲聲響過，不知道聽了多少次。她又朦朧起來，疲憊地合上眼睛。旭日臨窗，秋風輕撫著樹木花草，沙沙的聲音無邊無際地傳來。

康熙早朝過後，來到慈寧宮，見祖母未起，不敢打攪，輕聲問蘇麻喇姑，蘇麻喇姑答道：「太皇太后昨夜不知夢到什麼，忽然哭醒，因此至今未起，想必是夜裡沒有睡足，身子倦了。」

康熙知道太皇太后並非身體不爽，放下心來，在宮外徘徊，卻聽太皇太后問道：「宮外可是燁兒麼，爲何不進來？」

康熙聽太皇太后醒了，忙走入宮內請安：「太皇太后昨夜睡得可安好？」

莊太后道：「睡得尚好，只是被夢驚醒了。」

康熙笑道：「太皇太后閱歷之豐，天下無雙，做的是什麼驚人之夢，可給臣孫說一說？」

莊太后搖搖頭說：「哪裡是什麼驚人的夢，對他人來說，實在是平淡無奇。我夢到了草原和一片樹林。」

「草原、樹林？」康熙暗道：這也能把人嚇醒？

莊太后看著康熙不解的樣子，問道：「燁兒，你已是而立之年了吧？」

「臣孫剛好三十。」

「你可知道我們入關多少年了？」莊太后似是追憶道。

「已近四十年了。」

「不錯！你可知太皇太后離開科爾沁多少年了？」

「已近六十年了。」

「是呀！轉眼快六十年了。我想到關外走一趟，趁著我還能活動，去看看科爾沁的親人們，去看看昭陵。」

康熙勸道：「千里迢迢，恐不勝勞累，太皇太后還是在京中坐等，待臣孫命科爾沁諸王來京，並命丹青妙手將昭陵仔細圖畫，送進宮來，豈不省了太皇太后之勞！」

莊太后笑道：「燁兒，我是想親眼看看，追憶多年前的舊事。人老了，常常想起那些過去的時光，等你到了太皇太后的年紀，鬍子花白了，自然就會明白的。」

康熙黯然道：「臣孫明白太皇太后的心意。臣孫自幼雖未能承歡父母膝下，但蒙太皇太后撫養教訓二十餘年，如何會不知太皇太后思念故舊之心？只是天已殘秋，北地陰寒，霜雪如刀，豈是年邁之人可忍受的，不如等明年春暖，再去不遲。」

莊太后道：「我日夜思念故地，情已難奈，再等到明年，豈非備受煎熬？」

康熙聞聽，說道：「臣孫想出一個辦法，與太皇太后一起登山遙望鄉關如何？」

「登哪一座山？」

「離京城較近的山嶺倒是不少，只是不夠高聳，頂上也少屋捨，殊覺不便。距京城六百里外有一座五台山，相傳乃是文殊菩薩的道場，山上有座清涼寺，經聲佛號，晨鐘暮鼓，遠近聞名。臣孫與太皇太后去那裡如何？」

「難得你竟想出這樣的辦法，可憐你一片孝心，太皇太后也不再使你爲難。只是這登山望鄉本是文人墨客所爲，太皇太后豈不勉爲其難了！」莊太后笑道。

康熙傷神道：「太皇太后心中深情，又豈是只知吟詠的文士可以興會的！」

人言落日是天涯，望盡天涯不見家。莊太后在五台絕頂臨風而立，但見雁陣生寒，北方白雲浩渺，不見鄉關何處，一時涕下沾襟。

五台山下，旌旗招展，繡帶飄揚，一隊人馬緊緊護衛著莊太后與康熙，向山上緩緩而行。莊太后坐在車裡，康熙騎馬跟隨左右。山勢漸陡，道路崎嶇難行，莊太后換乘了八人暖轎，半日功夫，到了絕頂。低首向下，見清涼古剎已在腳下，抬眼北望，只見茫茫雲霧纏繞山間，天幕低垂，衰草遍地，空中片片白雲罩在遠處的原野之上，哪裡望得到什麼科爾沁？倒是有一群群南歸的大雁展翅高飛，排雲而上，組成人字或一字的形狀。莊太后見了，歎道：「可憐人不如雁，猶能年年北往南來。」說罷，愴然涕下，「登高望遠，此情怎堪？至今我才體會出文人的多愁善感，才知道山水實可令人多情。」

康熙的心頭突然跳出幾句哀詞：「登臨送目，正故國晚秋，天氣初肅。」「不敢登高臨遠，望故鄉渺邈，歸思難收。歎年來蹤迹，何事苦淹留？」康熙看著太皇太后臨風而立，目不轉睛地望著關外，寒風吹動她那霜雪般的白髮，黃色的斗篷起落不定，太皇太后那有些乾皺的臉上分明有兩行濁淚慢慢滴落……

回到了京城，莊太后染了風寒，臥床數日，方能起來走動。春來冬去，寒暑易節，慈寧宮前的花草榮枯了四次。入冬後的第一場雪後，莊太后病倒在床，康熙日夜守候，衣不解帶，目不交睫。莊太后將他喚到床頭，勸道：「燁兒，你且回宮休息。你若不愛惜身體，太皇太后也難心安。」

康熙泣道：「太皇太后病體依然如初，臣孫五內俱焚，不知所措，在哪裡休息還不是一樣？臣孫若離片刻，恐成終生遺憾，日後再想伺候太皇太后，又怎麼可能！」言罷，淚流不止。

莊太后以手撫著康熙的後背說：「我知道你的孝心，不過太皇太后年已古稀，又見你漸成一代英主，再沒有什麼牽掛，可以放心地走了。只是有一件事，一直沒向你明言。」莊太后喘息一陣，接著說：「太宗皇帝的梓宮早已安奉在昭陵，儘管我常想到陵前看看，但現在已是來不及了。我生前既然沒有看到，死後就不要再葬於昭陵了，太宗皇帝自有我姑姑相伴，也不會寂寞的。我心裡總是思念你的皇父，也割捨不下你，不想遠離你們父子，就在孝陵附近給我找一塊吉地，再將你給我新建的這五間寢宮拆運墓地，侍我如生，我就心滿意足了。」康熙流淚點頭，再呼太皇太后，已無聲息。

慈寧宮內外一片哭聲……

遵化昌瑞山南麓正在修建一座巨形陵墓，這就是後來的昭西陵，陵內將要安放大清孝莊仁宣誠憲恭懿翊天啓聖文皇后。這位來自科爾沁草原的公主，她生前就遠離了養育她的親人，遠離了相伴二十年的丈夫，死後又寂寞地沈睡在異鄉冰冷的土地裡。一坯黃土掩埋了喧囂的塵世，一生勞苦，天地間自由地來去春風秋月，會帶她魂歸故鄉嗎？寂寞紅顏。

昭西陵，寂寞的昭西陵上，每年晚春都開出一種艷艷的花朵，當地土人稱之爲宮紅。一天有個落拓的文士經過，卻說名爲皇皇者華。

大地圖書目錄(一)

號	書　　名	作　者	定價	圖書分類
30001	講理(增修版)	王鼎鈞	230	大地文學
1030002	在月光下飛翔	宇文正	220	大地文學
01030003	我的肚臍眼	殷登國	180	大地文學
01030004	笑談古今	殷登國	200	大地文學
01030005	張愛玲的小說藝術	水　晶	190	大地文學
01030006	香港之秋	思　果	190	大地文學
01030007	作家花邊	姜　穆	200	大地文學
01030008	愛結	敻　虹	150	大地文學
01010040	風樓	白　辛	85	大地文學
01010120	蛇	朱西甯	105	大地文學
01010130	月亮的背面	季　季	120	大地文學
01010150	大豆田裡放風箏	雨　僧	160	大地文學
01010220	美國風情畫	張天心	160	大地文學
01010250	白玉苦瓜	余光中	150	大地文學
01010270	霜天	司馬中原	60	大地文學
01010290	響自小徑那頭	劉靜娟	95	大地文學
01010300	考驗	於梨華	165	大地文學
01010310	心底有根弦	劉靜娟	90	大地文學
01010400	台灣本地作家小說選	劉紹銘編	110	大地文學
01010470	夢迴重慶	吳　癡	130	大地文學
01010490	異鄉之死	季　季	100	大地文學
01010500	故鄉與童年	梅　遜	90	大地文學
01010520	當代女作家選集	姚宜瑛	80	大地文學
01010540	域外郵稿	何懷碩	90	大地文學
01010640	驀然回首	丘秀芷	90	大地文學
01010650	敻虹詩集	敻　虹	160	大地文學
01010660	天涯有知音	張天心	85	大地文學
01010710	林居筆話	思　果	95	大地文學
01010720	蘇打水集	水　晶	90	大地文學
01010730	藝術、文學、人生	何懷碩	140	大地文學
01010790	眼眸深處	劉靜娟	85	大地文學
01010820	快樂的成長	枳　園	110	大地文學
01010830	我看美國佬	麥　高	95	大地文學
01010910	你還沒有愛過	張曉風	120	大地文學

大地圖書目錄(二)

編號	書　名	作　者	定價	圖書分
01010930	這樣好的星期天	康芸薇	85	大地文學
01010970	談貓廬	侯榕生	85	大地文學
01010990	五陵少年	余光中	120	大地文學
01011020	明天的陽光	姚宜瑛	140	大地文學
01011050	大地之歌	張曉風	100	大地文學
01011070	成長的喜悅	趙文藝	80	大地文學
01011090	河漢集	思　果	85	大地文學
01011140	眾神	陳　煌	100	大地文學
01011170	有情世界	薇薇夫人	85	大地文學
01011190	松花江畔	田　原	250	大地文學
01011200	紅珊瑚	敻　虹	85	大地文學
01011260	我的母親	鐘麗慧	110	大地文學
01011300	快樂的人生	黃　驤	150	大地文學
01011310	剪韭集	思　果	95	大地文學
01011320	我們曾經走過	林雙不	120	大地文學
01011330	情懷	曹又方	120	大地文學
01011340	愛之窩	陳佩璇	90	大地文學
01011380	我的父親	鐘麗慧編	150	大地文學
01011390	作客紐約	顧炳星	160	大地文學
01011420	春花與春樹	畢　璞	130	大地文學
01011440	鐵樹	田　原	170	大地文學
01011450	綠意與新芽	邵　僩	120	大地文學
01011470	火車乘著天涯來	馬叔禮	95	大地文學
01011480	歲月	向　陽	75	大地文學
01011490	吾鄉素描	羊　牧	100	大地文學
01011510	三看美國佬	麥　高	100	大地文學
01011520	女性的智慧	吳娟瑜	125	大地文學
01011530	一個女人的成長	薇薇夫人	85	大地文學
01011570	綴網集	艾　雯	80	大地文學
01011580	兩代	姜　穆	120	大地文學
01011610	一江春水	沈迪華	130	大地文學
01011640	這一站不到的神話	蓉　子	100	大地文學
01011650	童年雜憶—吃馬鈴薯的日子	劉紹銘	100	大地文學
01011660	屠殺蝴蝶	鄭寶娟	100	大地文學

大地圖書目錄(三)

編號	書　　名	作 者	定價	圖書分類
01011680	五四廣場	金　兆	100	大地文學
01011700	大地之戀	田　原	180	大地文學
01011710	十二金釵	康芸薇	100	大地文學
01011720	歸去來	魏惟儀	150	大地文學
01011760	一個女人的成長(續集)	薇薇夫人	90	大地文學
01011770	一步也不讓	馬以工	120	大地文學
01011780	芬芳的海	鍾　玲	110	大地文學
01011790	故都故事	劉　枋	110	大地文學
01011840	煙	姚宜瑛	110	大地文學
01011850	寄情	趙　雲	90	大地文學
01011860	面對赤子	亦　耕	120	大地文學
01011870	白雪青山	墨　人	250	大地文學
01011970	清福三年	侯　楨	120	大地文學
01011980	情絮	子　詩	120	大地文學
01012010	雁行悲歌	張天心	125	大地文學
01012020	春來	姚宜瑛	160	大地文學
01012030	綠衣人	李　潼	160	大地文學
01012040	恐龍星座	李　潼	170	大地文學
01012050	想入非非	思　果	150	大地文學
01012080	神秘的女人	子　詩	110	大地文學
01012100	人生有歌	鍾麗珠	150	大地文學
01012110	樹哥哥與花妹妹(上)	林少雯	250	大地文學
01012120	樹哥哥與花妹妹(下)	林少雯	250	大地文學
01012180	張愛玲與賴雅	司馬新	280	大地文學
01012200	張愛玲未完	水　晶	170	大地文學
01012220	初挐海上花	陳永健	170	大地文學
01012230	條條大道通人生	謝鵬雄	160	大地文學
01012240	觀音菩薩摩訶薩	夐　虹	160	大地文學
01012250	宗教的教育價值	陳迺臣	120	大地文學
01012260	破巖詩詞	晞　弘	130	大地文學
01012270	孫中山與第三國際	周　谷	280	大地文學
01012310	枇杷的消息	張　錯	160	大地文學

國家圖書館出版品預行編目資料

清宮奇后：大玉兒 / 胡長青著. -- 2 版. --
臺北市：大地，2003[民 92]
面； 公分. --（歷史小說； 15）

ISBN 957-8290-78-0（平裝）

857.7 92002693

清宮奇后—大玉兒

歷史小說 15

著　　者：胡長青
創 辦 人：姚宜瑛
發 行 人：吳錫清
主　　編：陳玟玟
出 版 者：大地出版社
社　　址：台北市內湖區內湖路二段 103 巷 104 號
劃撥帳號：0019252–9（戶名：大地出版社）
電　　話：(02)2627–7749
傳　　真：(02)2627–0895
e-mail　：vastplai @ ms45.hinet.net
印 刷 者：久裕印刷股份有限公司
二版二刷：2005 年 5 月
特　　價：199 元
Printed in Taiwan